LORI FOSTER
UN OSCURO ANHELO

Editado por Harlequin Ibérica.
Una división de HarperCollins Ibérica, S.A.
Núñez de Balboa, 56
28001 Madrid

© 2014 Lori Foster
© 2018 Harlequin Ibérica, una división de HarperCollins Ibérica, S.A.
Un oscuro anhelo, n.º 241 - 1.6.18
Título original: Dash of Peril
Publicada originalmente por HQN™ Books
Traducido por Amparo Sánchez Hoyos

Todos los derechos están reservados incluidos los de reproducción, total o parcial. Esta edición ha sido publicada con autorización de Harlequin Books S.A.
Esta es una obra de ficción. Nombres, caracteres, lugares, y situaciones son producto de la imaginación del autor o son utilizados ficticiamente, y cualquier parecido con personas, vivas o muertas, establecimientos de negocios (comerciales), hechos o situaciones son pura coincidencia.
® Harlequin, TOP NOVEL y logotipo Harlequin son marcas registradas por Harlequin Enterprises Limited.
® y ™ son marcas registradas por Harlequin Enterprises Limited y sus filiales, utilizadas con licencia. Las marcas que lleven ® están registradas en la Oficina Española de Patentes y Marcas y en otros países.
Imagen de cubierta utilizada con permiso de Harlequin Enterprises Limited. Todos los derechos están reservados.

I.S.B.N.:978-84-9170-891-9
Depósito legal: M-9482-2018

Dedicado a Shana Schwer, mi mejor amiga. No solo porque encuentras las respuestas a todas mis preguntas, y porque amas los campeonatos de peleas extremas tanto como yo, y porque eres una tremenda amante de los animales. Sino también por ser como eres, una persona impresionante en todos los sentidos.

Mi agradecimiento especial a Nancy Glembotzky, la verdadera dueña del gato Oliver, el gatito de trapo que utilicé para sacar a la luz el lado más tierno de Margo. Me encanta que mis lectores sean también unos amantes de los animales. Gracias, Nancy, por compartir a Oliver conmigo.

CAPÍTULO 1

Los cristales helados de aguanieve empujados por los gélidos vientos de marzo se pegaban al rostro de la teniente Margaret Peterson. Esa tardía tormenta de nieve no era inusual.
Bienvenidos a Warfield, Ohio.
Margaret se cerró el abrigo en torno al cuello con una mano enguantada. La otra, desnuda, permanecía dentro del bolsillo mientras corría hacia su nuevo coche, aparcado en el aparcamiento situado frente al bar. A la una de la madrugada las calles estaban oscuras y apenas había tráfico. Una solitaria farola cubría de un angelical brillo la preciosa pintura color perla de su Lexus.
Echar el cierre a un bar no era nuevo para ella. En momentos como ese, en el silencio de la noche y después de haber pasado horas sometida al escrutinio de hombres hambrientos, se sentía como Margo, no como Margaret, una mujer y no una teniente. A pesar de sus motivos para encontrarse en ese bar, desempeñar el papel asignado le hacía sentirse más sexy, más dulce, más vulnerable. Todo lo contrario a la fuerte personalidad que mostraba como policía.
Pero en esos momentos era al mismo tiempo la mujer delicada y la autoritaria teniente, equilibrando la imagen que debía proyectar con la habilidad que había perfeccionado.
Durante meses había trabajado extraoficialmente e infiltrada, esperando conseguir información sobre los bastardos que secuestraban a mujeres y las obligaban a actuar en películas porno de mala muerte que incluían *bondage*, dominación y algunas disciplinas sexuales propias de enfermos.

Si las mujeres lo hubieran hecho por propia voluntad, entonces las habría dejado. ¿Quién era ella para juzgarlas? No era ninguna hipócrita. Estaba a favor de que dos adultos hicieran lo que les apeteciera siempre que fuera consentido por ambas partes.

Pero ¿mujeres secuestradas? ¿Mujeres maltratadas?

La primera joven que había acudido a ellos se había mostrado desorientada, confundida y tremendamente asustada. Los bastardos la habían secuestrado, le habían vendado los ojos y la habían llevado a un edificio abandonado donde la habían obligado a protagonizar una película porno clandestina. Si la habían soltado sería seguramente porque estaban seguros de desaparecer antes de que alguien pudiera localizarlos.

Y quizás, solo quizás, solo habían planeado rodar una cinta. Pero como la mayoría de los jodidos psicópatas, en cuanto disfrutaban del sabor de su perversión, querían más.

Margaret detestaba a los matones y disfrutaba atrapando criminales, pero sentía en especial un odio visceral y muy arraigado hacia los hombres que maltrataban sexualmente a las mujeres. Era la peor clase de depravación, la cosa más desmoralizadora que podía sucederle a una mujer.

Su corazón se aceleró solo con pensar en ello. La ira rivalizaba con el frío, caldeándola desde el interior con un odio al rojo vivo.

Al final, de un modo u otro, iba a resolver el caso y aniquilar a los responsables. O moriría en el intento.

Merodear por los bares locales, los mismos lugares en los que las mujeres se habían convertido en varias ocasiones en objetivos, le había parecido el montaje perfecto. Durante muchos meses, demasiados, incluyendo las vacaciones, había dedicado varias noches a la semana a acechar a sus presas, sin conseguir hincarles el diente.

Otros se habían rendido. El capitán estaba convencido de que los bastardos o bien habían cerrado el negocio, o lo habían trasladado a otro lugar. Pero en su interior, Margo presentía que seguían por ahí. Y, de repente, la semana anterior, una mujer había aparecido en comisaría. Magullada, traumatizada, histérica. Había escapado por los pelos.

Era el cuarto caso, de momento, dos de los cuales habían resultado fatales. Margaret estaba decidida a llegar hasta el fondo, de manera que, además de reiniciar la investigación de rutina, mantuvo los ojos y los oídos bien abiertos mientras recorría los bares «menos respetables».

Sin obtener ningún resultado.

Ser una mujer teniente con fama de dura complicaba conseguir una cita. Y con sus gustos tan peculiares...

—No deberías estar aquí sola.

Antes de poder registrar la voz grave como perteneciente a alguien conocido, Margo se abrió el abrigo y desenfundó la Glock.

Él ni se inmutó al ver el arma.

Alto y atractivo, y excesivamente relajado, la miró a los ojos. Incluso en la penumbra y a través de la incesante aguanieve, vio la sonrisa torcida y percibió su anticipación.

Había que fastidiarse. Pasar horas en bares de poca monta rodeada de sucios borrachos le había impactado menos que la media sonrisa de Dashiel Riske.

Margo no bajó el arma, pero sí apartó el dedo del gatillo.

—Eso ha sido una estupidez, Dash.

—¿Abordarte en la oscuridad? —él se acercó un poco más y, apartando el arma de la teniente, le agarró las solapas del abrigo y se lo cerró.

El gesto le obligó a apoyar las manos muy cerca de sus pechos, y también hizo que a la teniente se le acelerara el corazón.

—¿Habrías sido capaz de dispararme?

—No —ella estaba lo bastante bien entrenada como para discernir si había un verdadero peligro antes de disparar—. Pero sí podría sacudirte un puñetazo.

Tomándose no pocas libertades, Dashiel deslizó las manos por debajo del cuello del abrigo y la atrajo un poco más hacia sí.

—¿El momento está próximo? ¿Debería ponerme a cubierto?

—No —si no estuviera tan agradablemente calentito lo habría apartado de un empujón. A lo mejor.

Dash era un maestro de los juegos y nunca se tomaba nada realmente en serio, en especial a las mujeres. Allí donde otros hombres titubeaban, él embestía con una confianza sensual nacida del éxito.

Durante un tiempo la había acompañado a los bares, sobre todo al bar de Rowdy: Getting Rowdy, lo más cerca de donde habían sido secuestradas las mujeres. Dash le había permitido utilizarlo como apoyo en su plan. Con él a su lado podía fingir ser una mujer que se emborrachaba fácilmente, una presa fácil.

A pesar de que en alguna ocasión se había sentado en su regazo, le había besado el cuello o la oreja, incluso le había sentido empalmarse, otras mujeres lo habían abordado. A Margo no le gustaba la idea de que hubiera prescindido de ello durante su farsa.

Pero menos aún soportaba la idea de pensar en él ligando con otras.

Cuando comprendió que empezaba a sentir celos, supo que debía apartarlo de su lado.

Al principio Dash había protestado, pero con la llegada de las vacaciones, el departamento de policía había abandonado la búsqueda de los degenerados responsables...

—¿Qué haces aquí, Margo?

Tras echar un vistazo a su alrededor, ella guardó la Glock.40 en el bolsillo interior del abrigo, especialmente diseñado para alojar el arma, bolsillo en el que también llevaba un cargador completamente lleno.

—La pregunta es qué haces tú aquí.

—Propongo sentarnos en tu coche al abrigo de esta tormenta de hielo, y luego te lo cuento todo.

Era mejor que morir por congelación, de modo que Margo se volvió y, con un toque sobre el tirador de la puerta del conductor, desbloqueó el cierre centralizado. Sentándose en el asiento de cuero, pulsó el botón del contacto. Dash rodeó el capó y plegó su corpulencia en el asiento del acompañante. El pequeño y elegante coche le encajaba a ella a la perfección, pero el atlético cuerpo de Dash parecía un poco espachurrado. Margo casi sonrió.

—Puedes echar el asiento hacia atrás —le informó.

—Gracias —él lo ajustó hasta poder estirar ligeramente sus piernas enfundadas en unos pantalones vaqueros.

Después de haber permanecido aparcado en la oscuridad y bajo un intenso frío, el interior del coche parecía más una cámara frigorífica. Margo encendió la calefacción, ajustó el climatizador para la calefacción de los asientos y volvió a cerrar el coche.

—¿Coche nuevo?

—Un regalo que me he hecho —a Margo no le apetecía hablar de ello con Dash. Había dedicado muchos meses a eliminarlo de sus pensamientos.

—¿Cuánto tiempo has pasado en el bar? —preguntó él tras contemplarla un buen rato en silencio.

Demasiado, a tenor de la pérdida de tiempo que había resultado ser.

—¿Por qué?

—Solo me preguntaba si no habrías bebido un poco demasiado.

—Por supuesto que no —ese hombre la había acompañado suficientes veces como para saber que nunca se permitía siquiera achisparse. Estaba un pelín tocada, pero se mantenía tan firme como siempre—. Solo he tomado unas pocas cervezas.

—Conque cerveza, ¿eh? ¿Botellas?

—Pues claro.

Margo variaba la rutina de un bar a otro, por si los hábitos de bebida fueran un factor a tener en cuenta por los psicópatas que acechaban a las víctimas. Cada vez que entraba en un bar lo hacía fingiendo estar ya borracha, apariencia que reforzaba con su conducta inmoral.

—Supongo que serás igual de buena aguantando el alcohol como lo eres para todo lo demás.

¿Era condescendencia lo que había percibido en su voz?

—Sé cuál es mi límite.

Todo lo que hacía lo hacía bien. Era una especie de norma familiar. Si no ibas a destacar, ni te molestaras.

Tamborileó sobre el volante con los dedos de las manos antes de tomar la iniciativa.

—¿Y bien? Oigámoslo. ¿Me estabas siguiendo o vas a fingir que ha sido un encuentro casual?

—No te seguía, pero sí te estaba buscando.

—¿Peinando los bares?

¿Por qué habría elegido ese momento? Habían pasado meses sin saber nada de él, a pesar de que habría apostado a que se pondría en contacto con ella.

Tampoco estaba amargada ni nada de eso. Había dado por terminada la farsa por un motivo, un motivo que seguía siendo válido.

Dash se encogió de hombros enérgicamente.

—Antes de que te rindieras, esta noche sería la elegida para encontrarnos en el bar de Rowdy.

—¿Y?

—Llámame sentimental, pero lo echo de menos —tras una breve pausa, él continuó—. Te echo de menos.

—¿En serio?

Margo se negaba a dejarse arrastrar de nuevo por sus encantos. Las vacaciones habían resultado casi intolerables, en parte porque había dedicado demasiado tiempo a pensar en él. La primavera se les echaba encima, y con ella siempre llegaban unos renovados propósitos. Unos propósitos que no incluían a Dashiel Riske.

—¿A ti no te pasa lo mismo?

—¿Qué?

—Que si me echas de menos —le aclaró Dash con su voz, cálida y seductora, antes de removerse en el asiento y electrizar el interior del coche con su presencia—. ¿Ni siquiera un poquito?

Unos cálidos recuerdos obligaron a la teniente a esforzarse por contener una sonrisa.

—Es verdad que lo pasábamos bien —el bar de Rowdy se había convertido enseguida en su antro preferido.

Getting Rowdy era un sitio limpio y agradable que ofrecía comidas sencillas, buenas copas y diversiones como el billar y los dardos. Y también tenía una pista de baile.

Y lo mejor de todo era que el cabrón de Rowdy Yates regentaba él mismo su negocio, un buen incentivo para convertir al más acérrimo abstemio en un completo alcohólico.

Aunque Rowdy y la barman, Avery, se habían casado durante las Navidades, él seguía siendo un monumento pecaminosamente atractivo, rodeado de un aura de peligro y amenaza sensual, digno de unas cuantas fantasías.

—Admítelo —murmuró Dash mientras la miraba fijamente—. Admite que me has echado de menos.

Margo devolvió a regañadientes su atención a Dashiel, y ahogó un gemido. Una solitaria farola iluminaba débilmente sus rasgos, pero de todos modos se sabía de memoria hasta el último detalle. Carecía de la fama de chico malo de Rowdy, pero su aguda sensualidad y físico labrado en su trabajo de constructor, generaba otra clase de fantasías.

Era una lástima que nunca encajarían.

—A lo mejor —concedió al fin—. Solo un poquito.

—Me siento herido, sobre todo considerando que no fui tu primera opción.

No, no lo había sido. Al principio había pensado que fuera Rowdy quien le diera la réplica en su papel de puta de bar, pero Avery Mullins, o, mejor dicho, Yates, lo había reclamado para sí. No tendría mucha importancia, puesto que Margo estaba segura de que jamás se liaría con Rowdy, al menos no más allá de un revolcón de una noche.

—Si no recuerdo mal, tú te ofreciste.

—Más bien tuve que insistir.

Ella asintió. Había aceptado a Dash como segunda opción para ayudarla con su plan encubierto. Necesitaba esa ayuda para tener un buen motivo para poder merodear por el bar sin ser abordada por todos los tontos solitarios. Margo pretendía desempeñar el papel de la chica indefensa, vulnerable, bebedora, pero tampoco quería parecer patética en exceso.

La primera mujer que se había escapado había acudido al bar con su novio. Se habían despedido a la salida y ella había sido secuestrada en plena calle.

De modo que Margo se presentaba como una presa fácil siguiendo el mismo procedimiento con Dash.

—Me encantaría saber en qué estás pensando —Dash la miró con una intensidad que resultó excesivamente física.

«En que yo también te he echado muchísimo de menos».

—¿Qué estamos haciendo aquí, Dash? Se está haciendo tarde y he tenido un día muy largo.

Él entornó los ojos. Había dado en el blanco.

—Si querías volver a recorrer los bares, deberías haberme llamado.

—Ya soy mayorcita. Soy capaz de manejarlo yo sola.

—¿Están Logan y Reese al corriente de lo que estás haciendo? —Dash la miró a los ojos.

Eso consiguió fastidiarla. Margaret se acomodó en un borde del asiento, poniéndose cómoda para la confrontación mucho tiempo postergada. Habría preferido un lugar algo menos confinado, quizás un sitio donde su presencia no llenara cada milímetro del espacio, donde no tuviera que respirar su aroma, donde su cuerpo alto y esbelto no estuviera tan tentadoramente cerca.

Pero solo disponía del lugar y momento presentes, de modo que expondría su punto de vista y a continuación lo invitaría a marcharse.

—Te estás confundiendo, Dash. Mis detectives responden ante mí, no al revés.

Él hizo caso omiso del tono de voz autoritario, cargado de resentimiento.

—De manera que no lo saben.

—Yo no respondo ante nadie, sobre todo ante ti.

—Supongo que eres consciente de lo peligroso que es —Dash enarcó las cejas, parecía al fin haberse dado cuenta del estado de ánimo de la teniente.

—Soy capaz de manejar el peligro.

¿Acaso no había pasado muchas, demasiadas noches sintiéndose peligrosamente atraída hacia él?

—¿Y si tu plan funciona y alguien te secuestra?

—Ese es, precisamente, el plan.

Desde luego, era peligroso, y en el fondo ella era consciente de que no hacía bien. Pero, por otra parte, tenía tantos problemas en el fondo…

—Necesitas contar con un apoyo —antes de que Margo pudiera contestar, Dash continuó en un susurro—. Déjame que te apoye.

—Tú y yo tenemos objetivos diferentes.

—Quiero acostarme contigo —admitió él sin reservas—. Tú quieres atrapar a unos cretinos, de modo que sí, nuestros objetivos principales respectivos están a años luz.

Así era Dash, siempre franco. Margo sacudió la cabeza, negando lo que él deseaba y cómo sus desvergonzadas palabras la afectaban.

—Pero… —puntualizó Dash— no son razones mutuamente excluyentes. Me gustaría ver a esas cucarachas entre rejas, lo mismo que a ti.

«Le gustaría verlos entre rejas». No había señal de rabia o asco ante lo que estaba sucediendo, y ante lo que esos hombres hacían, o lo que sufrían las mujeres.

Margo dejó escapar un profundo suspiro. Si implicaba a Rowdy Yates, él iría tras esos bastardos con un único propósito.

El hermano de Dash, el detective Logan Riske, uno de los hombres más honestos y honorables que ella hubiera conocido jamás, siempre atacaba la injusticia. Era la seriedad personificada.

Era curioso cómo dos hermanos podían ser tan distintos.

Logan la veía como una superior asexuada, no como una mujer.

Pero Dash había dejado claro su interés casi desde el instante en que se habían conocido. A diferencia de Logan, la vida para él era un juego y disfrutaba de cada instante.

En muchos aspectos, Margo era como el resto de su familia. Llevaba en la sangre ser policía.

Pero en cuanto a otros aspectos, a otras ataduras genéticas...

—Estoy bastante seguro —continuó Dash, interrumpiendo los inquietantes pensamientos de Margo— de que tú también quieres acostarte conmigo.

No tenía ningún sentido negarlo. Dash conocía bien a las mujeres. Por tanto, ella le ofreció la verdad.

—Eso no sucederá.

—¿Por?

—Para empezar, soy la teniente de una comisaría que hace tiempo estuvo plagada de corrupción. Dediqué mucho tiempo a limpiar la mierda, y me granjeé muchos enemigos—más de un mal policía había perdido su trabajo. Y otros, policías menos concienzudos, le guardaban rencor por haber echado a sus amigos.

Logan y Reese eran dos de entre un puñado de buenos policías que la habían respaldado al cien por cien.

Confiaba ciegamente en ambos cuando se trataba de algo relacionado con el trabajo. Pero fuera de la comisaría prefería mantenerse lejos de ellos.

Acostarse con el hermano de uno de sus detectives principales desde luego enturbiaría los límites.

—Es importante que mantenga mi vida privada completamente separada del trabajo —unos pocos conocerían su vida personal, y demasiados otros lo utilizarían contra ella.

—¿Crees que le iría a Logan con cotilleos?

—Y seguramente también a Reese.

Logan y el detective Reese eran amigos de toda la vida. Logan y Dash estaban tan unidos como podrían estarlo dos hermanos. Y todos se veían con frecuencia.

Lo que convertía el círculo en demasiado íntimo para la tranquilidad de Margo.

—¿En serio? —Dash acomodó los anchos hombros contra una esquina del coche para poder mirarla de frente—. ¿Crees que los tíos nos sentamos a hablar de nuestras conquistas?

—¿Conquistas? —la teniente hizo una mueca de desagrado—. ¿Así lo llamas?

—Podría hacerlo si fuera uno de esos tipos patéticos que presumen sobre cómo, cuándo y con quién se han acostado —Dash se puso cómodo y se desabrochó el abrigo, dejando a la vista una camiseta térmica negra de cuello redondo—. Pero te voy a contar una cosa, yo no lo cuento cada vez que follo. Al menos no desde que cumplí diecisiete años y, créeme, aunque fuera de esa clase de tipos, y de nuevo te recuerdo que no lo soy, ¿crees que Logan y Reese querrían conocer los detalles de nuestras cochinadas?

La curiosidad al fin desvió la atención de Margo del cuello de Dash y dirigió su mirada hacia los ojos de color marrón oscuro.

—¿Serían cochinadas? —preguntó ella mientras ladeaba la cabeza.

Dash la contempló durante varios segundos antes de responder.

—Eso depende por completo de ti —su voz surgió grave y sensual—. Puede ser como tú quieras, siempre que sea.

Margo se figuró que el sexo con Dash sería... bueno. Desde luego, satisfactorio. Ese hombre exudaba testosterona y confianza. Pero no por ello dejaría de ser el viejo y vulgar revolcón solo por diversión. Él se mostraría amable, un caballero. Considerado. Sin duda relajaría un poco la tensión, pero no llegarían a profundizar. No habría riesgo.

No habría peligro.

Y, por desgracia, eso no le valía a ella.

Tampoco le había confesado nunca a Dash qué le valía a ella. No le había contado que, por necesidad, se reservaba para aventuras fugaces con extraños. Hombres a los que pudiera controlar.

Hombres a los que no vería en una segunda ocasión.

No se relacionaba con tipos cercanos a sus detectives.

—¿Sabes qué? —continuó Dash—. Logan prefiere pensar que estás hecha de piedra. Y Reese también. Debe de ser una cosa de policías, ¿verdad? Para ellos eres un compañero más, no una mujer supersexy.

Logan y ella siempre se habían respetado. Reese… con él le había llevado más tiempo, pero por fin se llevaban bien. Tanto Logan como Reese eran unos detectives excepcionales y era muy afortunada por poder contar con ellos.

Pero no eran sus compañeros.

—Soy su superior.

—Quizás fue esta actitud tuya la que les ayudó a formarse esa opinión —Dash sonrió.

Ni siquiera en esos momentos podía ponerse serio.

—Quizás.

Aparte de los asuntos relacionados con ser una policía, Margaret no sabía gran cosa sobre cómo pensaban los hombres. Y lo poco que sabía no le gustaba especialmente.

—No soy el único que lo ve.

—¿Disculpa? —ella enarcó una ceja.

—Lo sexy que eres —Dash la miró con excesiva intensidad, quizás juzgando su respuesta—. Rowdy también lo ve.

Una pequeña descarga de emoción la recorrió, pero la teniente consiguió disimularla.

—Rowdy se ha casado con su barman.

—Pero eso no convierte a un hombre en ciego, ¿verdad?

No, aunque a lo mejor debería. Margaret detestaba a los hombres infieles tanto como a los tipos que abusaban físicamente.

—Sin embargo, cielo, Rowdy siente un claro rechazo hacia los policías. Vosotros dos nunca habríais llegado a nada.

¡Cielo santo! ¿Acaso ese tipo le había leído la mente? ¿Sabía que en una ocasión había puesto sus ojos en Rowdy?

¿Lo sabía alguien más?

Margo intentó poner su mejor cara de póquer, pero Dash ya la había pillado con la guardia baja. De modo que optó de nuevo por decir la verdad.

—Rowdy posee cierto atractivo, pero aunque se hubiese mostrado interesado, yo nunca habría accedido a caminar por ese sendero.

—Ya —contestó Dash con cierto tono burlón—. Demasiado cerca de casa, ¿no? Quiero decir que su hermana está casada con Logan y tú te pones tensa solo con pensar en los posibles rumores…

—¿Esta conversación tiene algún sentido? —le espetó Margo perdiendo los nervios—. Porque, si nos va a llevar a alguna parte, me gustaría que llegaras a ella.

—De acuerdo —tomándose unas cuantas libertades, Dash ajustó el climatizador, bajando la temperatura puesto que el coche ya se había caldeado—. Quiero una respuesta.

—¿Sobre qué? —ella consultó la hora en el reloj iluminado del salpicadero.

Si no regresaba pronto a su casa, más le valdría quedarse despierta. Su turno comenzaba en menos de cinco horas.

Antes de que se diera cuenta de sus intenciones, Dash se acercó a ella, apoyándose en el salpicadero. Robándole el aire de los pulmones.

Margo frunció el ceño justo cuando los labios de Dash rozaron los suyos.

—Sobre esto —susurró él.

Desde luego, Margo no iba a negar lo agradable que resultaba estar cerca de un hombre, de ese hombre, empapándose de su calor, oyendo el tono ronco de su voz, sintiendo la fuerza contenida, innata en todos los buenos hombres.

Él separó ligeramente su boca de los labios de Margo y aguardó.

Y, al ver que no se apartaba, Dash volvió a inclinarse sobre ella, separándole los labios con los suyos. Margo se relajó ante el húmedo contacto con su lengua que, primero, dibujó el contorno de sus labios y luego se hundió en su boca.

¡Por Dios, qué bien sabía ese hombre!, tal y como debería saber un hombre. El corazón de Margaret se aceleró. Dash era mucho más musculoso que el tipo medio, gracias al trabajo en su empresa de construcción. Alto, atractivo, amigable. Y muy sexy.

¿Qué mal podría haber en ceder? ¿Qué podría pasar si aceptaba el fugaz placer que le estaba ofreciendo? Lo suyo no duraría y, en cierto modo, eso le haría desearlo más, desear aquello que no podría tener.

Cosas irracionales.

Cosas retorcidas.

—Ya basta —Margo apoyó las palmas de las manos sobre el pecho de Dash y lo empujó.

Él apoyó la frente contra la de ella.

—Nuestras definiciones de «basta», están todavía más alejadas que nuestras motivaciones.

—No... puedo.

—Explícame por qué —sin apartarse de ella, frunciendo ligeramente el ceño, Dashiel la miró atentamente al rostro, a los ojos, al alma.

Pero ella no podía explicárselo.

—Lo siento —¿por qué tenía que sonar como si le faltara el aliento?—. Deberías marcharte.

Antes de que cambiara de idea y complicara tremendamente su vida. No sería justo para él, y tampoco lo sería para ella.

Dash no insistió, pero su tensión aumentó visiblemente. Con el pulgar de la mano que seguía descansando sobre el rostro de Margo, le acarició la sien.

—Has sido absolutamente clara. No estás interesada. Te lo oigo decir, y te creo. Te veo, y estoy convencido.

—¿Pero? —Margo no conseguía que el oxígeno llegara a sus pulmones y aliviara la opresión en el pecho.

—Pero al mismo tiempo recibo señales contradictorias.

Era condenadamente astuto. Quizás al final sí tendría algunas cosas en común con Logan. A su hermano rara vez se le escapaba un detalle, por nimio que fuera.

—Lo siento.

—¿Ya está? —él se reclinó en el asiento, sus ojos lanzaban destellos en la oscuridad—. ¿Esa es tu explicación?

—No me estaba explicando —ella sacudió la cabeza—. Ha sido una disculpa —sin querer, Margo se humedeció el labio inferior y, de inmediato, vio aumentar el ardor en la mirada de Dash—. No te debo nada, Dash.

De ninguna manera estaba dispuesta a admitir que lo deseaba, aunque no lo bastante como para superar los obstáculos. El sexo con Dash sería como hacer puenting cuando lo que pretendía era hacer paracaidismo.

—No —contestó él con calma—. Supongo que no me debes nada.

Su expresión era apagada, sin rastro del buen humor natural. Dash se abotonó el abrigo, abrió la puerta del coche y se bajó. Una ráfaga de viento helado abofeteó a Margo en la cara, pero no fue nada comparado con la repentina frigidez del ánimo de Dashiel.

—Conduce con cuidado, Margo.

Era una de las pocas personas, fuera de su familia, que la llamaba así. Para el resto del mundo era Margaret, la intocable, rígida, fiel a las normas, teniente.

Dash no cerró la puerta de golpe, sino suavemente. Y se marchó, con los hombros caídos contra la implacable aguanieve.

De pie bajo el alero del bar, mientras la nieve y el aguanieve le cegaba la visión y el frío de la tormenta invernal se le calaba hasta los huesos, Saul Boyle observó al hombre bajarse del coche. Una conversación breve. A su hermano, Curtis, le iba a gustar.

—Está sola —anunció por el móvil.

—Las carreteras están hechas un asco —murmuró Curtis antes de continuar—. Me sentiría más tranquilo si Toby estuviera contigo.

Las palabras de su hermano hicieron saltar a Saul, furioso de envidia.

—No estará libre hasta mañana, y puede que para entonces sea tarde.

—Habrá otras oportunidades.

—No necesito a Toby. Ya te lo he dicho —Saul encajó la mandíbula—. Ya tengo a alguien que me ayude.

—Sí, ese patético drogata que necesita el dinero para su siguiente dosis.

¿Por qué tenía Curtis que burlarse de todas sus iniciativas?

—Estará a la altura, Curtis, te lo juro.

La prolongada pausa hizo que Saul rompiera a sudar antes de que, por fin, su hermano suavizara el tono.

—Te estoy concediendo una enorme responsabilidad, Saul.

—Lo sé —él se sintió marear ante la idea de demostrarle a Curtis de lo que era capaz. Era tan bueno como cualquiera. Mejor que Toby—. Lo he entendido.

—Asegúrate de que así sea, Saul. Necesito a la policía lejos de mí, no hurgando más profundamente en mi negocio.

—Ella es la que encabeza la búsqueda. En cuanto la hayamos liquidado, los demás se apartarán —Saul empezó a caminar hacia la furgoneta en la que aguardaba su ayudante desechable—. Después de esta noche no será más que un lejano recuerdo.

—Perfecto. Infórmame en cuanto esté hecho —Curtis cortó la llamada al concluir la frase.

Con creciente anticipación, Saul sonrió mientras pisoteaba la nieve acumulada. Curtis adoraba el lento tormento inherente a su juego, pero a Saul le iba más la brutalidad de un ataque por sorpresa, siempre que no fuera dirigido contra él. Curtis podía ser impredecible, aunque no. Su hermano era justo. Vicioso cuando era necesario, pero sabía lo que se hacía.

Curtis era el cerebro. Y eran su dinero y su poder lo que hacía que todo fuera posible. Saul disfrutaba siendo el músculo, la fuerza bruta.

Juntos formaban un equipo imparable.

Envuelta en una sensación de dolor, Margo observó marcharse a Dash, hasta que desapareció en la oscuridad. Por motivos que no lograba comprender, la derrota le quemaba los ojos.

Maldito fuera ese hombre. ¿Por qué tenía que complicarlo todo?

Margaret encendió los faros del coche, se ajustó el cinturón de seguridad y puso en marcha el motor. Sin otro coche en la carretera, salió del aparcamiento a la calle helada. Conducía muy despacio para adaptarse al tiempo que empeoraba por momentos.

La luneta térmica y los limpiaparabrisas no eran capaces de contrarrestar el hielo que se formaba en el cristal. En dos ocasiones sintió cómo las ruedas patinaban y disminuyó la velocidad aún más. Antes de que terminara la noche la comisaría habría sido bombardeada con llamadas. Se acumularían los accidentes aunque, con suerte, ninguno sería demasiado grave.

Perdida en sus pensamientos, había recorrido poco menos de dos kilómetros cuando de repente vio por su izquierda unas brillantes luces que parecían haber surgido de la nada. Cegada, se llevó una mano a los ojos a modo de visera... y unas cuantas realidades surgieron en su mente.

Dada la velocidad del coche que se aproximaba a ella, estaba a punto de sufrir una colisión, y sin duda era deliberada. El impacto iba a lastimarla, a lo mejor incluso a matarla.

Y lo peor era que jamás llegaría a saber cómo sería acostarse con Dash Riske.

El último pensamiento apenas había tomado forma cuando el metal chocó contra el metal con un enorme estruendo. La fuerza del impacto sacudió cada hueso del cuerpo de Margaret. Su frente entró en contacto con el volante y, mientras una enorme negritud la engullía lentamente, dejó de ver y oír nada más.

CAPÍTULO 2

La furgoneta que se lanzaba contra la puerta del asiento del conductor del coche de Margo hizo saltar por los aires la meditabunda irritación de Dash.

Estaba a punto de sufrir una emboscada.

El temor y la ira lo golpearon con fuerza, pero ninguna de esas emociones podría evitar la situación, de modo que conectó el piloto automático. Ralentizó la velocidad de la camioneta para evitar patinar en la resbaladiza carretera, se aferró con fuerza al volante y pronunció una breve y silenciosa oración para pedir que no resultara herida.

Gracias al horrible tiempo que hacía, había tomado la decisión de seguirla hasta su casa para asegurarse de que llegara sana y salva. La idea no era que ella lo descubriera, pero el secretismo ya no era importante.

Sus entrañas se retorcieron cuando la voluminosa furgoneta se lanzó contra el pequeño Lexus. Con el corazón acelerado, aparcó la camioneta de cualquier manera a un lado de la carretera y, sin perder de vista la furgoneta, saltó del vehículo. Se movía con rapidez, consciente de que tenía que llegar hasta ella, resbalándose a cada paso.

El coche de Margo se escoró hacia un lado, dio la vuelta y chocó contra un poste telefónico. Los airbags saltaron y las ventanillas estallaron. Gruesos montones de nieve y hielo acumulado cayeron de los cables de los postes.

Incluso antes de que el sonido del choque se perdiera en la oscuridad de la noche, Dash ya estaba a su lado. La visión de la puerta hundida y los cristales esparcidos por todas partes le hizo sentir un intenso temor que le obstruyó la garganta.

—¡Jesús!

El obsceno sonido del chirriar de engranajes y la aceleración del motor le indicaron a Dash que el conductor de la furgoneta estaba bien, y desesperado por desatascarse de un banco de nieve.

Dash agarró la manilla de la puerta de Margo.

Después de dos tirones, empleando toda su fuerza, por fin consiguió abrirla acompañado de un chirrido de metal retorcido. Margo estaba caída sobre el volante y los airbags desinflados, su pequeño cuerpo se hallaba inerte.

Con mucho cuidado, Dashiel posó dos dedos junto a su garganta... y respiró aliviado al sentir el pulso estable. «Gracias a Dios».

¿De cuánto tiempo disponía antes de que la furgoneta se liberara del banco de nieve?

Y, cuando lo consiguiera, ¿qué iba a pasar?

—¿Margo? Vamos, cielo, háblame —no quería moverla por si tuviera alguna lesión en el cuello o la columna. Sacó el móvil del bolsillo y localizó su ubicación exacta. Y mecánicamente tecleó el número de teléfono de su hermano en lugar del 911.

—¿Qué pasa? —contestó Logan.

—Margo acaba de sufrir un accidente. Grave. Estamos en... —miró a su alrededor y encontró una señal en la calle—. En la esquina de Second con Main. Está inconsciente.

—¿Hay algún otro coche implicado? —preguntó su hermano con calma y autoridad.

Dash oyó movimiento al otro lado de la línea y supo que Logan ya se había puesto en marcha.

—Una vieja furgoneta de transporte.

Salvo por las luces del coche de Margo y de la furgoneta, a su alrededor reinaba la más profunda oscuridad. Dash sentía la tensión acumulándosele en la columna, y casi podía oler el peligro.

—¿Estás herido?

—Yo estoy bien, pero... —Dashiel apenas podía creérselo, pero sabía lo que había visto—. La embistieron, Logan.

—¿Quieres decir a propósito?

Desde luego, a él se lo había parecido. Con las carreteras hechas una pista de hielo, pudiera ser que el idiota al volante simplemente no supiera conducir.

Pero Dash no estaba dispuesto a correr riesgos.

—Eso es lo que creo.

—Si está inconsciente, no la muevas a no ser que no tengas más remedio —la voz de Logan se había teñido con una nueva urgencia—. Pero, si sientes una mala vibración, agárrala y poneos a cubierto. ¿Me has entendido?

Mierda. Él volvió a mirar hacia la furgoneta que seguía intentando salir del muro de nieve comprimida.

—Sí.

—Utiliza su arma si hace falta.

Era curioso que Logan ni siquiera hubiera preguntado si Margo iba armada. Sabía que no iba a ninguna parte sin su pistola.

—Entendido.

De repente, Margo soltó un desgarrador gemido y se echó hacia atrás. La sangre corría desde su sien hasta la oreja y la mandíbula. Sus cabellos, oscuros y cortos, emitían destellos por los pedazos de cristales del parabrisas destrozado.

Jadeó y abrió los ojos para, a continuación, hacer una mueca de dolor y soltar un juramento ahogado.

—Se ha despertado —anunció Dash a su hermano mientras se agachaba junto a ella.

—Dile que una unidad de apoyo, y una ambulancia, están en camino. Y otra cosa, Dash. Ten cuidado.

—Claro —Dashiel colgó la llamada y guardó el móvil en el bolsillo—. No te muevas, cielo. Logan ha enviado ayuda.

—¿Dash?

—Sí, soy yo —¿sufría alguna clase de conmoción?

Él le apartó los cabellos de la frente y dio un respingo al ver la brecha que tenía junto al nacimiento del cabello. No quería asustarla, pero si fuera posible preferiría meterla en su camioneta para poder tener un medio de escape en caso necesario.

—Te golpeaste la cabeza. ¿Estás herida en alguna otra parte?

—Por todas partes —susurró ella, como si las heridas personales no tuvieran importancia—. ¿Y el otro coche?

—Una furgoneta —él miró en su dirección, pero al otro lado del parabrisas no había más que oscuridad—. De momento están atascados.

En lugar de tranquilizarse, Margo sacó el arma e intentó volverse hacia Dash, seguramente para abandonar el coche. El cinturón de seguridad la mantuvo atrapada y jadeó con evidentes muestras de dolor.

—Déjame ayudarte —aún no la había visto mover el brazo izquierdo, de manera que Dash tuvo especial cuidado al inclinarse sobre ella y con delicadeza soltar el cinturón para liberarla.

Mirando en su dirección, Margo tragó nerviosamente, parpadeó dos veces y habló con voz ronca.

—Apártate.

Su voz era tan débil que él apenas la oyó, pero no se le ocurrió intentar desarmarla.

—¿Alguna idea de quién puede ser? —preguntó Dash mientras miraba hacia atrás.

—Sí —el agudo dolor hizo que Margaret entornara los ojos—. Problemas.

Las ruedas de la furgoneta al fin consiguieron agarrarse. Saltó varios metros hacia delante, patinó hacia un lado y, extrañamente, hizo un giro en «U», para volver a colocarse frente a ellos.

—¡Mierda! —la primera impresión de Dashiel había sido correcta—. Tenemos que irnos. ¡Ahora!

Margo encajó la mandíbula y sacó una pierna del coche.

«Demasiado lenta». La furgoneta se lanzaba de nuevo contra ellos, de modo que Dash optó por la vía expeditiva y levantó a Margo en vilo, apoyándola contra su pecho. Tras soltar un pequeño grito, y estremecerse todo su cuerpo, ella permaneció inmóvil.

Valiente. Condenadamente estoica.

La furgoneta seguía su veloz marcha y Dash comprendió que no alcanzarían su camioneta a tiempo. Por tanto se dirigió hacia la acera y corrió hacia la cuestionable seguridad que les ofrecía un callejón entre dos edificios de ladrillo. Mierda. No había salida.

Margo gruñó desmadejada, se movió para apuntar y, de repente, un fuerte estallido sonó condenadamente cerca de la oreja de Dash.

Que estuvo a punto de dejarla caer.

Unos segundos después oyó el ruido de los disparos que les estaban siendo devueltos. Dashiel se agachó y procuró proteger a Margo con su cuerpo mientras intentaba resguardarse detrás de un contenedor de metal.

Margaret encajó la mandíbula cuando él la depositó sobre el suelo, sucio y helado, detrás del contenedor. Una gruesa capa de hielo lo cubría todo. El aliento se congelaba en cuanto salía de su boca.

—¿Estás bien?

Pequeña, herida, aturdida, Margo aún consiguió recomponerse lo suficiente para asentir con determinación.

Era evidente que sufría un agudo dolor. Por la cabeza, o quizás por alguna otra herida. De todos modos, ¿qué podía hacer él? Más sangre corría por su barbilla y el cuello. Una farola sobre sus cabezas mostraba la palidez de su rostro.

Ambos oyeron con claridad el motor de la furgoneta a la entrada del callejón. A Dash no le gustaban sus posibilidades y apoyó un hombro contra el gigantesco contenedor para empujarlo lo suficiente para que les proporcionara un poco más de cobijo. Echó una ojeada a las ventanas de los dos edificios entre los que se encontraban. Un edificio tenía las ventanas cubiertas de gruesos barrotes y, de todos modos, eran demasiado altas para poderlas alcanzar. El otro les dejaría completamente expuestos. No habría manera de librarse sin ser disparados.

—¿Dash?

Dash contestó en tono distraído, no queriendo preocuparla.

—Enseguida llegará la ayuda —tranquilizarla y protegerla con su cuerpo era lo mejor que podía hacer por ella. Entre la basura encontró una gruesa y larga tubería y la recogió. Serviría como arma llegado el caso. Devolvió su mirada a Margo—. Supongo que no llevarás otra pistola encima, ¿verdad?

—No. Llevo munición extra y esposas... que se quedaron en mi bolso.

—¿Siguen en el coche?

—Sí.

—¿Hay algún otro arma en el coche?

—Un AR-15 en el maletero.

Dash se mordisqueó el labio inferior mientras sopesaba las opciones que tenía de llegar al coche y regresar.

—No —Margo se movió y dio un respingo—. Ni siquiera lo pienses.

Dado su estado, Dash decidió que lo mejor sería que él tuviera su pistola, pero de ninguna manera iba a intentar arrebatársela. Por la manera en que la sujetaba era evidente que le proporcionaba consuelo. Su hermano era igual. A menudo Logan le había confesado que se sentía desnudo sin ella.

Una repentina ráfaga de disparos impactó contra el contenedor de metal y las balas rebotaron en el edificio de ladrillo. Soltando un juramento, Dash se echó sobre Margo, procurando taparla lo mejor que podía con su pecho y sus brazos, protegerle la cabeza de los cascotes de ladrillos y hormigón que caían sobre ellos. Estaban tan pegados que compartían el mismo aliento.

Cuando las balas dejaron de caer, él se echó hacia atrás y la contempló antes de pasar una mano por su rostro y sus cabellos. Gracias a Dios no tenía ninguna herida.

—Me mareo —se quejó ella mientras tragaba con dificultad y se apartaba de las caricias de Dash.

Sin duda por la herida de la cabeza. Una extraña mezcla de rabia y preocupación le hizo ponerse tenso. Margo poseía la habilidad y la experiencia, y lo mejor que podía hacer era seguir sus indicaciones.

—¿Qué puedo hacer para ayudar?

Con el dorso de la mano que sujetaba el arma, ella se limpió la sangre del rostro. Hasta ese movimiento le obligó a apretar los dientes por la agonía que le produjo. Se mordió el labio inferior y tomó aire dos veces.

—Tengo que devolver los disparos, pero no tengo coordinación.

Dash le apartó de nuevo los cabellos de la frente para poder contemplar la herida.

—Logan está en camino.

—Pero hasta que llegue no seremos más que unos patitos de feria, y ellos están muy decididos.

Y eso significaba que, si no devolvían el fuego, los matones darían un paso al frente.

—¿Por qué no devuelvo yo los disparos?

Con el rostro tenso, ella contuvo el aliento, echó una ojeada por un lado del contenedor y volvió a agacharse.

—Me quieren muerta —afirmó mientras se dejaba caer contra Dashiel.

¡Y una mierda!

—Eso no va a ocurrir —haciendo un supremo esfuerzo, Dash consiguió imprimirle calma a su voz.

Como si él no hubiera dicho nada, Margo proseguía con su debate interno. Agarró la Glock con la mano derecha y empezó a temblar incontroladamente.

—No consigo sujetar el arma.

—Yo sé disparar —insistió él mientras se quitaba el abrigo y lo usaba para arroparle las piernas a Margo.

—¿Eres bueno? —ella parecía dudar.

—Logan me enseñó —lo cual ya era mucho—. Soy lo bastante bueno para mantenerlos a raya hasta que llegue mi hermano.

En medio de la turbulenta noche se oían voces de una conversación mantenida en tono bajo. Los muy bastardos creían que ya los tenían y estaban haciendo planes.

—Es ahora o nunca, nena.

Margo asintió débilmente.

—Me la tendrás que quitar de las manos.

Al principio Dash no lo entendió, pero al verla sentada, ensangrentada y magullada, con la mano firmemente sujeta al arma, comprendió a qué se refería.

—Tranquila —con delicadeza le quitó el arma negra de los dedos congelados y rígidos.

—Ni se te ocurra disparar a algún transeúnte inocente.

Dada la negrura de la noche, el mal tiempo y el tiroteo más que evidente, era poco probable que hubiera algún inocente dando vueltas por ahí.

—No es mi idea —con la pistola lista para disparar, Dash se inclinó un poco hacia delante, avanzó poco a poco… y vio a un hombre que apuntaba desde el asiento del conductor de la furgoneta.

A Dashiel solo le llevó un segundo grabar el rostro, los rasgos, de ese hombre en su cabeza.

Los inquietantes disparos se dirigieron hacia ellos. Dash percibió el respingo de Margo y la rabia calmó el acelerado corazón.

Soltó un prolongado suspiro, se preparó mientras avanzaba ligeramente hacia delante, lanzó tres rápidas ráfagas y volvió a ponerse a cubierto.

—¿Le has dado a alguien? —preguntó Margo, observándolo con algo parecido a una turbia admiración.

—A la furgoneta —eso creía.

Era un buen tirador, siempre que no lo compararan con Logan o con Reese, y probablemente con la teniente.

Utilizando solo el brazo derecho, pues el izquierdo colgaba en un extraño ángulo, Margaret se arrastró hacia el edificio de ladrillo para proporcionarle a él más espacio.

—No dejes de disparar.

Dash percibió la respiración agitada y sintió la inquebrantable fuerza de esa mujer.

Necesitaba atención médica urgente, pero lo primero era lo primero.

Arrastrándose de nuevo hacia delante, Dash disparó dos veces más contra la furgoneta. En esa ocasión estuvo seguro de haber acertado a un neumático y a la parrilla. El aire se llenó de juramentos.

—¡Y el siguiente entrará por la ventanilla, gilipollas!

Increíblemente, Margo consiguió reír.

Quizás porque se dieron cuenta de que su posición en campo abierto no era la mejor, sobre todo dado que sus víctimas estaban visiblemente dispuestas a contraatacar, los atacantes se rindieron. La furgoneta aceleró e, incluso con una rueda reventada, consiguió huir de la escena del crimen.

—No te muevas —ordenó Dash sin dejar de vigilar hasta que el vehículo se hubo perdido de vista.

Ella emitió un pequeño sonido que Dashiel optó por interpretar como una afirmación.

Dashiel se levantó y se arrastró pegado a la pared de ladrido hasta la calle para echar otro vistazo. No se veía nada más que edificios vacíos y hielo. El viento aullaba, recordándole que no llevaba puesto el abrigo. Y optó por ignorar el frío, porque era lo único que podía hacer.

Las luces de la furgoneta desaparecieron en medio de la noche. Aun así, Dash permaneció atento hasta que dejó de oírse el «plas, plas, plas» del neumático aplastado.

Cuando regresó junto a Margo, la encontró apoyada contra la pared, con los ojos cerrados. La tremenda quietud lo asustó.

—¡Eh!

Ella ni se molestó en mirarlo. A lo mejor ni siquiera podía.

—¿Se han ido?

El alivio que sintió Dash casi hizo que se le doblaran las rodillas.

—Por ahora.

Esperaba sinceramente que no dieran media vuelta y regresaran, pero permanecerían atentos por si acaso.

La sensación era de que había pasado una hora, aunque seguramente no eran más de cinco minutos. Sin duda la ayuda llegaría pronto.

Dash dejó la Glock en el suelo entre los dos, se subió la camiseta térmica y arrancó un trozo de la camiseta blanca.

—¿Qué haces?

—No pasa nada. Solo será un segundo.

Se asomó por el callejón hasta acercarse precavido a la calle principal, que seguía vacía. A su alrededor el hielo brillaba bajo la luz de las estrellas y la luna. Como campanillas de viento enmudecidas, el aguanieve que caía continuamente emitía un pequeño tintineo. El aire era tan frío, tan helado, que le dolían los pulmones al respirar.

La escena habría sido hermosa, si unos gorilas no estuvieran intentando matarlos.

Teniendo en cuenta la distancia que debía de haber recorrido la furgoneta, a los tiradores les llevaría unos minutos regresar a pie, y dudaba que lo hicieran. Sin duda debían de imaginarse que la policía estaría sobre aviso.

Pisoteando la nieve, agradecido de haberse puesto las botas, Dashiel recogió un montón de nieve y hielo e hizo un atadillo con el trozo de camiseta. Tras una última ojeada a su alrededor, regresó junto a Margo con la bolsa de hielo improvisada.

Cayó de rodillas a su lado, impresionado con su fortaleza, preocupado por su letargo y rebosante de instinto protector.

—Mantén los ojos cerrados.

Con suma delicadeza, le quitó los trozos de cristal y grava de los cortos cabellos y los hombros del abrigo negro de lana antes de presionar la herida de la cabeza con el hielo.

El dolor hizo que Margo frunciera el ceño, pero no pronunció ni una palabra.

—¿Estás herida en alguna otra parte, además de la cabeza? —él la miró sin dejar de sujetar la bolsa de hielo contra su cabeza.

Con un exagerado esfuerzo, ella abrió los ojos y lo miró.

—Me temo que sí.

—¿Dónde? —a Dash le dio un vuelco el corazón. Temía oír la respuesta.

Una respiración lenta y profunda expandió el pecho de Margaret. Los pálidos labios se abrieron para inspirar unas cuantas veces más, hasta que casi estuvo jadeando.

—Lamentablemente, mi codo izquierdo está dislocado.

¿Qué demonios? Dashiel ya se había fijado en cómo sujetaba el brazo izquierdo ligeramente apartado del cuerpo y en un extraño ángulo. Sus cejas descendieron de nuevo. La mano derecha de Margo, la que se había aferrado con fuerza al arma, estaba desnuda, pero llevaba un guante de cuero en la izquierda.

—¿Estás segura?

—Bastante segura —los ojos enrojecidos de Margo lo miraron burlones.

—¿Y por qué no dijiste nada? —él sintió una oleada de indignación.

—¿Y qué habrías podido hacer al respecto? —ella cerró los ojos de nuevo, casi como si no pudiera evitarlo.

Dashiel no tenía ni idea, pero aun así ella debería habérselo dicho.

—Cuando te saqué del coche...

¡Por Dios! Si prácticamente la había recostado sobre su hombro antes de echar a correr con ella a cuestas.

—Dolía como un demonio, pero ser disparada habría sido aún peor —pálida de dolor, Margo continuó—. Lo hiciste muy bien, Dash. Mejor de lo que habría esperado.

¿Y qué había esperado, que se desmoronara? ¿Que se escondiera detrás de ella, de la teniente grande y mala?

Más ira afloró a la superficie, y eso le fastidió realmente. Él nunca se enfadaba. Era de los tranquilos, por el amor de Dios, de los que disfrutaban de la vida y todas sus veleidades. Él no se sulfuraba, ¿por qué iba a hacerlo? Había sido bendecido con tanto que era incapaz de recordarlo todo.

Tenía unos padres que lo adoraban y un hermano que haría que cualquiera estuviera orgulloso de él.

Para la mayoría era un hombre adinerado, pero dado que el dinero no tenía gran importancia para él, prefería considerarse a sí mismo como «económicamente solvente».

Los genes le habían proporcionado estatura y fuerza, un cuerpo atlético que él había perfeccionado trabajando en su empresa de construcción, un cuerpo que atraía a las mujeres.

Y ese pensamiento lo llevó de vuelta a sus desavenencias con Margo, la única mujer que lo rechazaba a la menor ocasión. Y, por si fuera poco, acababa de descubrir que lo consideraba un debilucho.

Enfrentado a unos problemas más acuciantes, decidió hablarlo con ella más tarde. Cada vez que dejaba de encajar la mandíbula por el dolor, oía castañetear sus dientes, de manera que Dash se apoyó contra el muro, a su lado, y la atrajo delicadamente hacia sí para sujetarla y para darle calor.

—Umm, qué calentito estás —ella suspiró y se recostó contra su hombro.

La voz de Margo sonaba adormilada y eso también era preocupante.

—Siento mucho que no puedas dormirte aún —sin duda sufría una conmoción junto con el resto de las heridas. No se lo podía creer. La rodeó con un brazo y la atrajo hacia sí todo lo que pudo—. La ambulancia no debería tardar.

Y, mientras lo decía, a lo lejos se oyó una sirena que se aproximaba. Seguramente, no disponía de más de un minuto más con ella. Tomó el abrigo y cubrió las piernas de ambos con él, atrapando su calor con el de ella.

—Pronto podrás descansar.

—No necesito que me cuiden como si fuera un bebé.

—Lo sé —contestó él con dulzura mientras inspeccionaba la herida en el lastimado, aunque hermoso, rostro bajo la bolsa de hielo—. Creo que has dejado de sangrar.

Ella alzó la mirada y le ofreció la preciosa visión aturdida de sus ojos azules.

—Estás hecho un asco, Dash. Tienes sangre por todas partes —la mirada se deslizó hacia su cuello y el pecho—. ¿Es mía?

—Sí.

—Lo siento.

¿Por qué seguía con esa actitud hacia él?

—No te preocupes por ello —la ropa destrozada era la menor de sus preocupaciones.

—Me seguías —ella frunció el ceño.

—Por instinto —contestó él sin disculparse—. Sé que eres policía y que sabes cuidar de ti misma. Pero soy un hombre y no pude evitar contemplarte como una mujer que abandona un bar a altas horas de la madrugada, sola.

—Machista.

—Culpable —él intentó suavizar el posible insulto con una tímida sonrisa—. Dadas las circunstancias, espero que no te importe demasiado.

—Si no estuvieras aquí... —susurró Margo antes de interrumpirse, tragar nerviosamente, mirarlo un poco más y comenzar de nuevo—. Si no estuvieras aquí, estaría muerta.

—No —ni siquiera era capaz de considerar esa posibilidad. Besándole la cabeza, apoyó el hermoso rostro contra su cuello.

—Soy capaz de manejar casi cualquier situación.

—Lo sé —incluso en esos momentos, se notaba el testarudo orgullo de esa mujer.

—Pero no me voy a mentir a mí misma. Aún me siento un poco desorientada. Tengo la sensación de que la cabeza se me está partiendo en dos y, aunque no estoy herida del brazo con el que manejo el arma, no creo que hubiera podido acertar al disparar a nadie.

—¿Y qué? Yo tampoco acerté con todos mis disparos, pero aun así les hicimos huir —Dash se sentía tremendamente orgulloso de ella, y necesitaba hacérselo saber—. Te querían totalmente incapacitada tras la colisión.

—Y lo estaba.

—No —él le tomó el rostro y lo alzó.

Se le estaba hinchando un ojo, tenía una herida en la frente y la sangre corría por su mejilla. Y, aun así, sentía ganas de besarla. ¿Por qué no? Rozó delicadamente sus labios con los suyos.

—Al contrario —susurró contra su boca—, tu primer instinto fue agarrar la pistola.

—Lo tengo muy arraigado —contestó ella con calma.

—Porque eres un policía de los pies a la cabeza. Según Logan, uno de los mejores que ha conocido jamás.

—¿Eso te ha dicho?

—¿Es que no te das cuenta de lo mucho que te admiran Reese y él? ¿Por qué crees que no te ven como a una mujer? La policía que hay en ti lo domina todo.

—Supongo que eso es bueno.

Para Logan y para Reese sin duda lo era. Pero Dash no era uno de sus subordinados. Al final, si conseguía que cediera siquiera un poquito, conseguiría tenerla entre las sábanas y el cumplimiento de la ley sería lo último en lo que pensaría.

—Si esos miserables te hubieran abordado a pie, los habrías disparado, Margo. Estoy seguro.

Ella lo continuó mirando hasta que sintió de nuevo los párpados pesados. Al final cedió, cerró los ojos y se acurrucó contra él.

—No me resulta fácil admitirlo, pero me alegra muchísimo no estar sola.

Margo tragó con dificultad e hizo una pausa de varios segundos.

—Lo peor es que ahora tú estás metido en este lío.

—Lo sé —Dash era consciente de las implicaciones. Su camioneta estaba ahí fuera, donde los bribones podrían ver fácilmente el número de matrícula. Si querían descubrir su identidad, no tendrían ningún problema en hacerlo.

Pero estaba allí con Margo, abrazándola, protegiéndola, y no lo cambiaría por nada.

Y porque no era capaz de dejar de besarla, le besó la cabeza. Tenía un millón de preguntas que hacerle, pero tendrían que esperar. Al recordar el número de matrícula, comenzó a repetir en voz alta:

—E-K-B 8-9-3-2.

—¿Qué es eso? —preguntó ella.

—La matrícula de la camioneta. Solo quiero asegurarme de no olvidarla.

—¿Te fijaste en ella? —Margo se movió.

—Te embistieron. Por supuesto que me fijé en la matrícula —el sonido de las sirenas se hizo más fuerte, estaban más cerca. Y, por fin, vieron el reflejo de las luces de los coches patrulla. El reflejo rojo y azul rebotaba del hielo en todas direcciones.

Logan gritó el nombre de su hermano.

—¡Aquí! —Dashiel mantuvo a Margo pegada a su cuerpo, consciente de que estaba a punto de desvanecerse de nuevo. Tenía los ojos cerrados—. Estamos en el callejón.

Logan fue el primero en llegar, con el arma desenfundada hasta que los vio. Su mirada recorrió el callejón en busca de cualquier amenaza antes de contemplar atentamente el cuerpo de su hermano, terminando por su rostro.

—¿Te han dado? —Logan permanecía casi inmóvil.

—No, estoy bien. La sangre es de la cabeza de Margo. Tiene un codo dislocado y seguramente una conmoción también.

Parte de la rigidez desapareció visiblemente de los hombros de Logan, que empezó a dar órdenes. Incluso en esos momentos, Dash no pudo evitar sonreír ante la facilidad con la que su hermano tomaba el control de cualquier situación.

Había orgullo, pero la preocupación por Margo lo enturbiaba todo.

Reese, vestido con unos vaqueros y una sudadera, precedía a los sanitarios. Sus cabellos revueltos y vestimenta de calle indicaba que se había levantado de la cama para reunirse con Logan. Al verlos a los dos acurrucados en el suelo, Reese soltó un silbido y se agachó frente a Dash.

—¿El arma de la teniente? —preguntó mientras asentía en dirección de la Glock.

—Sí.

Reese la tomó y se la quedó.

—Dice que tiene más armas en el maletero del coche.

—Ya me ocuparé yo de eso —contestó el agente, resuelto y con calma—. Tendrás que acompañarme.

—Está herida —Dash se volvió hacia Margo.

La mirada de Reese se posó en su teniente.

—Peterson, ¿aguantas ahí? —preguntó sin siquiera un átomo de simpatía.

—Sí.

Reese enarcó una ceja ante el hilillo de voz, pero no dijo nada. Echó un vistazo a las heridas y se fijó en la bolsa de hielo que Dash presionaba contra la sien, y también en cómo la abrazaba.

—Los sanitarios traen una camilla.

Margo se irguió, abrió los ojos e intentó ponerse en pie. Dash se fijó en que intentaba disimular su dolor ante Reese, un dolor que no había tenido inconveniente en mostrarle a él. Se apresuró a ayudarla, teniendo un cuidado especial en no mover el brazo herido.

—Piensas salir caminando por tu propio pie, ¿a que sí? —Reese sonrió, sospechosamente satisfecho.

—No seas imbécil —Dashiel fulminó al agente con la mirada.

—Es lo que haría yo, o Logan —Reese se encogió de hombros.

Pero Margo no era un hombre, no era corpulenta y atlética, o…

—Puedes estar seguro de que no me van a llevar —ella se apartó de Dash.

Reese le dedicó a su amigo la típica mirada de «Ya te lo dije».

Los sanitarios hicieron su aparición.

—Dale a Reese el número de matrícula —ordenó Margo mientras cojeaba hacia los recién llegados, dejando a Dash sin palabras.

Dashiel observó a los dos hombres ofrecerle ayuda, y la vio a ella susurrar unas cuantas órdenes. Y se sintió tan tremendamente impotente que la ira lo inundó.

—Es la mujer más tozuda del mundo.

—Orgullosa más que cabezota —aclaró Reese dándole a Dash una palmada en el hombro que lo hizo trastabillarse hacia delante—. Deja de preocuparte. La cuidarán bien —recogió el abrigo de Dash, lo sacudió y se lo ofreció—. Necesito saber qué sucedió, ahora mismo, antes de que olvides los detalles más insignificantes.

—La acompaño al hospital —anunció Dash mientras metía los brazos por las mangas del abrigo.

—Yo conduciré tu camioneta —propuso Reese—. Al hospital iremos todos.

★★★

Con la sangre rezumando entre los dedos, Saul se sujetó la cabeza. Pero el dolor del golpe que se había dado contra el salpicadero no era nada comparado con el terror que sentía mientras aguardaba la reacción de Curtis a su cagada. La había dejado escapar. Estaba furioso, pero Saul mantenía el gesto impasible.

A Curtis no le haría falta más para descargar su cáustico temperamento.

Y en ese instante apareció su hermano, con el cuerpo encogido de ira y el rostro enrojecido de rabia.

Saul hizo una mueca, pero fue Toby el que recibió el golpe en la barbilla que estuvo a punto de derribarlo de la silla, y que empapó de sangre su perilla.

Lentamente, Toby se irguió. Sus ojos destilaban ira, pero se mantuvo en silencio y se limpió la sangre con el dorso de la mano.

«Tendrías que haber estado allí».

Sin responder al golpe, Toby se puso en pie y mantuvo la atención fija en Curtis.

—¡Ya sabes que Saul no es capaz de manejar esta mierda! —Curtis la emprendió de nuevo con Toby.

Sabiendo de sobra que era mejor no hacer ninguna objeción al insulto, Saul reculó, colocándose fuera del alcance de su hermano.

—Me habías enviado a otra parte —Toby se frotó la mandíbula.

—Tardaste demasiado. Si hubieses vuelto antes... —la ira de Curtis comenzó a amainar, sustituida por puro asco—. Encuéntrame una mujer —ordenó.

Saul sabía muy bien que le hablaba a Toby. No volvería a confiar en él en muchísimo tiempo.

—¿Para uso personal o para algún proyecto? —preguntó Toby, enigmático.

Saul siempre había admirado la compostura de Toby en las circunstancias más extremas. No era la primera vez que su hermano se desahogaba con Toby para no emprenderla con él.

Si Curtis quería una mujer para su propio disfrute, los requerimientos serían diferentes que si fuera una mujer para sus juegos.

Saul esperaba la respuesta, deseoso de que fuera para algún proyecto para poder participar él también.

En eso nunca había decepcionado a Curtis.

—Un proyecto —contestó su hermano apretando y relajando los puños antes de dirigir una furiosa mirada a Saul, aunque no lo golpeó—. Al parecer voy a tener que ocuparme yo mismo de esa zorra policía.

—Entonces hay que preparar una trampa —Toby asintió—. Entendido.

—¿Cuál es el plan? —Saul se inclinó hacia delante en el asiento.

—Voy a hacer lo que habéis sido incapaces de hacer vosotros —Curtis se volvió para marcharse—. Házmelo saber cuando hayas encontrado a la mujer.

—Me pondré a ello de inmediato —Toby agarró a Saul del brazo y lo hizo levantar de la silla.

En cuanto Curtis estuvo fuera de la vista, Toby se volvió y propinó a Saul un puñetazo en el estómago.

Saul se dobló por la cintura, incapaz de respirar mientras el dolor se irradiaba hacia fuera, mareándolo.

—Puede que tu hermano te lo evite, pero yo no. No lo olvides.

Saul lo vio marcharse mientras pensaba en vengarse. Sin embargo, desestimó la idea. Y se echó a reír.

Su hermano estaba preparado para otro proyecto, y Saul se moría de ganas.

CAPÍTULO 3

Dash le contó todo a Logan, y luego lo volvió a repetir ante Reese, y por último a los agentes de servicio. Todos querían oír la versión completa, una y otra vez. Hambriento, cansado y, tal y como había vaticinado Reese, preocupado, paseaba de un lado a otro sin parar.

Y, como no se sentaba, Logan se levantó y lo acompañó en sus paseos por el pasillo.

—¿De modo que te encontraste con Margo en el bar?

—Sí —afirmó por quinta vez—. La estaba buscando y la encontré, y... —Dash agitó una mano en el aire. Logan ya se sabía lo demás.

—Creía que ya habías terminado con eso.

—No —él soltó una risa carente de humor.

Lo había intentado, desde luego. Había dedicado las vacaciones a visitar a sus padres con Logan y Pepper. Sus padres, por supuesto, adoraban a Pepper. Era única, hermosa y la pareja perfecta para Logan. Desgraciadamente, su madre había visto a Logan felizmente casado, y quería lo mismo para Dash.

—¿Sigues interesado en ella?

A Logan la idea no parecía hacerle feliz. Gracias a los intentos de su madre por casarlo, había optado por refugiarse en la cabaña del lago. Pero la soledad no había resultado tan pacífica como de costumbre y, al final, se había rendido y se había embarcado en un rosario de revolcones de una noche.

Todo había resultado ser una pérdida de tiempo porque ninguna de esas mujeres estaba a la altura de Margo. De modo que había empezado a buscar otra cabaña que comprar y en la que refugiarse. Una cabaña que no le recordara a Logan y Pepper.

—Va a necesitar ayuda durante los próximos días.

—¿Quién? —Logan frunció el ceño.

—Margo —apartando a su hermano de en medio, Dash se dirigió de vuelta a la sala de espera.

—Peterson es muy capaz de cuidar de sí misma y no aceptará de buen grado tus intentos de mimarla —Logan se mantuvo a su paso.

—Ahí te equivocas —Dashiel hundió las manos en los bolsillos para que no se notara que tenía los puños cerrados—. Lo que no aceptaría es que la mimaras tú.

—¿Insinúas que tú eres diferente?

—Puedes estar seguro —necesitaba creer que era así—. Y ahora deja de pincharme.

—No te estaba pinchando —contestó su hermano en un tono excesivamente tranquilo que puso a Dash de los nervios—. ¿Qué puedo hacer para ayudar? ¿Quieres que te traiga algo de ropa limpia? Tu camisa está hecha un asco.

Manchada con la sangre de Margo. Por el amor de Dios, ¿por qué tardaban tanto?

—Una camisa, calcetines, quizás una cuchilla de afeitar. Te lo agradezco.

—No hay de qué. Mi casa está más cerca del hospital que la tuya. Debería estar de regreso antes de que Peterson y tú os marchéis de aquí.

—Añade unos pantalones de chándal o algo así —Dash era más alto que su hermano, de modo que no podía usar sus vaqueros—. Mañana por la mañana lavaré mi ropa.

—Suponiendo que Peterson te deje quedarte en su casa hasta entonces.

Ante la mirada furiosa de Dash, Logan reprimió una sonrisa y alzó las manos en un gesto de rendición.

—Seguro que te recibe con los brazos abiertos.

—¿Quién? —preguntó Reese, de pie en el umbral de la sala de espera—. ¿Peterson? Será una broma, ¿no?

Dash pasó a su lado, empujándolo y casi haciendo que se le derramara el café. Normalmente soportaba las bromas sobre Margo: que tenía hielo en lugar de sangre y unas pelotas que no desmerecían a las de cualquier tío.

Pero esa noche no estaba para bromas.

Al cabo de un minuto, Reese se sentó frente a él.

—Logan se ha ido a buscar algunas cosas. Ha dicho que volverá enseguida.

¿Habrían encontrado algún problema más en Margo? ¿Por eso tardaban tanto? ¿Estarían operándola en esos momentos? ¿Alguien les informaría de ello de ser así?

El teléfono de Reese sonó y, durante los minutos que siguieron, Dash tuvo que oír fragmentos de una conversación mantenida con su esposa. Hasta hacía poco no había envidiado a su hermano, o a Reese, por su condición de casados.

Pero desde hacía poco... Se levantó y reanudó los paseos, pero solo había llegado a la puerta cuando Reese le habló de nuevo.

—Dice Alice que, si puede hacer algo para ayudar, que se lo digas.

—Gracias —Dashiel asintió mientras se apoyaba contra la pared—. ¿Qué tal el crío?

—Bien —Reese se reclinó en el asiento y estiró las largas piernas antes de frotarse el muslo izquierdo, donde una vieja herida de bala aún le molestaba cuando estaba cansado—. Por fin se le ha pasado la gripe, pobrecillo.

De ahí el aspecto destrozado de Reese.

—¿Muchas noches sin dormir?

—Alice es una magnífica mamá gallina. Y Marcus, bueno, aún me emociono cuando lo miro.

Lo cual significaba que tanto Alice como Reese habían permanecido atentos a las necesidades de Marcus.

—Ya... —fue la única contestación de Dash.

Porque no había palabras para abarcarlo todo. A la edad de nueve años, Marcus ya había visto un mundo de dolor. Su padre se encontraba entre rejas, donde debía estar, y su madre drogadicta había muerto de sobredosis.

Pero, si había alguien capaz de conseguir recuperar a Marcus, esos eran Reese y Alice.

En la sala de espera se hizo el silencio durante varios minutos, hasta que se oyó el chirriar de unas suelas de goma que se aproximaban. Dash se reunió con el hombre a medio camino, pero eso no detuvo la marcha del médico que continuó unos pasos más antes de detenerse.

—¿Vienen con Margaret Peterson? —preguntó.

—Sí —Dash lo siguió de nuevo al interior de la sala de espera, donde Reese se incorporó con visible ansiedad.

—Soy el doctor Westberry —el hombre ofreció su mano, y Dash la estrechó.

—Dash Riske. Soy… un amigo.

El médico lo miró por encima de las gafas, lo evaluó y se volvió hacia Reese.

—Detective Bareden. Peterson es mi teniente.

—Entiendo. ¿No hay ningún familiar?

—No —Dash sacudió la cabeza.

—De acuerdo entonces —el doctor abrió una carpeta y repasó sus notas—. La buena noticia es que se pondrá bien. No hay ningún nervio o hueso dañado. No hará falta intervenir. Pero hemos tenido que reducir, es decir, recolocar, el codo.

—He oído que eso duele como un demonio —observó Reese.

—Es muy doloroso, en efecto —el médico frunció el ceño—. Se negó a que le administrásemos un sedante, pero le dimos un analgésico, tanto antes como después. Durante los próximos días estará bastante molesta.

—¿Por qué tardaron tanto? —preguntó Dashiel—. Sangraba por la cabeza, y quizás tenga otras heridas.

El médico devolvió su atención a la maldita carpeta.

—Aparte de las pruebas para descubrir alguna lesión en las arterias y nervios del brazo, y la posibilidad de que hubiera algún hueso roto, también hemos revisado la herida de la cabeza.

—¿Y? —preguntó Reese.

—No hemos encontrado ninguna lesión. Le dimos unos puntos en la cabeza, y la enfermera le limpió la sangre —el hombre los miró a los dos—. Sufre una conmoción. Lo mejor sería que alguien permaneciera con ella esta noche.

—Yo lo haré —Dash dio un paso al frente.

Reese lo miró con una ceja enarcada.

—Yo me quedo con ella —insistió Dash, envalentonado—. Solo tiene que indicarme qué debo hacer.

—Sí, bueno, si ella accede a que usted se quede, tendrá que supervisarlo todo. Cada dos horas mientras esté despierta, cada tres cuando duerma, hacer un chequeo neurológico, preguntarle su nombre, la fecha, asegurarse de que sabe dónde está. Asegurarse de que ambas pupilas tienen el mismo tamaño.

Dash escuchaba atentamente las indicaciones del doctor, dispuesto a hacer cualquier cosa que hiciera falta.

—Le he recetado un medicamento para el dolor, de manera que, si puede, asegúrese de que se lo tome. La ayudará a descansar.

Dash no tenía ni idea de cómo se suponía que iba a descansar Margo si tenía que despertarla cada tres horas, pero lo haría de todos modos.

Con aspecto de cansancio, el médico se dejó caer en un asiento y por fin cerró la carpeta.

—Le hemos colocado una férula para mantener el codo flexionado y para evitar que lo mueva. El cabestrillo tiene por objeto sujetar el peso del brazo, pero se puede quitar si le resulta más cómodo. Sin embargo, no puede quitarse la férula, no puede mover el codo y debería mantenerlo elevado tanto como le sea posible. Durante el día, cada dos horas dele un poco de hielo para bajar la inflamación.

—Entendido.

—Es importante que durante los próximos días no se muestre muy activa —añadió el médico con cierto tono de escepticismo—. No queremos arriesgarnos a una nueva lesión —la siguiente frase fue pronunciada en un susurro—. Aunque no tengo ni idea de cómo va a conseguir esto último. Le deseo suerte.

—¿Le ha hecho pasar un mal rato? —Reese sonrió.

—Digamos que tiene un carácter muy fuerte.

—¿Algo más? —Dash no conseguía encontrarle el lado divertido.

—Le hemos dado indicaciones para que acuda a un traumatólogo dentro de tres días. En general preferimos limitar la inmovilidad para que las articulaciones no se vuelvan demasiado rígidas. El traumatólogo le dirá cuándo podrá quitarse la férula y comenzar con unos ejercicios suaves para recuperar la movilidad.

—¿Va a estar mucho tiempo de baja?

—La mayoría de los pacientes en su caso vuelven a la vida activa en cuatro o seis semanas.

—Eso no le va a gustar —Reese soltó un silbido.

Dash sabía que era cierto, y temió la frustración que iba a sentir Margo.

—En general —el médico volvió a ponerse en pie, con la carpeta apoyada en un costado—, debería estar bien.

—¿Cuándo puedo verla? —Dashiel volvió a sacudir la cabeza.

—La enfermera se lo dirá. No creo que tarde mucho.

—Tú también deberías descansar —observó Reese cuando el doctor se hubo marchado.

—Y eso lo dice el tipo que ha pasado varias noches en vela junto a un niño enfermo —después de saber que Margo se pondría bien, el agotamiento hizo mella en él y se dejó caer en una silla junto a Reese.

No tenía ningún sentido que se implicara tanto. Cierto que no soportaba la visión de una persona herida, sobre todo una mujer. Siempre hacía lo que podía para ayudar a alguien en esa situación.

Pero lo que sentía era mucho más que preocupación por otra persona. Solo la familia le había generado tanto sentimiento.

Y, sin embargo, Margo no era de la familia. Ni siquiera una novia informal.

Y, si ella seguía saliéndose con la suya, no pasarían de ser conocidos y nada más.

Pero Dash no tenía intención de permitirle salirse con la suya.

—Iba a sugerirte que dejaras que tu hermano la llevara a casa para que tú pudieras dormir unas horas antes de empezar a jugar al buen samaritano —Reese soltó un bufido.

—No.

—Pero, a juzgar por tu expresión, creo que será mejor que ni me moleste en sugerirlo.

—Buena idea.

Margo echaría a Logan de su casa y no dejaría entrar a Dash. Tenía que aprovecharse de su vulnerabilidad porque, en cuanto tuviera la oportunidad de tomar aire, jamás admitiría que necesitaba ayuda.

—No te preocupes, Reese. Lo tengo todo controlado —Dash sacó el móvil del bolsillo y llamó a su capataz. Ser el dueño de la empresa le permitía tomarse todos los días libres que necesitara.

Y, aunque Margo no se diera cuenta de ello, también significaba que estaba acostumbrado a tomar decisiones. Quizás estuviera acostumbrada a pisotear a algunos hombres, y a intimidar a otros, y seguramente confundía su habitual buen humor con debilidad, pero muy pronto la teniente Margaret Peterson empezaría a conocerlo mejor.

Y descubriría que las apariencias rara vez lo reflejaban todo.

Lo más difícil había sido quitarle la ropa, sobre todo ese maldito guante de cuero. Margo tenía los dedos tan hinchados que habían tenido que cortar el guante. Después de eso, los medicamentos que le habían dado habían comenzado a hacerle efecto y, aunque no consiguieron eliminar el dolor, sí lo volvieron más soportable.

Ojalá hubiera también medicamentos para la frustración y las preocupaciones.

Al seguirla desde el bar, Dash se había convertido en un objetivo, al igual que ella. Jamás había pretendido implicarlo de esa manera. No era policía, no estaba preparado para enfrentarse a los peligros que les aguardaban.

Pero cada vez que la preocupación se abría paso en su mente, recordaba la rápida reacción de Dash y su habilidad para ahuyentar a los dos hombres armados. Recordó cómo la había cuidado sin mostrar condescendencia. Recordó su sincera preocupación y cómo la había disimulado ante ella.

Todo ello había supuesto una agradable sorpresa. Una especie de... afrodisíaco. Pensar en Dash le resultaba más sencillo que concentrarse en sus dolores y malestares.

En el transcurso del largo rosario de radiografías, análisis, colocación del codo y numerosas pruebas neurológicas, él había permanecido allí, en el hospital, con ella.

¿Por qué lo había hecho? No era una niña necesitada de ayuda.

Era muy capaz de tomar un taxi para que la llevara a su casa. Lo que más le había intranquilizado era saber que Logan le había llevado a su hermano una serie de artículos de baño y ropa para cambiarse porque Dash tenía la intención de quedarse con ella en su casa.

Y sus dos detectives principales lo sabían.

Resultaba de lo más humillante, y a la vez reconfortante, tanto que casi no podía soportarlo. Su familia no era aficionada a los mimos. En caso de necesidad se imponían palabras de ánimo y un buen empujón en la dirección adecuada.

No hacía falta, ni se esperaba, nada más.

Su familia sabía que había resultado herida, pero ninguno estaba dispuesto a acudir de madrugada a verla. Durante una muy breve llamada telefónica, su padre le había preguntado si iba a ponerse bien.

—Sí, señor, por supuesto —había contestado ella sin delatar el dolor que sentía.

El orgullo en la voz de su padre fue más que evidente.

—Bien. Ya hablaremos más tarde.

Así se comportaban los adultos maduros ante las lesiones menores. No esperaba que Dash comprendiera el protocolo. Ella era teniente, por el amor de Dios, la mujer más joven jamás ascendida a ese puesto en la ciudad. No era una frágil y desvalida ciudadana.

No necesitaba que nadie se preocupara por ella.

Y, sin embargo, Dash se había quedado y, para cuando abandonaron el hospital, con la cabeza cosida y el brazo en cabestrillo sujeto con una férula, el sol ya había salido.

Dejándose caer en el asiento del copiloto, con el brazo izquierdo apoyado sobre el abrigo de Dash, Margo mantuvo los ojos cerrados. De ese modo no se veía obligada a observar la preocupación en sus ojos.

—Ya casi hemos llegado —le informó él con delicadeza.

Rojas pinceladas de amanecer arrancaban destellos de las placas de hielo de la carretera, los árboles y los edificios, en un cegador espectáculo que no hizo más que amplificar el dolor de cabeza de Margaret. Cada pequeño bache en la carretera le producía un latigazo en el codo. Tenía más magulladuras de las que era capaz de contar. Por todo su cuerpo, un latido infinito de malestar intentaba reclamar toda su atención.

Pero unos pocos minutos después, Dash detuvo la camioneta a la entrada de su casa y Margo tuvo otras preocupaciones en las que pensar, cosas más importantes.

Dash estaba en peligro por su culpa. ¿Estaría más seguro lejos de ella, o junto a ella? Y, sobre todo, ¿su presencia le impediría hacer lo que tenía que hacer?

Y lo que desde luego tenía intención de hacer.

—Tranquila —le advirtió él mientras aparcaba.

Rodeó el vehículo y abrió la puerta del copiloto. El suelo parecía estar muy lejos y Margo se estremeció ante el esfuerzo que iba a necesitar para volver a ponerse en pie.

Se giró a medias y Dash deslizó cuidadosamente un brazo bajo sus muslos y el otro por su espalda para poder sacarla en brazos. La manejaba aparentemente sin ningún esfuerzo, acunándola contra su amplio y cálido pecho.

Una mujer más débil habría accedido a que la llevara en brazos. Pero ella no había sido criada como una mujer débil.

—Gracias —apreciaba sinceramente la ayuda ante la altura de la camioneta. La sola perspectiva de tener que saltar hacía que le doliera todo el cuerpo—. Ya puedo continuar yo sola.

O eso esperaba.

—¿Insistes? —los ojos marrones la escrutaron intensamente.

—Sí.

—Pues qué lástima. Me gusta tenerte en brazos —él le dedicó una ardiente mirada mientras, lentamente, la depositaba en el suelo, pero no la soltó hasta que hubo encontrado el equilibrio. Después la envolvió con su abrigo—. ¿Todo bien?

Aunque le dolía respirar, ella asintió.

—Qué cabezota.

Dash agarró el bolso de Margo, las cosas que Logan le había llevado al hospital y la bolsa con las ropas ensangrentadas. La ropa iba a ir directa a la basura, pero Margaret agradeció que Dash hubiera recuperado su bolso del coche.

De su coche recién estrenado y ya destrozado.

El recuerdo se merecía un buen gemido, pero ella se contuvo

mientras se concentraba en no arrastrar los pies a lo largo del breve trayecto desde la camioneta hasta la puerta de su casa. Por culpa del cabestrillo y la férula, no podía ponerse el abrigo, solo echárselo sobre los hombros, y el gélido viento se lo arrancó con facilidad. La ropa del hospital que le habían prestado no servía de nada contra el frío que se introdujo directamente hasta sus huesos. Agotada, Margo volvió a recolocarse el abrigo.

—Vamos —Dash transfirió todos los objetos a una mano y la abrazó con el brazo libre—. Solo te faltaba, además, acatarrarte.

Dado su desquiciante horario de trabajo, solía regresar a su casa a cualquier hora. Las luces del exterior de la casa se encendían automáticamente al atardecer y se apagaban al amanecer. Frente a la casa había numerosos árboles que bloqueaban la luz del sol de la mañana, pero ya quedaba poco para que perdieran la hoja.

—Bonito lugar.

Ya... Dash ni siquiera había echado un vistazo a su alrededor. Desde que el médico le había permitido asomarse por la cortina de su habitación, no había dejado de sentir su constante mirada puesta en ella.

Nadie la había observado tan atentamente como él. Iba mucho más allá de la intimidad con la que un hombre miraba a la mujer que deseaba. No estaba segura de qué podía significar porque nunca le había sucedido nada parecido.

Sabía que Dash estaba preocupado porque solo sonreía cuando sabía que ella lo miraba. Pero en sus ojos se reflejaba mucho más que preocupación, y eso le ponía de los nervios, haciéndola sentirse extrañamente incómoda.

Llegaron a la puerta delantera y, aunque sabía que sería inútil, Margo se volvió hacia Dash. Quizás fuera por los analgésicos o la confusión producida por la contusión, o por pura y simple indecisión. El caso era que no había sido capaz de elaborar una excusa creíble para rechazarlo. En realidad, Dash ni siquiera lo había consultado con ella. El médico había decretado que, debido a la contusión, no podía quedarse sola y Dash se había ofrecido como canguro. Pero tras haber dispuesto de un poco de tiempo para centrarse, Margo había decidido que estaría más seguro lejos de ella.

Y ella también estaría más segura sin su constante presencia que le hacía sentir cosas que no debería sentir.

Mirándolo a los ojos con la esperanza de resultar convincente, comenzó.

—Gracias por traerme —Margo levantó una mano helada para estrechársela.

—¿Así es como vas a intentar librarte de mí? —sonriendo, él tomó la mano de Margo y se la llevó al pecho.

«Sí».

—No hace falta que te quedes.

Dash cambió de posición para que su cuerpo bloqueara el viento, y se acercó lo suficiente como para que los anchos hombros le ocultaran la luz del sol.

—¿Preferirías que se quedaran Logan o Reese?

—¡No! —ella se estremeció ante la idea.

Si fuera realmente necesario, allí estaba su familia. Cierto que no deseaba ver a ninguno hasta que estuviera recuperada al cien por cien. Pero disponía de alarma y…

—¿Estás saliendo con alguien?

—No —menuda estupidez. ¿Desde cuándo tenía tiempo para mantener una relación formal?

—Pues entonces solo quedo yo, ¿verdad? El médico dijo que no deberías quedarte sola, de manera que, si me obligas a marcharme, tendré que llamar a mi hermano y él seguramente llamará a…

—¡De acuerdo! —exclamó ella mientras daba un respingo ante la punzada de dolor que atravesó su cabeza. Maldito fuera ese tipo, sabía de sobra que no quería que sus detectives la vieran en ese estado de debilidad—. No llames a Logan.

—No lo haré —la tranquilizó Dash mientras levantaba el bolso en alto—. ¿Las llaves están aquí dentro?

Margo estaba demasiado helada, agotada y dolorida como para ponerse a discutir en el porche delantero. Y, en contra de todo sentido común, también sentía cierto alivio al saber que no estaría sola. Cerró los ojos con fuerza y asintió.

—En el bolsillo lateral con cremallera.

—Aguanta, cielo. En un segundo estarás dentro —Dash soltó la bolsa con ropa, encontró las llaves y abrió la puerta.

Súbitamente apareció Oliver, que frotó su cabeza blanca contra las piernas de su dueña.

—¿Tienes un gato? —Dash permaneció inmóvil.

¿Acaso no era evidente?

—No. Ha debido de forzar la entrada. Rápido, llama a la policía.

—Qué graciosilla —contestó él antes de añadir con algo más de incredulidad—. Tienes un gato realmente viejo.

Ante el sonido de la voz de Dash, el gato se detuvo, arqueó la espalda y bufó.

—Es mi cachorrito —a pesar del dolor, Margo se agachó—. No pasa nada, Ollie —le acarició la cabeza y le rascó bajo la barbilla—. Vamos, cielo, adentro.

No resultaba sencillo caminar con un gato metiéndose nerviosamente entre los tobillos. Margo fue trastabillando hasta el sofá y se dejó caer con mucho cuidado sobre los cojines para que Ollie pudiera sentarse con ella. Al saltar, el gato le hizo daño en el codo lastimado y Margaret apretó los dientes mientras le permitía frotar su cabeza contra la mano libre, y luego le permitía frotar todo su cuerpo contra el brazo lastimado.

Dash cerró la puerta y, cuando lo vio dentro de su hogar, la realidad de la situación la golpeó de pleno. Margo lo miró con curiosidad y lo vio observándola. Su primer impulso fue el de acurrucarse en el sofá y dormir durante días.

—Ollie está ciego —fue lo que oyó surgir de sus propios labios.

Dash permaneció en silencio, pero sus expresivos ojos lo delataron. Opinaba que tenía el corazón blando.

Qué dulce.

Ese hombre opinaba que era delicada, como la mayoría de las mujeres.

Debería hacerle cambiar de idea de inmediato, pero no tenía suficiente energía. En ese momento no.

Casi como un recordatorio de lo que acababan de sufrir y el comportamiento de Dash bajo presión, se fijó en que aún llevaba la camisa cubierta de sangre seca. Los cabellos castaños revueltos y la sombra de barba añadían un toque rudo a su atractivo. Ni siquiera el bolso que seguía sujetando en la mano conseguía restarle masculinidad.

—Cuando lo adopté —Margaret tragó nerviosamente antes de proseguir—, Ollie ya sufría muchos problemas de salud, pero era tan cariñoso, un bichejo tan adorable que fui incapaz de rechazarlo —a lo mejor al final resultaba que sí tenía el corazón blando—. Estamos hechos el uno para el otro.

—¿Eso quiere decir que tú también eres un bichejo adorable?

«Sí».

—No quise decir eso —en realidad, ¿qué había querido decir? Margo sacudió la cabeza.

—¿Perdió el ojo? —Dash optó por dejar de irritarla.

—Sí —Ollie se inclinó hacia su dueña, exigiendo más mimos, esperando a que utilizara ambas manos. Pobrecillo, pues no había manera de explicarle que durante unos días solo iba a recibir caricias de una mano.—. Y tampoco ve bien por el otro. Sobrevivió a un tornado, pero quedó tan dañado que sus dueños ya no pudieron hacerse cargo de él. Tenían que reconstruir su casa y...

—¿Y? —Dashiel frunció el ceño—, era un miembro de la familia.

Así lo veía ella también, pero no se atrevía a juzgar duramente a otros que ya habían sufrido lo suyo.

—Ahora es mío —y Margo jamás lo abandonaría.

—¿Se espantará si me acerco demasiado? —él se adentró un poco más en el salón.

—Sí, pero no te lo tomes como algo personal. Aún tiene pesadillas por los horrores que vivió —Ollie apoyó una pata sobre el muslo de Margo mientras ronroneaba.

—¿Pesadillas?

—Por las noches empieza a llorar como si sucediera algo. Pero el veterinario dice que está bien. Normalmente basta con que se despierte lo suficiente para darse cuenta de que está bien.

«Conmigo». El brazo de Margaret palpitó. Necesitaba bañarse, cambiarse de ropa y descansar.

Pero ¿qué iba a hacer con Dash?

Su casa era pequeña y parecía encogerse aún más con él dentro. ¿Dónde iba a acomodarlo? El sofá era demasiado pequeño, y la casa no disponía de un cuarto de invitados.

—¿Y cómo consigues que vuelva a calmarse?

Margo tenía ganas de dormir, no de hablar, pero en su familia las quejas no eran una opción, de modo que aguantó y puso buena cara.

—En las noches malas, lo tengo en brazos un rato y al final acaba por regresar a su cama.

—¿No duerme contigo?

Ella acarició el lomo de Ollie hasta el final del rabo, tal y como sabía que le gustaba que hiciera.

—Él decide. Nunca se lo he prohibido.

Dash se fue sentando poco a poco en el sofá. Los cojines se hundieron bajo su peso y los vaqueros se tensaron alrededor de sus fornidos muslos. Olía a masculinidad y a aire fresco. ¿Cómo podía sentirse excitada en un momento como ese?

—Dijiste que era tu cachorrito.

Hasta su voz grave le resultaba afrodisíaca. ¿Qué demonios le pasaba?

Ollie se volvió hacia Dash, respiró el aire y se acurrucó contra su dueña, recordándole que debía seguir con las caricias.

—Estar ciego no lo detiene. Me oye y me sigue allá adonde vaya, como un alegre cachorrito.

—Bonita manera de calificarlo —con sumo cuidado, Dash alargó una mano. Tenía los dedos largos, las palmas llenas de callosidades. Eran las manos de un trabajador—. Tu voz y tu presencia sin duda lo tranquilizan.

—Sí —esas manos la habían tocado con delicadeza en el callejón, apartándole los cabellos del rostro, deslizándose sobre sus heridas, quitándole el arma de las manos. Sexys, competentes, compasivas.

¿Qué sensación le producirían esas manos sobre el cuerpo desnudo?

—¿Margo?

Ella tuvo que realizar un supremo esfuerzo para levantar la mirada hasta su rostro.

—A Ollie no le gustan los extraños.

Pero Ollie no sacó las garras. Olisqueó la palma de la mano de Dash durante un buen rato, y, cuando Dash volvió lentamente la mano, Ollie la empujó con su cabeza, demandando una caricia.

¡Al muy traidor le gustaba ese tipo!

Y ahí estaba la hermosa sonrisa de Dash. La particular inclinación de la boca la afectó como si le hubiera acariciado en alguna zona íntima.

Margo se estremeció y él enarcó una ceja.

—¿Estás bien?

—Sí —a lo mejor. Margaret se aclaró la garganta para eliminar la ronquera de la voz—. No me puedo creer que te deje acariciarlo.

—Adoro a los animales, y ellos se dan cuenta. Me ayuda a conquistarlos.

Ella seguía con la mirada fija en Ollie, que se acercaba cada vez más a Dash mientras empezaba a emitir su prolongado y grave ronroneo, ese ronroneo que reservaba para los momentos especiales de afecto.

—Eres un buen chico, claro que sí, ¿verdad, Ollie? —tal y como la había visto hacer a ella, Dash deslizó una mano desde la cabeza del gato hasta la punta del rabo. Ollie arqueó la espalda, en pleno éxtasis—. Eso te gusta, ¿verdad, muchacho?

Los padres de Margo despreciaban al gato, o a ella por amarlo, pero Dash parecía encantado con la aceptación del animal.

Sin duda era culpa de la medicación, pero, maldita fuera, sus ojos se llenaron de lágrimas.

—Todavía no has sufrido sus malas costumbres.

—¿En serio? ¿Cuáles?

—A veces no acierta en el cajón de arena.

La sonrisa de Dash se convirtió en una risita sofocada.

«Una risita». ¡Por Dios, cómo le gustaba ese sonido! Margo se retorció en el sofá.

Dash rascó a Ollie delicadamente detrás de la oreja, dejándola fascinada.

—Dado que está ciego, con que acierte el cincuenta por ciento de las veces, yo diría que no está mal.

Margo seguía sin comprender su reacción ante ese hombre.

—Tengo puesta una alfombra de goma bajo la caja de arena. Cuando falla, al menos no estropea nada.

—Parece que estuviera a punto de dormirse —Dash le obsequió al gato con otra prolongada caricia—. Qué suave es su pelo.

—Es un peluche —para distraer la conversación de las caricias de Dashiel, Margo apartó la mirada hacia el reloj de la pared. Eran casi las siete de la mañana—. Seguramente se asustó al ver que no regresaba a casa, de modo que no habrá dormido tanto como de costumbre. Antes de que se duerma tengo que darle de comer.

—¿Por qué no dejas que me ocupe yo de eso?

Qué fácil le resultaría permitirle hacerse cargo de todo. Demasiado fácil.

—Puedo hacerlo yo.

Con el brazo sujeto por la férula podía moverse sin lastimárselo. Pero hasta el más mínimo movimiento amplificaba su dolor de cabeza.

Dash se volvió hasta quedar frente a ella, la agarró por debajo de los brazos y la ayudó a ponerse de pie sin ninguna dificultad, y sin provocarle más dolor del que ya sentía.

Era muy alto y musculoso. Si no se tenía en cuenta la camisa destrozada y la sombra de barba, nadie se habría podido figurar jamás que Dash llevaba levantado toda la noche con ella. La comparación con su patético estado le dio ganas de vomitar. O a lo mejor se debía también a la conmoción.

No podía ser tan lastimosa.

Con él no. Jamás.

—No hace falta que te quedes.

—Esa canción ya la hemos cantado, ¿recuerdas? —él la siguió a la cocina.

—No puedes tratarme como si fuera una inválida.

—Confía en mí, Margo, así no es como yo te veo —cuando ella se detuvo y se volvió hacia él, Dash alzó las manos en el aire—. Lo siento, pero no puedo evitarlo. Incluso herida resultas impresionante.

—Será una broma, ¿no? —ella encajó la mandíbula.

Dash bajó las manos y la vista, dirigiéndole una profunda mirada desde los pechos hasta los muslos antes de contestar.

—No —contestó con cierta brusquedad mientras alzaba los ojos hasta el rostro de Margo—. En ocasiones me resulta condenadamente frustrante, pero en su conjunto me gusta que no seas la típica mujer.

Bajo ningún concepto podía ella mantener esa conversación en ese momento.

—De acuerdo. Como quieras —Margo señaló hacia un armario—. La comida del gato está ahí dentro. Abre una lata, pero échala en un plato grande y déjalo junto a la fuente de agua.

Dash contempló el burbujeante cuenco.

—Hace bastante ruido como para que... —de repente lo comprendió— para que lo encuentre un gato ciego.

—Necesito ducharme —ella se apartó para no ver el gesto de admiración.

—No.

Incrédula, Margaret lo miró fijamente.

—No debes mojarte la férula.

«Ya estamos otra vez».

—Pero no puedo dormir con el pelo lleno de sangre.

—No lo tienes tan mal desde que la enfermera te limpió, pero —él se acercó por detrás para comprobarlo y rozó los cortos cabellos con la punta de los dedos, que deslizó por el cuello hasta los hombros—. ¿Qué tal si te preparo un baño?

—No puedo lavarme el pelo en la bañera.

—En la ducha te cargarás la férula, y tampoco deberías mojarte los puntos.

—Me quitaré la férula.

—No —contestó Dash de inmediato—. Piensa un poco. Podrías acabar de nuevo en el hospital. El médico dijo tres días. Si llevas esto durante tres días a lo mejor te la sustituyen por una abrazadera.

Cómo le fastidiaba que tuviera razón.

—Oliver se impacienta por su comida.

—Lo siento, chico —se disculpó Dash ante el gato tras unos segundos de duda.

Echó de menos inmediatamente el calor de su cuerpo. Margo se volvió para observar cómo Dash tomaba una lata del armario y le quitaba la tapa.

—Si te dieras un baño, yo podría lavarte el pelo —él la miró de nuevo.

—Ni lo sueñes.

Ollie olió la comida y empezó a maullar con impaciencia, enroscándose entre las piernas de su dueña.

—Desde luego he soñado con ello. Sobre todo con la parte en la que estás desnuda y mojada.

Margo sintió que el aire no pasaba por sus pulmones. Ya estaba caminando en la cuerda floja. No necesitaba que Dash añadiera más confusión.

Como si no acabara de soltar un despropósito, Dash se dedicó a abrir armarios hasta encontrar los platos en el tercero. Volcó la comida de la lata y la dejó en el suelo.

—Vamos, Ollie. Ven, gatito.

Margo seguía allí de pie, con lo poco que quedaba de su resolución esfumándose rápidamente.

—Si crees por un segundo que yo…

—Margo —la interrumpió él sin apartar la vista de Ollie, que atacaba el plato—, doy por hecho que hace un buen rato que no te miras al espejo, ¿verdad? Eres la viva imagen de un muerto viviente.

Ella era muy consciente de eso. La brecha de la cabeza no había necesitado más que cinco puntos. Al principio se le había hinchado como un huevo de ganso y luego se había reducido hasta el tamaño de un simple chichón, que se había puesto morado, azul y verde, cubriéndole la mitad de la frente. El maquillaje solo se había eliminado parcialmente y la sangre seca hacía que los cortos cabellos destacaran en extraños pegotes.

Su propio bostezo la pilló por sorpresa, y hasta el gesto de abrir la boca de par en par terminó con un gemido.

—Y también me siento un poco como un muerto viviente —murmuró ella.

—Ni me imagino cómo debe de ser —la voz de Dash estaba impregnada de dulzura—. Pero te diré una cosa, la sangre, los moratones y los lujuriosos gemidos de dolor tienen un no sé qué para quitarle a un hombre las ganas de ponerse juguetón.

—Acabas de decir que soy impresionante.

—Sigues en pie, ¿no? La mayoría de las personas estarían acurrucadas y llorando en estos momentos.

—¿Tú, por ejemplo? —preguntó Margo mientras intentaba mofarse.

—Estoy en ello —la cálida sonrisa de Dash hizo que a Margo se le encogieran los dedos de los pies—. Se te ha pasado la hora de los analgésicos —sacó el envase del bolsillo y vertió una pastilla en la mano—. ¿Agua?

Tras unos instantes de duda, Margaret al fin asintió.

—Gracias.

Con un poco de suerte, los analgésicos la atontarían lo suficiente como para permitirle dormir tras lavarse.

Dash llenó un vaso y se lo acercó. Cuando ella hubo tragado la pastilla, le sujetó la barbilla para hacerle elevar el rostro.

—Por si te hace sentir más cómoda, te diré que no tienes nada que no haya visto antes.

Estaba tan agotada que temía desmayarse en el momento en que se acomodara en cualquier lugar. Lo cual significaba que la ducha, seguramente, no era tan buena idea.

—De acuerdo. Llena la bañera si quieres, y luego apártate de mi camino hasta que haya terminado.

—Aguafiestas —él empezó a caminar por el pasillo, entrando en cada habitación, deteniéndose en el dormitorio extra y en el despacho, hasta que al fin encontró el que era—. Un baño rápido. Estaré al otro lado de la puerta esperando, por si acaso cambias de idea.

CAPÍTULO 4

Dash se apoyó contra la pared del pasillo, al otro lado del baño, y escuchó atentamente el murmullo del agua. En su mente, casi conseguía verla, tan fuerte y valiente, e independiente.

Pero igualmente pequeña y frágil, y malherida.

Se presionó los ojos con las palmas de la mano en un intento de luchar contra el agotamiento. Después de lograr llevarla a su casa, sana y salva, la bajada de adrenalina lo había dejado agotado.

—¿Va todo bien ahí dentro?

—No voy a disolverme en el agua caliente, si es eso lo que temes.

—No te estarás mojando la férula, ¿verdad?

—No, no se está mojando.

Dash sintió ganas de soltar un juramento al percibir el tono de sufrimiento que destilaba su voz. Margo se había llevado la ropa limpia al baño, pero él no tenía la menor idea de cómo iba a conseguir vestirse ella sola. El médico había asegurado que el brazo iba a dolerle considerablemente durante unos cuantos días.

Esforzándose por entrar y salir de la bañera, por lavarse el pelo, por enjabonarse el cuerpo...

Las imágenes lo estaban matando.

—¿Margo? ¿Seguro que no necesitas ayuda? Tiene que dolerte.

—Estoy bien.

Condenada mujer. ¿Por qué no confiaba en él, siquiera un poco? Cierto que permitirle bañarla sería cruzar unas cuantas líneas, sobre todo considerando la falta de intimidad que habían compartido hasta entonces.

Pero ambos eran adultos.

—Ya somos adultos —repitió en voz alta.

—Lárgate.

¿Había un tono distinto en su voz? ¿Algo que no era simple incomodidad?

Dashiel se apartó de la pared, caminó unos pasos y regresó. Se sentía ridículo, preocupándose al otro lado de la puerta, esperando a que ella admitiera que necesitaba su ayuda.

—Entiendo por qué crees que debes ser así de dura.

Nada al otro lado.

—Logan y Reese te tratan como si fueras Superman, o Hulk, o alguien igual de masculino —dudaba que la mayor parte del tiempo Logan o Reese se dieran cuenta siquiera de que se trataba de una mujer.

—Lo prefiero así.

Dash tuvo la sensación de que Margo prefería que todos la consideraran como un tipo duro. En cuanto a él, la teniente iba a llevarse una decepción.

Esperó cinco minutos más.

—Tienes que salir ya, Margo —por mucho que le gustara la idea de tener que ayudarla, si se dormía en la bañera podría terminar peor de lo que ya estaba.

—Ya voy.

Dashiel apretó los dientes al oír el agua deslizarse por el cuerpo de Margo.

—Ten cuidado no te resbales en el suelo mojado.

—¿Dash? —se oyó tras unos segundos de tenso silencio.

Por la voz cualquiera hubiera dicho que estaba borracha, y eso lo alarmó.

—¿Sí? —él alargó una mano hacia el picaporte.

—Si tuvieras que describirme con una sola palabra —continuó ella con voz pastosa—, ¿cuál sería?

Dash dejó caer la mano. ¿Las medicinas le habían hecho efecto tan rápidamente? Seguramente sí. Siempre había tenido la idea de que los medicamentos estaban contraindicados en caso de contusión, pero, al parecer, las cosas habían cambiado. O eso, o el dolor del codo dislocado superaba a la contusión.

—¿Una palabra? —él volvió a apoyarse contra la pared y se esforzó por no sonreír.

—Solo una.

Dash se mordió el labio superior mientras reflexionaba y al fin decidió que ella sería capaz de soportar la verdad.

—Follable.

Silencio total.

Dashiel esperó. En esos momentos, Margo no era ella misma, no después de todo lo que había pasado. Sus heridas y los fuertes analgésicos... si se tratara de cualquier otra mujer, la estaría tratando con guantes de seda. Pero era la teniente Peterson, la rompepelotas, y él la conocía lo bastante bien como para saber lo mucho que detestaba la compasión.

Cuando la puerta se abrió, se irguió lentamente, cargado de anticipación.

No se había secado el pelo del todo y un pequeño reguero de agua caía por su delicado cuello antes de desaparecer dentro de un suave albornoz que cubría la férula y colgaba flojo de la pequeña silueta. Sin maquillar, los puntos y hematomas resultaban aún más escandalosos.

El corazón de Dash dio un pequeño vuelco, y supo que estaba perdido.

—¿Y bien? —incluso agotada, ella alzó la barbilla—. Ya no te parezco tan impresionante como hace un rato, ¿verdad?

La turbidez de la mirada de Margo era más que evidente, quitándole parte de la tensión al momento, dándole una apariencia más dulce, más acogedora. Y estuvo a punto de tumbarlo.

—Las medicinas te han atontado.

—Puede que sí. Aguanto bien la bebida, pero... —se tambaleó y Dash la agarró del brazo derecho, muy cerca de los pechos, estabilizándola de nuevo con sumo cuidado—. La familia Peterson no acepta la debilidad.

—¿Y eso qué significa exactamente? —él frunció el ceño.

—No somos pastilleros.

—¿Ni siquiera cuando se trata de medicamentos recetados?

—Las medicinas son para los flojos —ella se apoyó contra su cuerpo—. Una persona fuerte lo aguanta todo.

¿A quién demonios se le había ocurrido una norma tan estúpida?

—Una persona inteligente sigue las órdenes de los médicos.

—Tú calla —ella no dio la menor señal de aceptar la veracidad de la afirmación—. No le digas a nadie que he tomado analgésicos, ¿de acuerdo?

—Haremos un trato —Dash le tomó el rostro entre las manos, atraído por el calor y la suavidad de la maltrecha piel—. Te guardaré el secreto a condición de que sigas tomando las medicinas cuando las necesites.

—Ya veremos —ella sonrió adormilada, y con expresión muy sexy—. Y en cuanto a esa palabra…

Consciente de lo que ella quería, de lo que necesitaba, Dash apartó la mirada de los labios y la dirigió hasta los turbios ojos azules.

—Insisto en lo de «follable» —él deslizó los pulgares por los delicados pómulos—, pero seguido muy de cerca por «impresionante».

Se sostuvieron las miradas durante largo rato.

—Lavarme el pelo con una mano no fue fácil —se quejó Margo mientras se apoyaba contra él—, sobre todo con esos estúpidos puntos en medio.

—Deberías haberme dejado ayudarte —otro reguero de agua cayó por el cuello de Margo—. Al menos podría secártelo.

Ella lo miró, prácticamente suplicándole que la besara. Al fin asintió.

Antes de olvidar sus buenas intenciones, o de que ella recuperara su habitual firmeza, Dash la empujó hacia el interior del baño. Se agachó para vaciar la bañera, otra cosa que ella no podía hacer, y tomó una toalla.

Vio la ropa del hospital asomando entre un hatillo de ropa, y la ropa limpia a un lado del lavabo, con el cabestrillo encima. A Dash se le ocurrió que, aparte de la férula, estaba completamente desnuda bajo el albornoz.

Él se volvió bruscamente y la contempló con atención. Aunque pequeña, no estaba mal dotada de curvas, tanto por delante como por detrás.

—Tengo muchas magulladuras —se quejó ella como si le hubiera leído el pensamiento.

—¿Te gustaría mostrarme dónde? —preguntó él con una sensación de opresión en el pecho.

Ella sacudió la cabeza con impotencia.

—Por todas partes.

Él se situó a su espalda y apoyó las manos en la diminuta cintura. Le habría encantado besar cada hematoma, pero no estando ella así.

—Ahora voy a ayudarte.

—¿Cómo? —preguntó Margo mientras un escalofrío le recorría la columna vertebral.

Y no era para menos. Tenía el pelo mojado, estaba agotada y solo se tapaba con un albornoz.

Dash agarró la ropa limpia y la empujó hacia delante.

—Vamos a tu habitación.

Los pequeños pies desnudos dejaban huellas de humedad sobre la mullida alfombra.

—¿Dónde está Ollie?

—Acurrucado en su cama, en el salón, profundamente dormido.

Tal y como ella había predicho, el gato había comido, se había aseado y se había acurrucado para dormir.

—¿Y tú qué? ¿Tienes hambre?

—No lo suficiente como para aguantar despierta.

Sin necesidad de que él insistiera, Margo pasó delante del despacho, del dormitorio libre y llegó a su propia habitación, donde se sentó cuidadosamente a los pies de la cama.

Dash echó una rápida ojeada a su alrededor, y no encontró nada que le sorprendiera. Todo estaba tan ordenado como esperaba que estuviera. La colcha era de color crema, sin el menor adorno, siquiera unos cojines. La mesilla y el aparador estaban totalmente despejados. No se veía ni una mota de polvo o un zapato fuera de lugar.

Siendo Logan policía, Dash reconoció enseguida la caja fuerte en un rincón de la habitación. Dado que Reese se había llevado el arma en el callejón, se preguntó si tendría más guardadas en esa caja fuerte. Parecía lo bastante grande como para albergar un rifle o dos... y más.

—Tengo frío.

Él se fijó en las pantorrillas y los pies desnudos, las pequeñas muñecas, el fino cuello. Tan frágil y al mismo tiempo tan fuerte.

—Aparte de la cabeza y el brazo, ¿te duele algo más?

—Prácticamente todo. Pero no mucho.

¿Estarían las quejas tan prohibidas como los medicamentos? ¿Vendría de una familia de estoicos mártires?

—¿Las piernas? ¿Los hombros?

—Sobre todo el brazo y la cabeza —las húmedas pestañas ensombrecían los grandes ojos azules.

De no estar bajo los efectos del medicamento, Dash dudaba que lo hubiera admitido ante él.

—De acuerdo, primero voy a secarte el pelo —de lo contrario se le mojaría la ropa—. Y luego voy a vestirte para que puedas dormir.

—Tengo el pelo corto, no te llevará mucho tiempo.

Sintiéndose tierno a la par que excitado, Dash dejó la ropa sobre la cama.

—Me gusta tu pelo, Margo. Mucho —afirmó él mientras deslizaba los dedos por su cabeza.

Llevaba un peinado al estilo Halle Berry, que se rizaba más cuando se mojaba, pero que cuando estaba seco tenía un aspecto sedoso y femenino, un gran contraste con la fuerte personalidad que exhibía.

—Gracias. A mí también me gusta tu pelo. Siempre lo llevas un poco revuelto, y resulta muy sexy.

¿Estaba flirteando con él?

—¿En serio?

—Sabes de sobra qué aspecto tienes —ella deslizó la mirada hasta la cinturilla del pantalón—. Sabes de sobra cómo reaccionan las mujeres al verte.

Otras mujeres, desde luego. Pero Margo nunca le había puesto las cosas fáciles. A pesar de su insistencia en que eran opuestos, él sabía que se sentía atraída hacia él. Sentía su interés cada vez que lo miraba. Aunque ella se esforzara por disimularlo.

A pesar de que se esforzara por alejarlo de su lado.

Al menos lo hacía habitualmente. Pero en esos momentos, no tanto.

Claro que en su estado de aturdimiento por las medicinas, no podía hacer gran cosa al respecto. ¿Y podía él?

Fingiendo que no significaba nada, Dash se sacó por la cabeza ambas camisetas térmicas y la camiseta interior, tirándolo todo al suelo. La cinturilla de los vaqueros estaba dada de sí y los pantalones caían bajos sobre sus caderas.

Margo entreabrió la boca. Respiró más profundamente y contempló la desgastada tela vaquera junto a la cremallera. Tragó nerviosamente y su pálida garganta osciló.

—¿Qué haces?

—No quiero que te vuelvas a ensuciar ahora que estás recién lavada.

Prácticamente desnudo, él se plantó frente a Margo, posó una mano ahuecada sobre su cabeza y, con la toalla que sujetaba en la otra mano, empezó a secarle el pelo.

El dulce aroma del champú se mezcló con la calidez de la piel. Dash aspiró ese olor, y de inmediato sintió cómo reaccionaba.

Eso no podía ser, de modo que se concentró en no ponerse duro mientras seguía secándole el pelo con la toalla.

—Dime si te hago daño —con mucho cuidado, pasó la toalla alrededor de los puntos.

Como Margo no contestaba, él la miró y la descubrió, con las mejillas arreboladas, contemplando fijamente sus abdominales. Cómo le gustaría verla así más a menudo.

—¿Te encuentras bien?

—Sí —Margo mantenía el brazo herido, sujeto por la férula, muy pegado al cuerpo. Con el otro brazo conseguía mantener el equilibrio. Los dedos de los pies se encogieron sobre la alfombra—. ¿Dash?

—¿Sí? —él imitó la dulzura de la voz de Margaret.

—¿Alguna vez has estado casado?

—No —Dash enarcó una ceja—. ¿Y tú? —preguntó movido por la curiosidad.

—No —ella levantó la vista hasta su rostro—. ¿Te has enamorado alguna vez?

—Tengo treinta años.
—Yo también. ¿Y qué?
¿Cómo contestar a esa pregunta?
—He mantenido unas cuantas relaciones formales en las que creí estar enamorado, pero ninguna cuajó.
—¿Por qué no?
Al parecer, Margo drogada no solo era mucho más sensual, sino también mucho más curiosa.
—Mi madre dice que soy muy particular y demasiado apegado a mis manías.
Los dedos fríos de Margaret le acariciaron las costillas y se deslizaron hasta los abdominales antes de engancharse en la cinturilla de los vaqueros.
—¿Particular en qué sentido?
No debería haber iniciado esa conversación. Ya resultaba bastante difícil estar cerca de ella, querer protegerla, cuidarla, pero si encima ella lo miraba con ese deseo... Sí, desde luego, era muy difícil.
Pero si, además, Margo lo tocaba, estaba jodido.
O más bien no jodido, puesto que Margaret estaba fuera de combate para eso.
—¿Por qué no mantenemos esta conversación mañana, después de que hayas dormido un poco? —sin darle la oportunidad de objetar nada, Dash dejó caer la toalla y le peinó los cabellos hacia atrás con los dedos, apartándolos de los puntos de sutura. Las suaves ondas se deslizaron entre sus dedos—. ¿Mejor?
—Umm... —ella cerró los ojos y volvió a apoyarse contra él—. Tienes un cuerpo impresionante. En particular me encanta este gracioso caminito de vello abdominal, cómo desaparece aquí abajo...
—¿Margo? —se iniciaba una nueva batalla—. Aguanta, cielo —la tomó por la muñeca y levantó una mano para besarle la palma—. Incluso los guerreros se agotan de vez en cuando.
—Yo no soy ningún guerrero.
—Pero estás demasiado herida para que yo me aproveche de ti.
—Jamás te lo permitiría —ella soltó un bufido.
—Tú —murmuró él— estás aturdida —se agachó delante de ella—. Te ayudaré a vestirte, ¿de acuerdo?

—Nadie me ha vestido desde que cumplí los tres años —Margo alzó los somnolientos ojos, que se quedaron fijos en la boca de Dash.
—Estás exagerando.
—No —ella se balanceó—. Mis padres eran muy estrictos en cuanto a la independencia.

Dashiel no conocía a sus padres, pero cada vez le gustaban menos.
—¿Eran también estrictos sobre otras cosas?
—Sobre… en realidad, sobre todo —Margo se movió, dio un respingo y volvió a quedarse quieta—. Toda mi familia trabaja en el campo de la aplicación de la ley.
—Logan lo mencionó una vez —algo sobre que Margo era la cuarta generación de policías.

Su padre había ascendido hasta convertirse en un jefazo de la policía antes de retirarse anticipadamente por algún problema de salud o algo así.
—Se suponía que yo debía ser un chico.

¿Qué demonios significaba eso?
—Pues me alegro de que no lo fueras —él se irguió de nuevo.
—Yo también —Margo suspiró ruidosamente.
—Voy a por la camisa de franela que Logan me llevó al hospital —Dash necesitaba un momento para aclararse las ideas—. Es lo bastante grande para que quepa la férula y será más fácil de poner que la camiseta que elegiste.
—Las únicas camisas con botones que tengo son camisas de vestir almidonadas.
—No te muevas —él le sujetó la barbilla para hacerle levantar el rostro—. Vuelvo enseguida.

Abandonó el cuarto a largas zancadas y fue en busca de la bolsa que le había preparado su hermano. El gato roncaba en su cama, ignorante de la presencia de Dash. En la calle un débil sol intentaba atravesar la espesa capa de nubes. Estupendo, justo lo que les hacía falta, un empeoramiento del tiempo. El trabajo en la obra estaría parado un par de días. Tampoco suponía ningún drama, puesto que iban bien de tiempo, algo raro en el negocio de la construcción.

Después de comprobar automáticamente que la puerta delantera estaba bien cerrada, Dashiel tomó la bolsa y, camino del dormitorio de Margo, sacó de ella la camisa de franela.

La encontró sentada exactamente en la misma posición en que la había dejado. Se acuclilló frente a ella y se preparó para la tarea que tenía ante él.

—Primero habrá que quitar el albornoz, ¿de acuerdo?

—Me quedaré desnuda.

Dash apoyó las manos sobre las caderas de Margo, acariciándole los muslos con los pulgares a través del suave algodón del albornoz.

—Iré lo más deprisa que pueda.

—Vas a desearme.

Él la miró a la cara y no encontró en ella el menor rastro de modestia o timidez.

—Ya lo hago, pero ahora mismo lo único que quiero es que te sientas cómoda.

Y, seguidamente, le desató el cinturón.

—Si se lo cuentas a Logan o a Reese, te capo.

Al parecer, no estaba lo bastante drogada como para no poder amenazarlo. Por alguna absurda razón, Dash se sintió mejor.

—¿Me crees capaz de algo así?

—No lo sé. No se me da muy bien juzgar a los hombres. A algunos hombres —se corrigió.

—Puedes confiar en mí —él deslizó el albornoz por el hombro y el brazo derechos hasta que Margo sacó la mano.

Dash sintió que la sangre se volvía más espesa en sus venas y su tono de voz lo delató.

—Créeme, Margo. Yo nunca haría o diría nada para avergonzarte.

A Margo se le puso la piel de gallina.

—¿Tienes frío?

—No.

¿También se consideraba en su familia que era de quejicas tener frío?

—Lo siento.

Dash se apresuró en quitarle el albornoz. Salvo por el tejido de felpa que le cubría un muslo y el brazo izquierdo, estaba completamente desnuda.

Su mirada, naturalmente, se dirigió a ese cuerpo desnudo. Estaba decidido a mostrarse considerado con ella, pero eso no significaba que estuviera muerto. El uniforme de policía y los trajes que solía llevar disimulaban muy bien su generosa delantera. Unos pechos rotundos, pálidos con oscuros pezones. Únicamente los cardenales marcados sobre el escote y el hombro le impedían tocarla.

—Tranquila —respirando hondo, él se puso de pie para sacar con mucha delicadeza el brazo izquierdo de la manga.

Margo no dijo una palabra, pero su rostro se tensó, el ceño se frunció y apretó con fuerza los labios.

—Está permitido quejarse, ¿sabes? —Dash no soportaba verla sufrir en silencio.

Ella sacudió bruscamente la cabeza, estoica hasta el final.

«A la mierda», pensó Dashiel.

—Un gruñido o dos no te volverán menos sexy, y sé lo que digo porque te estoy viendo los pezones.

Silencio total.

—Son muy bonitos.

Ella se tensó visiblemente.

—Y esos oscuros rizos que tienes entre las piernas...

Margo levantó bruscamente la cabeza y lo miró, y entonces al fin gruñó ante la incomodidad.

—Eso es —el modo en que esa mujer lo conmovía resultaba extraño, y muy atractivo—. No hay motivo para contenerte.

—Maldito seas —exclamó ella tras soltar otro gruñido.

El tono mordaz casi hizo sonreír a Dash.

—Conmigo puedes ser tú misma, cielo.

—¡Y lo soy!

—No, te estás conteniendo y eso es una estupidez. No eres un hombre y no eres inmune al dolor —él recogió la camisa de franela, pero no hizo intención de ponérsela. Tenía que ser un jodido santo para estar allí de pie delante de una estupenda mujer desnuda y no olvidar sus motivos altruistas—. ¿O se trata de otra de esas normas de tu familia? ¿No están permitidos los atributos femeninos?

—Es un signo de debilidad, y no tiene ningún sentido airearlo.

—Ya. Bueno, pues, por si te hace sentir mejor, ahora mismo yo estaría quejándome.

Margaret le sorprendió al ponerse de pie e inclinarse hacia él, el brazo en cabestrillo era lo único que los separaba, mientras que la mano derecha se apoyaba contra su pecho, los dedos sobre el vello del torso.

—Bésame.

«¡Madre mía!». Dash no había esperado un ataque tan agresivo, dado su estado.

—Me parece que no.

—Me haría sentir mejor.

Pero a él lo mataría, dado que no podría ir más allá de un simple beso.

—No es buena idea.

—¿No me deseas?

—Sabes que sí.

La mano de Margo se deslizó hacia abajo hasta tomar su miembro con la mano ahuecada, por encima del pantalón.

—Me alegro —ella casi ronroneó satisfecha—. ¿Por qué no gruñes tú y me dejas a mí que siga conteniéndome?

Incluso atiborrada de medicamentos esa mujer era capaz de matarlo.

A Dash le hizo falta hacer acopio de mucha fuerza de voluntad para apartarse de esa mano, pero lo consiguió.

—He dicho que no.

Los bruscos cambios de humor de Margaret le hicieron prepararse para cualquier cosa.

Pero no para sentirla acurrucarse contra él.

—Tienes razón, tengo frío.

Un cambio de tema magistral. Dash permitió a sus brazos rodearla, a sus manos acariciar la sedosa espalda hasta llegar a ese delicioso trasero, ¡por Dios qué culo tenía!, antes de recuperar la compostura y subir las manos hasta la cintura, lo bastante sexy como para hacer que se sintiera agarrotado.

—Será mejor que te ayude a vestirte para que puedas acostarte y dormir.

—¿Y tú qué?

—Yo me daré una ducha rápida, si te parece bien —sin apenas darse cuenta, sus manos descendieron hasta las caderas de Margo.

«Algún día, pronto», se prometió a sí mismo.

Sin duda se estaba haciendo acreedor de algún tipo de recompensa por contenerse en una situación extrema como esa.

—El médico dijo que solo tenía que comprobar tu estado cada tres horas. Con suerte, lograré hacerlo sin molestarte demasiado.

—¿Y qué harás tú?

—Me tumbaré en tu sofá y veré la televisión —Dash consiguió poner su gesto más serio—. Y ahora, ¿qué te parece si te ponemos esa camisa y luego te ayudo a ponerte las braguitas y, por último, la parte de abajo?

—Los pantalones de yoga bastarán —los ojos adormilados de Margo lo vigilaban atentamente.

—De acuerdo —lo cierto era que Dashiel no estaba muy acostumbrado a vestir a mujeres. Desnudarlas sí, pero aun eso sin tener que preocuparse por no hacerles daño.

—Otra cosa.

—¿El qué? —«deja de acariciarla, maldita sea», ordenó Dash a sus propias manos.

—En lugar de acostarte en el sofá, ¿por qué no te quedas aquí conmigo? Quiero decir, después de ducharte —la mirada de Margaret se enturbió—. Mi cama es lo bastante grande.

«Por favor, dame el golpe de gracia y termina con esto ya».

—Si eso es lo que quieres...

—Gracias.

¿Cuándo había sido la última vez que se había metido en la cama con una mujer sin practicar el sexo? Nunca.

—Y ahora quédate quieta y déjame a mí hacerlo todo.

Dash intentó no moverle la mano hinchada y el brazo herido sujeto por la férula mientras lo metía en la manga de la camisa hasta el hombro. A continuación pasó la camisa por su espalda y la ayudó a meter el brazo derecho.

La camisa de Logan le quedaba enorme. Dashiel la juntó en la parte delantera. Le quedaba casi tan suelta como el albornoz.

Consciente de que sus nudillos le rozaban la piel, empezó a abotonarla por abajo, cerca de los muslos, y siguió sobre los rizos del vello púbico, la firme barriga, el estrecho tórax y los rotundos pechos.

—¿Mejor?

—Sí —contestó Margo ignorando el tono quejumbroso de la voz de Dash.
—Hay que ponerte el cabestrillo también.
—Es incómodo.
—Evitará que te lastimes el...
—No —ella se apartó y se dirigió hacia la cama.
—¿Qué pasa con tus braguitas y los pantalones de yoga? —preguntó él con desesperación tras contemplarla fijamente durante unos segundos.
—Estoy demasiado cansada.
«Qué tortura».
—De acuerdo entonces —él se acercó—. Déjame ayudarte —abrió la cama y le ahuecó la almohada—. Siéntate.
—Eres muy mandón —se quejó Margo mientras bostezaba.
Pero al menos se sentó y le permitió tumbarla. Un agudo dolor oscureció su expresión hasta que se acomodó. A continuación soltó un tembloroso suspiro y cerró los ojos.
Dashiel se sentó en el borde de la cama a su lado. Le echó hacia atrás el pelo para dejar al descubierto los puntos y comprendió que ya se estaba durmiendo.
Era un juego muy peligroso, pero de todos modos decidió jugar.
—¿Qué pasa con tu familia, Margo? ¿Al final se alegraron de que no fueras un chico?
—Nosotros no nos quejamos.
Dash no tenía ni idea de qué significaba eso.
—Somos fuertes e independientes —susurró ella con voz cada vez más débil—. De nosotros se espera que hagamos las cosas bien. Y si las haces mal...
Sonaba como una niñita perdida y él sintió que se le partía el corazón.
—¿Qué pasa si las hacéis mal?
El silencio se prolongó hasta que Dash supuso que se había dormido. Permaneció quieto, resistiéndose a dejarla todavía.
—No se quejaron cuando nací yo en lugar de un varón —anunció ella abriendo los ojos de repente.
«Menudos bastardos». No era fácil, pero Dash consiguió disimular el enfado en su tono de voz.

—¿Qué hicieron?
Ella soltó un prolongado suspiro y volvió a cerrar los ojos.
—Los Peterson aceptamos aquello que no podemos cambiar, y le sacamos el mayor partido posible.
Dashiel la vio quedarse poco a poco dormida, y decidió que no era momento de averiguar más cosas sobre la teniente Margaret Peterson.

La despertó el roce de los rugosos dedos de Dash sobre su mejilla. Torpemente, intentó abrir los ojos. Las cortinas estaban echadas y solo entraba en la habitación un fino haz de luz. El resto de la habitación estaba en penumbra.
Tumbado junto a ella, Dash descansaba. Sin camisa. Qué agradable visión.
—Eh, dormilona. Siento molestarte.
Ella empezó a moverse, pero el dolor la atravesó.
—Tranquila —Dash posó las manos sobre sus hombros—, no te muevas.
—El accidente —de repente, la realidad se abrió paso en su mente.
—¿Recuerdas lo que pasó?
Utilizando solo la mano derecha, Margo se tocó la frente, donde tenía los puntos.
—Lo recuerdo.
Mientras no se moviera demasiado o muy deprisa, el dolor amainaba.
—Eso está bien —él se inclinó y le besó casi imperceptiblemente la frente.
Margo no acababa de comprender el motivo, pero resultaba agradable, de modo que no objetó nada.
—Tengo que hacerte algunas preguntas.
Cierto. La prueba neurológica por la conmoción. Margo asintió débilmente.
Con voz grave y ronca, él repitió una serie de preguntas como su nombre, si sabía cómo había regresado a su casa, en qué día de la semana estaban.

Y por último le preguntó la fecha de su cumpleaños.

Curioso, pero qué importaba. Ella le contestó porque deseaba poder volver a dormirse cuanto antes.

Pero él no se lo permitió.

Quería saber si le habían hecho algún regalo, cómo lo había celebrado... y ella se lo contó. Se había regalado un coche ella misma, y lo había celebrado sola. Como siempre

De algún modo consiguió darse cuenta de que eso entristecía a Dash. Sentía que le había conmovido. Lo oyó murmurar algo.

—La próxima vez.

¿Qué significaba eso? ¿Tenía pensado celebrar su próximo cumpleaños con ella?

Una idea muy agradable.

La siguiente vez que la despertó, la ayudó a sentarse en la cama e insistió en que se tomara dos aspirinas.

—¿Necesitas ir al baño?

—No —ella se dejó caer de nuevo en la cama, con la ayuda de Dash, y cerró los ojos.

—Ya conoces el procedimiento, cariño.

Utilizaba una barbaridad de apelativos cariñosos. En cuanto se recuperara iba a explicarle unas cuantas cosas sobre eso. Anticipándose a sus preguntas, comenzó.

—Soy la teniente Margaret Peterson. Treinta años. Estoy en mi casa.

—Bien —él le acarició la barbilla con los nudillos—. ¿Tu comida favorita?

—Creo que el pollo frito —contestó ella mientras luchaba contra el sueño.

—¿Color preferido? —insistió él.

Margo «oyó», perfectamente su sonrisa.

—Azul celeste.

Eran unas preguntas muy raras, pero cuanto antes acabara con ellas, antes la dejaría volver a dormirse.

—¿El último hombre con el que te acostaste?

—No lo sé.

—¿No recuerdas su nombre? —preguntó él tras unos momentos de duda.

—Nunca lo supe —ella emitió un profundo suspiro—. Los nombres son un incordio.

Cuando se liaba con alguien, lo único que quería era escapar de la responsabilidad de su elección. Y al pensar en ello, cayó en un sueño de hombres sin rostro que servían a otros propósitos. Sin ataduras.

Desgraciadamente, en el momento álgido del sueño, esos hombres se metamorfoseaban en uno solo. Dash.

Y en su cuerpo no había ni rastro de entumecimiento.

CAPÍTULO 5

Tumbado de espaldas con las manos bajo la nuca, Dashiel contempló el techo. Tras buscar en la cocina de Margo algo que comer, se había dado una ducha rápida y se había puesto calzoncillos limpios y el pantalón de chándal que Logan le había prestado. El tiempo había cambiado bruscamente, típico en Ohio, y la nieve y el hielo se habían derretido bajo un deslumbrante sol y una suave brisa. El pronóstico meteorológico hablaba de temperaturas que rondaban los quince grados para el día siguiente.

Ya había despertado a Margo en dos ocasiones. El mismo número de veces que Ollie había acudido al dormitorio para echar un vistazo a su dueña. No era el típico gato con el que Dash pudiera jugar. Viejo, lento, testarudo a su manera, Ollie disfrutaba de unos cuantos mimos, chuches y mucho tiempo para dormitar al sol.

Oliver era un tipo entrañable, acogido por una teniente con el corazón muy blandito.

Esa mujer era un completo fraude, de una manera encantadora.

¿Quién lo hubiera dicho? Dashiel apostaría hasta su último centavo a que ni Logan ni Reese sabían que Margo tenía un gato viejo y ciego que no acertaba al cajón de arena.

Tampoco sabían que, cuando bajaba las defensas, era dulce y vulnerable como solo una mujer lo podía ser.

Los conflictos de su personalidad lo aturdían.

Quería follársela. Lo deseaba en serio.

Desde el momento en que había puesto sus ojos en ella, toda

almidonada y abotonada, y al mando, había deseado abrirse paso entre esas defensas con un buen revolcón a la antigua usanza.

Pero también quería hacerle el amor. Y no parar nunca.

Quería besarla de los pies a la cabeza, deteniéndose en los lugares húmedos y cálidos que había entremedias. Quería demostrarle que con él no le hacía falta ser fuerte.

Ella podría apoyarse en él cuando lo necesitara y él siempre la apoyaría.

Quería que su relación le importara.

Quería producir en ella un impacto, tanto físico como emocional.

Dash entrelazó las manos para evitar volverse hacia Margo y tocarla. Siguió contemplando el maldito techo mientras planeaba su siguiente movimiento. Estaban a punto de dar las cinco y faltaban solo unos pocos minutos para que tuviera que volver a comprobar su estado.

Esa mujer era tan compleja...

Estando agotada y bajo los efectos de los medicamentos había intentado seducirlo. Pero Dash tenía la sensación de que, tras haber descansado, se despertaría con una nueva determinación y lo echaría de su casa.

Y esa misma determinación era la que él tenía para quedarse, para mimarla. Para hacerla suya.

«No conozco su nombre».

¿Cómo no iba a saber el nombre de un tipo con el que se había acostado? ¿La conmoción le había provocado un delirio? ¿Se había olvidado porque el encuentro había tenido lugar hacía mucho tiempo? ¿O no le importaba porque no le daba gran importancia a los encuentros sexuales?

También pudiera ser que Margo hubiera aceptado mantener una aventura de una sola noche con un perfecto desconocido. Era peligroso, aunque ella no era una mujer indefensa. Nada más lejos de la realidad.

¿Tenía por costumbre acudir a los bares en busca de alguien con quien enrollarse?

Eso podría aceptarlo. Era una mujer hermosa, lista e independiente y nadie como él para comprender la urgencia sexual y la falta de interés en un compromiso. Pero encajó la mandíbula al pensar en la atracción que sentía hacia Rowdy. Por lo menos le quedaba el consuelo de saber que ese revolcón nunca llegaría a materializarse. Rowdy Yates podía ser muchas cosas, buen amigo, rebelde peligroso, un tremendo empresario...

Pero también era un tipo de lo más familiar. Y jamás engañaría a Avery.

Dash seguía sumido en sus pensamientos cuando oyó un suave gemido.

Al principio se quedó muy quieto, y luego se volvió hacia Margo. ¿Estaba soñando?

Con un sensual movimiento, ella arqueó el cuello ligeramente.

Fascinado, alerta, Dash se apoyó sobre un codo para observarla mejor.

De nuevo surgió ese suave gemido, y Margo entreabrió la boca.

—¿Margo?

Ella se movió y emitió otro gemido.

Y entonces alguien llamó a la puerta de la calle.

Maldiciendo por la interrupción, y decidido a no despertarla, él se bajó silenciosamente de la cama, salió del dormitorio y cerró la puerta tras de sí. Fuera lo que fuera lo que estuviera soñando Margo, iba a tener que continuar sin él. Al menos hasta que consiguiera deshacerse de la visita.

Una mano grande y áspera le tocó la cara, la oreja, el cuello y el hombro.

—Despierta, cielo.

No. No quería abandonar el sueño, pero incluso mientras luchaba contra ello, la sensación de la boca de Dash sobre su estómago, sobre los muslos, empezó a difuminarse. Margo intentó aferrarse a ella.

—Por favor —susurró. Necesitaba llegar hasta el final.

Necesitaba sentir la liberación.

Como si estuviera muy lejos, oyó de nuevo la voz de Dash.

—Vamos, nena, abre los ojos.

Su voz era seductora, ronca y cálida...

—¿Dash?

—Espero que todos esos gemidos de deseo fueran para mí.

¡Oh, Dios! El tono jocoso acabó con lo que quedaba del sueño. Margo abrió de golpe un ojo, y comprobó que el efecto de los calmantes se había pasado.

—Me rechazaste —la luz del sol le acuchilló el cerebro y sentía como si su brazo fuese un pedazo de palpitante plomo. Se mordió el labio inferior para reprimir más gemidos.

—Tranquila, no pasa nada —él la ayudó a sentarse, le metió una píldora en la boca y la ayudó a tragarla con un poco de agua.

Margo se sentía profundamente incómoda.

—¿Qué te parece si me lo vuelves a proponer cuando no estés herida? —Dash le acarició el hombro.

—El que se duerme, pierde —y hablando de estar herida…—. ¿Llegué hasta el final?

—Casi —él le sujetó la barbilla y se la levantó—. Dejemos una cosa clara. No estaba durmiendo. Solo quiero saber que eres tú la que viene a mí y no las medicinas.

En cuanto Margaret lo miró a la cara, dejó de prestar atención a las palabras de Dash. Algo iba mal. Se irguió y dio un respingo mientras se recolocaba el brazo.

—¿Qué sucede? ¿Ronco?

—Sí, pero no me importa —él la miró con gesto sombrío, aunque no exento de simpatía—. Lo cierto es que han venido a verte tus padres.

No era justo. Apenas había abierto los ojos. Necesitaba un poco más de tiempo antes de poder enfrentarse a sus padres, más o menos unas veinticuatro horas, para recomponerse.

—¿Les has dejado entrar?

—¿No debería?

Como si Dash hubiera podido mantenerlos al otro lado de la puerta.

—Por supuesto que sí —ella se mordisqueó el labio inferior—. ¿Oliver?

—Al oír llamar a la puerta se escondió bajo la mesa de la cocina. Le he echado un vistazo y está bien. Tranquilamente tumbado.

—Gracias —Margo no se fiaba de su padre si se quedaba solo con el gato. En realidad, tampoco se fiaba de su madre.

—No hay de qué —él la observaba con expresión de curiosidad.

Margo rebuscó en su mente por si le surgía alguna idea, pero no parecía capaz de ir más allá del hecho de que Dash estaba allí, sin camisa y descalzo, con los pantalones de chándal colgando de las caderas, tan... delicioso. Sobre todo después del inquietante sueño.

La cabeza a punto de estallar y el palpitar del brazo, junto con la visita de sus padres, debería haber bastado para hacer desaparecer cualquier urgencia carnal. Sin embargo, con Dash tan cerca, oliendo tan increíblemente bien y observándola atentamente, se sentía arder de deseo.

Lo que más le molestaba era que no se trataba solo de necesidad sexual.

Había dormido varias horas, y durante todo ese tiempo él había permanecido a su lado, cuidando amorosamente de ella.

Cuidando del gato.

¿Qué clase de persona haría algo así? Debería estar furiosa porque ella, desde luego, no necesitaba a nadie.

Pero algún rasgo femenino durmiente en ella le decía que era agradable recibir esas atenciones. No recordaba la última vez que alguien había cuidado de ella.

En realidad, no recordaba si alguien lo había hecho alguna vez.

Antes de Dash, antes de ese momento en particular, jamás se lo habría permitido a nadie.

Dashiel lanzó una mirada hacia la puerta cerrada del dormitorio y de nuevo a ella.

—No es que no disfrute de una divertida charla con una mujer sexy que aún permanece en la cama, pero ¿no crees que deberíamos ponernos en marcha? Tu padre me dio la sensación de ser un tipo al que no le supondría ningún problema irrumpir en una habitación.

—Muy observador.

—Lo soy, pero es que ese hombre es tan poco sutil como los pelos de la cabeza de un mono —como si no acabara de insultar a su padre, Dash rodeó a Margo por la cintura—. Déjame ayudarte a levantarte para que, por lo menos, puedas ponerte las bragas.

El recuerdo de que estaba desnuda de cintura para abajo casi la tumbó de espaldas. La teniente Margaret Peterson desnuda, salvo por la camisa de hombre. Y sus padres al otro lado de la puerta.

—¿Quieres ponerte también los pantalones de yoga?

Lo que quería era una armadura completa. O su uniforme. Pero en esos momentos ninguna de las dos cosas era posible. Abrumada ante la idea de que su padre esperaba mientras Dash estaba en su dormitorio, con ella, sugiriéndole que se pusiera unas bragas, solo pudo asentir.

El mundo acababa de ponerse boca abajo.

—¿Necesitas hacer una rápida visita al cuarto de baño primero?

Ya que lo mencionaba...

—Sí.

Gracias a Dios que tenía un dormitorio con baño incorporado para no tener que salir aún al pasillo.

—El analgésico debería empezar a hacerte efecto en cualquier momento. Ellos no tienen ni idea de que te lo he dado —él apoyó un hombro en el marco de la puerta y la miró con aire insolente—. Llevo el frasco en el bolsillo, de modo que, a no ser que tu padre o tu hermano me cacheen, no habrá problema.

—¿Mi hermano también?

—Sí, figúrate.

Margo no entendía la razón de ese tono lúgubre que destilaba la voz de Dash, y además se sentía demasiado frustrada para que le importara.

—¿Han venido los tres?

—Sí —él la taladró con la mirada—. Los tres.

Su manera de hablar, cada vez más brusca, hizo que Margo se pusiera en alerta.

—Yo puedo encargarme si tú...

—Te estoy esperando —Dash apartó la mirada.

—De acuerdo —sabedora de la intolerancia de su padre hacia la tardanza, Margaret no quería perder tiempo.

Cerró la puerta del cuarto de baño en las narices de Dash y volvió a salir, tambaleándose, medio minuto después.

Dashiel la escrutó de arriba abajo en busca de algún signo de malestar.

Aparte de vaciar la vejiga, había hecho gárgaras y se había alisado los cabellos con la mano. Lo cierto era que nada de eso parecía haber servido de gran cosa. Aunque se sentía más despejada, no se engañaba.

—Estoy hecha un asco.

—Y por un buen motivo —Dashiel la tomó del brazo sano y la condujo hasta la cama, donde descansaban las braguitas y los pantalones de yoga. Él apoyó la mano de Margo sobre su fuerte hombro—. Agárrate a mí para sujetarte.

¿Por qué no? En un día, Dash ya la había visto en un estado más patético que cualquier otro ser humano en sus treinta años de vida.

—De acuerdo.

Apoyando una rodilla en el suelo, Dash le sujetó las bragas. Eran unas bragas negras con encaje de color rosa. Nada que ver con lo que se esperaría de la temida teniente conocida por su despiadada actuación contra la corrupción en la comisaría, esa reina de hielo que se había enfrentado, casi sin pestañear, a furiosos oficiales masculinos. No señor, nada que ver.

Él levantó la vista hasta su rostro, con la mirada oscura y firme y, en cierto modo, cómplice.

—Está bien.

¿Por qué seguía teniendo pensamientos con carga sexual? «Porque tienes ante ti un espectacular pedazo de hombre, arrodillado a tus pies». Por eso. Si estuviera con la espalda apoyada contra la pared, sería la postura ideal para que él...

—Créeme, lo sé —murmuró él en tono grave, generando en Margo un torbellino de calor en el estómago.

—¿En serio? —ella posó una mano sobre la fuerte mandíbula, oscurecida por una sombra de barba.

—Intento no pensar en ello —la atención de Dashiel se dirigió hacia el cuerpo de Margo—. Aún.

¿Eso significaba que más adelante ambos podrían pensar en ello?

Era evidente que necesitaba echar un polvo, y a no mucho tardar. Ya no parecía importar que Dash no fuera el hombre adecuado. De hecho, cada vez se parecía más al hombre perfecto. Estaba allí, y a Margo no le cabía duda de que haría un buen trabajo, que seguramente sería muy concienzudo.

El poderoso alivio proporcionado por el sexo la ayudaría a contrarrestar la debilidad que sentía en esos momentos.

Pero ¿estaría él dispuesto?

Inclinándose sobre él, Margaret levantó un pie y luego el otro.

—Puede que te suene presuntuoso, pero nunca he conocido a un hombre que se negara a besarme.

—Piensa en ello como en un aplazamiento, nunca un rechazo.

Con la misma falta de pasión que podría haber mostrado para vestir a un bebé, Dash le subió las braguitas, y a continuación los pantalones de yoga.

—De modo que si no acabara de tomarme ese analgésico...

Él se sentó sobre los talones, con los ojos oscuros cargados de desafío.

—Y tampoco acepto órdenes.

—¿Órdenes?

Dashiel se irguió ante ella, alto, musculoso. De repente había adquirido un aspecto autoritario, algo que ella nunca había notado antes.

Él le tomó el rostro entre las manos ahuecadas.

—Estás tan acostumbrada a tomar decisiones que seguramente crees que puedes hacerlo en cualquier situación, con cualquier persona. Pero yo no soy uno de tus detectives.

El tono acerado de su voz le provocó a Margo un estremecimiento. Con los músculos cada vez más calientes y flácidos, se apoyó contra su pecho.

—No tengo ni idea de qué quieres decir —aunque, por supuesto, la tenía. Y, por supuesto, él tenía razón.

El único atractivo de un revolcón de una noche estaba en la posibilidad que le brindaba para ser otra persona, una desconocida, una mujer sin fama de dura.

Una mujer que no estuviera tan en posesión del control.

—Aparte de todo eso —continuó Dash—, necesitas unos cuantos días para recuperarte. Y saborearte aquí —le rozó la comisura de los labios con el pulgar—, me despierta deseos de saborearte por todas partes.

—¿Por todas partes? —Margo esperaba que significara lo que creía que significaba.

—Aquí —él le acarició el pezón derecho con los nudillos, borrando todo pensamiento de la mente de Margaret.

¿Cómo podía estar tan sensible? En el fondo de su mente, la respuesta surgió clara, «Porque se trata de Dash».

La respiración se hizo más fuerte.

Sin dejar de observarla, él deslizó la mano por su costado y sobre el estómago, deteniéndose entre los muslos.

—Y aquí —Dashiel jugueteó casi imperceptiblemente sobre ella con las puntas de los dedos.

Margo sentía que los huesos empezaban a convertírsele en mantequilla.

Hasta que él habló de nuevo.

—Pero todavía no estás preparada para eso.

Se equivocaba, por completo. Ella lo deseaba y ninguna herida iba a cambiarlo. Una lista de argumentos persuasivos cabalgó hasta la punta de su lengua.

—Dash…

—No es no, cielo.

¡Qué malo era!, ponerla a tono cuando no tenía ninguna intención de continuar.

¿Por qué solo conseguía que su excitación escalara varios puestos?

Desgraciadamente, con sus padres al otro lado de la puerta, no podía obligarle a cumplir su promesa de caricias.

—Lo aceptaré porque no puedo hacer esperar a mis padres. Pero solo por ahora.

—Buena chica —Dash sonrió y apartó las manos del cuerpo de Margo, hundiéndolas en los bolsillos del holgado pantalón de algodón antes de mover la mandíbula a un lado y otro—. Y ahora que hemos aclarado ese punto, tengo una pregunta.

—¿No puede esperar?

—Me temo que no —y sin esperar ni un segundo más, él formuló la pregunta—. Si ya tenían un hijo, ¿por qué demonios no se alegraron tus padres de que tú fueras una chica?

Su madre lo calificaba de despreocupado. Su padre lo elogiaba por saber relajarse y saber cuándo reír. Lo cual era cierto comparado con la personalidad tan seria de Logan. Dash era el hermano alegre y desenfadado.

Pero en esos momentos echaba humo. No solo se había escapado Margo del dormitorio sin responder a su pregunta, suponiendo que tuviera una respuesta para una estupidez como esa, sino que, además, tenía que hacer frente a su disfuncional familia.

Como unos perfectos desconocidos que hubieran coincidido en el autobús, se toleraban educadamente los unos a los otros. Dash se sentía incómodo con ellos, ¿cómo se sentiría Margo?

Sentada en el borde del sofá, su madre parecía una estatua de hielo, la espalda completamente recta, los pies juntos, las manos entrelazadas sobre el bolso que descansaba sobre el regazo, y el rostro tan liso e inexpresivo como era capaz de conseguir la cirugía plástica. Un jersey, visiblemente caro, y pantalones con pinzas realzaban su todavía estilizada silueta. Sus cabellos eran de un tono más claro que los de Margo, y sin los graciosos rizos. En realidad, su pelo parecía un maldito casco almidonado sobre la cabeza. Y en lugar de los hermosos ojos azules de su hija, los de esa mujer eran de un apagado color gris.

Su padre ocupaba deliberadamente todo el espacio que podía. Los musculosos brazos se apoyaban estirados sobre el respaldo del sofá y la expresión de su rostro era crítica con todos y con todo. Su única preocupación al llegar no había sido si su hija estaba bien. Lo único que había preguntado era qué hacía Dash allí.

«Desde luego ayudar no, eso era inconcebible». Menudo imbécil. Dash supuso que al patriarca de los Peterson le gustaba amedrentar a otros. Su personalidad hipócrita era la típica del abusón. De momento, y porque se trataba del padre de Margo, decidió mostrarse respetuoso.

Al menos mientras el hombre no lo provocara en exceso.

Su hermano, tan alto como el padre, pero más delgado, hacía gala de unas maneras más afables. Parecía sentir una divertida curiosidad, a la par que una rebosante anticipación. El jurado aún no se había pronunciado sobre él.

Margo hacía todo lo posible por permanecer erguida mientras saludaba a su familia.

—Mamá, papá, no hacía falta que salierais de casa con este horrible tiempo.

—Si no hubieses estado durmiendo —contestó su padre—, te

habrías dado cuenta de que el tiempo ha dejado de ser tan horrible.

—No nos parecía correcto no venir —añadió la señora Peterson mientras jugueteaba con su collar de una sola perla.

—¿Tenías algún motivo para querer mantenernos alejados? —preguntó su padre en tono acusatorio mientras mantenía la vista fija en Dash.

—Pues claro que no. Solo quise decir que…

—Maldita sea, hermanita —su hermano dio un paso al frente y se interpuso entre Margo y su padre.

Dash aguardó, dispuesto a tumbar a ese tipo si no se mostraba suficientemente amable.

Pero su hermano se limitó a inspeccionarla antes de sacudir la cabeza.

—Creo que deberías haberte quedado en la cama.

—No, estoy bien. Pero la noche fue muy larga —ella intentó mostrar una valiente sonrisa que hizo que Dash deseara saltar en su defensa—. ¿Se ha presentado Dash?

—Lo intenté —contestó él, consciente de la hostilidad de su voz—. Pero me enviaron a buscarte.

—Por supuesto —Margo, con el gesto tenso, apartó la mirada de él—. Siento haberte hecho esperar, papá.

—Pues entonces oigámoslo —su padre se inclinó hacia delante—. ¿Quién es ese y qué hace aquí?

El primer asunto a tratar debería haber sido el de las heridas de su hija, no sus compañías. Ya no era una chiquilla menor de edad y él no era el hombre que la había enviado al hospital. Dashiel rechinó los dientes un poco más, pero ver la expresión de cervatillo asustado de Margo le hizo salir en su defensa.

—Me disculpo. Soy Dashiel Riske —anunció a modo de inicio—. Conducía por la carretera detrás de su hija ayer cuando esa furgoneta embistió su coche y…

—Conocimiento de la situación, Margo —la reprendió su padre—. Es evidente que no prestabas atención.

«Bastardo». Aunque no le resultó fácil, Dash consiguió continuar en tono mesurado.

—Fue más un problema de carreteras heladas y visibilidad nula.

Ningún conocimiento de la situación puede prepararte para una repentina tormenta de hielo.

El hermano de Margo lo miró con las cejas enarcadas.

Aparentemente no acostumbrado a ser rebatido, el señor Peterson saltó como si estuviera a punto de atacar.

Dash ignoró su hostilidad, como ignoró el desaliento de Margo.

—Cuando chocó, se quedó momentáneamente inconsciente, pero volvió en sí después de que yo consiguiera abrir la puerta de su coche. Nos refugiamos en un callejón. Margo repelió el ataque...

—¿Físicamente? —preguntó el hermano en tono burlón—. Supongo que todas esas horas pasadas en el gimnasio empiezan a dar sus frutos, ¿eh, hermanita?

¿Dónde estaba la gracia?

—Les disparó —continuó Dashiel.

—Ah, ya, un tiroteo —su hermano se frotó las manos—. Sin duda hizo gala de su excepcional puntería, incluso con el codo dislocado.

—Y una conmoción cerebral —gruñó Dash.

—Vaya cosa —insistió el otro hombre—. Margo jamás permitiría que algo así le afectara.

Por Dios santo, esos tipos estaban todos locos. Margo no era una supermujer. No era invencible. Al margen de la realidad del dolor que sufría, el peligro y la visita al hospital, Dash intentó terminar con eso para poder llevarla de nuevo a la cama.

—Ella fue la que insistió en que la acompañara hasta aquí y me quedara hasta que estuviésemos seguros de que yo ya no estaba en peligro y podía regresar a mi casa.

Margo lo miró con los ojos desmesurados.

Para ser una mentira, le había salido bastante creíble. Dash se encogió de hombros y siguió adornando su relato.

—Los matones habían visto mi camioneta y, seguramente, anotado la matrícula. Ahora estoy implicado, de modo que, dada la experiencia de Margo, opté por no discutir con ella.

Ignorante de que su hija había perdido el conocimiento, de que la habían embestido deliberadamente, que los matones habían intentado matarla, su madre eligió ese momento para intervenir.

—¿Margo? —preguntó en tono imperativo.

—¿Disculpe? —Dash no entendía la pregunta.

—¿Llama a mi hija «Margo»?

Dada la expresión del rostro de la mujer, era evidente que no debería haberlo hecho. Pero ya era demasiado tarde.

—Sí, señora —Dash desvió la mirada hacia el furioso padre—. No soy un agente de policía, y ella no es mi teniente.

—Maldita sea, ¿en qué estábamos pensando? —su hermano gesticuló hacia el hueco vacío que él mismo había dejado en el sofá—. Siéntate ahora mismo.

Margo lo hizo, con mucho cuidado.

Dash se apresuró a colocarse a su izquierda, cerca del brazo herido.

Su hermano se situó al otro lado del sillón y le ofreció una mano a Dash.

—Dado que ya nos tuteamos —sonrió—. Yo soy West. Mi madre es Marsha y mi padre Martin.

—West es el jefe de la UICD —puntualizó la señora Peterson, visiblemente orgullosa.

—¿UICD? —preguntó Dash mientras le estrechaba la mano.

—Unidad de Investigación Criminal y de Drogas —aclaró su padre.

¿Resultaba acaso más impresionante que el hecho de que Margaret fuera ya teniente a su edad? Iba a tener que preguntárselo a Logan.

—Encantado de conocerte, West.

—El placer es mío.

Dash se fijó en el detalle de que, tras concluir el apretón de manos, amistoso y nada hostil, West había apoyado la mano sobre el hombro de Margo.

¿Una muestra de apoyo? ¿Después de todas esas bromas? A lo mejor. Él sabía cómo se las gastaban los hermanos mayores. Logan a menudo le hacía la vida imposible solo para divertirse.

Pero nunca cuando lo veía realmente hundido.

—¿Y usted, señor Peterson? —Dash se volvió hacia su padre.

Se parecía mucho a Margo, el mismo cabello oscuro, aunque plateado en las sienes. Pero donde Margo era delgada y menuda, su padre parecía una bestia. De estructura robusta, maduro, la clase de hombre al que le gustaba hacerse ver de un modo u otro.

—Tengo entendido que Margo proviene de un largo linaje de servidores de la ley.

El mayor de los Peterson descargó una mirada cargada de veneno hacia su hija.

—Estoy jubilado.

¿De qué iba todo eso?

—Margo insistió —murmuró West como si estuviera compartiendo una broma privada con Dash.

Por su parte, Margaret permanecía sentada, completamente inmóvil, sin siquiera pestañear.

—¿A qué se dedica usted, señor Riske? —preguntó su madre fijando una acerada mirada sobre él.

—Trabajo en la construcción.

—¿Un obrero?

La pregunta fue formulada con evidente desdén. Dashiel apenas logró contener el impulso de poner los ojos en blanco. El interrogatorio no le hubiera molestado tanto si la señora Peterson no se hubiese mostrado tan altiva.

—Cuando hace falta, desde luego.

En ese momento, Margo decidió intervenir.

—Es el dueño de una empresa de construcción, madre.

—¿Una gran empresa? —preguntó el padre con repentino interés.

—No mucho —Dash se encogió de hombros—. Solo funcionamos a nivel local. Trabajo en el ámbito de los tres estados con tres cuadrillas. Unos cuarenta y cinco muchachos.

—¿Empresarial o residencial?

—Ambos.

—Los obreros de la construcción pasan mucho tiempo parados, ¿no es así? —inquirió la señora Peterson.

—A veces. Pero dado que nosotros somos una empresa constructora que también diseña y ofrece servicios de diseño y planificación, nos mantenemos bastante ocupados.

—¿Tiene previsiones de expansión? —preguntó el señor Peterson escrutándolo atentamente.

—No.

Logan y él habían heredado una pequeña fortuna de sus abuelos, pero ninguno de los dos era aficionado a tumbarse a la bartola o formar parte de un comité. A Logan le encantaba la enigmática incertidumbre del trabajo policial, y se le daba muy bien. Pero Dash no era un tipo receloso y prefería la sencillez de la construcción.

Todavía bajo la atenta mirada de los padres de Margo, Dash continuó con su explicación.

—Lo cierto es que tanto mi hermano como yo tenemos una economía bastante desahogada. Unos abuelos muy generosos con fideicomisos y esas cosas —sonrió—, que nos adoraban.

Margo abrió los ojos desmesuradamente.

—Trabajo porque me apetece, porque me gusta, no por necesidad.

—Pero siendo el dueño, supongo que no trabajará literalmente en la construcción —sugirió la madre de Margo—. Me imagino que se limita a dirigirlo todo.

—Dirigir la empresa es la parte más difícil. El papeleo es la cruz de mi vida. Pero no resulta nada extraño verme trabajar, codo con codo, con mi cuadrilla. Me gusta sudar, utilizar las manos —extendió unas manos llenas de callosidades y flexionó los dedos—. Me resulta muy satisfactorio ver cómo se materializa un proyecto, ya sea una nueva construcción o una reforma.

De repente, la atención de la señora Peterson se centró en el cuerpo de Dashiel y su mirada vagó perezosamente por el torso desnudo.

—Es evidente que está en buena forma.

—Sospecho que su camisa es la que lleva Margo —observó West.

—Su ropa estaba empapada de sangre, de modo que me hice el caballero —explicó Dash con buen juicio.

Había estado tan preocupado ante el hecho de que Margo tuviera que enfrentarse a su familia que se había olvidado que solo llevaba puestos los calzoncillos y unos pantalones de chándal.

—Mi ropa también quedó destrozada, por cierto. Mi hermano me prestó unas cuantas cosas.

—Doy por hecho que se marchará pronto.

La dura mirada del señor Peterson fue igualada por la de Dash. Si la brusca afirmación tenía por objeto acobardarlo, no había funcionado.

Pero antes de poder contestar, Margo se levantó del sofá.

—Se quedará hasta que yo le pida que se marche.

Lo cual no dejaba de ser cierto, siempre y cuando ella no decidiera pedirle que se marchara antes de tiempo.

—¿A alguien le apetece un café? —Margaret sonrió. Su mirada empezaba a enturbiarse.

—¿Has tomado algo? —el señor Peterson se levantó de su asiento y miró a su hija con los ojos entornados.

—Aspirinas —intervino Dash.

—Sus ojos parecen...

—¡Por Dios, papá! —lo interrumpió West—. Ha sufrido una conmoción —se volvió hacia su hermana—. Y no, Margo, no te vas a poner a preparar café.

—Si os quedáis, sí lo haré —con el brazo lastimado pegado al cuerpo, ella se volvió hacia Dash y sonrió—. ¿Me acompañas a la cocina?

Él no fue el único en captar el sugerente tono que había empleado. Dash no sabía qué hacer. Quizás no había sido una buena idea darle un calmante.

Pero West salvó la situación.

—No será necesario. Nos marchamos —se volvió hacia sus padres—. ¿Habéis olvidado que tenemos planes para cenar pronto? Madre, no querrás llegar tarde...

—¿Irás a trabajar mañana? —el señor Peterson cruzó los brazos sobre el pecho y plantó sus grandes pies con firmeza en el suelo.

—Puede ser —olvidando la lesión, Margo se encogió de hombros y se quedó petrificada, visiblemente incómoda, antes de alzar desafiante la barbilla—. Pero eso ya lo decidiré más tarde.

Dash estaba casi seguro de que la policía debía de tener normas al respecto. Aunque sus padres no fueran conscientes de ello, o Margo no quisiera admitirlo, iba a necesitar tiempo para recuperarse.

Su padre y ella se embarcaron en un duelo de miradas y, para sorpresa de Dash, ganó Margo.

También ayudó que la señora Peterson mostrara su impaciencia yendo a esperar junto a la puerta, sin decirle una palabra a su hija.

El señor Peterson se dedicó a observar su grueso reloj sobre su aún más gruesa muñeca.

—Tenemos tiempo de sobra, pero dado que aquí hemos terminado...

—Gracias por pasar a verme —manifestó Margo en un tono cantarín—. Habéis sido muy amables y considerados.

Su hermano disimuló una risotada y empujó a sus padres hacia la calle. A punto de salir al porche, se dio media vuelta y regresó a la puerta, ofreciéndole su mano a Dash.

—Gracias.

—¿Por? —el aire frío aguijoneaba la piel desnuda de Dash, pero mantuvo el tipo.

—Por tus cuidados, tu ayuda. Y tu discreción —tras guiñarle un ojo a su hermana, se marchó.

CAPÍTULO 6

Margo permaneció de pie junto a la puerta y observó alejarse a su entrometida familia. Incluso los despidió con la mano, pero en cuanto estuvieron lejos de su vista cerró la puerta, echó la llave y se volvió. Pero Dash no estaba.

—Cobarde —murmuró para sí misma.

Cierto que el medicamento la volvía menos prudente. Normalmente, su carácter era totalmente diferente. Era una lunática del control, un ejemplar alfa, y mantenía mucho las distancias.

Pero eso era cuando ejercía de teniente Margaret Peterson.

Margaret era implacable, siempre al mando. Margaret era fría y calculadora. Margaret gobernaba con puño de hierro.

Sin embargo, Margo disfrutaba del contraste que suponía ser una mujer más pequeña, dulce, al lado de un hombre más grande y duro.

«Sobre todo si estaba duro».

—¿Dash? —llamó, impaciente por verlo, tocarlo, animarlo a devolverle una caricia.

Oyó correr el agua del grifo en la cocina y, sonriendo de anticipación, siguió el sonido. Lamentando no haberse puesto el cabestrillo, mantuvo el brazo y la pesada férula pegados al cuerpo.

—Podrás correr, pero no podrás esconder tu cuerpazo —ella hizo una pausa. Sin duda, el comentario resultaba un poco osado, pero ¿a quién le importaba?

De no haber sido por los analgésicos que tanto le soltaban los músculos, solo lo habría pensado, jamás pronunciado en voz alta.

Y encima lo había dicho sobre Dash, el hermano de Logan. Logan, uno de sus mejores detectives.

Y una vez más, ¿a quién le importaba?

Encontró a Dash junto al fregadero, con Oliver frotándose contra sus piernas. Los músculos de la ancha espalda dibujaban una profunda hendidura en la columna. Los hombros estaban en tensión mientras llenaba una garrafa de agua.

—Estabas aquí —ella sintió ganas de comérselo.

—Estoy preparando café —Dash la miró y, tras fijarse en su expresión y mirarla de arriba abajo, apartó la vista—. Siéntate.

En lugar de obedecer, Margo apoyó una cadera sobre la mesa y observó el baile de músculos en el bíceps de Dash mientras sacaba las tazas del armario. Barrió con la mirada todo el torso y descendió hasta el sexy trasero. No pudo evitar fijarse en los restos de un bronceado, especialmente allí donde los pantalones caídos mostraban una franja de piel más blanca al final de la columna.

Un pequeño tirón de los cordones del pantalón y la prenda caería hasta los tobillos. Margo se sintió acalorada y se le aceleró el corazón.

Desafortunadamente, también llevaba puestos los calzoncillos. Alzó un poco el brazo izquierdo y dio un respingo. Aún le dolía demasiado para poder utilizarlo.

De modo que Dash iba a tener que desnudarse él mismo. Y mientras, ella miraría.

Y disfrutaría.

—Supuse que te apetecería también algo para comer —anunció Dash sin darse la vuelta—. En cuanto el café esté listo, podría...

Dando un paso al frente, Margo lo encajonó contra el armario y se apoyó contra él, con la mejilla sobre la cálida espalda y el brazo derecho rodeándole la cintura, los dedos extendidos sobre esos abdominales que parecían una tabla de lavar. Empezó a juguetear con ese atractivo sendero de vello que descendía y descendía...

Dios misericordioso.

—Margo —susurró Dash, completamente petrificado.

Abrumada por su propia necesidad, ella le mordisqueó una escápula y lamió la suave y cálida piel, sintiéndolo estremecerse.

—No deberías...

—No me puedo aguantar —Margo dibujó un camino de besos hasta la columna vertebral.

—Tienes que parar —Dash se dio la vuelta lentamente.

—No.

Ella volvió a apoyarse sobre él y frotó la nariz contra el fuerte y ligeramente velludo pecho. ¿Era posible encontrar a un hombre que oliera mejor que Dashiel Riske? Imposible.

Las terminaciones nerviosas de Margo echaban chispas y el acelerado pulso se instaló entre sus piernas. Saber que ese hombre evitaría lastimarla le daba ventaja.

—Y en cuanto a ese beso...

—Señorita, vuelves a estar un poco dopada —él hundió las manos en sus cabellos.

—Solo un poquito —Margo hundió la nariz en el vello del pecho—. Pero no olvides que ya te deseaba antes de que me empezara a hacer efecto el analgésico.

—No eres tú.

—No tienes ni idea de quién soy realmente, de modo que, ¿cómo podrías saberlo?

Nadie la conocía de verdad. Ni su familia ni nadie de la comisaría. Solo los ocasionales revolcones de una noche...

—Tiempo muerto —Dash frunció el ceño y le tomó el rostro entre las manos ahuecadas, mirándola a los ojos—. ¿Qué has querido decir con eso?

Margo hizo caso omiso de las molestias en el codo y volvió a acurrucarse contra Dash. Tenía un pecho ancho y sólido. Emitió un sonido gutural cargado de apreciación.

—Quiero tocarte por todo el cuerpo.

—¡Mierda! —él se apartó todo lo que pudo para poner algo de distancia, siquiera un par de centímetros, entre ellos.

—Todo este coqueteo —le explicó ella—, no hace más que aumentar la urgencia.

Dash se frotó la nuca con una mano y miró a su alrededor.

—¿Qué pasa con tu madre? —preguntó de repente.

Margo no tenía ganas de hablar de sus padres en esos momentos y utilizó el brazo bueno para agitarlo en el aire.

—Seguramente se le había pasado la hora del cóctel. Todos los días, hacia las cinco de la tarde, necesita tomarse unas cuantas copas para seguir adelante. Cuanto más tiempo tiene que esperar, más tensa y fría se pone. En ocasiones, papá insiste en que se tome una copa solo para que no se venga abajo —ella volvió a acercarse a Dash y pegó la nariz a su cuello.

Cielo santo, qué bien olía ese hombre. Dejó un rastro de besos hasta el pezón.

—Ya basta, Margo —él la sujetó por la cintura y la empujó ligeramente—. Esto no está pasando.

Pues claro que estaba pasando, desde luego que sí. Además, lo necesitaba.

—¿Me ayudas a darme otro baño?

—No.

—De acuerdo. Supongo que tendré que ocuparme yo de mí misma.

Con la amenaza flotando en el aire, ella se dirigió por el pasillo hacia su dormitorio, consciente de que Dash la seguía. Abrió el armario y se estremeció ante el chirrido de los goznes.

Apoyado contra la pared y con los brazos cruzados sobre el pecho, Dash seguía cada uno de sus movimientos.

—Ese sonido me recuerda a una película de terror.

—He estado ocupada —se excusó ella—. Tengo que contratar a algún manitas —la imaginación de Margo se activó ante su propio comentario—. ¿Te apetece hacer de manitas? —preguntó mientras se volvía hacia Dash—. No me cabe duda de que tendrías muy buen aspecto con un cinturón de herramientas… y nada más.

—No —él sacudió la cabeza lentamente—, creo que no me apetece.

Había algo diferente en Dash. Ya no parecía dispuesto a evitarla. De hecho, su mirada era más parecida a la de un depredador.

—Aguafiestas —ella respiró aceleradamente, aunque no pudo evitar que se percibiera un estremecimiento en su voz.

—No tenía ni idea de que te apeteciera jugar —Dash la observó con los ojos entornados. Sin duda debió de gustarle lo que vio, porque se apartó de la pared—. Creo que ya lo entiendo.

«Qué manera de pronunciar esas palabras…».

—¿Entiendes el qué?
—Que necesitas un baño —el tono de voz de Dash volvió a cambiar.
—¿Tú lo has decidido?
—Vamos, Margo —él torció la mandíbula y taladró a Margo con la mirada.

Su autoritarismo hizo que Margo diera un paso hacia él antes de trastabillarse. Unos repentinos nervios, y la emoción, la mantenían clavada en el sitio.

—¿A qué viene ese cambio de parecer?

Él la miró el tiempo suficiente para que, de nuevo, se le acelerara el pulso.

—He decidido que será más fácil tratar contigo cuando te hayas relajado.

—Yo creía que te preocupaba que se me mojara la férula —«¿más fácil tratar conmigo?».

Ante las evidentes dudas, los ojos oscuros de Dashiel emitieron un destello y sus labios se curvaron en una sonrisa cómplice.

—No vas a sufrir ningún daño, porque yo voy a ocuparme de todo.

—¿Todo? —un tsunami de calor la inundó.

—Todo lo que necesites.

—¡Oh! —Margo reculó un paso. Sin duda no se refería a lo que ella esperaba que se refiriese—. No estoy segura...

—Lo estás haciendo más difícil de lo que es —él volvió a entornar la mirada de esa manera tan sensual y mantuvo la mano extendida—. Y ahora, ven conmigo.

Un deseo oscuro y oculto, de pura lujuria, estalló en su interior. Margo tragó nerviosamente y, sumisamente, aceptó su mano.

—Buena decisión —la felicitó Dash, todavía con esa voz cargada de firmeza. Con delicadeza, la condujo por el pasillo hasta el cuarto de baño más grande.

Y con cada paso que daba, el corazón de Margo se aceleraba.

—Espera aquí mientras te preparo el baño —le indicó él una vez en el interior del cuarto de baño.

Aquello sonaba excesivamente parecido a una orden, pero Margo se quedó parada de todos modos, observándolo, intentando contener sus inquietantes emociones mientras lo veía llenar la bañera de agua caliente y preparar dos toallas grandes y una manopla de baño. Dejó una toalla a un lado de la bañera, presumiblemente para descansar el brazo.

Satisfecho con la disposición, se volvió hacia ella.

—¿No te duele el brazo?

Ella sacudió la cabeza.

—¿Eso ha sido un «sí» o un «no»?

—No.

—Bien. ¿La cabeza?

—Está bien —en ese mismo momento el único dolor que sentía era el producido por la insatisfacción sexual.

—Me alegro —Dash deslizó un dedo desde la barbilla hasta la garganta—. Quédate quieta mientras te quito la ropa.

Lentamente y muy cerca de ella, sobre todo de cintura para abajo, Dash le desabrochó la camisa de franela. Se parecía a un striptease a la inversa, y resultaba muy efectivo. Para cuando terminó con el último botón, Margo sentía vibrar todo el cuerpo.

Y entonces abrió la camisa dejando expuestos sus pechos.

Durante un buen rato, él permaneció inmóvil, contemplándola con tal detalle que ella casi no lo pudo soportar.

—¿Dash? —uno diría, por la concentración que reflejaba su mirada, que ese hombre no había visto unos pechos en su vida.

—Calla —Dash deslizó la camisa de franela por los hombros de Margo hasta dejarla caer. La camisa se quedó enganchada de la férula en un lado, y del codo en el otro—. Ahora voy a tocarte.

«Gracias a Dios». La anticipación la estaba matando.

—No quiero que te muevas. ¿Me has entendido, cielo?

Lo cierto era que no lo entendía del todo.

—Dime que lo has entendido.

Si eso era lo que hacía falta para que le pusiera las manos encima…

—Lo entiendo.

—Bien —él le tomó ambos pechos, alzándolos como si los estuviera sopesando mientras los pulgares acariciaban los pezones.

Margo encajó las rodillas e intentó no jadear mientras sus pezones se ponían duros.

Con una oscura mirada de satisfacción, Dash sujetó ambos pezones con las puntas de los dedos y tironeó ligeramente.

—¿Te gusta?

—Sí —ella entreabrió los labios y su mirada se volvió turbia. Se inclinó hacia él.

—Ah, no, cielo. ¿Lo has olvidado? Tienes que quedarte quieta —él le apretó un poco más los pezones hasta que ella ya no pudo reprimir un jadeo. Luego la miró a la cara sin que su propio rostro reflejara ninguna emoción discernible—. ¿Duele?

—No —lo que pasaba era que resultaba demasiado maravilloso para poderlo soportar.

—¿Te resulta agradable?

Ella consiguió asentir.

—Me alegro —él tironeó un poco más fuerte—. Y ahora quédate quieta —esperó unos segundos y, al ver que ella no se movía, sonrió—. Eso está mejor. Y ahora volvamos a intentarlo —él reanudó el tormento de las caricias sobre los pezones, tironeando de ellos, jugando con Margo.

Ella emitió un suave gemido y cerró los ojos.

—¿El brazo está bien? —Dash se detuvo.

—Sí, sí —Margo asintió con fervor—. Muy bien. Pero no te pares.

—Por favor.

—¿Qué? —a Margo le llevó tres respiraciones reaccionar.

—Te olvidaste de decir «por favor» —le explicó Dash con dulzura.

Parecía decirlo totalmente en serio, mirándola mientras añadía un poco más de presión a los pezones.

—Por favor —susurró Margo tras humedecerse los labios.

Dash no sonrió, pero en sus oscuros ojos se reflejó la satisfacción que sentía.

—Esa palabra suena muy bien viniendo de ti —él inclinó la cabeza—. Veamos si sabes tan bien como se te ve.

No hubo más aviso antes de que Dash cerrara la boca en torno al pezón derecho y empezara a chupar delicadamente.

—¡Oh, Dios, Dash!

—¿Qué? —él pasó al otro pezón, lo mordisqueó, tironeó y chupó.

Margo sentía la sedosa lengua, el calor de la húmeda boca, y mientras él seguía chupando, la sensación se dirigió directamente a su útero.

La urgencia era cada vez mayor y ella alargó una mano hacia la cinturilla del pantalón, pero Dash le sujetó la mano y se apartó fuera de su alcance.

Parecía estar sopesando una decisión y, mientras, el pulgar le acariciaba el punto de la muñeca donde el pulso palpitaba.

—Quizás si te sientas en la bañera te será más fácil quedarte quieta —él se acuclilló delante de ella y deslizó las manos por sus muslos y el trasero hasta llegar a la cinturilla de los pantalones de yoga. Tiró de ellos para que cayeran por las piernas—. Saca los pies.

Ella obedeció.

Todavía en cuclillas, Dash contempló las braguitas.

—Menudo contraste.

Con un dedo comenzó a trazar sugerentes círculos alrededor de la parte delantera de la prenda de lencería, hundiendo el dedo siempre en el mismo punto hasta que ella sintió que le flaqueaban las rodillas.

Margo estaba considerando las posibilidades que tenía de practicar sexo con la tosca férula que siempre estaba en medio, cuando oyó la voz de Dash, grave y endemoniadamente sexy:

—Voy a hacerte llegar.

Ella quiso preguntar «¿Cuándo?». Pero lo único que consiguió fue contener la respiración.

—Dos veces —añadió él—. Con eso deberías relajarte y conseguir descansar.

Sí, desde luego, eso la ayudaría mucho.

Dash le bajó las bragas hasta las rodillas y volvió a tocarla con suma delicadeza, y utilizando solo un dedo.

—Pero no vamos a practicar sexo.

Un momento...

Él terminó de bajarle las bragas.

—Para asegurarnos de que tus lesiones no empeoren —continuó él mientras la ayudaba a levantar primero un pie y luego el otro—, vas a hacer exactamente lo que yo te diga, y cuando yo lo diga.

—Pero...

Poniéndose de nuevo de pie, con el cuerpo pegado al de ella, Dash cubrió el sexo de Margo con una mano ahuecada y la miró a los ojos.

—Si no lo haces —le advirtió con seductora gravedad—, me pararé y en lugar de quedar satisfecha, tendrás que dormir con tu frustración.

Margo no conseguía llenar los hambrientos pulmones de aire. Daba la sensación de que ese hombre conocía sus fantasías secretas, fantasías que jamás había compartido con nadie, que ningún otro hombre había percibido, y que ningún hombre había promulgado.

Pero estaba convencida de que iba a satisfacerla.

Las medicinas le habían adormecido la irritación, pero no estaba totalmente aturdida. Cuando terminaran los juegos sexuales, Dash iba a tener que saber que no eran más que juegos, y que habían dispuesto de un momento y un lugar que jamás penetraría en su vida real.

Más adelante se lo iba a tener que explicar. Pero en ese momento deseaba desesperadamente averiguar cómo podía acabar aquello.

Todo su cuerpo ardía y palpitaba de deseo. Margo lo miró a la cara y asintió.

—Gracias —susurró.

Margo tenía un aspecto muy dulce y estaba jodidamente dispuesta, tanto que a Dash le hizo falta hacer acopio de toda su fuerza de voluntad para atenerse al plan. Quizás ella no se diera cuenta, pero él había reconocido su deseo a un nivel muy básico. La entendía y apreciaba su sexualidad.

Era una mujer de los pies a la cabeza.

Y, sin embargo, cuando la ocasión lo requería, podía ser fuerte y siempre se mostraba increíblemente inteligente. De sobra al mismo nivel que cualquier hombre en todos los aspectos.

Pero a veces una mujer disfrutaba del irracional contraste de ser más pequeña, dulce y físicamente más débil que un hombre. A él le funcionaba porque, a veces, disfrutaba ejerciendo el papel dominante.

Con Margo le gustaba mucho.

Su meta era doble. Por un lado, quería ayudarla a relajarse y enfrentarse a la incomodidad de sus lesiones. La excitación amortiguaba muchas cosas, incluyendo el dolor. Un arrollador orgasmo también podría aliviarle sus preocupaciones ante los muchos problemas que tenía por delante.

Por otro lado, aunque no era secundario en importancia, quería demostrarle que con él podía mostrarse como era en realidad, aparcar su fuerte personalidad y su competencia. Adoptar un papel más sumiso en la cama, con él, no le afectaría a su vida diaria fuera de esa cama.

Apartándose de la tentación que le suponía su desnudez, los sedosos cabellos y fragrante piel, y sobre todo la desesperada anticipación, Dash estudió su cuerpo mientras se frotaba los labios. Ella temblaba de necesidad y no podía dejarla así. Después de aliviarse sin duda descansaría mejor.

Después de que él la aliviara.

Pero no podía olvidar, ni por un minuto, que estaba herida. Y eso significaba que él iba a tener que privarse, por mucho que le supusiera una tortura, hasta que Margo estuviera en disposición de corresponderle.

—Estás jodidamente caliente —Dash estaba seguro de que le iba a encantar tocarla, oírle gemir, sentirla llegar con sus dedos hundidos profundamente en su interior—. Vamos a meterte en la bañera para que pueda empezar con ello —añadió, consciente de lo mucho que le iba a afectar a ella.

Dash le sujetó el brazo derecho para evitar que resbalara, y luego la colocó como él prefería.

Y ella, conteniendo el aliento, se lo permitió.

—Apoya el brazo izquierdo sobre el saliente de la bañera —él la ayudó, asegurándose de que no se mojara la férula—. ¿Estás cómoda?

—Sí —contestó ella casi sin aliento.

—Échate hacia atrás —le ordenó Dash mientras la sujetaba con una mano apoyada en su espalda.

Margo obedeció, y el agua empezó a lamerle la nuca, mojando los oscuros rizos. Disfrutando de la dispuesta imagen que le ofrecía, él se sentó junto a la bañera y utilizó una mano ahuecada para verterle agua sobre los pechos.

—Estás tan bien hecha… —él deslizó un dedo por su estómago—. Separa las piernas.

La anticipación mantuvo a Margo silenciosa e inmóvil, sobre el borde del precipicio de la necesidad.

—¿Me has oído, Margo?

Ella se humedeció el labio inferior y lentamente separó los pies.

—Precioso —observó Dash mientras la contemplaba—. Pero ¿sabes qué me parecería aún más precioso? —no esperó ninguna respuesta, consciente de que ella no iba a ofrecérsela. Poniéndose de rodillas, le levantó uno de los pies y lo apoyó sobre el saliente de la bañera. Desde luego aquello le gustaba—. Sujétate. Ya sé que tienes una alfombrilla, pero no quiero arriesgarme a que te resbales.

Con el brazo sano, Margo se agarró con fuerza y asintió.

Con mucho cuidado, Dash le levantó el otro pie y lo apoyó en el saliente del lado opuesto de la bañera, dejándola completamente expuesta.

—Deja de tensar las rodillas… así, mucho mejor —veía claramente cada centímetro de la rosada carne, hinchada de necesidad.

Los pechos de Margo se alzaban con cada rápida inhalación.

—Ahora sí que llego —Dash la miró a los ojos.

Margo soltó un gemido y se mordió los labios mientras se esforzaba por mantenerse inmóvil. El vapor del agua le sonrojó las mejillas. O quizás fuera el punzante deseo. Parecía estar tan dispuesta a los juegos sexuales como él.

Dash deslizó un dedo mojado por el interior de los muslos.

—Déjalas ahí.

Ella cerró los ojos, aunque solo brevemente. La teniente Margo Peterson no era ninguna cobarde. Eso jamás.

Dash tomó el jabón y se enjabonó las manos.

—Ya que has insistido en tomar un baño, quiero que lo disfrutes… durante mucho rato.

Los pezones de Margo seguían tensos y se tensaron aún más cuando él empezó a juguetear con ellos con sus manos enjabonadas.

Margo se retorció y Dash, sabiendo que no era ese el problema, preguntó:

—¿No querías lavarte?

Margo giró la cabeza hacia un lado y emitió un pequeño gemido cargado de deseo. Los músculos de los muslos estaban tensos y los pies flexionados.

—Despacito —él hizo una pausa, con los dedos aún sobre su pecho, pero sin moverlos—. ¿Vas a poder quedarte quieta?

—Sí —la excitación había teñido de rojo los pómulos de Margo y su mirada estaba enturbiada. El agua de la bañera lamía sus pechos.

—¿Me lo prometes?

Ella le dirigió una mirada suplicante.

—Por favor, no pares.

Él sonrió mientras le aclaraba los pechos de jabón. La notó muy sensible allí y pensó que casi podría hacerle llegar solo con esas caricias.

Pero eso sería pedirse demasiado a sí mismo. Necesitaba tocarla. Toda.

Por todo el cuerpo.

—No será fácil, lo sé —Dash dejó una mano sobre el pecho para seguir jugueteando con los pezones y hundió la otra en el agua, entre las piernas—. Pero no vas a moverte, no hasta que yo te diga que puedes hacerlo.

—De acuerdo.

Decidido a prolongar el tormento, él deslizó la mano por la cara interior de los muslos de Margo, haciéndole cosquillas detrás de las rodillas, sobre las caderas y el estómago.

—Dash —susurró ella desesperada.

—Calla. Tampoco puedes hablar —Dash necesitó de toda su fuerza de voluntad para aguantar, para recordar que todo aquello era por ella, solo por ella.

Margo respiró entrecortadamente.

—Lo único que tienes que hacer es relajarte y dejar que me divierta —consciente de que no podría hacerlo—, y ahora afloja un poco —añadió mientras la cubría con una mano ahuecada y ella mantenía las piernas separadas.

Un vibrante gemido escapó de los labios de Margo.

—Eres incapaz de mantenerte quieta, ¿verdad? —Dash hundió

dos dedos en su interior. No le resultó nada difícil, dado que ella ya estaba húmeda y dispuesta. Con la otra mano siguió jugueteando con los pezones.

Otro sonido gutural cargado de excitación escapó de los labios de Margo.

—Yo de ti me pondría cómoda —le aconsejó él con calma—, porque no tengo intención de darme prisa —sacó los dedos del interior de Margo—. Tenemos toda la noche.

Ella alzó las caderas, mientras él seguía apoyando una mano sobre su sexo, para buscar una caricia más íntima.

—Calla. Apoya la espalda contra la bañera o tendré que parar. No pienso arriesgarme a que te hagas daño.

—No me pasará nada —Margo estaba al borde de las lágrimas, retorciéndose contra la mano de Dash.

—¿El brazo está bien?

—¡Sí!

—¿Te sigue doliendo la cabeza? —él sonrió.

—Maldito seas...

—¿Me estás lanzando un improperio? —Dash hizo amago de retirar la mano.

—Lo siento.

—Eso está mejor —él pellizcó un pezón y, a pesar de lo mucho que ella se retorcía, apenas introdujo las puntas de los dedos en su interior—. Me has parecido sincera.

Margo necesitó un par de respiraciones profundas para poder hablar.

—Lo soy.

—Pues compórtate —él volvió a hundir profundamente los dedos dentro de ella, excitándola lentamente, utilizando la palma de la mano para añadir fricción sobre el clítoris.

Margo apretó los dientes. Estaba muy cerca de llegar y él apenas había hecho la mitad de lo que quería hacer.

—Mantén las rodillas separadas.

Ella asintió con los ojos fuertemente cerrados.

Dash echó un vistazo al brazo herido, asegurándose de que Margo no se hubiera olvidado de él.

Y de repente, ella jadeó casi perdida en un rápido orgasmo.

Sorprendido por su rápida reacción, Dash aflojó un poco el ritmo.

—No, aún no —susurró con delicadeza.

Una salvaje excitación dejó a Margo tensa, expectante.

Dash la tocó por todo el cuerpo, el sexo inflamado, los pechos, la boca y el redondo trasero.

—Qué sexy eres, Margo.

—Necesito… necesito llegar.

—Y lo harás —le prometió él viendo la carnal desesperación grabada en su rostro. Y le encantó—. Después de que yo haya terminado de disfrutar de tu cuerpo.

Una cosa era segura: a Margo no le dolía nada. Lo sabía por el modo en que la oía gemir, por cómo se movía, con qué facilidad intentaba hundirse en la espiral, perder el control.

Dash abandonó un momento sus pechos para concentrarse en el sexo.

—Me parece que esto te gusta.

Ella contuvo el aliento y esperó.

—Dos dedos dentro de ti, muy adentro —él observó el movimiento de su propia mano, los dedos que se deslizaban dentro y fuera del sensible cuerpo—. Mis manos son grandes, pero aun así no es igual a como será cuando practiquemos sexo —le dolía el miembro de lo mucho que la deseaba. Pero no estaba dispuesto a apartarse de su propósito.

Margo luchaba por mantenerse inmóvil.

—Y con mi otra mano puedo… —Dash le tocó el clítoris, arrancándole a Margo un jadeo y haciendo que alzara las caderas—. Quizás deberíamos aplazarlo hasta más tarde.

—Hazlo ahora —suplicó ella con voz débil y aguda.

—Aún no quiero que llegues.

—Dash… —insistió Margo con desesperación producto de la frustración—. No sé si podré aguantar mucho más.

—Podrás —le aseguró él.

Ella gimió entrecortadamente.

Dash pensó que quizás debería reservar un poco de esa tortura para el segundo orgasmo. Margo estaba ya tan tensa que le preocupaba. No quería aumentar su dolor y su ansiedad. Quería aliviarlo.

—Y te lo demostraré...

Ella estaba a punto de protestar cuando él volvió a tocarla.

—Después —concluyó.

A Dash le llevó menos de treinta segundos hacerle saltar al precipicio. Oyendo sus gritos y, viendo el sincero placer grabado en su rostro, estuvo a punto de acompañarla.

A medida que el orgasmo cedía, Margo se derrumbó y él se apresuró a tirar del tapón de la bañera.

—Relájate, cielo.

—Ahora, desde luego, podré hacerlo —Margo soltó una risa débil, aunque sincera.

—Me alegro —encantado con la respuesta que ella le había ofrecido, Dash sacudió la toalla—. Hora de secarse.

—Olvídalo —con la mano derecha, ella hizo un gesto para indicarle que se apartara—. Déjame aquí un ratito más.

—Sabes de sobra que no puedo hacerlo —él se rio ante su tranquilidad—. Vamos, estarás más a gusto cuando te hayas secado y vestido.

—Y comido.

—Eso es —Dash la tomó por las axilas—. Con cuidado —la ayudó a salir de la bañera—. Si eres capaz de sujetarte de pie, yo me ocuparé de todo.

—Sí, señor —Margo soltó una risita tonta.

Él se detuvo con la toalla pegada a la tripa de Margo y la miró fijamente. ¿Una risita tonta? De la teniente Margaret Peterson—. Estás completamente colocada.

—Estoy floja.

—¿Floja? —él la besó y deseó poder seguir besándola. Pero eso pondría excesivamente a prueba su control—. Me gusta todo eso de «señor».

—Te lo has ganado —Margo pareció espabilarse a medida que él se agachaba para secarle las piernas—. Pero, Dash, espero que te des cuenta de que...

—¿De que esto se limita al dormitorio? O la bañera, o quizás la mesa de la cocina —él le sonrió de un modo tranquilizador—. Por supuesto que me doy cuenta —le secó rápidamente los muslos, entreteniéndose algo más en la cara interna—. Nunca había conocido a una mujer más fuerte e independiente que tú. Lo que hagamos juntos no va a cambiar nada.

Margo apoyó una mano en su hombro para estabilizarse.

Él continuó secándole los pechos, prestando una especial atención a sus pezones.

—Pero los juegos son siempre divertidos, de modo que la próxima vez que te apetezca jugar… —Dash no pudo contenerse y se inclinó para chupar rápidamente uno de los pezones—. Házmelo saber. Me ha gustado. Mucho.

Ella se humedeció los labios en un gesto que revelaba algo de indecisión.

—No hay nada malo en que admitas que también te ha gustado —con la esperanza de relajarla, él la excitó un poco—. No se lo contaré a nadie.

—Sabes de sobra que me ha gustado.

—Y volverá a gustarte dentro de… unas pocas horas. Antes de que nos vayamos a dormir —Dash sonrió—. Te prometí dos orgasmos, ¿verdad?

—¿Y tú qué? —ella suspiró—. Me encantaría poder…

—No. No pienso correr el riesgo de que te lastimes —él le besó el puente de la nariz, la sien—. Ya me compensarás por todo cuando te quiten la férula dentro de unos días.

Dash esperó una respuesta, ansioso por comprobar si ella iba a negar que en unos días seguiría allí.

Pero lo único que hizo ella fue deslizar las uñas desde el fuerte torso hasta el abdomen.

—Cuenta con ello.

CAPÍTULO 7

Dash se despertó acurrucado contra Margo. Ella estaba tumbada sobre su lado derecho y él había encajado las rodillas detrás de las suyas. El brazo herido descansaba sobre el de Dash que, a su vez, le rodeaba a ella la cintura.

Y el delicioso trasero se apretaba contra el regazo de Dash.

Incluso antes de abrir los ojos recordó el día anterior y una oleada de lujuria lo invadió. La abrazó con un poco más de fuerza.

Después del baño, él había preparado la cena y luego la había abrazado, y a Oliver también, en el sofá mientras veían una película. Por último se habían ido a la cama.

Empleando únicamente los dedos, le había hecho alcanzar un segundo clímax. Deseaba proporcionarle placer con su boca también, pero había permanecido a su lado, tocándola con delicadeza y luego con más insistencia hasta que ella se había puesto a tono, hasta que las sensaciones habían empezado a agolparse de nuevo.

Dash había continuado, disfrutando de sus gritos, de cómo se agarraba a él con la mano derecha. Lentamente, el orgasmo había ido creciendo y, con el cuerpo tenso y la respiración entrecortada, ella había llegado una tercera vez.

No era de extrañar que durmiera toda la noche de un tirón.

La teniente Peterson había asumido un papel sumiso con sorprendente entusiasmo.

Considerando las circunstancias, esa mujer poseía una enorme resistencia, y un aspecto maravillosamente desinhibido. Y, sobre todo, se mostraba tan sexual como lo era él.

El único aspecto negativo era que él había tenido que privarse, y en esos momentos estaba de un humor pésimo.

Intentando no despertarla, Dash levantó la cabeza y buscó el reloj. Eran más de las diez. Ni excesivamente tarde, ni excesivamente pronto. Por fin ambos habían recuperado el sueño perdido. Con suerte, bien descansada, Margo se encontraría mejor.

Miró hacia la ventana y vio que el sol entraba a raudales. Muy agradable.

Al día siguiente por la mañana, Margo tenía cita con el médico para decidir si le quitaban la férula. Daba igual lo que le hubiera dicho a su padre, iba a necesitar rehabilitación antes de volver al trabajo.

Dash frunció automáticamente los labios al pensar en el señor Peterson.

Ojalá su familia no sintiera la necesidad de volver a visitarla en una buena temporada.

Y justo cuando acababa de formular el pensamiento, alguien llamó a la puerta. Mierda.

Él dejó caer de nuevo la cabeza mientras soltaba un gruñido.

Margo se movió y se sentó torpemente en la cama, casi golpeando a Dash con la férula.

—¡Eh, tranquila! —él la esquivó por poco.

Ella miró a su alrededor con aspecto confuso, enfocó la mirada en Dash y... se sonrojó.

Delicioso. Dash no tenía ni idea de cómo era capaz de estar tan bonita a pesar de los hematomas y el pelo revuelto, pero el rubor no había hecho más que aumentar su atractivo.

—Buenos días, preciosa.

—¿Por qué gruñías? —el rubor de las mejillas se intensificó. Margo lo miró de arriba abajo, deteniéndose en el miembro erecto matinal—. O puede que ya lo sepa.

Estaba solo medio despierta y aun así su interés era innegable. Dash se moría de ganas de verla recuperada al cien por cien para que, por fin, pudieran dedicarse a quemar las sábanas.

—Tienes visita —le explicó mientras sacudía la cabeza.

—¿Quién? —ella miró a su alrededor como si esperara encontrar a alguien más en el dormitorio.

—En la puerta de la calle —le aclaró Dash con una sonrisa.

—¡Oh! —la respuesta la dejó aturdida hasta que volvió a oírse la llamada a la puerta.

Con gesto de desagrado, Margo echó a un lado la sábana y apoyó los pies en el suelo.

Y se quedó helada ante su propia desnudez.

Era tan pequeña, tan esbelta y estaba tan en forma que ni siquiera la férula conseguía eliminar su atractivo.

Dash deslizó un dedo por la elegante columna vertebral, hasta el adorable trasero.

—A lo mejor son tus padres que han vuelto —tras besarle la nuca, Dash también se bajó de la cama y se colocó a su lado—. ¿Quieres que yo me ocupe? —consciente de que ella lo miraba, Dash se estiró perezosamente con aire indiferente.

—¿Ocuparte? —ella se quedó mirando fijamente su miembro.

—De la puerta —él le tomó la barbilla y la obligó a elevar el rostro.

—Eh, no —tras un nuevo asentimiento hacia la erección, ella le explicó—. Dudo mucho que mis padres vuelvan tan pronto, pero sea quien sea, no quiero que nadie te vea así.

¿Un arranque de posesividad? Dash esperaba que fuera así. Ya que estaba despierta y con la mente despejada, desistió de intentar ayudarla.

—Dame unos minutos y me pondré a preparar café —él le acarició la mejilla con el pulgar y descendió hasta la barbilla. Si no se iba, no iba a poder hacerlo nunca.

Sin decir una palabra más, la empujó hacia el baño.

¡Vaya! Las cosas habían cambiado espectacularmente durante la noche.

Margo levantó el brazo lastimado para comprobar su estado, y no sintió nada, ni siquiera una punzada. Eso era estupendo. Se llevó la mano derecha a la cabeza, junto a los puntos, y también lo sintió bastante bien. Le dolía ligeramente la cabeza, sin duda porque le faltaba su dosis de cafeína.

Ya era hora de reorganizarse.

Sabiendo que le llevaría una eternidad ponerse una bata, se cubrió con una manta y corrió hacia la puerta. Una rápida ojeada por la mirilla le hizo soltar un juramento. Lo que menos necesitaba.

Reticentemente, abrió la puerta al mismísimo Rowdy Yates.

El deslumbrante sol convertía sus cabellos, de un tono rubio oscuro, en oro y añadía un interesante brillo a sus ojos adormilados. Llevaba unos vaqueros descoloridos, una camiseta negra debajo de una sudadera con cremallera, y botas. Estaba tan impresionantemente guapo que Margo tuvo que recordarse a sí misma que necesitaba respirar.

Aunque solo se tapaba con una manta, la mirada de Rowdy nunca se apartó de su rostro.

—Si te hemos despertado, podemos dejarte el paquete de «que te recuperes», y te vuelves a la cama.

Ver moverse esa boca era toda una delicia. Ese hombre exudaba sensualidad por todos sus poros.

—¿Teniente? —Rowdy alzó una ceja y miró detrás de ella—. ¿Está Dash por aquí?

Avery le cortó el paso a su marido y sonrió.

—La has dejado sin habla —reprendió a Rowdy antes de volverse hacia Margo—. No te preocupes. Lo entiendo. Las mujeres siempre reaccionan así al verlo. Ya estoy acostumbrada.

Rowdy puso los ojos en blanco, permitiéndole a Margo recuperar la compostura. Se sentía como una tonta, pero consiguió ocultarlo, o al menos eso esperaba.

—Lo siento —sujetándose la manta con la mano derecha, abrió la puerta en un gesto silencioso para invitarles a entrar—. Los analgésicos, que Dash insiste en que me tome, me mantienen en una permanente neblina. No pretendía ser grosera.

—No pasa nada —la mirada de Rowdy recorrió el cuerpo de Margo antes de apartarse rápidamente—. ¿Te hemos despertado?

—No. Sí —ella no quería que dieran por hecho que se había acostado, ni siquiera en sentido platónico, con Dash—. ¿Dijiste algo sobre un paquete de «que te recuperes»?

—Logan y Pepper hicieron lo mismo cuando me hirieron —Rowdy se encogió de hombros y levantó la pesada bolsa.

—Nos encantó —intervino Avery—. De modo que hemos supuesto que a ti también te gustaría.

—Hemos visto la camioneta de Dash en la entrada y supusimos que andaba por aquí —Rowdy echó un vistazo por la habitación.

Margo apretó los labios. Ya estaba sucediendo. Su vida privada estaba siendo invadida.

—Sí, está aquí. Me trajo a casa del hospital e insiste en quedarse para hacer de enfermera —también había insistido en volverla loca de placer. Tres veces.

Y una vez había cedido, se moría de ganas de volver a experimentarlo.

—Es normal que lo hiciera —contestó Avery como si le pareciera lo más natural del mundo. Dejó el bolso a un lado y se quitó la cazadora—. No deberías estar sola.

—Soy muy capaz de cuidar de mí misma —la protesta surgió de sus labios sin que pudiera evitarlo.

—En caso de necesidad, sin duda que lo eres. Pero ¿por qué no dejar que Dash te ayude? A los hombres les encanta jugar a ser cuidadores —añadió en un susurro.

A todos los hombres no. Su padre, desde luego, jamás había mostrado ninguna inclinación hacia el cuidado de los demás.

—Te has quedado sin coche —señaló Rowdy—, y no debe de resultarte sencillo manejarte con esa voluminosa férula.

Margo se contempló el brazo y se encogió de hombros.

—Con suerte mañana me la quitarán.

Solo tenía que llevarla hasta que se hubiera bajado la hinchazón del brazo, y el médico confirmara que podía empezar con la rehabilitación. No creía necesitar mucha fisioterapia. Más que nada, lo que deseaba era regresar al trabajo.

—Hemos traído café y pastas para ahora —Rowdy mostró una bolsa—, y algo de chili para más tarde.

—¿Lo ha preparado tu cocinero?

—El chili, sí.

—Que Dios le bendiga, y a vosotros también —el chili era espectacular, uno de sus preferidos.

Rowdy contempló la estancia sin demasiado interés.

—Bonito lugar.

Jamás se le había ocurrido a Margo que pudiera tener a Rowdy en su casa. Curiosamente, si bien admiraba la estampa que ofrecía, como bien decía Avery, a todas las mujeres les sucedía, no sentía el habitual calor líquido que Dash había prendido en su interior.

—Gracias —ella señaló con la cabeza hacia la cocina—. Poneos cómodos mientras yo me visto.

Antes de poder salir de la habitación, Oliver asomó el hocico y bufó.

—¿Tienes un gato? —Rowdy enarcó ambas cejas.

Su reacción había sido casi idéntica a la de Dash. ¿Tan inaudito resultaba que tuviera una mascota?

—Es Oliver. Está ciego —Dash entró en el salón.

Se había tomado su tiempo para ponerse los pantalones de chándal, una camiseta y calcetines. Peinado y afeitado, no parecía que acabara de despertarse.

Pero sí tenía un aspecto completamente comestible.

Y, mierda, ahí estaba de nuevo esa sensación de calor líquido que a Margo le derretía los huesos y hacía que le flaquearan las piernas.

¿Se había vestido y aseado para que no se notara que habían dormido juntos? Qué considerado por su parte.

Margo se dispuso a explicarles más cosas sobre Oliver, pero Dash dio un paso al frente, como un hombre con una misión. Su intensidad era tal que ella reculó un paso antes de darse cuenta y mantenerse firme.

¿Qué demonios…?

Rodeándola por la cintura, Dash le levantó la barbilla con el puño cerrado y la besó en los labios.

Rowdy y Avery permanecieron en silencio.

No fue un beso prolongado, pero tampoco un piquito inocente. Mientras se apartaba lentamente, la lengua de Dash le acarició el labio inferior.

Margo se quedó muda.

Durante unos segundos de infarto, él se limitó a mirarla.

—¿Necesitas ayuda para vestirte? —preguntó con voz gutural.

Posesiva.

Ella desvió la mirada hacia Rowdy.

—No es ninguna sorpresa, teniente —aclaró el otro hombre con tono impasible—, de modo que no pongas esa cara avergonzada —volvió su astuta mirada hacia Dash—. Hace tiempo que resulta evidente.

—¿Evidente el qué? —¡por Dios santo! Si Dash se había ido ya de la lengua…

—Evidente el interés de Dash por ti —explicó Avery con una sonrisa—. Tú eras la que no se enteraba, pero me alegra ver que has terminado por ceder.

—¿Lo ves? —Dash rodeó los hombros de Margo con un brazo—. Ellos me apoyan.

—A mí sinceramente me da igual —Rowdy soltó un bufido—, salvo por el hecho de que no me gusta ver sufrir a un hombre.

—Qué buen amigo eres, Rowdy —Dash se llevó una mano al corazón.

Margo le propinó un fuerte codazo. Ya estaba acostumbrada a sus bromas, su diversión sin fin y su actitud despreocupada ante la vida. Pero no le apetecía convertirse en el objeto de una broma.

—Puede que no haya cedido tanto como parece —él se llevó una mano a las costillas.

—Necesitas a alguien que sea tan fuerte como tú —Avery se rio—, de modo que alégrate de que no es una de esas chicas de mirada soñadora de las que caen a tus pies.

—No —contestó Dash—. Desde luego eso no lo es.

Harta de tonterías, Margo decidió intervenir.

—Voy a vestirme, y sí —añadió mientras miraba fijamente a Dash—, soy capaz de manejarme yo sola.

—¿Quieres que haga de anfitrión hasta que vuelvas?

Lo cierto era que ella ya no sabía lo que quería, de modo que se limitó a asentir.

Antes de que pudiera impedírselo, Dash volvió a besarla.

—Tómate tu tiempo —él condujo a Rowdy y a Avery hasta la cocina.

Antes de que la enormidad de la familiaridad la golpeara en la cara.

Lo único que le había faltado a ese hombre era darse unos golpes en el pecho o marcarla. Con los ojos entornados y pisando todo lo fuerte que podía pisar alguien cubierto únicamente con una manta, Margo salió de la estancia.

Sin embargo, estaba preocupada porque sabía que Oliver estaría inquieto ante los extraños que habían invadido la cocina, y no tenía ni idea de lo que Dash podría contarle a Rowdy. De manera que se apresuró a entablar una lucha contra la camisa de franela, mientras reflexionaba sobre la necesidad de encontrar otra prenda que pudiera ponerse, y completó el conjunto con un par de leggings.

Hacer algunas cosas con una sola mano llevaba una eternidad.

Se tomó el tiempo necesario para cepillarse los dientes y lavarse la cara, pero una mirada al espejo le convenció de que su pelo era una causa perdida. Se lo peinó lo mejor que pudo con los dedos y ni se molestó en maquillarse. De todos modos, sería imposible ocultar los hematomas.

¿Cómo era posible que Dash mostrara un aspecto estupendo tras una noche agitada mientras que ella parecía una ruina? No era justo.

Descalza, furiosa ante la posibilidad de ser objeto de cotilleos, Margo corrió de regreso a la cocina.

Los encontró a todos sentados a la mesa mientras Dash, con Oliver en su regazo, les relataba el heroísmo que ella había mostrado durante el ataque. El gato no parecía nada alterado por la compañía de unos desconocidos. Incluso desde la puerta se oía su ronroneo.

Nadie pareció fijarse en ella.

—Y ella ni siquiera mencionó que se le había dislocado el codo hasta que todo hubo terminado —explicaba Dash.

—¡Vaya! —exclamó Avery—. Sabía que era una mujer resistente, pero eso es impresionante.

Rowdy bebía el café en silencio.

Dash siguió acariciándole el lomo a Oliver mientras hablaba. Aunque su tono de voz era duro, las caricias que le prodigaba al gato eran delicadas.

—Menos mal que no fue el brazo derecho. Aunque supongo que eso tampoco la habría detenido. Incluso herida es mortífera cuando tiene un objetivo ante ella.

Margo sintió que le ardía la cara. Lo que había hecho no tenía nada de extraordinario. Era teniente de la policía, entrenada para actuar, y eso había hecho.

—Logan y Reese no tienen más que palabras de admiración para ella —añadió Avery—. Confían ciegamente en ella. Y no me refiero únicamente para que tome la decisión acertada, sino para que les apoye cuando sea necesario. Creo que es impresionante que sea tan letal y posea tanto control de sí misma como ellos.

—Logan y Reese son unos tipos duros —Dash asintió—, pero Margo los gana a ambos.

Rowdy hundió un donut en el café.

—A Margo le avergüenzan los elogios —murmuró sin mirarla.

Avery y Dash se volvieron en sus asientos, y en sus rostros asomó una expresión de desazón.

Dash se levantó de la silla con el gato firmemente sujeto contra su pecho.

—Rowdy y Avery nos han traído café —le informó sin apartar la mirada de su rostro—. Ya te he servido una taza.

Los continuos ronroneos de Oliver acabaron con el incómodo silencio.

Rowdy se volvió hacia ella.

—Un enfoque adecuado puede enmascarar el dolor cuando te hace falta. Pero, cuando las cosas se calman, el dolor se instala, y es una mierda.

Margo asintió, consciente de que Rowdy sabía todo eso de primera mano.

—Me figuro —continuó él tras reflexionar unos instantes— que, al igual que yo, ahora mismo estás más cabreada que cualquier otra cosa, y eso ayuda a controlar el dolor.

—Has acertado —cierto que había sentido mucho dolor, pero sobre todo había sentido una profunda ira por haber sido atacada y, más aún, por que Dash estuviera en peligro—. Por suerte, Dash no se acobardó.

—¿Pensabas que lo haría?

—Comparado con ella... —intervino el aludido.

—Es hermano de un policía —protestó Rowdy con el ceño fruncido—. Entiende los riesgos. Demonios, ambos le hemos visto en acción y sabemos que mantiene la sangre fría.

Dash le dedicó un saludo.

Margo no quería recordar la ocasión en que un criminal la había atacado, esposándola a una cama junto a Reese, mientras otro rufián apuntaba a Rowdy con un arma.

Gracias a Alice, la esposa de Reese, Logan había recibido el aviso y él y Dash se habían hecho con el control de la situación. Al final, todos habían salido ilesos de aquello.

—Dash no estuvo en el momento más intenso.

—Dejó fuera de juego a uno de los criminales.

—Dado que trabaja en la construcción está en bastante buena forma —intervino Avery—. No me imagino a Dash acobardándose ante nada.

—Es un civil —Margo se frotó la sien—. Estábamos atrapados en un callejón y había gente disparándonos.

—Era a ti a quien querían muerta —Dash se inclinó hacia delante—. Yo simplemente estaba en medio.

—Pensé que le iba a afectar más —Margo ignoró a Dash y se dirigió a Rowdy—. Manejó muy bien la situación —admitió a regañadientes—. En gran parte, sobrevivimos gracias a él.

—Si habéis terminado ya con las mutuas alabanzas —Rowdy contempló la amplia sonrisa de Dash y sacudió la cabeza—, me gustaría hacer una sugerencia.

Sabiendo de sobra lo que iba a decir, Margo sacudió la cabeza.

—No.

—No me llevaría demasiado tiempo hacer unas cuantas averiguaciones.

Debería haberse figurado que la visita no era solo para dejar una bolsa con comida.

—No.

—Podría hacer algunas preguntas entre mis contactos en la calle.

Margo avanzó hacia él con una expresión de ira.

—No te metas —ya era bastante malo que Dash fuera un probable objetivo. No quería poner en peligro también a Rowdy, de ninguna manera—. Yo me ocuparé.

Dash le ofreció una silla.

—Vamos, siéntate —comparado con el tono de voz de Margo, el suyo era el de la calma personificada—. Tómate un café.

Fue más una petición que una orden, y ella necesitaba ese café, de manera que accedió. La férula chocó contra la mesa, haciéndole dar un respingo.

—Perfecto —afirmó mientras tomaba con ansia la taza de café—. Gracias.

Dash se dirigió al frigorífico, sacó una bolsa de cubitos de hielo, la envolvió en una toalla y la puso delicadamente sobre el brazo de Margo.

Ella no dijo nada. Necesitaba el hielo, pero odiaba la debilidad.

Rowdy esperó a que hubiera concluido la maniobra, pero no cedió ni un ápice.

—Nunca he dicho que no fueras capaz de manejar las cosas, pero sabes que no puedo resistirme cuando se trata de echar una mano.

De nuevo furiosa, Margo tomó un buen trago de café.

—Atrévete.

Dash, maldito fuera, le había colocado el hielo justo como le gustaba.

¿Por qué tenía que ser tan considerado, tan irritantemente perfecto, además de una ardiente pareja sexual?

—Ya fue bastante malo cuando sospechamos que se habían marchado, que estaban fuera de nuestro alcance —Rowdy apoyó los musculosos brazos sobre la mesa y ofreció su mirada más intimidante—. El hecho de que fueran a por ti demuestra todo lo contrario, que, si acaso, son más peligrosos, más cínicos, que nunca.

—No estamos seguros de que se trate del mismo grupo. Soy policía. Me gano enemigos —dentro y fuera del departamento—. Eso es un hecho.

—Siguen aquí, siguen siendo una amenaza, y yo podría…

Impregnando su voz de toda la autoridad que le fue posible, Margo lo rechazó de nuevo.

—Desde luego que no. Este es un asunto para la policía.

La respuesta fue un grosero bufido.

—¡Lo digo en serio! —perdido todo su aplomo, Margo lo señaló con un dedo—. Esto no es asunto tuyo.

—Y una mierda, teniente.

Dash se dispuso a intervenir, pero ella se lo impidió apoyando una mano en su muñeca. Lo último que necesitaba esa conversación era la intervención posesiva de Dash. Para su mayor alivio, él no insistió. En realidad, aparte de los besos, se había mostrado tan respetuoso y caballeroso como siempre hacía delante de Rowdy y Avery.

—Hace meses me confiaste tu sospecha de que mi bar estaba implicado —Rowdy hizo caso omiso de Dash—. Eso lo convierte en asunto mío.

—Exactamente implicado, no. Pero encontramos algunas de tus servilletas de papel y una caja de cerillas en una escena del crimen.

—Pues ahí lo tienes —Rowdy se reclinó en la silla—. Han invadido mi territorio.

—Pero —continuó Margo con énfasis— sabes que desestimé cualquier posible relación cuando ningún cliente de tu bar me abordó.

—Eso no demuestra una mierda. La acción podría estarse desarrollando fuera del bar. A lo mejor seguían a las mujeres hasta su casa —Rowdy la miró fijamente—. Cuéntame lo que tienes y, a lo mejor, te doy la razón en que no hay ninguna conexión con mi bar.

—Sí, claro —Avery puso los ojos en blanco—, como si fueras a hacer algo así.

—Avery... —él la miró con gesto severo.

—Es toda una profesional, Rowdy. Ya has oído a Dash. Sabe lo que hace, y también sabe si necesita tu ayuda. Respeta su autoridad.

—Y la respeto. Pero también me gusta, y por eso quiero ayudar.

Margo se sentía culpable.

—Ahora es un asunto personal —intentó explicar, pero sin atreverse a mirar a Dash—, yo me ocuparé.

—Mi cuñado es un fenómeno de policía —contestó Rowdy, como si ella necesitara que se lo recordaran.

—¿Y?

—Pues que gracias a la conexión que tengo con él, estoy decidido a seguir el buen camino.

Dash sofocó una carcajada.

—Al menos cuando sea posible —el otro hombre sonrió y dibujó con la mano una cruz sobre el pecho—. Si descubro algo, tú serás la primera en saberlo. Y luego podrás decidir tú solita qué hacer con la información.

Margo lo consideró. La única manera que veía de impedir que Rowdy actuara era encerrándolo. Quizás tuviera sentido que trabajara con ella.

—¿No harás ningún movimiento sin mí?
—No si puedo evitarlo.

Para Rowdy Yates, eso era toda una promesa.

—¿No correrás ningún riesgo?

Esa pregunta requirió más tiempo para ser respondida, hasta que Avery le dio un empujón. Contempló a su esposa y la expresión de su mirada se suavizó, cargada de amor. Levantándola de la silla, la sentó en su regazo.

—Ya no me está permitido correr riesgos. Avery no me deja.
—Bien hecho, Avery —Dash sonrió.

Margo apostaría a que la idea que tenía Avery del peligro no tenía nada que ver con la de su marido, pero optó por guardárselo para sí misma.

—¿Qué crees que podrías hacer?
—Dirigir un bar tiene sus propios desafíos, sobre todo tratándose de un lugar con la fama que tenía. De manera que he conservado mis contactos en la calle. Nada se les escapa, y por unos cuantos dólares se matarán por descubrir lo que sea. Haré algunas preguntas, con discreción, y veré qué averiguo.
—Yo también tengo contactos en la calle.
—Quizás —Rowdy abrazó a Avery y sonrió a Margo—. Pero esta gente hablará conmigo, mientras que no le dirá una mierda a la policía.

Avery deslizó una mano desde el hombro de Rowdy hasta la nuca.

—Rowdy sabe muchas cosas de la ciudad, pero Cannon lo sabe todo sobre el barrio. Deberías hablar con él también.
—Es verdad —Rowdy asintió lentamente—. Y es de fiar.

Cannon Colter era el nuevo empleado de Rowdy, además de un luchador profesional de la AMM. De veintipocos años, modesto, un cuerpo espectacular, hermoso rostro, era una competencia silenciosa. Margo lo había visto unas cuantas veces y, de no haber sido tan joven, quizás se hubiera interesado por él.

Aunque, por otra parte, trabajaba en el bar de Rowdy, y esa

cercanía lo situaba fuera de todos los límites independientemente de su edad.

De repente, Dash deslizó una mano sobre su muslo por debajo de la mesa. Ella parpadeó perpleja y él entornó los ojos.

¿Le había leído el pensamiento?

—¿Puedo hacer una sugerencia? —Dash se dirigió a todos los presentes—. Quizás tendría más sentido que Rowdy se coordinara con Cannon y luego los dos compartieran sus hallazgos respectivos con Margo.

—Me parece bien —contestó Rowdy—. Por mí no hay problema, siempre que la teniente esté de acuerdo en aceptar mi ayuda.

—¿Podría impedírtelo?

—No —él sonrió.

—De acuerdo —Margo agitó una mano en el aire—. Entonces acepto. Pero quiero dejar una cosa clara, Rowdy. No te pasarás de la raya. No quebrantarás ninguna ley en mi beneficio. Y, bajo ninguna circunstancia, te pondrás en peligro.

Tras hacer un saludo militar a modo de respuesta, Rowdy se levantó y tomó a Avery en sus brazos. Sin soltar a su esposa, contempló a Margo desde la herida de la cabeza hasta el brazo en cabestrillo.

—¿Estarás bien?

—¿Qué? ¿Del codo? —Margo no soportaba ser causa de preocupación de nadie—. Sí, estaré bien.

—¿Y tu cabeza y demás hematomas? —la mirada oscura siguió recorriendo el cuerpo de Margo.

—Estaré de nuevo funcionando a todo gas en nada de tiempo —le aseguró ella poniéndose tensa.

—No te excedas, ¿de acuerdo? —Rowdy volvió a dejar a Avery en el suelo, pero la rodeó con un brazo—. Y deja que Dash te ayude.

Claro, del modo en que ya la había ayudado…

—Si necesitas cualquier cosa —intervino Avery—, háznoslo saber.

Todavía pasaron un par de minutos más antes de que Dash y ella despidieran a los invitados y quedaran, al fin, solos de nuevo.

Dash cerró la puerta, dejó a Oliver en el suelo y la agarró por los hombros.

—¿Me he mantenido lo suficientemente callado? —preguntó

mientras le masajeaba los hombros con los pulgares, aliviando la tensión—. ¿Me he mantenido adecuadamente en un segundo plano?

—¿Eso era lo que hacías? —Margo se había preguntado por el inusual silencio de Dash.

—Aunque sé que no te hace falta, por mucho que me impresionen tu capacidad y resiliencia, me costó muchísimo no mimarte. Sobre todo porque me encanta hacerlo —él se agachó para besarle tiernamente la frente—. Cuando veo esos hematomas, me gustaría abrazarte como Rowdy abraza a Avery.

¿Del mismo modo, con amor o solo en un masculino sentido protector?

—Te mantuviste contenido, salvo por ese primer beso —un beso que le había resultado tremendamente íntimo.

—Salvo eso —concedió Dash mientras deslizaba un dedo por el brazo herido—. Me resulta muy difícil verte así y no poder hacer nada al respecto.

—Sí que has hecho algo.

No en vano había dormido como un bebé después de que él la hubiera dejado absolutamente saciada.

La sonrisa de Dash fue perezosa y cómplice.

—Siempre que necesites mis servicios, házmelo saber. Pero también me gustaría ayudarte con todo lo demás, siempre que no vaya a suponer un golpe excesivamente fuerte para tu orgullo.

¿De modo que había comprendido que se trataba de una cuestión de orgullo?

—Esa columna de acero que tienes resulta admirable, cielo —la mano de Dash se deslizó por su espalda hasta el trasero y de nuevo hacia arriba—. Apoyarte en mí no va a cambiar nada.

Ese hombre podía resultar encantador, y seductor. Sabía que no debía, pero Margo se acurrucó contra el fuerte pecho, con la frente contra el esternón.

—¿Me puedes explicar por qué lo hiciste?

—¿El beso? —preguntó, recibiendo un asentimiento a modo de respuesta—. Solo quería asegurarme de que no me olvidaras.

Como si eso fuera posible después de cómo le había hecho sentir.

—Bueno, pues aparte de eso, gracias por comportarte.

—Yo jamás haría nada que te avergonzara —él la abrazó con más fuerza.

—No es exactamente que me avergüences...

—Quieres mantener tu vida privada en privado. Lo entiendo.

Por mucho que Margo quisiera mantener sus preferencias sexuales en privado, no iba a ponerse quisquillosa.

—Mientras no me dejes fuera, no tengo problema con eso —la mano de Dash se deslizó hasta la nuca de Margo—. ¿Qué planes hay para hoy? —solo para complicar un poco más las cosas, acercó los labios a su oreja—. ¿Quieres que te ayude a relajarte antes de pasar a otra cosa? —susurró.

Sí. Desde luego que sí. En ese preciso instante, no le iría mal otra dosis de ese analgésico especial. Pero preferencias aparte, tenía que ocuparse de algunas cosas. Aun así...

—¿Exactamente qué tenías pensado?

—De eso nada. Prefiero sorprenderte —él le rozó la oreja con la lengua, su aliento era cálido y suave—. Quiero que sepas que no te defraudaré. De hecho, estoy pensando en hacerte llegar una y otra vez hasta que estés tan agotada que no puedas hacer otra cosa que descansar... tal y como te había ordenado el médico que hicieras.

Y ella lo creía. La tentación era tan enorme, su cuerpo ya estaba sensible en los lugares clave, que sentía un cosquilleo producido por la consciencia, por la ansiedad.

Pero, precisamente porque lo creía, porque ya sabía con qué facilidad ese hombre podía hacerla suya, tenía que declinar el ofrecimiento.

—Lo siento. Deberíamos posponerlo para más tarde. Tengo muchas cosas que hacer, y no puedo hacerlo si estoy atontada.

CAPÍTULO 8

No lo había rechazado, y él ya la sentía estremecerse, respirar entrecortadamente. Por increíble que pareciera, ambos se activaban en cuanto estaban uno cerca del otro. Dash nunca había vivido nada parecido.

La casi violencia con la que la deseaba, con la que deseaba follársela, hablar con ella, simplemente estar con ella, empezaba a convertirse en algo familiar.

Deslizó la mano por su cuerpo hasta el estómago plano.

—Si quieres, puedo darte un anticipo —con los dedos extendidos, la acarició de un lado al otro de la cadera—. No me importaría arrodillarme ante ti —añadió con voz ronca mientras visualizaba el gesto.

—Dash... —ella tomó aire con fuerza—. Eso sería...

—Increíblemente ardiente.

—Injusto para ti.

—No es verdad —él se zambulló en los hermosos ojos azules—. Disfrutaría devorándote —susurró con voz ronca y cargada de deseo.

En un gesto automático, Margo cerró el puño en torno a la camiseta de Dash. Respiró hondo dos veces y sacudió la cabeza.

—Si lo hicieras, yo querría más. Mucho más.

—¿Por ejemplo tenerme dentro de ti? Hundiéndome profundamente. Cabalgando duro —por Dios santo, se estaba excitando a sí mismo—. Dime que lo deseas —«dime que me deseas».

—Sí —Margo abrió el puño y alisó la camiseta sobre los pectorales de Dash—. Me muero por sentir eso.

—Pronto —le prometió él.
—Pero primero necesito centrar mi vida.
Él apoyó la frente contra la de Margo y se concentró en respirar.
—Entendido —no la iba a presionar.
Lo que más deseaba en el mundo era aliviarle la carga. Los siguientes días, quizás las siguientes semanas, no serían fáciles para ella.
—Si me lo vuelves a ofrecer más tarde...
—Insistiré —Dash se moría de ganas de besarla por todo el cuerpo, de saborearla. «Para», ordenó a su imaginación hiperactiva. No podía llevarla a donde ella necesitara ir, en permanente estado de erección—. De momento, ¿quieres un analgésico?
—Será mejor que no —ella retrocedió un paso para contemplar su cuerpo con expresión de concentración—. Por Dios, qué sexy eres. Siempre me lo habías parecido, pero ahora...
—¿Siempre te lo había parecido? —desde luego lo había disimulado bien.
—No seas tímido. Sabes que estás muy bueno.
Él sonrió, y la sonrisa se transformó en una carcajada.
—No creo que nadie pueda acusarme de ser tímido. Y gracias. Me alegra que pienses así.
—El caso es que no siempre se reduce todo al físico.
—Entiendo —y así era—. Se trata más de que yo te comprenda, que intuya lo que te gusta, lo que le gusta a tu cuerpo y lo que necesitas. Porque yo te entiendo, sabes que puedo hacerte despegar, y sabes que te encanta.
—¿Me entiendes?
En la cama, y fuera de ella. Pero quizás aún no estuviera preparada para oír algo así.
—Soy capaz de hacerte gritar de una docena de maneras diferentes —Dash le recogió un rizo detrás de la oreja—. Después te mostraré unas cuantas.
—Cuando esté recuperada al cien por cien —ella lo miró con ojos adormilados—, quiero la revancha.
El corazón de Dash falló un latido y el estómago se le encogió.
—¿Y eso qué significa? —preguntó con una ceja enarcada.
—¿Alguna vez te han atado? —preguntó ella mientras apoyaba una mano sobre el fuerte torso.

—No —su nivel de confianza jamás había alcanzado el punto de ponerse a merced de nadie.

A lo mejor era una prueba. A lo mejor Margo necesitaba saber que él le seguiría el juego antes de dejarse ir por completo.

—¿Y a ti? —preguntó él sintiendo la tensión en el cuerpo.

Porque, si era eso lo que ella quería, estaba con ella al cien por cien.

—¿Me dejarías atarte? —Margo prefirió no contestar.

«Ni hablar».

—Supongo que eso depende —esa conversación no estaba ayudándole a controlar la erección—. ¿Con qué propósito exactamente?

—Ahora mismo no puedo saciarme de ti, no con una sola mano, y no con esta maldita férula que siempre está en medio. Pero, cuando el médico me haya dado el alta, o antes si me manejo bien, me gustaría tomarme todo el tiempo del mundo para mirarte, tocarte y saborearte por todo el cuerpo.

Una imagen de Margo cabalgando sobre él, abrazándolo con sus piernas, con el rostro tenso de placer, casi dejó a Dash sin aliento.

—No te hace falta atarme para eso. Tú dilo y yo te seguiré el juego.

—Eso lo dices ahora, pero...

Dash se inclinó y tomó posesión de los labios de Margo en un beso húmedo, ardiente, que incluía un baile de lenguas.

—Ya veremos cómo nos va.

Con suerte conseguiría darle la vuelta. Tenía la sensación de que a Margo le encantaría quedar totalmente a su merced.

—¿Cómo nos va el qué?

—Primero podrías probarme, y, si no funciona tal y como tú quieres, entonces quizás, y solo quizás, te dejaría que me ataras.

Resultaba evidente que la idea la había agitado.

Y saber lo que él le haría a ella, con ella, la agitaría aún más.

—Pero hasta que llegue ese momento, hasta que seas capaz de aprovecharlo plenamente, sigues siendo mi juguete. Y a mí me encanta jugar.

Margo cerró los ojos y emitió un pequeño gemido mientras cubría la boca de Dash con su mano.

—Ya basta. Necesito tener la mente clara durante un rato y, si no dejas de excitarme, voy a ser un amasijo de confusión.

Dash la agarró de la muñeca, le besó la palma y le soltó la mano.

—Seré de lo más formal, te lo prometo —él también necesitaba aclarar su cerebro de la niebla de lujuria.

—Eres muy considerado. Gracias —ella se apartó y lo contempló con una cálida y coqueta sonrisa.

Maldita fuera esa mujer, pues con ese gesto lo había excitado más que con la charla sobre sexo.

Margo casi nunca lo miraba así, y a él le encantaba, lo veía como una señal de que habían hecho progresos.

—Entiendo lo de saltarte el analgésico —para una mujer como Margo, tener la cabeza despejada podía ser de vital importancia—. Pero ¿qué te parece una aspirina en su lugar?

—Seguramente no sea mala idea.

¿De repente se mostraba razonable? Dash no sabía qué pensar. Se dirigieron juntos a la cocina. Oliver ya se había retirado a una zona soleada del salón. Dash guardó el paquete de hielo y le dio a Margo su aspirina mientras ella llenaba un vaso de agua.

Al verla tomar el medicamento alternativo sin receta, supuso que debía de sentir mucho dolor para mostrarse tan complaciente dada su aversión por los medicamentos.

—¿Qué tal la cabeza?

—Bien —ella se sentó a la mesa con la taza de café en la mano—. Tengo que llamar a la compañía de seguros, alquilar un coche, y debería localizar a mi comandante —la última tarea la contrariaba visiblemente.

—¿Puedo ayudar de algún modo?

—Ya has hecho muchísimo por mí.

—Quiero estar contigo. Nada de lo que he hecho me ha supuesto un esfuerzo, créeme. En realidad, ya me he tomado libres los próximos días. Mi capataz se hará cargo de cualquier cosa que surja, y, si él no puede, siempre podrá localizarme por teléfono.

—Bueno, si estás seguro, entonces, ¿te importaría ejercer de chófer para mí hoy?

—Esperaba que me lo pidieras.

Lo cierto era que aquella mañana le había costado mantener la compostura. No besarla, sobre todo cuando miraba a Rowdy de esa manera, había resultado misión imposible.

No estaba ciego, y ella misma había admitido ante él que consideraba a Rowdy Yates material de primera para una fantasía. Rowdy parecía no darse cuenta, o le daba igual. Seguramente estaba acostumbrado ya, el simpático bastardo, y Avery tampoco parecía sentirse amenazada.

Entonces, ¿era él el único al que le ponía nervioso? Le hacía sentirse profundamente contrariado.

Quería aprovechar la oportunidad que tenía para impresionar a Margo. No solo a nivel sexual, sino en todos los sentidos.

En un gesto que le sorprendió, ella apoyó la barbilla sobre el puño y recorrió todo su cuerpo con la mirada.

—Puede que me lleve la mayor parte del día ocuparme de todo, pero saber lo que vendrá después hará que el tiempo pase más deprisa.

Y eso significaba que él pasaría la mayor parte del día con ella, y con suerte más allá del día.

—Tu cita de mañana es temprano y se supone que aún no debes conducir.

—¿Intentas conseguir quedarte otra noche más? —ella le dedicó una tórrida mirada.

—Por supuesto. A no ser que prefieras la compañía de alguien de tu familia, o de Logan o Reese —añadió para asegurarse la respuesta que deseaba oír.

—Antes que eso llamaría a un taxi —Margo arrugó la nariz—. O tomaría un autobús. O caminaría.

—Entonces considérame a tu servicio.

—Eso me ha gustado —contestó ella en tono coqueto.

Después de tomarse el café, Margo llamó desde el móvil a su agente de seguros. Conocedora del lugar al que el departamento de policía solía llevar los coches con la grúa, compartió la información a la vez que lo organizaba todo para alquilar un coche para el día siguiente.

Dash disfrutó viéndola actuar de un modo tan profesional. Era una de esas mujeres que, según las circunstancias, podía ser una profesional dura, un supervisor exigente o un dulce gatito sexual.

Y, si supiera lo que estaba pensando, seguramente lo echaría a la calle.

Dash puso la lavadora para poder disponer de un par de vaqueros limpios mientras ella hacía unas cuantas llamadas más. Media hora más tarde, cuando ella terminó, estaba metiendo la colada en la secadora.

Margo se levantó de la silla y estiró el brazo bueno.

—Supongo que yo también debería buscar algo adecuado que ponerme. No va a ser fácil. Mi guardarropa no está pensado para acomodarse a esta estúpida férula.

—A lo mejor yo podría ayudarte.

—¿Ahora resulta que se te dan bien los guardarropas de mujeres? —ella alzó una mano—. No, da igual, no me lo cuentes. Supongo que se te da bien todo.

—Digamos adecuadamente —Dash la siguió hasta el dormitorio y se dirigió al armario. Al abrir la puerta, esta volvió a chirriar—. Quizás, si te parece bien, podría ir a buscar algo de aceite para la puerta.

—Claro —ella se colocó a su lado mientras Dash revisaba las blusas con botones—. De todos modos necesito comprar algunas provisiones.

Buceando entre la ropa del armario, Dash encontró en un rincón una blusa azul celeste que parecía más desgastada que las otras.

—Esa es una vieja —le explicó ella—. Ahora me queda un poco estrecha.

Llevaba el uniforme hecho a medida para que encajara a la perfección y ocultara casi por completo sus curvas. Sería agradable verla con algo a la vez profesional y sexy.

—¿Entonces no te importará que le cortemos la manga? —él se volvió para mirarla—. Así pasará por encima de la férula.

Tras reflexionar unos escasos segundos, ella asintió.

—En el cuarto de baño hay tijeras —Margo se marchó y regresó medio minuto después.

Dash cortó la manga y la ayudó a vestirse. Disfrutó de la íntima tarea. Disfrutó de ella.

De momento, todo había sido diferente con Margo. En algunos aspectos, más intrigante. En la mayoría de los casos, mejor.

Y, desde luego, no se había aburrido con ella ni un segundo.

Cuando estuvo preparada llegó el turno de Dash para vestirse. Los vaqueros habían salido limpios de la lavadora, pero no le quedó más remedio que ponerse la camisa de franela que le había prestado su hermano. Iba a tener que hacer una parada en su casa para recoger más ropa.

Convencer a Margo de ese detalle podría resultar complicado, de modo que ya se lo diría más tarde.

Acababan de vestirse cuando sonó el teléfono fijo.

Margo se tomó su tiempo, ajustando la férula y buscando unos pendientes que ponerse.

—¿No vas a contestar?

—No quiero quedarme enganchada al teléfono. Tenemos mucho que hacer esta mañana.

«Tenemos». Resultaba agradable que lo incluyera a él también. De haberse tratado de cualquier otra mujer, quizás se habría sentido abrumado por la responsabilidad implícita.

Pero Margo no era cualquier otra mujer, y le había costado tanto encontrar una grieta en su muro que quería aprovecharse de todas las ventajas que pudiera conseguir.

Ella se introdujo hábilmente los pendientes en los agujeros de las orejas, pero, cuando Dash la vio pelearse con la tuerca, dio un paso al frente para ayudarla.

—¿Y si es importante?

Margo se mantuvo inmóvil mientras él le cerraba los pendientes.

—El contestador registrará el mensaje —contestó mientras se alisaba los sedosos rizos.

Como si hubiera estado esperando la entrada, la voz grabada de Margo invitó al llamador a dejar un mensaje.

Se oyó una sugerente voz masculina.

—*Teniente, ¿dónde estás? Se supone que deberías permanecer en casa, descansando.*

El rango había sido pronunciado en un tono afectuoso, casi como si el llamador hubiera dicho «cielo», o «cariño».

Durante una fracción de segundo, Margo se quedó inmóvil, pero enseguida se recuperó. Se acercó a la caja fuerte y, tras teclear la combinación, esta se abrió. Sacó un lote de esposas y cargador que se colgó del cinturón. Tras comprobar dos veces que estaba cargada y lista para disparar, metió la Glock en su funda.

La voz del contestador seguía hablando, repitiendo su nombre, quizás con la esperanza de que contestara.

Dash se acercó a ella.

—Supongo que no irás...

—¿A salir desarmada? Por supuesto que no —contestó ella mientras colgaba del cinturón una defensa extensible—. Normalmente la cazadora oculta las armas, pero no voy a cortarle la manga a la chaqueta del uniforme.

—¿*Margaret?* —la exasperación del hombre aumentó—. *Si estás ahí, contesta, maldita sea.*

—Doy por hecho que os conocéis —observó Dash al ver la expresión que asomó al rostro de Margo.

—Es mi superior —le informó ella mientras se encogía de hombros.

—¿Y te habla en ese tono?

¡Vaya! No resultaba demasiado profesional. A no ser que esos dos fueran amigos. O más.

—Como comandante se cree con derecho a hacer lo que le dé la gana.

Antes de que Dash pudiera contestar a eso, el comandante volvió a hablar.

—*Si estás ahí y no contestas, bueno, espero que no me estés evitando.*

Margo soltó un bufido.

—*Prefiero creer que estás descansando, pero tengo serias dudas al respecto.*

—Un hombre inteligente —ante la furiosa mirada de Margo, Dash se encogió de hombros—. ¿Acaso estás descansando? No.

—*Necesito que lo comprendas* —continuó el comandante—. *Estás de baja hasta que el médico te dé el alta. Punto. He asignado a los detectives Bareden y Riske al caso del intento de asesinato y ataque. Y sí, vamos a dar por hecho que se trató de un intento de asesinato, de modo que no te molestes en discutir conmigo.*

Margo entornó los ojos.

La voz del comandante cambió, volviéndose más cercana.

—*Llámame si necesitas algo, sabes que puedes hacerlo. No como tu comandante, sino como tu... amigo.*

«Amigo y una mierda». Dash frunció lentamente el ceño.

—*Lo digo en serio, Margaret* —seguía el comandante, el tono cálido y dulce como la miel—. *Cualquier cosa que necesites. Cualquier cosa.*

—Suena desesperado —observó Dash mientras intentaba ocultar su ira.

Normal que sonara así. La había llamado Margaret, no Margo, y eso significaba que no había llegado muy lejos en sus avances.

—*Te estaré vigilando, Margaret, de modo que pórtate bien.*

Y con eso, la llamada concluyó.

—Imbécil condescendiente —Margo se acercó al teléfono y borró la llamada.

—Me ha parecido oírle babear —Dash no pudo evitar fijarse en la tensión de los hombros de Margo, en sus labios apretados.

—Seguramente. Le encanta fastidiarme.

No era eso exactamente lo que había querido decir él.

Por mucho que el comandante se hubiera topado con un muro, Dash se sentía nuevamente de lo más posesivo.

—No creo que lo que buscara fuera fastidiarte. ¿Me ha parecido oír los efectos de una relación que no cuajó?

—¿Qué? Ni hablar. Ya te he dicho que es mi comandante. Nada más.

—En ese caso, ¿es aceptable que intente ligar contigo?

Ella lo fulminó con la mirada.

—¿Eso te ha parecido? —ella soltó una carcajada cargada de desdén y se dirigió a la cocina—. Lo has malinterpretado.

—No eres ninguna ingenua —él la siguió—. Te desea.

¿Quién no lo haría?

—No. Lo que quiere es pisotearme. Tenerme debajo.

—Debajo, desde luego. No lo dudo.

Margo puso los ojos en blanco.

—Le gusta recordarme constantemente que es mi superior. Que yo respondo ante él —respiró hondo—. Y sobre todo lo que quiere es...

Margo se interrumpió y se hizo un profundo silencio que solo ayudó a que aumentaran las sospechas de Dash.

—¿Qué?

—Conoce a mi padre —ella sacudió la cabeza.

¿Y qué? ¿Qué tenía eso que ver?

—¿Es mayor que tú, entonces? —si fuera de la edad de su padre…

—Tiene doce años más que yo.

Eso lo situaría en los cuarenta y pocos. No tan viejo.

—¿Casado?

—Se divorció hace unos años —Margo apartó la mirada.

—¿Poco atractivo? —Dash apostaría a que había ido a por Margo nada más divorciarse.

Oliver se enroscó alrededor de los tobillos de su dueña y ella se agachó para ofrecerle unos mimos.

—Empiezas a resultar cansino, Dash. El que haya aparecido por mi casa sin anunciarse unas cuantas veces, que haya intentado congraciarse conmigo, no significa nada. Y por eso no contesté la llamada, por cierto. De haberlo hecho, me habría pedido permiso para venir a verme y preferiría no tener que soportar su compañía. O eso, o al saber que no estaba en casa se habría dejado caer y me esperaría ante la puerta.

—¿Ya lo ha hecho alguna vez?

Ella no contestó.

—Dado que no respondí a la llamada, seguramente habrá pensado que estoy durmiendo. Mejor así.

—Es evidente que te conoce bien —Dash cruzó los brazos sobre el pecho—. Y no estaría tan desesperado por venir a verte si no tuviera algún interés personal.

—Te equivocas. El comandante no está interesado en mí en ese sentido.

—Y una mierda. Reconozco un avance cuando lo oigo.

—De acuerdo, tú ganas. ¿Quieres oírlo todo?

Margo no pudo levantar a Oliver del suelo y optó por sentarse ella misma en el suelo y apoyar la espalda contra un armario de la cocina. Con un profundo ronroneo, el gato saltó a su regazo.

—Lo cierto es que se le considera un buen partido. Cabellos

plateados, ojos oscuros. Alto y delgado, se mantiene en buena forma. Y su economía es tan saneada que se puede permitir el lujo de hacer ostentación de ella.

Dash se sentó a su lado. Resultaba extraño estar tirados en el suelo de la cocina con un gato ciego yendo de uno a otro.

—¿Te lo has follado? —preguntó con delicadeza para intentar disimular el repentino e incómodo ataque de celos que sufría.

—¡Cielos, no! —Margo casi se ahogó de la risa.

Ligeramente tranquilizado por el gesto de rechazo de Margo, él siguió presionando.

—¿Y eso porque no quieres mezclar trabajo con placer?

Ella contempló al gato y se encogió de hombros, como si los motivos no tuvieran importancia.

—Es amigo de mi padre, es autocrático y machista, y engañaba a su mujer.

—¿Por eso se divorciaron?

Ella volvió a encogerse de hombros.

—Lo único que sé es que hace unos años heredó una bonita casa de vacaciones y una buena suma de dinero de sus padres. Y de repente empezó a creerse Huge Hefner o algo así —le hizo cosquillas a Oliver bajo la barbilla—. Antes de eso no era tan mal tipo.

Dash supuso que lo que más echaba atrás a Margo era la cuestión de la infidelidad.

—Desde luego no es tu tipo.

El gato volvió al regazo de su dueña, arqueando el lomo para frotar su cabeza contra la barbilla de Margo. Ella le besó la oreja doblada y lo abrazó.

A Dash le gustaba verla así, cómoda, dulce con su mascota, a gusto con él.

De repente sintió un irrefrenable deseo de tocarla. Le acarició la mejilla con la mano ahuecada y le empujó el rostro hacia él.

—Supongo que ya no hará falta ir a comisaría.

—Claro que voy a ir —en los ojos de Margo brilló un destello de determinación.

—¿Vas a ignorar sus órdenes?

—Puedes apostar por ello. Y ahora olvida a ese comandante. Yo tengo la intención de hacerlo.

En un sorprendente gesto, ella se inclinó hacia Dash y lo besó brevemente. Y antes de que él pudiera aprovecharse, volvió a concentrarse en acariciar a Oliver, lo dejó a un lado y se levantó del suelo.

—Vámonos.

Y porque Dash no entendía realmente el funcionamiento de una comisaría, optó por no discutir con ella. Más tarde ya preguntaría a Logan, e intentaría comprender mejor la jerarquía. Era evidente que el comandante tenía influencia, pero ¿tanto como para dominarla?

Al parecer, no.

O, sabiendo cómo era Margo, quizás tuviera un motivo para ignorar la orden, y conociera los suficientes trapos sucios sobre él como para que ese hombre no se complicara la vida.

Mientras recorría la comisaría con Margo, Dash se fijó en la atención que recibía de una docena de agentes y unos cuantos detectives. Algunos se interesaron por ella, otros se esforzaban por no mirarla muy fijamente. Verla herida debía de ser una auténtica aberración para ellos.

¿La verían, al igual que Logan y Reese, como si fuera Superman, inmune al dolor?

Justo en ese momento aparecieron su hermano y Reese, caminando juntos por el pasillo.

Sus reacciones fueron memorables.

—Maldita sea —Logan hizo un gesto teatral—. O bien te salen hematomas con suma facilidad o deberías estar todavía en el condenado hospital.

Reese, en cambio, soltó un silbido.

—Tienes un aspecto psicodélico, teniente.

—Basta ya —les cortó Margo en tono neutro, acabando con cualquier preocupación hacia sus hematomas cada vez más oscuros—. ¿Adónde ibais?

—Iba a ocuparme un poco del papeleo —contestó Logan con una carpeta en la mano,

—Yo iba a salir —Reese consultó la hora—, pero aún dispongo de unos minutos.

Sin soltar la carpeta, Logan cruzó los brazos sobre el pecho.

—No te esperábamos —una expresión de sospecha asomó a su mirada—. ¿Deberías estar aquí?

—A mi despacho —ordenó ella en tono cortante tras fulminar a su detective con la mirada—. Los dos.

Dash no pudo contener un sentimiento de admiración. Esa mujer sabía manejar el látigo cuando hacía falta.

—¿Y tú por qué demonios sonríes? —preguntó Logan.

Dash intentó ocultar cualquier gesto de diversión.

—No tardaré mucho —Margo se volvió hacia él y lo miró con los ojos entornados.

—Tómate tu tiempo —dado que su hermano trabajaba allí, Dash estaba familiarizado con la comisaría. Orientarse en ese lugar era pan comido para él.

Los tres contemplaron a Margo alejarse con el paso decidido de siempre. En cuanto hubo entrado en su despacho, Logan lanzó una mirada cargada de interrogantes a su hermano.

—He conducido yo —Dash mostró las llaves de la camioneta.

—Qué cómodo resulta tenerte a mano, ¿verdad? —Reese le propinó un codazo a Logan, aunque la afirmación iba dirigida a Dash—. Se supone que ella no debería estar aquí.

Dash se frotó la nuca. No quería traicionar la confianza de Margo, pero estaba bastante seguro de que Reese y Logan ya estaban al tanto de la situación.

—El comandante le dejó un mensaje.

—Dan Ford —Logan se acercó a su hermano para que la conversación no pudiera ser oída por nadie más—. Ha ordenado que quede fuera del caso hasta que el médico le dé el alta.

—Sí, ella, esto…

—No le hizo caso —intervino Reese, en el mismo tono discreto que Logan. Levantó ambos puños y los hizo chocar en una explosión simulada—. Así de bien nos llevamos.

—¿Sabes por qué?

—Ella es muy testaruda, por eso —Reese sonrió—. Testarudamente honrada.

—Y un policía condenadamente bueno —añadió Logan.

—Y muy impaciente —puntualizó Reese—, de modo que vamos.

—Encuentra algo que hacer —Logan estaba visiblemente disgustado con la presencia de Dash—. Esto podría llevar un rato.

—Tengo que hacer unas cuantas llamadas, de modo que me quedaré aquí sentado en ese banco —él se dirigió en la dirección señalada—. Si me necesita, házmelo saber —añadió por encima del hombro.

—¿Por qué demonios iba ella a...? —Logan estalló.

Reese soltó una carcajada y se lo llevó a rastras.

Si las cosas salían tal y como pretendía, su hermano iba a tener que acostumbrarse a la idea de verlo con Margo. Sacó el móvil del bolsillo y estaba a punto de llamar a su capataz cuando vio entrar a Cannon Colter acompañado de una joven agente. Volvió a guardar el móvil e interceptó a la pareja.

—Cannon, ¿qué hay?

—Hola, Dash —Cannon lo saludó dubitativo—. No esperaba verte aquí.

—He traído en coche a... —Dash se interrumpió antes de pronunciar el nombre de pila—, a la teniente Peterson. ¿Sabes que sufrió un accidente?

—Sí, eso he oído —él miró a la agente—. En realidad, vengo a verla a ella.

Dash tuvo una sensación muy mala.

—Está reunida con Reese y Logan. ¿Quieres esperar aquí conmigo?

El otro hombre le dio las gracias a la agente y, después de que la mujer se hubiese marchado, se quitó el gorro y se pasó una mano por el pelo, excesivamente largo, y luego por la nuca.

—¿Y bien? ¿Estáis juntos?

—¿Margo? Sí —Dash no quería que hubiera ningún malentendido al respecto.

Cannon asintió, la frustración era palpable.

—Entonces, más vale que lo oigas tú también.

En lugar de sentarse ante su escritorio, Margo se quitó el abrigo que llevaba colgado de un hombro, lo arrojó sobre una silla y empezó a caminar de un lado a otro del despacho. Reese y Logan la siguieron paso a paso antes de compartir una masculina mirada de conspiración.

Pero Margo no estaba dispuesta a tragárselo.

—Sé que Dan os asignó el caso del asalto.

—Intento de asesinato —la corrigió Logan—. Sí, lo hizo.

—¿Acierto si sospecho que se equivocó al decir que estabas fuera del caso? —preguntó Reese mientras apoyaba un hombro contra la pared.

—Aciertas absolutamente.

—Ya me lo imaginé —intervino Logan—. Y también supuse que prefieres que tu participación en el caso se mantenga en secreto.

—Y por eso —añadió Reese—, lo hemos metido todo en una carpeta.

Logan agitó la carpeta en el aire, a modo de saludo.

—Buen trabajo —Margo tomó la carpeta que le ofrecía su detective.

—Habíamos pensado ir a tu casa después del trabajo para compartir la información y contestar a cualquier pregunta que tuvieras —explicó Reese antes de que ella abriera la carpeta.

—Pero ya que todo el mundo te ha visto pasearte por la comisaría, ha saltado la liebre —Logan se dejó caer en una silla, con sus largas piernas estiradas, el cuerpo relajado y la mirada fija en su teniente—. No pensaba verte tan pronto por ahí. Sobre todo aquí.

Margo se alegró el doble de haber decidido ir a la comisaría. Si hubieran ido a su casa a última hora de la tarde, les habrían interrumpido a ella y a Dash. Y dado que el deseo la devoraba por dentro, le habría sentado muy mal.

Incluso en ese mismo instante, sentada en su despacho de la comisaría con sus dos detectives principales muy cerca, un sordo murmullo de necesidad mantenía todo su cuerpo en tensión.

La mayoría la veía únicamente como una profesional, como una auténtica y verdadera rompepelotas. Y con motivo. Se había ganado la fama. Pero también era, en el fondo, una completa hedonista, sumergida en su sexualidad, disfrutando de sus propios placeres, placeres que, como teniente, había mantenido ocultos al resto del mundo.

Excepto a Dash.

Ese hombre sabía más sobre Margo que cualquier otro ser vivo.

—¿De verdad esperabas que me quedara escondida? —ella miró fijamente a Logan.

—Siempre queda la esperanza —contestó Reese por él.

—Sueña con un unicornio si es lo que quieres, pero no esperes que me escaquee de mis deberes —ella apoyó una cadera sobre la esquina de la mesa—. Estudiaré el contenido de la carpeta y, si tengo alguna pregunta, tendréis noticias mías. Y solo para que lo sepáis, Rowdy también va a hacer algunas preguntas entre sus contactos menos recomendables.

—Iba a sugerírtelo —Logan sorprendió a su jefa asintiendo.

Dado cómo Logan se había opuesto en el pasado a la implicación de Rowdy, Margo lo miró perpleja.

—Es bueno —Reese se encogió de hombros—. Tiene un gran instinto y es de confianza. Tiene sentido.

La arrogancia mostrada por ambos la irritó profundamente.

—Entonces, ¿para qué os necesito a vosotros dos?

En lugar de aparentar sentirse insultados, algo parecido a la diversión hizo que Logan cambiara de postura y mirara a su compañero.

—Parece irritada.

—Debe de ser la incomodidad —Reese asintió—. Normalmente se muestra tan, tan sosegada.

—Te la estás jugando —Margo lo contempló con los ojos entornados.

Pero ninguno de los dos pareció sentirse afectado y ella comprobó que estaba perdiendo poder sobre ellos. ¿Era posible que se estuvieran convirtiendo en… amigos?

—Y ahora en serio —Logan se echó hacia delante, mirándola de arriba abajo con preocupación—. ¿Cómo te encuentras?

—Estoy bien, como puedes ver.

—No me lo trago —el detective se levantó de la silla y se situó frente a Margo—. Parece como si te hubiera arrollado una manada de elefantes.

Estupendo. Esa era la imagen que le gustaría conservar en su cabeza. ¿Cómo iba a convencer a Dash de que estaba dispuesta a participar en el sexo con ese aspecto tan lastimero? Iba a tener que encontrar el modo, porque no estaba dispuesta a tener que esperar ni un día más.

—Es todo superficial —les aseguró mientras se preguntaba si el argumento funcionaría con Dash.

Logan se inclinó ligeramente y estudió un hematoma sobre la mejilla de Margo, y a continuación pasó a los puntos de la cabeza.

—Lo siento, teniente, pero yo también he sufrido alguna conmoción y sé lo que me digo.

—Yo también —intervino Reese—. Tienes la sensación de que te va a explotar la cabeza.

—Y los dolores de cabeza duran días, a veces incluso semanas —Logan le dedicó una mirada de hermano mayor que la pilló desprevenida—. Si te fuerzas demasiado...

—¡Ya basta! —Margo se apartó bruscamente de su escritorio—. ¡Intentaron matarme! —exclamó mientras hundía un dedo en el pecho de Logan.

Lleno de simpatía, él le tomó la mano y la apartó.

—Lo sé.

Por supuesto que lo sabía, porque el intento de matarla también había puesto a su hermano en el punto de mira. Margo soltó bruscamente la mano.

—Maldita sea.

—Al menos reconoces que fue un intento de asesinato —Reese se unió a Logan—. Y al admitirlo, tomas conciencia de lo cerca que estuviste.

—Estar emocionalmente implicado —continuó Logan con calma—, te jode toda la perspectiva.

—Y una mierda —su única perspectiva era atrapar, detener y juzgar a esos tipos. Nada más.

—Si estás demasiado implicada, pierdes la calma —razonó Logan—. Y lo sabes.

El fragmento de sabia estupidez casi le puso los pelos de punta a Margo.

—¡Por Dios bendito! ¿Me lo estás diciendo en serio?

Logan frunció el ceño.

—Ahí te ha pillado —Reese estuvo de acuerdo con su jefa—.

Incluso cuando yo intenté que recularas, saltaste de cabeza con Pepper y ese enorme...

—¡Y tú! —ella se volvió hacia Reese—. No eres quién para hablar porque eres igual de malo que él.

—¡Me estaba poniendo de tu parte!

—Te crees que, porque soy mujer, tengo menos capacidad para seguir adelante con una herida —Margo pasó frente a Reese y se puso a pasear por el despacho.

—No se supone que tengas que seguir adelante —la reprendió Logan.

—Y, por supuesto —ella cortó por lo sano las tonterías de su detective—, siendo mujer se supone que no soy capaz de ordenar los hechos con lógica. Solo los hombres son capaces de mantener la sangre fría y la cabeza despejada para conservar la profesionalidad bajo el estrés. Supongo que esperáis que me desmorone y estalle en lágrimas, que busque a un hombretón que me...

—Y hablando de hombretones —Logan la interrumpió poniendo los ojos en blanco y cortándole el paso a Margo—. ¿Dash se aloja en tu casa?

—¿De qué hablas? —ella casi lo arrolló antes de detenerse.

Ambos detectives intercambiaron una mirada antes de que Logan volviera a hablar.

—No estoy siendo cotilla.

—Estamos preocupados —intervino Reese con una mano alzada—. Y antes de que nos dispares por nuestra audacia, quiero añadir que lo entiendo perfectamente.

—¿El qué entiendes? —Margo sintió que la tensión le paralizaba la columna, convirtiendo su voz en un gruñido.

—Eres policía, Peterson, de los pies a la cabeza. Nadie duda de tu dureza.

—Todo eso que has dicho es absurdo —opinó Logan—. Sabemos de sobra que siempre das el do de pecho.

Margo no entendía esas irreprimibles ganas que sentía de soltarles un puñetazo a sus detectives. Pero la tentación era real y sentía un hormigueo en la palma de la mano.

—¿Cuál es tu argumento?

Reese se colocó junto a Logan, hombro con hombro.

—Para un policía, sobre todo un policía de tu rango, no es fácil admitir ninguna debilidad.

Reese era tan corpulento que casi proyectaba una sombra sobre ella. Margo entornó los ojos y se cuadró de hombros mientras echaba la cabeza hacia atrás para poder mirarlo a los ojos.

—¿Posees alguna debilidad, Reese?

Él ignoró la pregunta.

—Todavía me acuerdo de cómo estaba Logan cuando lo dispararon en el brazo. Pepper tuvo que hacer de niñera, aunque creo que en realidad disfrutó con ello. Tenía una vena oculta para ejercer de enfermera, muy oculta ciertamente, pero allí estaba y mimó a Logan hasta que recuperó la salud.

—Que te jodan, Reese —contestó Logan sin ninguna pasión.

—A mí no me importa recibir unos cuantos mimos de vez en cuando —Reese sonrió antes de volverse hacia Margo—. Lo único que digo es que quizás podrías intentarlo.

—Desde luego, tiene sus ventajas —admitió Logan—. De un policía cabrón a otro, relájate y disfruta de la oportunidad.

Los dos detectives se volvieron para marcharse, sin que ella les hubiera dado permiso, malditos fueran.

—Ni. Se. Os. Ocurra —susurró de un modo que resultó más letal que un grito.

Logan se volvió con fingida impaciencia.

—¿Hay algo más?

Sí lo había, aunque en esos momentos no se le ocurría el qué.

Un golpe de nudillos en la puerta la salvó.

—Adelante —rugió.

Para su sorpresa y desagrado, Dash asomó la cabeza por la puerta, ignoró a su hermano y a Reese y clavó la mirada en los ojos de Margo.

—Siento interrumpir, pero esto es importante.

Agradecida por la interrupción, pero decidida a conservar su autoridad, Margo dio un paso al frente.

—Más vale que lo sea.

CAPÍTULO 9

Dash se dio cuenta enseguida del estado de ánimo alterado de Margo, y por eso mantuvo las distancias mientras hacía pasar a Cannon al despacho. No tenía ni idea de por qué estaba tan irritada y lamentaba la intrusión, consciente de que a ella no le gustaría la familiaridad con la que se había inmiscuido. Pero tenía un buen motivo.

—Reese y tú también deberíais oír esto —aconsejó a su hermano.

—Ningún problema —contestó Logan en tono sardónico—. De todos modos, no iba a ninguna parte.

Sabía que su hermano no estaba precisamente encantado con la relación que mantenía con Margo. «Demasiado tarde, hermanito», pensó Dash mientras centraba su atención en la seriedad de la situación.

—Cannon dispone de información importante.

—De acuerdo —la mirada de Margo se fundió con la de Dash—. Gracias, Dash —añadió ella mientras sujetaba la puerta abierta.

Ni hablar. ¿En serio pensaba echarlo de allí? Dada la expectación con la que lo miraba, Dash comprendió que eso era, exactamente, lo que pretendía hacer.

Desafiante, él sacudió ligeramente la cabeza y se acercó a una silla para sentarse. Si quería que se marchara iba a tener que pedírselo claramente.

Y quizás arrastrarlo fuera del despacho.

La mirada de Reese iba de uno a otro, con una enorme sonrisa dibujada en sus labios. El muy gilipollas.

Logan emitió un suspiro cargado de exasperación y soltó la mano de Margo de la puerta para poder cerrarla suavemente.

—Se aloja en tu casa. Está metido en esto hasta el cuello, de modo que tiene derecho a estar informado.

—¡No eres tú quien toma esa decisión!

—Es mi hermano —insistió Logan, como si eso le concediera ciertos derechos.

Para enfatizar su postura, se colocó detrás de Dash.

Era muy agradable saber que siempre podía contar con Logan para recibir apoyo cuando lo necesitara.

—¿Qué te ha pasado? —le preguntó Margo a Cannon.

Ante la expresión perpleja de Dash, ella asintió hacia su cara.

—Tienes un ojo morado, un hematoma en la mejilla...

—Ah, sí —Cannon se llevó una mano al rostro—. Tuve una pelea.

—¿Por qué motivo?

—Por saber quién peleaba mejor —Cannon dibujó una sonrisa torcida en sus labios.

—Ya. Tú compites en la AMM.

—Es bueno —intervino Dash—. No es que yo entienda mucho de eso ni nada. Pero me guío por su palmarés.

—Estoy haciendo progresos.

—Cannon, ponte cómodo —sugirió Reese, gesticulando exageradamente hacia la silla que permanecía vacía.

—Eso es. Cómodo —con el gorro retorcido entre las manos, Cannon se dejó caer en la silla de respaldo recto, relajó la espalda y echó un vistazo por el despacho de Margo.

—¿Es tu primera vez en una comisaría? —preguntó ella.

—Sí —él alzó un hombro—. No sé por qué será, pero me pone un poco nervioso.

—A Rowdy le pasa lo mismo —Dash se rio—. Casi siento cómo se le pone la piel de gallina cada vez que viene.

—Ya, bueno, creo que nuestras reacciones se basan en circunstancias diferentes —observó Cannon con una media sonrisa mientras miraba a Margo—. Mi madre me habría desollado vivo si hubiera tenido que acudir a la comisaría de policía por mi culpa.

—Bien por ella.

—Esa es una de las principales diferencias —Cannon se retorció en la silla, claramente incómodo—. Yo tuve una madre, y Rowdy no.

—¿Ha muerto? —Reese adoptó su habitual postura y apoyó un hombro contra la pared.

—Hace unos años. Cáncer.

—Lo siento —Margo ladeó la cabeza—. ¿Y tu padre?

—Tenía un bar como el de Rowdy. Lo asesinaron cuando yo tenía dieciocho años.

—¿En un robo? —preguntó ella.

Cannon sacudió la cabeza.

—Unos pandilleros intentaron extorsionarle a cambio de una supuesta protección. Papá se negó a pagar. Una noche, mientras cerraba el bar, llegaron y le dieron una paliza hasta matarlo.

—¡Mierda! —murmuró Dash.

Intuía que Cannon tenía buenos motivos para desear proteger el barrio, pero nunca había sabido cuáles eran.

—Mamá trabajó hasta casi matarse para mantener el negocio a flote, pero cuando acorralaron a Marissa un día regresando de la escuela…

—¿Marissa? —preguntó Dash.

—Mi hermana pequeña. Bueno, ya no es tan pequeña. Es casi tan alta como yo, pero pesa unos cuarenta y cinco kilos menos que yo —el orgullo que sentía se traslucía en la cálida sonrisa—. Es muy guapa. Y lista.

—¿Resultó herida? —preguntó Logan.

—Básicamente la asustaron. Solo tenía dieciséis años. Unos chicos le dijeron —una silenciosa lucha se dibujó en el rostro de Cannon, que se ensombreció mientras cerraba los puños—, le dijeron que le harían cosas si mamá no vendía.

—Y entonces ella vendió —concluyó Dash por él—. Maldita sea, tío, lo siento.

—Los encontré —el otro hombre se echó hacia atrás y se sacudió la tensión—. El bar ya había sido vendido para entonces, pero los encontré y les di la paliza que se merecían. La cuestión es que yo sabía que no podía estar allí las veinticuatro horas, los siete días de la semana —miró a Margo—. No es bueno sentirse desvalido.

—No —Dash asintió—. No lo es.

—¿La policía no te ayudó? —preguntó Logan.

—No se lo pedí —contestó Cannon en tono casi de disculpa mientras desviaba la mirada—. Sabían que los negocios de la zona estaban siendo extorsionados y no hicieron nada al respecto. La mayoría sabía que no debía meterse con ellos. Algunos incluso pensaban que había policías implicados.

—Seguramente —Margo se frotó la sien—. La corrupción estaba muy instalada por aquí.

—Pero ella se encargó de eso —Dash hizo la observación que Margo no podía hacer—, de modo que, si alguna vez vuelve a suceder, que sepas que puedes confiar en ella.

—Y también en Reese y en Logan —añadió Cannon—. Sí, lo sé. Es uno de los motivos por los que he venido. Mi madre renunció al negocio familiar, pero se negó a renunciar a su casa. Para ella tenía un valor sentimental. Y ahora mi hermana vive allí y es tan testaruda como lo fue mi madre.

—Ya… —Logan asintió como si estuviera resolviendo un puzle.

—Como os podrá contar Rowdy —continuó el otro hombre—, las hermanas pequeñas motivan mucho.

Dash sonrió al oírlo. Por lo que él sabía, motivaban a los hombres honrados, y ahí incluía a Rowdy y a Cannon.

—De modo que suelo mantener un ojo puesto en el barrio.

—¿Ejerces de hermano mayor con todos? —preguntó Margo.

—Crecí aquí — Cannon se encogió de hombros como si con ello lo explicara todo—. Conozco a casi todo el mundo. A la mayoría de los dueños de negocios, a los chicos del barrio que van al mismo gimnasio que yo, a los ancianos que ya llevan un tiempo viviendo aquí —entornó los ojos—. A los pendencieros. A los maleantes.

—Es como una red de contactos —observó Reese.

—Bastante parecido —el joven se tironeó de una oreja—. Pero la información que he recibido viene de unos críos, de manera que no sé hasta qué punto es de fiar.

—Te agradezco que hayas venido a verme para que lo podamos valorar —Margo regresó a su escritorio, frente a Cannon y posó el delicioso trasero en el filo, cruzó los tobillos y esperó.

¿Le dolía la cabeza? ¿El brazo? Su expresión resultaba enigmática y Dash no era capaz de descifrarla.

Para comenzar, decidió ofrecer una breve explicación.

—Cannon montó un gimnasio como parte de un proyecto comunitario para ayudar a salir de las calles a algunos chicos en situación de riesgo. Es una especie de centro deportivo supervisado con mucho entrenamiento y muchos consejos.

—Sí —incómodo con tanta alabanza, Cannon se removió inquieto—. Yo me limité a organizarlo. Rowdy y Avery pusieron el dinero.

—Gracias a la herencia que recibió Avery de su padrastro —le explicó Reese a Margo—. Rowdy no quería el dinero de ese tipo…

—De modo que decidieron darle un buen uso —Logan concluyó la frase.

Cannon contempló con severidad a Logan y luego a Dash.

—También recibí unas cuantas donaciones anónimas que ayudaron mucho.

—El dinero solo no basta —contestó Dash—. Tú eres el que hace buen uso de ese dinero y el que mantiene el lugar funcionando, además de unos cuantos proyectos más.

Como trabajar en un bar, entrenar para la AMM y competir.

—Hay un montón de chicos que echan una mano.

—¿Chicos como tú? —preguntó Margo.

—Si te refieres a luchadores, sí. Algunos lo están haciendo muy bien, otros acaban de empezar a competir, y hay otros que necesitan que se les oriente un poco —de nuevo Cannon se movió incómodo—. Es una buena mezcla la de los jóvenes con tipos más experimentados. Aprenden mucho solo con mirar. Y todos ejercen de voluntarios con los pequeños, para mostrarles el camino. Se respira un ambiente de camaradería que hace que los niños se sientan implicados y queridos, y a los mayores les da la oportunidad de contribuir.

Impresionado, Dash tomó nota mental para hacer una nueva y generosa donación. Por supuesto, anónima. No dudaba de que Logan iba a hacer lo mismo. Ambos habían tenido mucha suerte en la vida y lo sabían.

—Solo por curiosidad —Margo volvió a echar una ojeada al rostro magullado de Cannon—. ¿Quién ganó esa pelea?

—Yo —por primera vez no parecía incómodo. Cuando se trataba de su habilidad, no mostraba ninguna reserva—. KO técnico.

—Y supongo que el otro tipo tendrá un aspecto aún peor.

—Estos no son más que unos golpecitos —Cannon se echó a reír—. No me hizo daño.

Ella sacudió la cabeza, aparentemente cautivada. Dash la comprendía perfectamente porque él se sentía igual. ¿Lucha profesional? Le encantaba.

Al menos no lo miraba con un interés personal. Dash también se había dado cuenta de eso.

Margo no miraba a Cannon del mismo modo en que lo miraba a él.

—¿Qué edad tienen los chicos con los que trabajas? —preguntó Margo.

—Entre diez y dieciocho —Cannon se echó hacia delante—. Un par de ellos, de catorce y quince años, se acercaron después de que yo hiciera algunas preguntas. Son hermanos, de un hogar pésimo, pero aun así son buenos chicos. Solo que muy movidos.

—¿Significa eso que entran y salen todo el rato del reformatorio? —a Dash le había hecho gracia cómo lo había expresado Cannon.

—Por cosas sin importancia —protestó el otro hombre—. Robar cerveza, pelearse, saltarse la escuela. Esa clase de cosas.

Era otra perspectiva, en opinión de Dash. Si a él se le hubiera ocurrido hacer algo así, sus padres lo habrían castigado de por vida. Pero, por otra parte, él lo había tenido todo. No había tenido ningún motivo para buscar un escape, no cuando su vida había sido dorada.

Se preguntó cómo habría sido la vida de Margo, con unos padres que jamás habían querido tener una hija.

—Lo entiendo —le contestó ella a Cannon—. Mi intención no es ir detrás de unos críos. Solo quiero que me cuentes lo que saben.

—Primero necesito que me asegures que no les va a perjudicar. No quiero ponerlos en peligro solo porque intentaron hacer lo correcto.

—Tienes mi palabra.

Su palabra debía de ser suficiente porque Cannon terminó por relajarse.

—Maquillé un poco las cosas diciéndoles que tú y yo somos amigos y que estaba preocupado por ti después de lo del accidente. A fin de cuentas, la mayoría de estos chicos, en el mejor de los casos, desconfían de la ley y, en el peor, se mueren de miedo cuando ven a alguien de uniforme. Si tú no fueras amiga mía, no les importaría lo más mínimo lo que le hubiera sucedido a un policía.

—Entendido —Margo sonrió—. Y me gusta la idea de que seamos amigos.

A pesar de los intentos por tranquilizarse, Dash se puso en alerta, hasta que Logan dio un paso al frente.

—Promesas aparte, es posible que Reese y yo necesitemos hablar con esos chicos. ¿Supondrá algún problema?

—No mientras os mostréis discretos y no les agobiéis. Son unos tipos bastante duros, pero ya han tenido que soportar bastante —Cannon asintió hacia Reese—. Sé que lo entiendes.

Dado que había adoptado a Marcus, Reese tenía experiencia de primera mano con chicos problemáticos.

—Demasiado bien que lo entiendo.

Margo se apartó de su escritorio. A Dash le pareció que estaba angustiada, o quizás dolorida.

—Cualquiera de mis dos detectives son estupendos con los críos. Puedes estar tranquilo.

—Gracias —el luchador desvió la mirada hacia Dash, se aclaró la garganta y se frotó la barbilla—. Han puesto precio a tu cabeza. Al parecer, los bastardos que te quieren muerta han ofrecido uno de los grandes a cualquiera que lo consiga.

A pesar de que ya se lo había contado, Dash no pudo evitar reaccionar. La urgencia de abrazarla, de protegerla de algún modo, lo destrozaba.

—¿Y cómo van a reclutar a los candidatos? —preguntó Margo sin inmutarse.

«¡Por Dios!», pensó Dash. «Ni siquiera ha pestañeado». Claro que, Reese y Logan tampoco parecían muy alterados.

—En cuanto se haya cumplido el encargo, van a correr la voz

por las calles. Los matones lo sabrán y se pondrán en contacto. Es todo lo que sé.

Reese frunció el ceño, pensativo.

—¿Cómo se enteraron los chicos? ¿Dónde lo oyeron?

—Les abordaron en la calle. Como había nevado no tuvieron colegio y estaban rondando una licorería cuando un coche se detuvo y los llamó. En total eran seis críos, pero no conozco a los otros —Cannon les mostró un artículo fotocopiado en el que aparecía el rostro de Margo—. Les dieron esto, para que estuvieran seguros de quién eres.

Reese se lo quitó de las manos y lo sujetó en alto, de modo que Margo también pudiera verlo.

—Esta es la reseña de cuando fuiste nombrada teniente.

—¿Qué licorería? —Margo apenas le dedicó un vistazo a la foto. Cannon compartió la información y Logan la anotó.

—Hay más —les advirtió.

Sabiendo que era necesario compartir toda la información, Dash cerró los puños con fuerza.

—El caso es —Cannon se aclaró la garganta— que, si te atrapan viva, el precio sube a cinco de los grandes.

—¿Viva? —preguntó Logan.

—Para que... —el otro hombre se frotó la mandíbula— para que pueda ser usada.

Oírlo de nuevo disparó el ansia asesina de Dash. Bajo ningún concepto iba a permitir que alguien le hiciera daño, y contaba con su hermano para que encontrara a esos hombres y los encerrara para siempre.

—¿Esos chicos te ofrecieron una descripción? —Reese ya no parecía tan relajado.

—Mayores, lo cual podría significar cualquier cosa, dado que son unos críos. El conductor tenía el pelo oscuro y llevaba perilla. El copiloto era grande y calvo. Había un tercer hombre en el asiento de atrás, pero no llegaron a verlo bien.

—¿Y el coche? —preguntó Logan.

—Un sedán negro. Fue lo único en lo que se fijaron —Cannon volvió a aclararse la garganta—. Sin embargo, me dieron una cosa.

Todos aguardaron expectantes.

Cannon hundió la mano en el bolsillo y sacó un *pendrive*.

—Es, bueno, es un vídeo. Muy explícito. Algo que esos chicos nunca deberían haber visto.

Logan alargó una mano, pero Margo fue la que lo tomó.

—¿Ya lo has visto? —preguntó mientras se volvía hacia su escritorio.

—No sé si están actuando o es real —él asintió, cada vez más incómodo—. Una mujer atada a una vitrina. Dos tipos —el asco hizo que se le quebrara la voz—. Me imagino que te haces una idea. Creo que la mujer está drogada. Al menos a mí me lo pareció.

Logan soltó un juramento y Reese gruñó.

—El conductor se lo dio a los críos como... como prepago por ayudarles. Les dijo que les iba a gustar y que había más de donde había venido.

Margo insertó el *pendrive* en su ordenador. Al ver que nadie se unía a ella, los fulminó con la mirada.

—¿Qué pasa? Tenéis que verlo, lo queráis o no. Son pruebas. Aquí podría haber alguna pista.

Cannon se levantó de la silla, pero se dio media vuelta. Dash fue el primero en llegar junto a Margo, no porque deseara ver las imágenes, sino porque había insistido en permanecer a su lado.

Reese y Logan, de pésimo humor, los flanquearon.

—Podríamos verlo más tarde —sugirió Logan.

—Ahora —insistió ella.

—No soy un inocente colegial —intervino Reese—, pero esto resulta muy incómodo.

—Pues echadle un par de huevos.

Una vez cargado el archivo y, tras titubear tan solo un segundo, Margo lo puso en marcha, se irguió y esperó.

El deseo de Dash de rodearla con sus brazos, de ofrecerle el apoyo que necesitaba, del modo en que lo necesitara, fue más fuerte que nunca. Esa mujer se mostraba condenadamente indiferente, tan distante y contenida que le preocupaba a un nivel básico.

Y, al mismo tiempo, no le quedaba más remedio que aceptar que era su trabajo, y que era muy buena en ello. Verla así lo llenaba de orgullo.

De modo que permaneció en silencio, pero cerca de ella.

Cannon permaneció lo bastante apartado para no ver nada, con el rostro en tensión y el cuerpo evidenciando el asco que sentía.

De no ser por la posibilidad de que las escenas se estuvieran sucediendo realmente, no habría pasado de ser una mediocre película porno de mala calidad. Pero todos sabían que, más que actriz, la mujer que aparecía en la grabación podía ser una víctima, y eso no solo impedía que resultara sexualmente excitante, sino también lo convertía en repugnante, provocándoles una profunda ira a todos.

—Lo único que se ve de esos bastardos es la espalda —observó Reese—, pero uno tiene los cabellos oscuros y el otro es...

—Calvo —apuntó Logan—. Podrían ser los mismos tíos con los que hablaron los chicos.

—Creo que reconozco el lugar —apuntó Cannon con calma, por encima de los sonidos de cuerpos entrechocando y los débiles gemidos de la mujer.

—¿Es algún negocio? —Logan levantó la vista.

—Uno local. Una tienda de empeño. Un negocio familiar.

—¿Tienda de empeño? —el detective volvió a concentrarse en el vídeo, con el ceño fruncido mientras analizaba la escena.

—Eso es un mostrador —apuntó Dash en referencia a la imagen que aparecía a la derecha—. Veo relojes, anillos, pulseras.

—Y detrás se ven cuchillos y armas viejas —Logan siguió estudiando la escena mientras los hombres seguían con sus aventuras sexuales—. Maldita sea, Cannon, creo que tienes razón.

—Me pasé por ahí antes de venir aquí, pero está cerrada. No sé por qué. Normalmente, Tipton Sweeny, el tipo que la lleva, suele estar todo el día. Su nieta, Yvette, le ayuda, pero tampoco la vi a ella.

Todos lo miraron, aunque fue Margo la primera en hablar.

—¿Crees que podría ser ella la del vídeo?

—No lo es —él sacudió la cabeza.

—Pareces muy seguro.

—Yvette se graduó el verano pasado. Es bajita y con otra constitución. Acaba de cumplir los diecinueve años, creo. Esa mujer es más mayor, y pesa más que Yvette.

—Apenas se le ve la cara —Margo volvió a contemplar las imágenes—, y esos tipos prácticamente le tapan el cuerpo.

—Aun así —confirmó Logan—, es sin duda mayor. Yo diría que veintimuchos.

Molesta, Margo empezó a discutir.

—No tiene el cuerpo de una cría —explicó Dash.

Como mujer, quizás Margo no veía los detalles y, seguramente, no tenía la misma percepción del cuerpo femenino.

—No podemos estar seguros, sobre todo con la luz tan tenue, pero Logan tiene razón. Es bastante probable que sea mayor. Yo diría que en la treintena incluso.

—Por ahí anda la cosa —convino Reese.

Apoyando la mano sobre el escritorio, ella se acercó para ver mejor la pantalla y utilizó el ratón para pausar el vídeo y poder estudiar la imagen con más detalle.

Reconociendo el modo policial de su jefa, los dos detectives también se pusieron en alerta.

—¿Has visto algo? —preguntó Logan mientras se acercaba un poco más, pegándose a su hermano.

Reese, demasiado corpulento, miró por encima de sus hombros.

—Aquí —Margo señaló al frente de cristal de un mostrador de gran tamaño—. Hay un reflejo.

Rápidamente, Cannon se unió a ellos.

Dash dio un paso atrás para darles a los demás todo el espacio que necesitaban.

—¿Lo reconoces, Cannon?

—Creo que no —él sacudió la cabeza—. Es difícil decirlo con una imagen tan borrosa —se acercó un poco más—. Es blanco. Y lleva gafas.

—A ese gilipollas se le ve sonreír —rugió Reese.

—Engreído —Logan también estudió la imagen—. Cabellos de color claro. Una camisa de polo o con el cuello de botones. Parece corpulento.

—Podría ser el hombre del asiento de atrás —Margo miró a los demás—. Quizás el jefe.

—Puedo preguntar por ahí —Cannon se apartó—, por si la descripción le suena a alguien.

—Con discreción —le advirtió Margo—. No queremos que la

gente empiece a acosar a todos los hombres rubios con sobrepeso y gafas.

—Seré discreto —él asintió—, no hay por qué preocuparse.

—Mientras tanto… —Margo le acercó un bloc de notas—. Anota aquí la dirección de la tienda de empeño.

—También te puedo dar su dirección particular, si la quieres —indicó Cannon mientras aceptaba el bolígrafo que ella le ofrecía, la tensión era patente en su voz—. Pero no hay nadie, ya he estado allí.

¡Por Dios! Dash esperaba que no hubiera una cría de diecinueve años metida en ese asunto.

—¿Tienes algún número de teléfono? —preguntó Margo mientras Cannon escribía sobre el papel.

—No, lo siento.

—No pasa nada. Has servido de gran ayuda —ella tomó el bloc de notas y rodeó el escritorio—. Lo comprobaré y…

—No —Reese se colocó frente a la puerta, impidiéndole el paso—. Con todos mis respetos, teniente, será mejor que vayamos Logan y yo.

Para sorpresa de Dash, ella no discutió. Frotándose la frente, con palpable frustración, asintió.

—Sí, por supuesto, tienes razón.

Logan tomó el bloc de notas de sus manos.

—En cuanto sepamos algo te avisaremos.

—¿Os importa si os acompaño? —Cannon se volvió hacia los detectives—. Estoy… estoy preocupado.

—Claro —Reese le sujetó la puerta abierta—. Siempre que a Logan no le importe, a mí no me molestará que nos muestres el camino.

—Claro, ¿por qué no? —los labios de Logan estaban retorcidos en una mueca burlona. Sabía de sobra que no necesitaban a nadie que les enseñara el camino—. Tú conoces sus costumbres, nosotros no. Nos vendrá bien que nos acompañes.

En cuanto todo el mundo hubo salido del despacho, Margo dirigió la mirada hacia Dash. En los ojos azules él leyó claramente los oscuros pensamientos. Sabía bien lo que estaba pensando, y por qué.

Sintió el impulso de tranquilizarla. La necesidad de abrazarla y ofrecerle su consuelo le reconcomía. De tratarse de cualquier otra mujer ni lo habría dudado. Pero esa era Margo, una mujer tan extraordinaria que se había convertido en la teniente más joven de la historia de la ciudad. De modo que permaneció inmóvil, sin saber muy bien cuál era el paso correcto a dar con una mujer como ella, en su posición, con sus heridas.

—¡Dios, qué frustrante es todo esto! —rugió Margo antes de acortar la distancia entre ambos y apoyarse contra él.

Confiaba en él.

Anonadado, pero desmesuradamente encantado, Dash la rodeó lentamente con sus brazos, apretándola con fuerza mientras sopesaba la importancia del momento.

—¿Qué puedo hacer?

—No hay nada que hacer.

Había todo un mundo de diferencias entre jugar con un hombre que hubiera elegido, por ejemplo él, y ser una víctima forzada a una situación de abuso por parte de sus captores.

Pero Dash sospechaba que eso no le impediría reaccionar a las similitudes.

—Margo —le rozó la sien con los labios—. Quiero ayudar.

—Ya lo estás haciendo —ella se apartó ligeramente para mirarlo—. Estando aquí. Con tu comprensión.

Y porque era importante, porque quería que ella lo reconociera, lo preguntó:

—¿Y no interfiriendo?

—Eso también —el peso de su responsabilidad se reflejó en los ojos azules, a pesar de lo cual aún tuvo ganas de bromear—. Aprecio tu autocontrol.

Él apoyó una mano ahuecada sobre un lado de su rostro y le acarició la suave mejilla con el pulgar.

—¿Por qué iba yo a interferir? Es evidente que sabes lo que haces, o no serías teniente, ¿verdad?

—Sí, por supuesto.

Para su trabajo, rango, y la misión que se le había asignado, era más que competente. De tantas maneras, pensó Dash, que podría ser el origen de sus demonios personales.

—Y solo a una mujer muy inteligente, una mujer astuta con mucha intuición y lógica, se le confiaría ese puesto.

—Supongo —una sensación de sospecha le hizo fruncir el ceño—. ¿Adónde quieres llegar con todo esto?

No besarla suponía todo un desafío. Pero el asunto era demasiado importante como para no tenerlo en cuenta, y un beso lo habría distraído irremediablemente.

—No hago más que señalar lo obvio de lo que, estoy seguro, ya eres consciente —aunque, por si acaso, precisó un poco más—. Lo que hicimos —lo que esperaba volver a hacer con ella—, y lo que aparece en ese vídeo son como la noche y el día.

—Juego frente a realidad —Margo emitió un prolongado suspiro.

De modo que ella también había estado pensando en ello, tal y como había supuesto Dash.

—Lo uno se hace por placer, cielo.

—Mi placer —ella cerró los ojos.

¿Opinaba que sus deseos eran demasiado retorcidos? ¿Tan oscuros? Qué boba. Después de que la hubiera tomado una docena de veces ya aprendería que cualquier cosa que sucediera entre ellos era especial, y perfecto.

—Placer mutuo. Y lo otro va de abusos, de la falta de consideración, incluso falta de sentimientos.

—Aun así —Margo tragó nerviosamente—, no puedo evitar que me... perturbe.

—¿Te perturba ceder el control de vez en cuando?

—Me vuelve débil.

Él soltó una carcajada y, cuando vio la mirada asesina de esos ojos azules, sintió un irrefrenable deseo de tomarla en brazos y besarla hasta dejarla sin sentido por su equivocado enfado y sentido de culpabilidad.

—Disfrutar de unos cuantos juegos sexuales no te vuelve más débil de lo que me vuelve a mí abusivo —la atrajo hacia sí—. Y te juro, Margo, que disfruto jugando contigo.

—Con lo que disfrutas es con ser un hombre —ella se rio con sarcasmo.

—Y disfruto con que tú seas una mujer —antes de que Margo pudiera malinterpretar sus palabras, continuó—. Eres complicada.

En ocasiones tan fuerte que me dejas asombrado, tan sólida y firme cuando necesitas serlo.

—Ese es parte de mi problema.

Dash fingió incredulidad.

—¿Una mujer tan perfecta como tú tiene problemas?

—Intimido a los hombres.

—A mí no —la había deseado desde el momento en que la había visto por primera vez. Y el deseo no había hecho más que crecer día a día.

Ella levantó una mano y señaló hacia la comisaría repleta de agentes al otro lado de la puerta cerrada de su despacho.

—De un modo u otro, he competido contra la mayoría de los hombres de aquí.

—¿Y siempre ganas?

—Siempre que puedo —ella alzó la barbilla desafiante—. A los hombres no les gusta. Sienten rencor hacia mí.

—Logan y Reese no —la corrigió Dash—. Ellos te respetan.

—Y no me ven en absoluto como un ser sexuado.

Afortunadamente. Su hermano y él compartían muchas cosas, pero ni de broma iba Dash a compartir con él su deseo por Margo.

Ella se apartó de su lado, una costumbre nerviosa que tenía cada vez que necesitaba aclarar sus pensamientos.

—Mi trabajo es mi vida. Y eso significa que los hombres que puedo llegar a conocer, los hombres que me conocen, solo me ven de una manera —ella respiró hondo—. No como a una mujer a la que le gusta revolcarse en el dormitorio.

Oírle expresarlo en voz alta aumentó todavía más el deseo de Dash por ella. Volvió a acercarse a Margo, reduciendo la distancia entre ambos.

—Pero ahora me tienes a mí —la dejaría reflexionar sobre esa realidad—. Opino que tu fuerza es sexy. Tu inteligencia es sexy. Pero me siento igualmente atraído hacia tu dulce cuerpo, y tu vulnerabilidad.

—Yo no soy...

Él posó un dedo sobre los sedosos labios. Esos labios... bueno, esos labios también eran capaces de despertar unas cuantas fantasías.

—Eres menuda y dulce, y humana, y como el resto de nosotros, en ocasiones necesitas un hombro sobre el que apoyarte.

Ella intentó ofrecerle una tímida sonrisa, acompañada de una sensual caricia sobre el torso de Dash.

—A lo mejor es porque tus hombros son tan anchos y atractivos.

Pero Dash no estaba dispuesto a que lo desviara de su objetivo.

—Por suerte para mí, también estás segura de lo que te gusta, tanto como para concederte a ti misma unas cuantas fantasías.

Ella apartó la mirada, pero Dash le tomó el rostro y la obligó a mirarlo a los ojos.

—Es algo normal y sano, y muy excitante. No tienes ningún motivo para compararte con una víctima.

—¿Puedo ser totalmente sincera contigo? —preguntó Margo, todavía con expresión ligeramente preocupada.

—Conmigo siempre. Sobre cualquier cosa.

Ella asintió.

—Antes que tú, no hubo nadie en quien confiara para… descubrir lo que me gusta.

Dash dudaba de que ella tuviera idea de todas las cosas que le gustaban, pero tenía intención de descubrírselas.

—He practicado sexo solo por practicar sexo —ella volvió a apartar la mirada.

Dash sintió que se le encogía el estómago, pero hizo todo lo que pudo para que no se notara en el tono de voz.

—¿Con desconocidos?

—Era la única manera de que fuera seguro.

No había nada seguro en eso.

—¿Y esperas que te juzgue por ello? —decidido a ser sincero también, Dash apoyó las manos sobre los hombros de Margo—. Yo he hecho lo mismo —sobre todo tras su rechazo, para lamerse las heridas del ego.

—La mayoría de la gente opina que para un tío está bien que…

—¿Pero no para una mujer? —él se agachó para besarle el cuello y aspirar el aroma de su piel—. ¿Me crees tan machista?

—Sí.

—De acuerdo, lo admito —Dash la abrazó con fuerza—. Pero ¿no podríamos llamarlo instinto protector? —la besó de nuevo, justo detrás de la oreja—. Me preocupa la idea de que estés con algún gilipollas anónimo que pueda, o no, respetarte como mujer.

—Sí, bueno —Margo asintió, divertida—, lo cierto era que no buscaba precisamente respeto.

Mierda, esa mujer sabía cómo darle la vuelta a sus argumentos.

—El respeto viene en toda clase de formas y tamaños, cielo, y lo sabes. Incluye respetar los límites, los deseos y las necesidades. Yo mismo he jugado a muchos juegos, pero solo lo hago cuando sé que la mujer con la que estoy también va a disfrutar. Eso es el respeto —con la barbilla apoyada sobre la cabeza de Margo, Dash reparó en su diferencia de estatura—. Sin ese respeto, podrías terminar seriamente herida.

—Sé cuidar de mí misma.

Él siguió abrazándola, con sus largos brazos envolviéndola con delicadeza por la férula.

—Tienes mucha más capacidad y, desde luego, mejor puntería que la mayoría de las personas que conozco —en un tiroteo, apostaría sin dudar por ella—. Pero en un cuerpo a cuerpo, solo con mi estatura y fuerza te reduciría, suponiendo que tuviera alguna vez la intención de hacerte daño.

—¿No lo entiendes, Dash? —susurró Margo, desafiante—. Ahí radica parte de la emoción.

Dash jamás había mantenido una conversación parecida a esa. Le encantaba el sexo. Le encantaban las travesuras de las chicas. Pero las mujeres que había conocido habían jugado y reído, lo habían vuelto loco en la cama. Algunas eran pervertidas, otras tradicionales. Todas habían disfrutado con su sexualidad.

No luchaban contra sus propias inclinaciones, ni sentían vergüenza por ellas.

Margo era a la vez la mujer más fuerte y más frágil que hubiera conocido jamás.

—Hablas de la excitación de ser físicamente más débil.

—Sí.

—Te gusta exponer tu debilidad. Limitarte a ser una mujer con un hombre, no una superior, no una jefa —él le giró nuevamente el rostro para que lo mirara—. Pero todo eso fue antes de conocerme.

Ella esperó a que continuara.

—Antes de que me dejaras entrar —Dash no quería que lo negara.

—Sí. Antes de eso.

Aún no había conseguido hacerla suya, pero quería que las cosas fueran especiales.

—De ahora en adelante, mientras dure, cualquier cosa que desees, cualquier cosa que necesites, la obtendrás de mí.

—¿Qué estás diciendo? —Margo frunció el ceño mientras le escrutaba el rostro.

—Que no quiero que estés con otro.

Durante un interminable silencio, ella parecía estar sopesando la audacia de Dash. Pero al fin alzó la barbilla.

—Eso funciona en ambos sentidos.

¡Demonios! No había vuelto a desear a ninguna mujer desde que la había conocido a ella. Solo había coqueteado en el campo de juego con la intención de borrarla de su mente.

Pero no había funcionado. Dash tenía la sensación de que esa mujer se le había metido en la cabeza, en el corazón, para siempre.

—Por mi parte no hay problema.

Una calidez sustituyó a la inquietud reflejada hasta hacía unos instantes en la mirada azul. Margo posó una mano sobre el pecho de Dash y deslizó las puntas de los dedos hasta la cinturilla de los vaqueros.

—De acuerdo, entonces —dando un paso más hacia él, Margo se estiró para besarle la mejilla—. Empieza el juego.

CAPÍTULO 10

Todo un mundo de sensuales posibilidades se abrió ante Margo, pero aún tenía que completar un duro día de trabajo.

Dash la besó. Fue un beso dulce que se pareció mucho a la aceptación.

—Esta noche hablaremos de las reglas del juego.

Dadas las circunstancias, aquello era una locura, pero Margo sonrió tímidamente. Dash estaba demostrando ser más divertido de lo que ella se hubiera imaginado jamás.

Era difícil entender cómo había podido menospreciar a ese hombre, un hombre con el que en esos momentos sentía una urgente necesidad de experimentarlo todo.

—Esta noche —accedió ella al fin.

—Hasta entonces, ¿cuál es el siguiente punto en nuestra agenda?

—Lo siento, pero quiero volver a ver el vídeo, al menos un par de veces más. Reese y Logan también lo harán. Siempre cabe la posibilidad de que se nos haya pasado algo, o que la pieza que falta en el puzle encaje de repente. Nunca se sabe.

—No tenía ni idea de lo abominable que podía resultar tu trabajo —Dash asintió, con la admiración reflejada en el rostro.

Margo decidió que no perdía nada con ser totalmente sincera con él.

—A menudo se vuelve increíblemente feo. Niños asesinados. Mujeres violadas. Hombres apaleados hasta morir. Hay que cubrirse de una gruesa piel para hacer este trabajo —sin embargo, su piel nunca sería lo bastante gruesa para impedir que la brutalidad le afectara. Y con demasiada frecuencia se llevaba el trabajo a casa con ella.

Y con demasiada frecuencia intentaba olvidar con desconocidos en una habitación de algún motel de mala muerte.

Pero todo eso, al menos de momento, se había terminado. ¿Quién necesitaba una habitación de hotel cuando tenía a Dash en su casa? O... Margo levantó el rostro hacia él.

—Esta noche, ¿exactamente qué vamos a hacer?

—Había pensado en acercarme por mi casa y recoger algo más de ropa y otras cosas mientras tú te dedicas a lo tuyo. Quizás podríamos reunirnos aquí de nuevo dentro de un par de horas.

—Eso me daría tiempo de sobra.

Aparte de volver a ver el vídeo, tenía que contestar algunas llamadas de teléfono y responder a varios correos electrónicos.

—Lo que tú digas —Dash jugueteó con uno de los rizos de la nuca de Margo—. Después nos iremos a casa.

A casa. Juntos. A Margo le gustó más de lo que debería el sonido de esas palabras.

—De acuerdo.

—Incluso mañana, después de que te haya visto el médico, me gustaría quedarme contigo —le aseguró él mientras le tomaba el rostro entre las manos.

—Dash... —a Margo se le disparó el pulso.

—O también podrías quedarte tú en mi casa. ¿Qué te parece?

Lo que a ella le parecía era que sonaba tremendamente parecido a una relación.

—Debes comprender que, ante todo, soy policía.

La perezosa sonrisa de Dash apestaba a confianza masculina.

—No, ante todo eres una mujer. Una mujer hermosa, competente y sexy que se encarga con facilidad de las responsabilidades que conlleva ser teniente.

Ese era, sin duda, el elogio más bonito que había recibido en su vida.

—¿Quieres equilibrar tu vida? Pues empieza conmigo. Puedes ser a la vez policía y mujer. Déjame demostrarte que una cosa no quita la otra.

Hablando de peligros, una relación de verdad con Dash le hacía morirse de miedo. Era lo desconocido, y podría terminar destrozada.

El corazón de Margo latía con tanta fuerza que le dolía. Pero la idea de acabar con él, sin llegar a saber cómo sería tenerlo, dolía mucho más.

—Dado que tengo a Oliver, mejor en mi casa.

Como si acabara de quitarse un peso de encima, los hombros de Dash se relajaron y sus labios se curvaron en una sonrisa.

—Por mí perfecto —asintió mientras le acariciaba el labio inferior con el pulgar—. ¿Sería inapropiado por mi parte besar a la teniente Margaret Peterson, me refiero a besarla de verdad, aquí en su despacho?

—Muy inapropiado —ella se inclinó contra él—. Pero tu hermano y Reese son los únicos policías lo bastante impertinentes como para entrar sin llamar a la puerta, y no están aquí.

—¿Eso es un permiso? —la sonrisa de Dash se ensanchó.

En realidad, más bien había sido una súplica. Margo necesitaba perderse un poco en sus caricias, en su sabor.

Pero tampoco iba a ponérselo demasiado fácil.

—Estás en mi despacho, más bien se trata de una orden.

La ardiente mirada de Dash consiguió un efecto impresionante en su estado de ánimo.

—Sí, señora.

Él tomó los deliciosos labios, no en un tímido piquito, sino en un beso posesivo garantizado para llenarla de una nueva clase de tensión.

Sujetando el rostro de Margo, Dash pegó su boca a la de ella hasta que los labios se entreabrieron y pudo introducir su lengua para saborear el labio inferior, el borde de los dientes, antes de hundirse profundamente en una ardiente y húmeda consumación.

La realidad del peligro seguía allí y ella jamás perdía de vista su deber. Pero las caricias de Dash, el efecto que producían en ella, la ayudaban a seguir adelante y le proporcionaban un control más firme de sus emociones.

Al menos, en lo referente al trabajo.

Tratándose de Dash, sus emociones lo abarcaban todo.

Él se apartó, terminando el beso poco a poco con suaves piquitos y ligeros lametones, y gruñó.

—Por Dios, cómo te necesito, Margo.

Ella sentía lo mismo, multiplicado por diez.

—Esta noche.

Dash la reprendió en silencio sacudiendo la cabeza.

—Esta noche podremos hacer muchas cosas, pero eso no —le recordó—. No hasta que te hayan quitado esa férula.

—Ya veremos —Margo estaba decidida a hacerle cambiar de idea—. Ya que vas a salir, ¿te importaría pasar por el supermercado también?

—Claro, por supuesto, cuanto antes acabemos, antes podremos regresar a tu casa —él consultó el reloj—. Puede que me acerque también a la obra, pero creo que habrá tiempo para todo. Hazme una lista de lo que necesitas.

Ni siquiera había parpadeado. En realidad, ella tenía la impresión de que le divertía que lo enviaran a hacer recados.

—¿Seguro que no te importa?

—Te ayudaré en todo lo que haga falta. Ya te lo he dicho.

—De acuerdo, entonces —ella le tomó la palabra y empezó a elaborar una pequeña lista.

Cuando abandonó el despacho, todo el mundo lo miró con curiosidad, pero Dash o no se dio cuenta o no le importó. En cualquier caso, al verlo marchar, alto, fuerte, con esa sonrisa contagiosa, Margo no pudo evitar una sensación de orgullo.

Las mujeres lo miraban con disimulada envidia, los hombres con pura especulación.

Pero todos tenían muy claro que estaba allí por ella.

Con la sonrisa reflejada en el rostro, Margo se dio media vuelta y cerró la puerta del despacho. Quizás, solo quizás, fuera verdad que podía ser a la vez mujer y teniente. Pero al recordar ese horrible vídeo, se puso en modo cien por cien policial.

Dash y sus encantos iban a tener que esperar.

Por suerte, él no parecía tener ningún problema con eso.

★★★

Cannon era consciente de la suerte que tenía de que Logan y Reese confiaran en él. De lo contrario, lo habrían dejado fuera, preguntándose qué estaría pasando. Aquel era su barrio, le importaba, a veces demasiado. No implicarse lo volvería loco.

De nuevo llamó a la puerta de la tienda de empeños, en esa ocasión con más fuerza. Tenía una sensación muy mala al respecto.

Logan apoyó las manos contra el escaparate y miró hacia el interior.

—Me ha parecido ver moverse a alguien.

Desde el interior les llegó un sonido, como si algo golpeara el suelo. Y de nuevo silencio absoluto.

No se encendió ninguna luz y nadie llamó.

La tensión iba en aumento, expandiéndose. Cannon se dirigió hacia la esquina del edificio.

—Aquí para algo malo —lo sabía, lo sentía.

Logan y Reese lo siguieron.

Cerca del cubo de la basura, Cannon encontró un pedazo de ladrillo y lo sopesó con una mano.

—¡Eh, oye! —exclamó Logan—. ¿Qué demonios te crees que haces?

—Voy a entrar.

—No puedes hacer eso —Reese señaló a Cannon—. Hay que seguir el procedimiento, y no incluye reventar ventanas.

—Pues entonces mirad hacia otro lado —insistió Cannon mientras acertaba a una de las ventanas bajas, que saltó en mil pedazos.

—Mierda —Reese se rindió sin demasiados aspavientos—. Tengo que informar de esto.

—Haz lo que tengas que hacer —Cannon se quitó la camiseta térmica y se envolvió con ella la mano y la muñeca antes de meter la mano entre los cristales rotos y abrir la ventana. Una vez abierta, comenzó a arrastrarse al interior. Y algo se estrelló cerca de su cabeza.

Apenas consiguió echarse atrás a tiempo para evitar que le partiera el cráneo. Un pesado bate de béisbol de madera rebotó sobre el suelo de linóleo.

En cuestión de segundos, tanto Logan como Reese empuñaron las armas.

—Tranquilos —les aconsejó él antes de suavizar el tono de su voz—. ¿Yvette?

—¿Cannon? —un rostro empapado en lágrimas y churretes de maquillaje apareció ante su vista.

—Sí —la pobre estaba hecha un asco, pero Cannon mantuvo la voz suave—. Abre la puerta.

—¡Oh, Dios! —la joven abrazó el bate contra su pecho mientras la mirada saltaba nerviosamente de un lado a otro—. ¿Qué haces aquí? —preguntó en un susurro.

—Abre la puerta, cielo —repitió él, aunque con voz más firme—. ¿O quieres que entre por la ventana?

—Yo... —Yvette se frotó un ojo con los nudillos, esparciéndose aún más la mezcla de maquillaje y lágrimas— yo abriré la puerta.

Cannon regresó a la parte delantera de la tienda, seguido en silencio por los dos detectives y esperó bullendo de impaciencia. En cuanto la joven descorrió el cerrojo, él empujó la puerta para entrar.

El olor a queroseno lo impregnaba todo.

—¿Yvette?

Un sollozo se formó en su garganta y los frágiles hombros empezaron a temblar. La cría se abrazó con fuerza al luchador.

Cannon hizo todo lo que pudo por ignorar la presencia de los dos detectives estrella que permanecían detrás de él. Sabía que le estaban regalando un poco de tiempo, y no quiso desperdiciar la oportunidad.

—Tranquila, tranquila —él le quitó el bate de béisbol de las manos a Yvette y lo dejó a un lado—. Todo ha terminado.

—No, no es así.

Sorprendido de que ni Logan ni Reese intentaran intervenir, Cannon empujó la barbilla de Yvette hacia arriba y la obligó a mirarlo. Por su experiencia sabía que establecer contacto visual con un amigo a menudo calmaba los nervios.

—¿Dónde está Tipton?

Ella tragó nerviosamente, se volvió y se dirigió hacia la parte trasera de la tienda.

Los hombres la siguieron.

Normalmente, Yvette caminaba erguida, con los hombros atrás

y el pecho fuera, consciente de su sex-appeal. Pero en esos momentos estaba tan acurrucada en sí misma que Cannon se sintió muy preocupado.

Tenía la ropa tiesa, el top arrugado bajo el cuello. Descalza, los vaqueros deshilachados arrastraban por el suelo. Se detuvo junto a la puerta de una pequeña habitación.

—¿Abuelo? Cannon está aquí.

Cannon la empujó a un lado para abrirse paso. A un lado de la habitación había amontonados sobre estanterías metálicas artículos de empeño de toda clase, grandes y pequeños. Enfrente estaban los artículos de limpieza junto con un cubo de fregona y una escoba. Contra la pared había un lavabo y un inodoro. El fluorescente del techo dejaba ver manchas de sangre en el suelo y el lavabo.

Y en un rincón, herido, sangrando y maltrecho, estaba Tipton, sentado en el suelo con las piernas extendidas y la espalda apoyada contra la pared.

—¡Mierda! —Cannon se apresuró a entrar y se agachó junto al anciano.

Tenía una herida en la cabeza que no presentaba un aspecto demasiado malo, pero que sangraba abundantemente a juzgar por la camisa. Los ojos estaban limpios, aunque hinchados. Y tenía un labio partido.

—¿Qué demonios ha pasado?

Tipton apenas sacudió la cabeza, pero levantó la vista hacia su nieta. Tras una prolongada y dolorosa pausa, abrió la boca.

—Cuéntaselo —susurró a su nieta.

—Abuelo... —Yvette se retorció las pequeñas manos.

—Cuéntaselo, Yvette.

—Primero —intervino Reese con voz suave—, voy a avisar a una ambulancia, ¿de acuerdo?

A Cannon le gustó el detalle de que lo hubiera consultado antes de llamar.

—Estáis aquí —el anciano asintió—. Supongo que ya no importa.

Reese se dio la vuelta para hacer la llamada.

Logan se agachó junto a Cannon.

—¿Se suponía que no debías llamar a la policía?

—Ni movernos, ni abandonar la tienda —intervino Yvette con la voz cargada de derrota—. Hasta el lunes.

¿Un día más? A Cannon le daba la impresión de que habían intentado limpiarlo todo. Tenían agua, un poco de comida, pero nada de ropa limpia. Y Tipton necesitaba cuidados médicos.

Y quizás Yvette también.

Cubriéndose el rostro, con el delgado cuerpo sacudiéndose, la joven se dejó caer contra la pared.

—Si... si nos marchábamos antes de tiempo, él dijo que lo sabría, que volvería —se le quebró la voz—. Y la próxima vez seguiría adelante y... ¡y nos prendería fuego!

El queroseno. Cannon contuvo la rabia que sentía al encontrarle sentido al olor que había percibido al entrar en la tienda.

—Te han empapado en queroseno —Logan se acercó y tocó el dobladillo de la camisa de Tipton.

El hombre respiró con cuidado por la nariz. Su mirada se disparó hacia su nieta.

—Los dos. Esa cosa te come la piel, por eso Yvette aclaró la ropa lo mejor que pudo.

Pero no había bastado, eso era evidente. La ropa se había secado y seguía oliendo.

—Él... —Yvette tragó nuevamente, ahogándose con sus propias lágrimas—. Sostenía un mechero por encima de nuestras cabezas —un pánico renovado volvió su voz más aguda—. Dijo que, si hacíamos ruido o nos movíamos, se quedaría viendo cómo ardíamos.

Cannon apretó el hombro de Tipton en un gesto silencioso que pretendía comunicar que todo iba a salir bien, y después se levantó y se acercó a Yvette.

Apoyada contra la pared, con la cabeza agachada y los hombros caídos, la joven temblaba de pies a cabeza. Reflejaba miedo, conmoción y quizás algo de alivio al saber que ya no estaba sola.

En muchas ocasiones esa cría había flirteado con él. Pero dada su juventud, dado que él respetaba a los comerciantes del barrio, y dado que tenía otras metas en su vida que no incluían una relación complicada con una chica inocente, nunca se había planteado tocarla.

Y, sin embargo, todo había cambiado.

—¿Yvette?

Parecía a punto de desmoronarse, de modo que no quiso acercarse a ella demasiado deprisa.

Unos grandes ojos verdes, hinchados y rojos, lo contemplaron mientras sollozaba patéticamente.

Nunca había visto a alguien tan desolado. Cannon sintió una compasión que casi lo ahogó al acercarse a ella.

—Ven aquí.

Tras soltar otro sollozo entrecortado, Yvette salió disparada contra el pecho desnudo de Cannon, con sus delgados brazos apretándole con fuerza y el rostro mojando su piel a medida que daba rienda suelta a los sollozos. El menudo, aunque compacto cuerpo, un cuerpo que él siempre había ignorado, se pegó a él todo lo que pudo.

Él se limitó a abrazarla, intentando no respirar los vapores de queroseno mientras se fijaba en que los largos y oscuros cabellos seguían aceitosos.

—Ahora estás a salvo.

—No —sollozó ella—. Nos dijo que lo veía todo. Nos dijo que no hablásemos con la policía hasta mañana, porque, si lo hacíamos... ¡Pero tú los has traído aquí! Dijo que, si no seguíamos sus instrucciones, pagaríamos por ello. Dijo... —volvió a estremecerse, con la voz ahogada—. Dijo que me utilizaría como había hecho con la otra señora.

—Él nunca te va a tocar —Cannon ya estaba haciendo planes para encontrar al bastardo y hacérselo pagar—. ¿Conoces a la otra mujer?

—¡Oh, Dios! —la joven sacudió la cabeza con fuerza—. No. ¡Pero fue horrible!

—Nosotros nos ocuparemos de todo, Yvette —Reese interrumpió los lúgubres pensamientos y extendió una mano—. Por cierto, yo soy el detective Bareden.

Sin soltar a Cannon, Yvette sacó una manita y Reese la tomó cálidamente. Pero en cuanto la soltó, ella se volvió a acurrucar contra el pecho del luchador, que le rodeaba los hombros con un brazo y la cintura con el otro, proporcionándole su calor, su fuerza, su consuelo.

Los dos hombres se miraron por encima de su cabeza. Ambos mostraban un gesto severo.

—Has dicho que os advirtieron de que esperaseis hasta mañana para llamar a la policía —Logan se irguió y echó un vistazo por la pequeña estancia—. ¿Cuánto tiempo lleváis aquí?

—Desde ayer por la tarde —contestó Tipton mientras intentaba incorporarse un poco al mismo tiempo que se sujetaba un costado. Sin embargo, el dolor le hizo dar un respingo.

—¿Las costillas? —preguntó Logan.

—Esos bastardos me patearon.

Yvette volvió a estremecerse.

—Tranquila, tranquila —le susurró Cannon al oído mientras la mecía ligeramente.

—¿Nos podrías decir cuántos hombres eran? ¿Alguna descripción?

—Lo intentaré —Tipton respiró hondo y soltó el aire con mucho cuidado, reflejando el dolor que sentía—. Tres hombres. Uno tenía el cabello oscuro y barba. Una perilla. Los otros dos no eran tan morenos, aunque sí corpulentos, uno calvo y el otro perdiendo pelo.

—Esos dos... la violaron —Yvette sollozó humedeciendo aún más la piel de Cannon—. Estaba tan ida que no sé si se dio cuenta de lo que sucedía. Pero fue horrible. Hacía unos ruiditos como... como si quisiera soltarse, pero fuera incapaz de resistirse.

—Todo irá bien —Cannon volvió a acunarla contra su pecho.

—¿Y qué hay del tercer hombre? —preguntó Logan.

—Nos obligó a mirar con él —contestó Tipton—. Después de eso nos empaparon con queroseno. Él, el que estaba al mando, dijo que utilizaba queroseno porque se ponía a una temperatura muy elevada, quemaba mucho, pero no era tan inflamable como la gasolina.

—Dijo que arderíamos hasta convertirnos en cenizas y que nadie sabría jamás lo que había sucedido.

El luchador seguía acariciando distraídamente a la joven. Apenas le llegaba al hombro. Normalmente siempre la veía calzada con tacones y nunca había reparado en lo bajita que era.

—¿A ti también te hicieron daño? —preguntó.

—No —Yvette sacudió la cabeza sin apartar el rostro del cuerpo de Cannon.

—La abofetearon —intervino Tipton—, porque gritó cuando me patearon.

Cannon se apartó e intentó levantar el rostro de la joven, pero ella se agarró a él como una enredadera.

—Vamos, cielo, déjame echar un vistazo.

—No —se negó ella—. ¡Estoy hecha un asco! —exclamó en un absurdo gesto de coquetería.

Cannon miró a su alrededor y descubrió que todos, Reese, Logan y Tipton, los observaban. En sus miradas se reflejaba la misma compasión que sentía él. Era normal que Yvette sintiera ganas de esconderse.

—¿Has tomado nota? —preguntó a Logan mientras volvía a abrazar con fuerza a la chica.

—Yo me ocupo de las descripciones —el detective asintió—. Tú ocúpate de ella.

—La ambulancia llegará enseguida —anunció Reese—. Les pedí que fueran discretos.

Cannon lo agradeció. Nada de luces ni sirenas.

—Entonces, Yvette y yo nos vamos a otra habitación.

—¿Para qué? —Tipton le dirigió una mirada cargada de sospecha y preocupación.

—Para hablar.

Logan susurró unas palabras al oído del anciano, que al fin asintió.

—De acuerdo —pero antes de que se fueran, levantó la vista de nuevo—. ¿Cannon? —llamó.

—¿Sí? —él se volvió, sin soltar a la chica.

—Gracias —el hombre contempló a su nieta—. Por todo.

Cannon asintió, pero mientras salía del cuartito sintió que le caía encima una pesada carga de responsabilidad.

Y de problemas.

Problemas con forma de cuerpo diminuto y compacto.

CAPÍTULO 11

El sol de la tarde había derretido toda la nieve, dejando un suave día primaveral. Tras hacer varios recados, casi era la hora de cenar cuando Dash regresó a la comisaría. Una hora antes había llamado a Margo para preguntarle si estaba lista, pero ella le había pedido un poco más de tiempo.

Ningún problema para él.

Tenía mucho interés en que ella supiera que mantener una relación con él no iba a interferir en su trabajo.

Pero también quería ser una prioridad para ella, porque ella lo era para él. Más que nunca.

Saber que alguien quería hacerle daño le volvía más decidido. De algún modo se las arreglaría para permanecer cerca de ella, para ofrecerle su protección.

El modo más sencillo de ayudarla a encontrar el equilibrio entre su vida y su trabajo era demostrarle que, para él, su trabajo era tan importante como lo era para la propia Margo, que una relación íntima entre ellos superaba cualquier relación sexual casual. Mejoraba todas las sensaciones volviéndolas mejores, más ardientes, aportando más que una relación esporádica con un desconocido.

Y lo mismo valía para el propio Dash. Aparte de buscar un alivio sexual, no había deseado nada de una mujer desde hacía mucho tiempo. Sabía por experiencia que las mujeres querían que el sexo tuviera un sentido. Lo consideraban una muestra de afecto y cariño, un preludio del amor.

Pero Margo no.

No, ella solo lo utilizaba como alivio carnal para la tensión que le originaba un trabajo emocionalmente estresante.

Al aparcar frente a la comisaría, Dash vio a Margo hablando con Logan y Reese. Margo también lo vio y agitó una mano en el aire para que se acercara a ellos.

Qué interesante. ¿Por qué no hablaban dentro de la comisaría?

Dash dejó las compras en el asiento de la camioneta y se bajó. Incluso con la distancia que los separaba, vio la ira dibujada en el rostro de Margo. No llevaba puesto el abrigo, ni lo necesitaba con el sol que hacía y las temperaturas en constante ascenso.

Le bastaron unas pocas zancadas para alcanzarlos, justo a tiempo para oír la orden que Margo dirigía a Reese.

—Pon a trabajar a todos tus hombres. Los quiero vigilando en el hospital, en casa y en la tienda.

—Ya me he ocupado de eso.

Margo dio unos pasos mientras se frotaba el brazo herido, aunque a Dash le pareció que lo hacía de manera inconsciente.

—Necesito que esto no salga a la luz. No vamos a correr ningún riesgo.

—Mis chicos son de fiar —Reese se apartó unos cuantos pasos sin dejar de hablar por el móvil.

—¿Reese tiene chicos? —preguntó Dash.

—Son hombres de su confianza —ella lo miró de manera distraída—. Agentes que le han demostrado su lealtad, y que por tanto son leales a la ley.

—Eran necesarios antes de que Margo tomara el mando —explicó Logan.

—Y siguen siendo útiles cuando quiero que los detalles de una operación se mantengan todo lo secretos que sea posible —Margo reanudó los paseos por la acera.

—¿Y hay algo que quieras mantener en secreto?

—Todo —ella frunció el ceño—. No me gustan los riesgos. Y hablando de riesgos —añadió en tono profesional—, deberías aparcar tu camioneta en un lugar más seguro. Lejos de tu casa.

Lo dijo de tal manera que él asintió sin hacer ninguna pregunta.

—De acuerdo.

—Lo digo en serio, Dash, tú... —de nuevo Margo frunció

el ceño hasta que se dio cuenta de que él no había protestado—. ¿Tienes un buen sistema de seguridad?

—¿En mi casa? Mi hermano es policía, de modo que sí, el lugar es seguro —Dash se volvió a Logan en busca de unas cuantas respuestas.

Como si quisiera aligerar el ambiente, Logan se encogió de hombros.

—Estuvimos en la tienda de empeños. El dueño y su nieta estaban allí cuando se grabó el vídeo.

Mierda.

—¿Qué quieres decir con que estaban allí? —Dash vio a Margo frotarse el hombro y luego la muñeca, por encima y por debajo de la férula—. Tenía entendido que Cannon se había pasado por allí y que...

—Tres hombres con una mujer drogada irrumpieron en el local y lo utilizaron como escenario. Para controlar al dueño lo empaparon, a él y a su nieta, en queroseno y el que estaba al mando les amenazó con un encendedor durante todo el tiempo que se quedaron allí.

Reese colgó el teléfono y se unió a la conversación.

—Creo que el pervertido disfrutó atormentándolos. Por lo que nos contaron, se divirtieron por igual aterrorizándolos que grabando la violación.

—¡Mierda! —susurró Dash. ¿Y esa era la misma gente que iba tras Margo?

Se moría de ganas de abrazarla y, de algún modo, aislarla de todo aquello, pero su trabajo la obligaba a permanecer en primera línea.

—Dos de los chicos de Reese están con el señor Sweeny en el hospital. Me temo que, como mínimo, tiene unas cuantas costillas rotas —Logan se acercó a Dash—. Cannon conoce a la nieta y se ha quedado con ella en el hospital. Está bastante alterada.

—¿Margo? —Dash no se pudo contener y apoyó una mano en su nuca. Necesitaba tocarla—. ¿Y ahora qué?

—Amenazaron a la chica con utilizarla de protagonista para el siguiente vídeo si hablaba con la policía.

—Eso no va a suceder —aseguró Dash al ver el gesto de determinación del rostro de Margo.

—No, no va a suceder. No lo permitiremos —con aspecto agotado, ella se apoyó contra él.

Y Dash la rodeó con un brazo.

Mientras Logan miraba fijamente.

Y Reese enarcaba las cejas.

Dash estaba a punto de llamarles la atención sobre su infantil comportamiento, pero Margo se adelantó.

—Volved a meter los ojos dentro de las cuencas, muchachos. Sé que sobrepasa los límites de vuestra comprensión, pero de vez en cuando disfruto con un poco de contacto humano, como el resto del mundo.

—Sí, no, yo no... —Logan dirigió su perpleja mirada hacia su hermano.

Reese tosió y le dio una palmada a Margo en el hombro, como si fuera uno de los muchachos.

—Me alegro por vosotros.

Ella miró anonadada a Dash, pero se echó a reír.

—Los aplausos no serán necesarios, detective, de modo que ya basta.

—Sois un par de idiotas —Dash se dirigió a Reese y a Logan.

—Lo ha dicho él, no yo —Margo sonrió a Logan antes de ponerse seria de nuevo—. Podemos recoger el coche de alquiler camino de casa...

Reese y Logan continuaron con sus miraditas tontas ante la nueva revelación.

—Y luego guardas la camioneta en algún lugar seguro.

—Solo hay un problema. No puedo conducir mi camioneta y el coche de alquiler a la vez, y tú estás fuera de servicio hasta que te quiten la férula.

—Déjale las llaves a Reese —Logan consultó su reloj—. Él podrá guardar la camioneta en algún sitio mientras yo os acerco a la tienda de alquiler.

—¿Tienes tiempo para eso? —preguntó Dash.

—Claro —él entornó los ojos—. Así estaré seguro de que nadie os siga.

—¿Crees que nos están vigilando? —desconcertado, Dash miró a su alrededor.

—Yo también tengo esa sensación —Margo asintió mientras tomaba a Dash de la mano—. Pero deja de ser tan poco discreto, ¿quieres?

La muestra de afecto lo sorprendió lo bastante como para centrar su atención en ella y no en lo que les rodeaba.

—Lo siento —se disculpó mientras se aferraba con fuerza a su mano.

—Si fuera Margo quien condujera podría despistar a sus perseguidores con facilidad —Logan fingió no darse cuenta de la escena—, pero...

—Ya sé —Dash asintió con una sonrisa—. No tengo demasiada experiencia en esas cosas.

—Lo harías muy bien —le aseguró Logan, el hermano fiel—. Pero creo que será mejor que conduzca yo.

Finalizada la discusión, Margo se dio media vuelta.

—Yo ya estoy lista si lo estás tú.

Dado que ni siquiera había hecho intención de soltarle la mano, Dash caminó a su lado hacia un muro de contención de ladrillo a cuyos pies descansaban el bolso y el abrigo de Margo.

—¿Cuánto hace que no te tomas una aspirina? —preguntó Dash, aprovechando el fugaz momento de intimidad.

—Estoy bien —contestó ella mientras sacudía la cabeza.

—Y una mierda —él tomó el bolso y el abrigo y la arrastró hasta la camioneta, donde lo primero que hizo fue sacar unas aspirinas de la guantera y ofrecérselas junto con una botella de agua medio vacía.

—¿Tanto se me nota? —durante un instante, ella lo miró desafiante, y luego agradecida.

—Yo sí lo noté, pero solo porque estaba prestando mucha atención.

Una sonrisa curvó los labios de Margo antes de que echara la cabeza hacia atrás para tomarse las aspirinas.

—¿Qué es todo eso? —preguntó mientras señalaba con la cabeza hacia las bolsas que descansaban en el asiento del copiloto.

—Comida, la cena, ropa y otras cosas que fui a buscar a mi casa —él sacó todas las bolsas del coche con una mano.

La cantidad de ropa que había en la bolsa de viaje, suficiente para una semana, pareció desconcertarla, pero no dijo nada al respecto.

—¿La cena? —preguntó en cambio.

—Se me ocurrió cocinar esta noche. Pollo frito.

«Tu preferido».

—¿Sabes cocinar? —la afirmación la dejó momentáneamente sin habla.

¿Acaso no lo hacía todo el mundo?

—Soy un hombre de múltiples talentos.

—¿Y quieres cocinar esta noche?

Él sonrió, consciente de que Margo tenía otros planes, planes para socavar su determinación de esperar hasta que le hubieran quitado la férula. Pero tenía guardada una sorpresa al respecto para ella.

—Lo he estado meditando —le susurró al oído—. Me refiero al cuidado que debemos tener con tu brazo.

—Mi brazo está…

—Sobre hacerte gritar como una posesa. Y, ¿sabes qué? Puede que se me haya ocurrido una idea que podría funcionar.

A Margo se le oscureció la mirada mientras se le encendían las mejillas. Estaba completamente inmóvil y ni siquiera las miradas, casi cómicas, de Reese y Logan le afectaban.

—Soy capaz de volverte loca de placer, pero debes confiar en mí. Tienes que dejarme dirigir a mí. Y tú —le rozó la oreja con los labios— seguirás mis indicaciones, sean cuales sean.

—De acuerdo —asintió ella con la respiración entrecortada antes de emitir un suave gruñido.

Ya la tenía, y la sonrisa de Dash se hizo aún más cálida.

—Entonces, vámonos. Vayamos a recoger ese maldito coche de alquiler para que pueda llevarte a casa, a ti sola, y comenzar con este largo y lento procedimiento.

—¿Largo y lento?

—Agonizantemente largo. Terriblemente lento —él contempló los pechos de Margo y vio los pezones claramente marcados bajo la blusa—. Te garantizo que vas a disfrutar con los preliminares.

Ella se estremeció y Dash la rodeó con un brazo. Pero aun así no se movió.

—¿Margo? Logan y Reese nos están mirando. Pon un pie delante del otro, cielo —la empujó hacia delante y ella al fin espabiló.

—¿Cómo es posible que me distraigas tanto cuando, normalmente, mi mente estaría ocupada con el trabajo?

—No vas a esconderte en el trabajo. Te mereces algo mejor que eso. Pero al menos así podrás afrontarlo con la mente despejada —él le besó la sien—. Estás tan excitada como yo, ¿a que sí?

—Desde luego, ahora sí —Margo soltó un prolongado suspiro y asintió—. Sí, estaba bastante tensa antes de tu pequeña ayuda. Lo cierto es, Dash, que me atormentas.

Logan y Reese fingían estar ocupados, pero no engañaban a nadie.

Con el abrigo doblado sobre un brazo, Margo disimuló mientras se acercaba a ellos.

—Quiero que me informéis en cuanto os enteréis de algo.

—Esta noche darán de alta al señor Sweeny —Reese tomó las llaves que le ofreció Dash—, de modo que me acercaré por ahí antes de volver a casa, solo para estar seguro de que todo va bien. Te haré saber que la chica y él están bien.

Todavía preocupada, Margo se lo agradeció.

—Después de dejaros voy a reunirme con Cannon en el centro deportivo para hablar con los chicos por si consigo descubrir algo más.

—¿Pepper te deja estar fuera hasta tan tarde?

A punto de contestar, Logan se dio cuenta de que su hermano intentaba picarle y dirigió la mirada hacia el sol del atardecer.

—Ella comprende las responsabilidades de mi trabajo.

—Sí, Pepper es estupenda.

Y Dash disfrutaba mucho con la broma. Pepper era famosa por sus exigencias cuando le convenía y, a pesar de lo que había parecido en un principio, era una auténtica mamá gallina cuando se trataba de preocuparse por sus seres queridos.

Margo se sentó en el asiento trasero del coche de Logan.

—Puede que Cannon se resista a abandonar a Tipton y a Yvette. Tengo la sensación de que se siente responsable de los dos.

—Se siente responsable de todo el barrio —puntualizó Dash—. Al menos, esa es la sensación que tengo yo.

En lugar de sentarse en el asiento delantero, tal y como seguramente había esperado Margo que hiciera, él se acomodó en la parte de atrás, obligándola a echarse a un lado antes de rodearle los hombros con un brazo impidiéndole apartarse más.

Sonriendo ante la expresión contrariada que vio reflejada en su rostro, la ayudó a ponerse el cinturón.

—Ya lo he hablado con él —Logan se sentó al volante, negándole la oportunidad de cambiar de tema—. Le convencí de que estarían más seguros cuando encontrásemos a los tipos responsables, de modo que, por ahora, está dispuesto a confiar su protección a Reese.

—Y tanto que los vamos a atrapar —sentenció Margo—. Mejor antes que después.

—Estamos en ello —Logan puso en marcha el motor del coche—. Pero, hasta entonces, vigilad vuestros culos.

—Lo mismo te digo, detective —Margo se acurrucó contra Dash—. Pero sí, tendremos cuidado —miró a Dash—. Los dos.

—Síguelos —ordenó Curtis mientras se calaba un poco más la gorra.

Toby, que también llevaba gorra, se mantenía de espaldas a la escena y miró por encima del hombro. Dos vehículos se dirigían en dos direcciones diferentes.

—¿A cuál de ellos? —preguntó sin mirar a Curtis.

—Al coche —Curtis se quitó las gafas y las limpió con una manga—. Quiero saber adónde van, qué hacen, quiero saber dónde vive ella, si está sola o si él se aloja en su casa. Quiero saberlo... todo.

—No hay problema —contestó Toby con esa manera inescrutable tan suya mientras, con dos largas zancadas, llegaba a su camión.

Los alcanzaría en el siguiente semáforo y, dado que era muy bueno en lo suyo, Saul sabía que no los perderían.

Curtis se quedó atrás, con la vista fija en la comisaría y en la camioneta que conducía el corpulento policía. Por último centró su mirada en Saul.

Sintiéndose como un cachorrito hambriento de afecto, Saul aguardaba. Desde lo de la puta misión en la que la mujer policía había escapado, Curtis se había mostrado más gélido con él que de costumbre, lo cual era mucho dadas las maneras altivas que solía gastarse. Saul estaba acostumbrado a que tratara así a los demás. Y en cierta medida, también lo marginaba a él.

Pero nunca hasta ese punto.

Curtis contempló la gorra de Saul y las gafas de aviador, y sonrió.

Y, por Dios, que eso asustó a Saul más que cualquier otra cosa. Le habían dicho que se disfrazara, y eso había hecho. No se había afeitado y se había puesto una vieja cazadora de pana y unos vaqueros desgastados. ¿Debería haberse puesto un bigote falso también?

—¿Va todo bien, Curtis? —preguntó al no estar muy seguro del estado de ánimo de su hermano.

—Irá bien —Curtis se acercó a Saul con una expresión indulgente de hermano mayor y le tomó el rostro entre las manos—. Basta de cagarla, Saul.

—No volverá a suceder —le temblaban las piernas—. Te lo juro.

—Te gusta gastar mi dinero, ¿verdad, Saul? ¿Disfrutas con la casa que pago, con la ropa, con los jueguecitos?

—Sí.

Gracias a Curtis, Saul nunca había tenido que buscar un trabajo decente. Su hermano era un genio para ganar dinero, y mucho más para proporcionar diversión.

—Pronto —continuó Curtis, como si Saul no hubiera hablado—, te daré la oportunidad de enmendar tus errores, de compensarme por las molestias que me has ocasionado —las manos se apretaron más en torno al rostro de Saul, haciéndole daño deliberadamente—. No volverás a defraudarme.

Mientras su hermano se alejaba, Saul se quedó parado mirándolo, asombrado ante su fuerza, y odiándole ligeramente por ello.

Margo no entendía lo mucho que le afectaba la promesa de quedarse a solas con Dash. Nunca había experimentado tales niveles de anticipación. Y pensar que había creído que ese hombre no resultaría lo bastante excitante…

Había fallado estrepitosamente en su juicio.

El fornido muslo de Dash presionaba el suyo y el fuerte brazo la mantenía bien sujeta. Logan seguía hablando, seguramente por mantener una conversación, pero ella ni siquiera intentó seguirla. Siempre que hacía falta, era Dash quien respondía.

También le acariciaba el brazo constantemente. El soleado día le había caldeado la piel, intensificando su olor, haciendo que se le acelerara la sangre. Margo se moría por hundir la nariz en su cuello, pero no podía hacerlo con Logan mirando constantemente por el espejo retrovisor.

Con suerte, su aspecto exterior era impasible, porque por dentro se había desatado un infierno de sensación y necesidad. No paraba de pensar en Dash desnudo, en deslizar sus manos por todos esos músculos, por el áspero vello, por la cálida piel. Casi sentía su húmedo beso, los largos dedos sobre ella, dentro de ella.

Margo cerró los ojos, pero solo consiguió ver con más claridad la imagen mental de ese cuerpo sobre ella, los bíceps tensos, los velludos muslos separándole las piernas antes de hundirse profundamente.

Respiró entrecortadamente mientras intentaba recomponerse, pero lo que consiguió fue llamar la atención de los dos hermanos.

Dash la observó con intensidad, consciente de lo que sucedía.

—¿Estás bien? —preguntó Logan.

«Contrólate, Margaret».

—Lo siento, no me resulta… no me resulta fácil, yo… —el balbuceo no ayudaba en nada. Margo se irguió y se apartó de Dash—. No quiero ofenderte, ni a Reese, pero preferiría estar llevando yo la investigación.

—Lo sé —contestó el detective en tono comprensivo—. Yo opino lo mismo, de modo que lo entiendo. Pero no te preocupes por eso, estarás totalmente implicada.

—Más vale que lo esté.

—Y —continuó Logan haciendo caso omiso de su tono de voz—, por eso voy a informarte de que nos están siguiendo.

Ella frunció el ceño y apretó con fuerza el muslo de Dash cuando él hizo amago de mirar por el parabrisas trasero.

—No lo hagas —le advirtió antes de inclinarse hacia delante—. ¿Estás seguro, Logan?

—Quienquiera que sea, es bueno, se mantiene a una distancia prudente para que no resulte tan obvio. Pero sí, lleva detrás de nosotros casi desde que abandonamos la comisaría.

—¿Crees que podrías despistarlo? —la sangre de Margo corría a toda velocidad por sus venas, pero ya no era por Dash, había dejado de distraerla.

—Si quieres que lo haga.

Ella reconsideró las opciones.

—Si Dash no se alojara en mi casa, no me importaría ponerle una trampa a ese bastardo, pero…

—A la mierda —Dash la interrumpió—. No cambies nada por mí.

Al menos no le había parecido mal lo de la trampa. En muchos aspectos, Dash había demostrado que confiaba en ella, en su capacidad, su instinto y su posición.

Cierto que seguía siendo un tío con el instinto de los tíos de proteger a la damisela. Pero al menos no la menospreciaba.

—No —contestó ella tras pensárselo bien—. Nunca es buena idea dejar un rastro que conduzca hasta tu casa. Si supiéramos que es el único implicado…

—Pero lo que sabemos es que no es así —intervino Dash de nuevo—. Al menos son tres.

—Quizás más —opinó Logan—. Si puedo hacer una sugerencia…

—Oigámoslo —Margo se echó hacia delante para mirar por la ventanilla, pero no vio nada sospechoso.

—¿Qué tal si lo hago salir a campo abierto? —ya había tomado la decisión y Logan se apartó del camino hacia su destino—. Puedo describir una ruta serpenteante para obligarle a acercarse más. Como mínimo, quizás consigamos ver la matrícula.

—¿Crees que coincidirá con la matrícula de la furgoneta? —preguntó Dash, aparentemente fascinado por la idea.

—Lo dudo. Tendríamos que estar tratando con un retrasado mental. Además, lo que nos sigue es un camión, no una furgoneta.

Margo se soltó el cinturón y se alejó de Dash. Llevaba la Glock cargada y tenía otro arma en el bolso. Le preocupaba que Dash les acompañara, y le preocupaba aún más lo mucho que le importaba.

Tomando una decisión, ella miró a su detective a los ojos reflejados en el espejo retrovisor y asintió.

—Hagámoslo.

CAPÍTULO 12

Con la misma firmeza de Logan, la misma mirada letal, Margo se volvió hacia Dash.

—No te inmiscuyas.

—Ni se me ocurriría —sin embargo, Dash no podía evitar mirar atrás continuamente para ver si los seguían.

Vio varios camiones, pero ninguno parecía destacar sobre los demás. Como de costumbre, le intrigó la mente del policía.

Quería decirle a Margo que no se hiciera daño en el brazo, pero se contuvo.

—¿Hay algo que pueda hacer? —preguntó a Logan en su lugar.

—Sí —su hermano giró a la derecha y luego inmediatamente a la izquierda, pero condujo sin prisa, como si no supiera que los seguía un asesino—. Mantén la calma. Deja de mirar a tu alrededor.

—De acuerdo —él se echó un poco hacia delante, pero no le resultaba nada fácil.

—Es bueno —se quejó ella.

—¿Y eso significa…?

—Que no se acerca lo suficiente para que pueda ver algo —contestó Logan—. Puede que sospeche de nosotros.

—Ese bastardo está aumentando la distancia —observó Margo.

Dash reflexionó sobre ello unos segundos.

—¿Está lo bastante lejos como para que me pueda bajar del coche sin que él se dé cuenta?

—No —Logan miró hacia atrás fugazmente.

Pero Margo tenía otro parecer.

—Puede que funcione —se volvió hacia Logan—. No hay motivo para implicarle en esto.

Logan soltó una carcajada y afirmó lo obvio:

—No pretende bajarse del coche para evitar el peligro, teniente. Lo que quiere es esperar para verlo pasar ante él.

Con expresión perpleja, la teniente se volvió hacia Dash.

—Si no soy más que un viandante, podría echarle un buen vistazo, fijarme en la matrícula, conseguiros una descripción —Dash intentó quitarle hierro al asunto.

—¡No! —el grito no debió de parecerle contundente a Margo, pues se acercó a escasos milímetros de su rostro—. ¿Te has vuelto loco?

¿El enfado se debía a la preocupación o porque no quería que se entrometiese en la investigación?

—¿Qué mal podría hacer? —él le acarició tiernamente la mejilla, pero ella se apartó con brusquedad—. Dudo seriamente que sea tan retorcido como para dispararme en plena calle. Y mira, hay un parque un poco más arriba...

—¡No, no y no! —ella volvió el rostro, gruñendo para sí misma sobre la estupidez de los hombres.

—En realidad —puntualizó Logan—, no es tan mala idea.

—He dicho que no —Margo soltó un juramento cuando giraron por una calle—. De todos modos, lo estamos perdiendo. Está tan atrás que ya ni siquiera lo veo.

—Si no podemos verlo, él no puede vernos, ¿no es así? —Dash señaló hacia una pequeña tienda de barrio—. Para aquí, a la vuelta de la esquina. Podemos vigilar a ver si aparece.

—Yo estaba pensando lo mismo —Logan ya estaba desviándose hacia el aparcamiento—. Quédate en el coche, Dash. ¿Lo has entendido?

—Ya he dicho que no voy a interferir.

Malhumorada, Margo lo miró con los ojos entornados.

—Tengo la impresión de que te estás divirtiendo de lo lindo. Demasiado, maldito seas.

—Me gusta veros trabajar —sobre todo cuando no existía ningún peligro real.

Dash estiró un brazo por el respaldo del asiento, pero no tocó a Margo. Ya la había confundido bastante por un día.

—Sobre todo ahora mismo que no hay nadie disparándonos y que tú no estás sangrando.

El ángulo elegido por Logan mantuvo el coche oculto, pero, si alguien pasaba por delante de ellos, podrían verlo. Margo vigilaba la parte trasera por si acaso su perseguidor había tenido la misma idea de apartarse a un lado.

Treinta segundos más tarde, que a Dash le parecieron una eternidad, el camión pasó por delante de ellos.

—Ahí está —murmuró Logan.

—¿Vamos tras él? —Dash no estaba muy seguro de cuál era el procedimiento en casos como ese.

—No —contestó Margo, dado que Logan estaba ocupado haciendo una llamada. Frustrada, se reclinó en el asiento—. Vamos a comprobar la matrícula, a ver si descubrimos algo.

—¿Y no podría alguien pararlo?

—¿Con qué pretexto? —ella metió la pistola en la funda—. No tenemos ninguna certeza de que haya hecho nada malo.

—Van a comprobar la matrícula y me informarán cuando lo tengan —Logan colgó la llamada y volvió a marcar.

—¿A quién llamas ahora? —preguntó Margo.

Logan no contestó.

—Rowdy, hola, siento molestarte, pero tengo una matrícula y una descripción para ti, por si acaso puedes averiguar algo.

—Me había olvidado de que habíamos metido a Rowdy en esto —Margo puso los ojos en blanco.

—Querrás decir que se metió él solito —Dash sonrió.

El condenado Rowdy llevaba una vida muy emocionante. Como si no bastara con ser dueño de un bar, también conseguía verse mezclado en más conspiraciones que cualquier otra persona a la que Dash conociera.

Rowdy se había civilizado bastante, pero en el fondo seguía disfrutando de vivir al filo de la navaja.

Logan le suministró algunos detalles más a Rowdy.

—Un camión negro y grande, todo tuneado. Una barra de luces sobre el parachoques delantero, una caja de herramientas plateada atrás. El conductor lleva gorra de béisbol y gafas de sol, pero he conseguido distinguir un bigote y una perilla —Logan asintió—.

Sí, eso es. Si descubres algo, no —escuchó a su interlocutor y la expresión de su rostro se relajó ligeramente—. Bien, me alegra que lo entiendas.

Mientras Logan y Rowdy continuaban hablando, Margo parecía perdida en profundos pensamientos.

Dash rozó los suaves rizos de su cabeza, tan distintos de su férrea voluntad.

—¿En qué estás pensando? —sin duda en él no, aunque sabía que poco antes había estado soñando despierta con el sexo, con lo que iban a hacer aquella noche, con lo que él iba a hacerle.

Se había sonrojado, dulce y excitada, temblorosa, y él casi se había puesto duro solo con mirarla.

Pero en esos momentos, sin embargo, el sexo estaba muy alejado de su mente. Tenía una expresión concentrada y calculadora que demostraba preocupación y astucia, y una voluntad indómita de tomar el mando.

—Apuesto a que esa matrícula es falsa —ella seguía con la atención puesta en la carretera—, a que él y sus compinches son demasiado ineptos para matarme, pero demasiado astutos para que los atrapen con facilidad. Estoy pensando en que va a llevar más tiempo del que debería —miró a Dash un fugaz instante—. Y estoy pensando en que, cuando por fin lo atrape, voy a asegurarme de que nunca más vuelva a tener la posibilidad de hacerle daño a una mujer.

—¿Lo vas a castrar? —preguntó Dash medio en broma, aunque, a juzgar por la expresión de Margo, no estaba seguro de andar muy desencaminado.

—Lo voy a meter en la cárcel de por vida —ella volvió a desviar la mirada.

Así era Margo, siempre cumpliendo escrupulosamente la ley. Tan honrada como sexy. Una deliciosa combinación.

—¿Vas a compartir la información también con Cannon?

—Sí —ella siguió reflexionando unos minutos antes de inclinarse hacia delante para hablar con Logan—. Creo que Dash tenía razón.

El detective colgó la llamada y guardó el móvil en el bolsillo.

—¿Sobre qué?

—Sobre lo de bajarse y esperar —ella se soltó el cinturón—. Nuestro criminal no es ningún idiota. Dará media vuelta para seguir buscándonos. Quiero estar allí donde pueda verme.

Dash se quedó helado, con el estómago encogido. Logan, maldito fuera, ni siquiera reaccionó.

—Vosotros quedaos aquí —continuó Margo—. Dudo que pare, pero si intenta agarrarme...

—O dispararte —la interrumpió Dash, olvidando ya que hacía poco él mismo había mencionado lo improbable que sería que hiciera algo así.

Logan se limitó a echar una mirada desdeñosa a su hermano antes de volver a dirigirse a Margo.

—Saltaré sobre él.

—Espera —exclamó Dash cuando Margo abrió la portezuela del coche.

Pero ella no esperó. Se bajó del coche. De modo que Dash se deslizó por el asiento y la siguió.

—Métete de nuevo en el coche —Margo se volvió—. Ahora mismo.

Pero él no era ningún lacayo obligado a cumplir sus órdenes.

Sin embargo, por otro lado, sabía que esa mujer no pensaba como la mayoría. Aplacando su instinto, Dash respiró hondo, y otra vez más.

—¿Y si lo hemos subestimado y resulta que comete alguna estupidez? —preguntó con toda la calma de que fue capaz.

Desde el asiento del conductor llegó un sonoro suspiro de exasperación.

—Antes de que pueda dispararla, tendrá que sacar el arma. No puede disparar a través de la maldita carrocería del vehículo. Sacará la pistola, y nosotros lo veremos.

—Y yo reaccionaré —añadió Margo, todavía furiosa—. Y si no soy capaz de disparar lo bastante rápido para defenderme...

—Lo haré yo —Logan terminó la frase por ella.

De pie frente a ella, Dash contempló el severo rostro. El hermoso rostro.

—De acuerdo.

—¡Tú no decides!

—Sí, lo sé —tenso de frustración y preocupación, él se revolvió los cabellos—. Quería decir que dejaré de ser un grano en el culo y te permitiré hacer tu trabajo.

El rostro de Margo se iluminó, aunque solo ligeramente.

—Sé lo que hago.

—Eso es obvio.

—Si no lo hace ya —gruñó Logan—, puede que perdamos la oportunidad.

Dash le tomó el rostro entre las manos, la besó apasionadamente, aunque con rapidez, y volvió a meterse en el coche. No la vio marchar porque, maldito fuera, no era capaz.

—Te estás comportando como un imbécil —observó Logan sin apartar la mirada de Margo—. Lo sabes, ¿verdad?

—Sí —él se dejó caer en el asiento trasero—. Lo sé —sacó el móvil del bolsillo.

—Es una policía de primera. Más competente que la mayoría.

—Sí —Dash abrió la cámara del teléfono y se preparó.

—Yo mismo habría adoptado el papel de patito de feria —el tono de voz de su hermano era cáustico—, pero con el brazo en cabestrillo, ella no puede conducir, y utilizar a un civil podría meternos en un buen lío legal.

¿Eso quería decir que Logan estaba tan poco encantado con la situación como lo estaba él? Saberlo hizo que Dash se sintiera mejor.

—No le pasará nada.

—Por supuesto que no —Logan tenía el arma en la mano y estaba en alerta—. Ahora cállate y deja que me concentre.

Toby se detuvo junto a la acera a una buena distancia. Tenía el sol a su espalda, ayudándole porque la iluminaba a ella, pero a ella le dificultaba mirar en su dirección.

—¿Te crees que soy idiota, cariño? —observó a la mujer, plenamente visible en la acera, la vio mirar a su alrededor con descuido y luego apoyarse contra una farola.

Toby bufó. No daba el pego. Se la veía demasiado alerta. Lo veía, lo sentía.

Sacó el móvil y llamó a Curtis.

—¿Ya ha llegado a su casa? —preguntó Curtis tras el primer tono de llamada.

—Cambiaron de ruta y se detuvieron a un lado. La mujer está en la acera. Una trampa, supongo.

—Lo cual significa que te vieron.

—Supongo —no pensaba disculparse porque hacía falta alguien realmente bueno para descubrirlo—. Creo que espera que yo intente atraparla. Seguramente habrá unos cuantos policías preparados para rodearme si lo hago.

—Está poniendo a prueba tu vanidad. Espera que tu ego masculino te exija enfrentarte a ella. O eso, o cree que eres idiota —Curtis siempre había admirado el ingenio.

—Sí, es una zorra muy lista —contestó Toby con impaciencia—. ¿Quieres que la reviente?

Desde donde estaba tenía un buen ángulo de tiro. Llamaría mucho la atención, pero con la influencia de Curtis, podría...

—No. No necesitamos atraer tanta atención —el otro hombre consideró la situación durante una eternidad—. Te diré lo que quiero que hagas —anunció con una sonrisa telefónica.

Toby escuchó atentamente sin interrumpir. Curtis era un cabrón inteligente y retorcido, pero a veces también resultaba divertido.

—Considéralo hecho.

La concentración de Margo se veía interrumpida constantemente con pensamientos sobre Dash. Sabía bien que los hombres podían mostrarse irritables cuando se les hería en el orgullo. Dash, como cualquier otro hombre, había querido jugar el papel de la superioridad. Quería hacer su trabajo, a pesar de no tener ninguna experiencia en ello, y aún menos autoridad para hacerlo.

La ira la impulsó a caminar por la acera, con los ojos entornados contra el sol bajo del atardecer. ¿Dónde estaba ese maldito camión? ¿Tanto deseaban atraparla como para arriesgarse a hacerlo en una calle abarrotada? Ojalá lo intentaran.

Se moría de ganas de que lo hicieran.

También se moría de ganas de tener a Dash. Esa misma noche.

De pies a cabeza. Quería sentir su cuerpo alto y firme sobre ella, los músculos tensos de placer, la respiración ardiente, la gruesa erección deslizándose en su interior, llenándola...

Percibió un destello en su campo de visión periférica y se fijó con más atención. Pero no, no había sido nada. Una mujer empujando un carrito. Ninguna amenaza.

¿Se había enfadado Dash con ella por ordenarle que regresara al coche, por hacer caso omiso de su preocupación, una preocupación que la había insultado porque la había mostrado hacia una mujer? No hacia un policía, no hacia un teniente.

Solo hacia una mujer.

Una mujer que... ¿le importaba?

Una de las cosas que más le gustaban de estar con Dash era que no la trataba de manera diferente. ¿No era así? De modo que, ¿por qué empezar a mostrarse quisquillosa con él?

Margo se frotó las sienes y se acercó a una parada de autobús, rodeándola, demasiado inquieta para sentarse en el banco.

Sí, el hecho de que Dash la viera como mujer le encantaba.

Pero no cuando estaba trabajando.

No cuando necesitaba recibir respeto absoluto de todos los que la rodeaban. Había luchado demasiado tiempo, demasiado duro, para ganarse ese respeto y no estaba dispuesta a cederlo por nadie. Incluso había luchado contra su padre, por el amor de Dios. Pero con Dash todo resultaba maravillosamente diferente.

¿La desearía esa noche a pesar de todo? Le había parecido bastante molesto. A lo mejor, al igual que la mayoría de los hombres, inventaría una excusa para castigarla.

Incluso podría darse el caso de que estuviera tan molesto que la dejara sola en su casa en lugar de quedarse a pasar la noche con ella. Esa posibilidad hizo que un puño invisible le apretara el corazón.

Otro destello de luz la arrancó de sus pensamientos. En esa ocasión, al levantar la vista, se encontró con el camión acercándose lentamente hacia ella. Tan de cerca se fijó en detalles que no había visto antes. Como las gigantescas ruedas y unas coloridas llantas como no había visto en su vida. Esas llantas tenían pinta de haber costado muchísimo dinero, de modo que debía de ser una persona de posibles.

O eso, o el porno clandestino daba muchos beneficios.

El conductor no se sorprendió al verla, y ni se molestó en ocultarse. No, le sonrió con una mueca engreída y asquerosa que la desafiaba a reaccionar.

En tan solo un segundo, Margo supo que no estaba en peligro. No iba a intentar agarrarla ni dispararla. No, solo quería burlarse de ella.

Bastardo.

Bueno, pues ella también sabía jugar a ese juego. Con una sonrisa igual de descarada, Margo alzó el brazo derecho y se acercó un poco más al bordillo, ofreciéndose. «Ven a por mí, miserable gilipollas». Incluso utilizó los dedos para hacerle un gesto para que siguiera acercándose.

Y, cuando él lo hizo, dirigiendo el camión hacia ella, Margo vocalizó una palabra. «Cobarde».

Como llevaba gafas de sol anti reflectantes, ella no veía sus ojos, pero sí vio cómo se tensaba la sonrisa, cómo se encajaba la mandíbula y cómo apretaba los labios.

Y eso sí que le hizo sonreír de veras.

Los coches se detuvieron y el hombre tuvo que frenar con fuerza para evitar colisionar con la parte trasera del coche que le precedía. Y con eso se esfumó del todo su provocativa expresión.

Haciendo muestra de su propia arrogancia, Margo le ofreció su mirada más intimidatoria sin siquiera parpadear. Él agarró con fuerza el volante, se volvió de nuevo hacia ella y se arrancó las gafas de sol para mostrarle unos brillantes ojos negros, y un moratón en el pómulo.

Eso sí que era una mirada de odio.

Pero con ella la estaba malgastando.

—¿Qué? —ella dio otro paso más hacia la carretera—. ¿Quieres algo, muchachote? ¿Me quieres a mí? Pues entonces ven a por mí.

El semáforo se puso en verde y los coches se pusieron en marcha de nuevo. El hombre no dijo nada, pero sí asintió levemente.

—Te estaré esperando —Margo sintió una oleada de poder.

Con el codo apoyado sobre la ventanilla abierta, el conductor arrancó, sin apresurarse, sin mirarla siquiera.

Y eso enfureció a Margo porque no podía hacer absolutamente nada al respecto.

Cuando ya dejó de verlo se volvió hacia Logan y Dash.

«Dash». Casi se había olvidado de él. Pero en esos momentos, pensar en él no hacía más que aumentar su incandescente irritación. Llegó al coche en el mismo instante en que Dash le abría la puerta. Maldito fuera ese hombre, pues al sentarse en el asiento de atrás y mirarlo de frente, vio admiración en sus ojos.

—Ha sido una pifia —gruñó ella, intentando ocultar su creciente rabia y preocupación.

—Yo no sabría qué decir —Logan no apartaba la mirada de la carretera—. El que lo hayas desafiado de esa manera a lo mejor les hace hacer un movimiento antes de lo esperado.

—A lo mejor —Margo volvió a ponerse el cinturón de seguridad—. ¿Alguna noticia de la matrícula?

—Aún no.

Si la investigación sobre la matrícula hubiera dado algo, habrían tenido un motivo para detenerlo.

Dash apoyó una mano sobre su hombro, mirándola con expresión interrogante.

—¿Tienes hambre? —preguntó con toda naturalidad.

—Sí —aunque no precisamente de comida.

Lo que quería, lo que necesitaba, era a Dash. Cada milímetro de su cuerpo. Un poco de sexo ardiente e intenso la ayudaría a mejorar su estado de ánimo y quitarle algo de tensión.

—Me alegro —sin apartar la mirada de sus labios, él le ofreció una sonrisa muy sexy—, porque yo me muero de hambre.

¡Mierda! A lo mejor no estaba tan molesto.

—¿Logan? —Dash siguió rodeando a Margo con el brazo—. ¿Nos vamos ya? El alquiler de coches puede estar a punto de cerrar.

—Lo que diga la teniente.

—Aquí hemos terminado —ella asintió—. Pero asegúrate de que no nos siguen.

Acababan de detenerse frente a la tienda de alquiler de coches cuando Logan recibió la llamada que esperaba. La matrícula del camión pertenecía a un SUV robado. Se giró para mirar a Margo, sentada en el asiento trasero—. Daré el aviso. Si sigue circulando por la carretera, alguien puede que lo vea.

Sumida en su mal humor, ella se quitó bruscamente el cinturón y salió del coche. Las probabilidades de encontrarlo eran muy escasas. «¡Mierda!».

—Gracias por el paseo —oyó que Dash le decía a su hermano.

—No hay de qué. Seguid en alerta, ¿de acuerdo?

—Lo haremos.

Segundos después, Dash se acercó a ella. Cuando la alcanzó le rodeó la cintura con un brazo.

—Estás tensa.

—Estoy cabreada.

—Comprensiblemente.

Por Dios, ¿cómo podía encajar así los golpes? Margo sintió ganas de preguntárselo, de conocer sus pensamientos, pero no quería animar su crítica.

—Verte así, pavoneándote y tan autoritaria, me ha afectado —la mano de Dash se aplanó en la parte final de la columna de Margo.

—¿Afectado cómo? —insegura, Margo abrió la puerta de la tienda de alquiler de coches.

—Me ha excitado —él se agachó y le susurró al oído—: Tuve que controlar mi erección.

De eso nada. Margo lo apartó de un empujón.

—Tenías miedo por mí.

—Habría sentido lo mismo por Logan o por Reese —le aclaró Dash, encogiéndose de hombros—. La gente loca hace locuras, y no hay manera de controlarlo por cabrón que seas, de modo que no me censures por sentir cariño por ti.

¿Cariño? ¿En serio?

—De manera que sí, estaba preocupado —él la acarició—. Y excitado. Y ya no puedo esperar más para estar a solas contigo —hundió la mano en su cadera—. ¿Quieres saber lo que pienso hacerte?

¿Cómo conseguía desestabilizarla siempre?

—Sí —Margo ralentizó el paso, tragó nerviosamente y se humedeció los labios.

—Te daré unas cuantas pistas —Dash la fulminó con su ardiente mirada—, en el coche, de camino a casa.

Margo no necesitó más incentivo para resolver todo el papeleo en un tiempo récord. Quince minutos más tarde estaban subidos en un pequeño y deportivo Ford Escort. El corazón le latía a mil por hora, le temblaban los muslos y un ardiente cosquilleo se había instalado en su estómago. Excitación. Con Dash se le despertaba con facilidad, abrumadoramente, tanto que vivía permanentemente en una condenada neblina.

Dash no desviaba la atención de la carretera, pero mantenía una mano sobre la rodilla de Margo.

Estaba a punto de gruñir de frustración cuando él anunció con toda la calma del mundo:

—Quiero que separes las piernas para mí, y que las dejes así.

Cannon permanecía en la sala de espera, de cara a la ventana, viendo a la gente entrar y salir del hospital. Escasos minutos antes una mujer y su esposo habían abandonado la sala, dispuestos a celebrar una emotiva visita con algún familiar.

Agradeció el momento a solas para poder pensar. Habría estado bien disponer de un pesado saco que golpear. O correr unos cuantos kilómetros.

O disfrutar de un prolongado y sudoroso sexo.

Pero en esos momentos no tenía modo de soltar la tensión.

¿Qué iba a hacer con Tipton y con Yvette?

Tenía muchos amigos en el barrio y ya había pedido refuerzos. Siempre que Yvette y Tipton no salieran a la calle, o le informaran con todo detalle de cuándo y adónde tenían que ir, se aseguraría de que alguien les estuviera vigilando todo el tiempo.

Supuso que permanecerían en su casa durante al menos unos cuantos días, encerrados y a salvo. Pero... ¿después qué?

En ocasiones era un asco no poder aparecer en cualquier lugar al instante.

Durante mucho tiempo se había sentido territorial en lo referente a su barrio. Y sobre todo muy protector hacia la gente que vivía allí.

Y más que nada con una cría como Yvette, alguien de una edad tan parecida a su hermana.

—¿Cannon?

Con las manos hundidas en los bolsillos traseros del pantalón vaquero, se preparó para enfrentarse a ella. Se la veía condenadamente pequeña e indefensa. Sus cabellos oscuros y recién lavados descendían hasta los hombros en largos mechones mojados. Los horribles churretes de maquillaje habían sido eliminados, pero las mejillas seguían manchadas, los ojos hinchados y rojos de tanto llorar. Se la veía dolorosamente joven.

Joven, inocente, asustada, y llena de admiración hacia su héroe.

Mierda. Él respiró hondo e intentó relajarse, pero por algún motivo le resultó imposible. Se sentía tenso de un modo que, desde luego, no debería.

La peste a queroseno había desaparecido, junto con la ropa destrozada. Vestía una bata de hospital, y no llevaba sujetador.

No debería haberse fijado en eso, pero, maldito fuera, lo hizo. La chica tenía un cuerpo imposible de ignorar.

—¿Cómo está Tipton?

—La enfermera dice que se pondrá bien —Yvette se mordió el carnoso labio inferior para que le dejara de temblar, respiró hondo y soltó el aire lentamente—. Debería poder llevármelo a casa dentro de unas cuantas horas.

Aunque intentaba ocultarlo, su nerviosismo ante esa perspectiva era evidente. Sin duda se sentía más segura en el hospital, rodeada de gente.

—Ven aquí, Yvette.

Ella se abrazó a sí misma por debajo del pecho y se escabulló.

A Cannon solía divertirle cómo coqueteaba con él contoneándose, sacando pecho, probando los límites de su sex-appeal.

Pero en esos momentos se la veía absolutamente acobardada, y eso le preocupaba.

Un montón.

Esperó a que eligiera un asiento, evitando su mirada, retorciéndose las manos. En cuanto lo hizo, sentada en el borde de la silla como si estuviera a punto de despegar en cualquier momento, él se sentó a su lado, cerca aunque no demasiado cerca.

—No vas a quedarte sola. Uno de los chicos de Reese se asegurará de que lleguéis bien a casa. Los cerrojos de las puertas y ventanas están bien, ¿verdad?

—El abuelo dice que sí.

—Tipton sabe lo que dice. Jamás correría riesgos contigo —pero Tipton no estaba en condiciones de consolarla, mucho menos protegerla. Cannon se inclinó para mirar el rostro oculto tras los húmedos cabellos. Y se comprometió—. Voy a asegurarme de que alguien vigile todo el rato.

—¿Alguien? —los grandes ojos verdes lo miraron muy abiertos.

—Yo, siempre que pueda. Amigos en quien confío cuando yo no pueda.

Visiblemente apurada, ella bajó la mirada de nuevo. Cannon le tomó una mano y se sorprendió por la fuerza con la que se agarró a él, casi con desesperación.

A la mierda. Se acercó un poco más y le rodeó los delgados hombros con un brazo mientras le contaba sus planes.

—Olvídate de sus amenazas, ¿de acuerdo? No volverán a llegar hasta ti.

Ella no contestó, quizás porque no se lo había creído.

—En el interior estás a salvo. Pero necesito que Tipton o tú me informéis cada vez que salís —para asegurarse de que lo hubiera comprendido, Cannon le levantó la barbilla con un dedo y la obligó a alzar el rostro.

Cuando ella lo miró, el luchador sintió como si le hubiera sacudido un puñetazo en el estómago. Yvette tenía unos labios suaves y rosados, los ojos de nuevo anegados en lágrimas. La respiración acelerada y superficial.

«Contrólate, Cannon».

—¿Lo has entendido, Yvette?

Ella asintió y tragó nerviosamente.

—El abuelo dijo que no podremos abrir la tienda durante una temporada.

Aliviado de oírlo, Cannon devolvió sus manos a un terreno más seguro. El codo de Yvette.

—Hablaré también con Tipton, pero ahora no te preocupes por la tienda. Me acercaré y lo limpiaré todo. ¿De acuerdo?

—¿Qué has dicho que vas a hacer?

Su confusión resultaba comprensible. Cannon conocía a su abuelo, pero no estaban emparentados, no eran íntimos.

—No es para tanto. Reuniré a unos cuantos amigos y lo limpiaremos. No nos llevará mucho tiempo. Cuando Tipton esté preparado, podrá regresar.

La atención de la muchacha se dirigió desde los ojos hasta la boca. Cannon permaneció inmóvil, en alerta, hasta que los ojos se anegaron en lágrimas y el labio inferior volvió a temblar.

—Eres un encanto.

La vocecita puso nervioso al luchador.

—Los amigos se ayudan entre sí —contestó con dulzura con la esperanza de que fuera suficiente explicación para ella.

Yvette se sonrojó y bajó la mirada hasta sus manos.

—Te refieres a mi abuelo.

Sin darse cuenta, él le acarició los cabellos.

—Nosotros también somos amigos.

—No —contestó ella con un hilo de voz que se quebró al final de la frase—. Yo ni siquiera te gusto.

Las últimas palabras fueron pronunciadas casi en un sollozo, desgarrándole el corazón a Cannon. Si no hubiera dedicado tantos esfuerzos a flirtear con él, habría... ¿qué? ¿La habría abrazado? ¿La habría tocado más a menudo? Cannon sacudió la cabeza e intentó pensar en ella como si fuera su hermana pequeña.

Eso estaba bien.

—No seas tonta —susurró con voz ronca—. Sí que me gustas.

—Lo siento —ella moqueó—. Sé que debería dejar de llorar como un bebé, pero...

—Estás alterada. Cualquiera en tu situación lo estaría —él se apartó ligeramente de ella—. Pero no quiero que te preocupes. Reese me aseguró que mantendría a la policía patrullando por la zona durante algún tiempo. Y mis amigos y yo también echaremos un vistazo. Estarás protegida.

—Nada volverá a ser lo mismo —ella asintió, pero se tapó el rostro con las manos.

Perdido, Cannon cedió. Sentándola sobre su regazo la acunó como si fuera un bebé.

—Lo siento mucho —repetía ella sin cesar mientras se acurrucaba contra él.

Cannon sentía el redondo trasero sobre sus muslos, los pechos contra su torso.

Y se sintió naufragar.

—No pasa nada —mintió mientras la abrazaba con más fuerza.

Porque sí pasaba, aunque ya se ocuparía de eso más adelante.

Decidido, le besó la sien y le alisó los cabellos. De algún modo iba a conseguir que todo saliera bien. No sería sencillo, pero pocas cosas en la vida lo eran.

CAPÍTULO 13

La manera tan lenta, casi resistente, con que Margo separó las piernas disparó el torrente sanguíneo de Dash.

—Un poco más —insistió con dulzura.

Mirando al frente por el parabrisas, ella se mordió el labio inferior, y separó las rodillas un poco más.

—Esto es una estupidez.

—¿El que abras las piernas para mí? —él le acarició el fino muslo, sintiendo los músculos tensos de expectación—. Resulta de lo más sexy.

—No puedes hacer nada en el coche mientras estés conduciendo.

—Puedo prepararte —y ya de paso a él mismo.

—Yo ya lo estoy —admitió ella, inmóvil. Lo miró con ojos oscuros, misteriosos y ardientes—. Al parecer, contigo lo estoy siempre.

Eso ya era un progreso. Pronto se daría cuenta de que lo necesitaba, y solo a él.

—Me alegro. Me gusta verte así. Abierta. Dispuesta —Dash deslizó los dedos por el interior del muslo de Margo, pero no la tocó entre las piernas. Aún no—. Estás preparada, ¿verdad? Dime que estás mojada.

La vergüenza le sonrojó el rostro, pero asintió débilmente.

Dash le acarició la ardiente mejilla con los nudillos.

—Recuerda una cosa, cielo. Cuando estás así conmigo, no eres una teniente. No eres el jefe. Y, desde luego, no llevas las riendas.

Ella se estremeció de excitación.

—Sé lo que necesitas — él suspiró, empujándola un poco más—, y sé cuándo lo necesitas.

Para ella era importante tener el control. Dash lo sabía y por eso quería que confiara en que haría lo mejor para ella. Quería que se dejara llevar por completo.

Con el sexo, con él, era el único momento en que ella permitiría que sucediera.

—¿Y si alguien nos ve? —Margo se retorció ligeramente.

—¿Y qué si nos ven? Eres una mujer disfrutando de las caricias de un hombre.

—En un coche, en plena calle.

—¿Y eso no está bien? —Dash deslizó la mano hasta el pecho de Margo, acariciándole suavemente el pezón antes de apoyar la mano sobre su muslo—. No te quiero formal —le aseguró con voz baja, tranquila. Autoritaria.

—¿Entonces cómo me quieres?

Dash ni lo dudó. Apretando el muslo con firmeza, le separó aún más las piernas.

—Carnal —cómo le gustaba verla así—. Sincera. Abierta y verdadera.

Ella parpadeó, entreabrió la boca y respiró aceleradamente.

—Antes de que hayamos acabado esta noche —le prometió él—, te haré sudar y gritar. Y llegar. Te tocaré por todo el cuerpo y te saborearé entera —le cubrió suavemente el sexo—. Sobre todo aquí.

—Dash... —ella se aferró a la manilla de la puerta del coche, como si necesitara algo para mantenerse en tierra firme.

Mantener la atención en la carretera no resultaba fácil.

—Estás demasiado tiesa. Relaja un poco la columna —maldito fuera, pues era él el que estaba tieso. Era imposible hacer lo que estaba haciendo sin ponerse duro—. Eso está mejor —le aseguró mientras ella dejaba escapar el aire y relajaba los hombros contra el asiento—. Me estaba preguntando una cosa.

—¿Qué? —preguntó ella con un hilo de voz.

—¿Serías igual de complaciente si no estuvieras tomando esos analgésicos? —Dash deslizó los dedos arriba y abajo por las costuras del pantalón.

Incluso a través de la tela del pantalón, sentía su suavidad y su calor.

—No lo sé —todavía apoyada contra el respaldo del asiento, con las piernas abiertas, se volvió para mirarlo—. A lo mejor. Depende.

—¿De qué? —él la contempló fugazmente antes de devolver su atención a la carretera.

—De si me dejas o no colgada.

La sonrisa de Dash tembló. Incluso en esos momentos, con las piernas separadas y la mirada oscurecida de necesidad, Margo intentaba arrebatarle el mando. Comprendía que era una reacción instintiva, estaba en su naturaleza empujar siempre.

—Ya te he dicho que te proporcionaré un orgasmo. Más de uno. De hecho, voy a disfrutar haciéndote llegar una y otra vez.

De los labios de Margo escapó un gemido, y durante un instante cerró los ojos.

—Te quiero dentro de mí, Dash. Quiero sentir tu peso sobre mí, sentir cómo te hundes en mi interior —ella lo miró fijamente—. Quiero que me llenes.

¡Mierda! Tal y como ella se lo contaba, él lo veía. Se veía encima de ella, con sus piernas rodeándole la cintura, o quizás sobre los hombros. Las entrañas agarrotadas con la necesidad de tomarla. Pero perderse en ella en ese momento sería perderla para siempre.

Siendo una mujer fuerte, necesitaba a un hombre que fuera más fuerte que ella. Y Dash tenía la intención de ser ese hombre.

—Va a suceder —le aseguró.

Los ojos de Margo emitieron un destello.

—Al final —añadió él en tono de reprobación—. Pero esta noche no.

Margo empezó a juntar las piernas, pero Dash se lo impidió con la mano.

—Meteré mis dedos dentro de ti —aguardó dos latidos—. Y posaré mi boca sobre ti.

A regañadientes, ella se echó hacia atrás y soltó otro gemido cargado de impaciencia.

—No puedo esperar más.

—Pero lo harás, porque primero voy a alimentarte.

—¡Maldita sea, Dash! —Margo lo agarró por la muñeca, pero no apartó su mano—. Me estás hablando de esperar horas.

—Una hora, nada más. He comprado el pollo deshuesado. Tarda poco en hacerse —Dash contuvo la sonrisa—. Tienes que comer, cielo. Y necesitas tomarte una aspirina.

—Entonces, ¿por qué has empezado ya a calentarme? —la frustración hizo que la voz de Margo resultara más aguda.

Era un tono totalmente femenino, sin rastro de la dura policía.

—Me gusta tocarte y excitarte. Me encanta saber que me deseas —le cubrió el sexo con la mano ahuecada—. Y sé que a ti también te gusta.

Respirando aceleradamente y con el rostro encendido, Margo al fin le soltó la muñeca y, en un gesto de rendición, dejó de intentar zafarse de él.

—Además —continuó Dash en un susurro, con los dedos nuevamente explorando—, has olvidado tu trabajo y tus preocupaciones.

—¿Insinúas que me estás volviendo loca para ayudarme? —Margo entrecerró los ojos y se movió inquieta en el asiento.

—De eso nada, cielo. Ni siquiera he empezado a volverte loca —le explicó él, reanudando la conversación como si Margo no hubiese hablado—. Después de cenar nos daremos un baño. Sí, he dicho «daremos». Quiero sentarme detrás de ti con tu espalda apoyada sobre mi pecho. Mis brazos son largos, Margo. Tengo brazos largos y manos grandes, y voy a poder alcanzar hasta el último de tus rincones. Confía en mí, seré concienzudo.

—Tendrás que estar desnudo también —ella lo miró con las pupilas completamente dilatadas y una expresión de seductora expectación.

—Desnudo y acurrucado contra tu delicioso trasero —los testículos se le tensaron solo con pensarlo y le apretó el muslo—. Para mí será una tortura, pero lo considero una prueba para fortalecer mi carácter.

Margo sacudió la cabeza y, sorprendiéndole, soltó una carcajada tensa y sin aliento.

—Estás chiflado.

No, lo que estaba era enamorado, pero ella aún no estaba preparada para oír algo así. De manera que se la ganaría con el sexo y con la libertad de que disfrutaría junto a él, y poco a poco le iría introduciendo a más posibilidades. Muchas más.

Posibilidades como «todo». Y «para siempre».

—Después de nuestro concienzudo baño, en el que te prometo prestar especial atención a ciertas zonas —él enarcó las cejas repetidamente, arrancándole un gemido de deseo—, me gustaría tenerte sentada sobre mi regazo. Mirándome de frente.

—Todavía desnudos —la sonrisa desapareció de los labios de Margo.

—Sí. Eres hermosa, Margo, siempre. Pero nunca tanto como cuando te veo al completo —apretó un dedo con firmeza contra su sexo. Desprendía un calor inmenso. Dash se moría de ganas de tenerla, entera, en todos los sentidos—. Tus bonitos muslos estarán abiertos, rodeándome para que pueda mirarte y tocarte todo lo que quiera.

Todo lo que ella necesitara. Dash apartó la mano y frotó los nudillos repetidamente sobre el pezón izquierdo, que se tensó de inmediato, dejando a Margo sin aliento.

—Y con tus pechos, aquí mismo, incluso con mi boca, me resultaría sencillo...

—Ya basta —ligeramente temblorosa, Margo se irguió, respiró entrecortadamente y continuó en tono amenazante—. Mañana cuando me quiten esta férula...

—Se cerrarán todas las apuestas —él asintió—, y te voy a follar hasta que pierdas el sentido.

Con una explosión de calor, Margo lo miró fijamente, se mordió de nuevo el labio inferior y asintió.

—De acuerdo.

Dash apartó la mano de su cuerpo, y no la volvió a tocar. Había aumentado su deseo hasta tal punto que Margo era consciente de que no hacía falta gran cosa para empezar a suplicar una liberación. La manera en que ese hombre la llevaba al límite resultaba diabólica, y todo para retirarse y comenzar de nuevo. Con cada caricia su cuerpo vibraba con más y más intensidad, el calor iba en aumento, la dulce tensión se hacía más fuerte.

Dash soltó un juramento y consiguió que ella abriera finalmente los ojos.

—¿Qué?

—Tenemos compañía.

Margo siguió su mirada y... ¡Mierda!

Era una mala jugada del destino. En el camino de entrada a su casa estaban su padre y su hermano. Sumida en una profunda decepción, Margo gruñó prolongadamente y por lo bajo. Lo último que necesitaba o quería era otro aplazamiento.

—Lo siento, nena —dijo Dash con expresión de pena.

—¿En serio? —no hubo manera de atemperar el tono acusatorio—. Porque si estoy a punto de entrar en combustión es gracias a ti.

Dash maniobró para detener el coche.

—No conocen el coche de alquiler, de modo que quizás podría alejarme sin que ellos...

—Sí, claro. Bonito intento —Dash era el hombre más divertido que hubiera conocido nunca, y de lejos el más sexy—. Se quedarán esperando ahí para siempre. Mi padre es el hombre más tozudo del mundo, y West seguramente estará preocupado —irguiéndose, ella respiró hondo tres veces, aunque no logró ni de lejos mitigar la sensación de lujuria—. ¡Dios! Esto es horrible.

—Lo sé —él le acarició el muslo en un gesto destinado más a consolar que a excitar—. Nos desharemos de ellos lo antes posible.

—Mi padre solo se va cuando quiere irse.

—Es tu casa, cielo —Dash la miró fijamente—. Dile que tienes planes, lo cual es cierto. Debería comprenderlo y largarse.

—Así no funciona con él —ella soltó un bufido.

—¿Quieres decir que no respeta tus deseos? —adivinó más que preguntó él.

La pregunta contenía mucho interés, gran parte sin relación alguna con la insostenible situación del momento. Margo no quería admitir que su padre no respetaba nada que estuviera relacionado con ella, y se limitó a encogerse de hombros.

—Con suerte él también tendrá planes y no podrá quedarse mucho rato.

—¿West y tú estáis unidos? —Dash apartó la mano.

¿Cómo responder a eso? En ciertos aspectos estaban muy unidos. En otros, y siempre por culpa de ella, estaban a galaxias de distancia.

—Siempre he competido con él.
—¿Y él contigo? —Dash frunció el ceño.
Ella lo miró con expresión de «sí, de acuerdo».
—Ya lo has visto. Es más grande, más fuerte y más intimidante de lo que yo podría resultar jamás.
—¿Intimidante en qué sentido? —Dash se acercó lentamente al camino de entrada.

Pobre Dash. Seguía insistiendo en protegerla cuando ella no necesitaba protección.

Lo único que necesitaba era que él cumpliera las sensuales promesas que le había hecho.

—Para mí no lo es, si es eso lo que estás pensando —ella se alisó los cabellos, preguntándose si se le notaría de algún modo el deseo que sentía—. West siempre me ha tratado como a la típica hermana pequeña, y eso seguramente me volvió loca por intentar ponerme a su altura. Lo que quise decir es que, cuando hace falta, intimida a otros. Mira a la gente, y se ponen firmes.

—En cambio tú haces restallar el látigo.

La observación en realidad no resultaba graciosa, dado lo difícil que le resultaba ganarse el respeto de los demás en la comisaría, pero, de todos modos, Margo sonrió.

—Algo así. West, bueno, él es uno de esos tipos que incluso cuando te está poniendo en tu lugar, te sigue gustando y lo respetas. Pero, cuando yo me veo obligada a amonestar a algún hombre, siempre me odian por ello.

—Los imbéciles machistas lo odian —Dash detuvo el coche—. Cualquiera con una pizca de sentido común comprendería que te has ganado el puesto, y te respetaría y apreciaría por ello.

—¿Un puesto sentada desnuda sobre tu regazo mirándote de frente? —como si no fuera suficiente, ella añadió con expresión de inocencia—: Y, si tú también sigues desnudo, entonces imagina qué podrían estar haciendo mis manos.

Dash se quedó paralizado, y Margo aprovechó para abrir la puerta y bajarse del coche. Unos segundos más tarde, Dash corrió a su encuentro, pero a ella no se le escapó el gesto que hizo de ajustarse los vaqueros mientras se acercaba.

Bien. «Toma eso, torturador».

—Papá, West... —incluso ella percibió la falta de aliento en su propia voz.

Normalmente, eso habría bastado para serenarse. No le tenía miedo a su padre, pero siempre procuraba dar la mejor impresión delante de él.

Pero, en esos momentos, Dash la mantenía tan distraída que le daba igual.

—No os esperaba.

La mirada de West se dirigió de ella a Dash y de vuelta a ella. Frotándose la nuca, sonrió incómodo.

—Lo sé. Lo siento.

—West —Dash se adelantó y le estrechó la mano.

—Lo siento —su hermano le devolvió el saludo junto con la disculpa.

—No pasa nada —Dash la miró a ella, y luego sonrió a West.

Su padre no resultó tan acogedor.

—¿Sigues aquí? —preguntó mientras cruzaba los brazos sobre el grueso pecho.

—Sí —Dash se apartó de él—. Se supone que aún no puede conducir.

Margo sintió la animosidad que aumentaba en el aire y quiso desesperadamente suavizar las cosas.

—Papá, ¿va todo bien?

—¿Sigues llevando esa férula? —preguntó él tras echar un vistazo al brazo.

—Mañana tengo cita con el médico. Supongo que me la quitará.

—Has ido a la comisaría —afirmó él con brusquedad.

—Sí —ella supuso que al menos eso sí lo aprobaría.

—Dan dijo que estabas fuera de servicio.

Sí, por supuesto, los dos amigos habían hablado.

—No he hablado con Dan —contestó ella sin dudar y mirándolo fijamente a los ojos.

—¿Lo estás acusando de ser un mentiroso? —su padre entornó los ojos y dio un paso hacia ella.

Acostumbrada a ese estúpido juego, Margo enarcó una ceja.

—¿Me estás llamando mentirosa a mí? —preguntó con voz suave. En lugar de darle a su padre la oportunidad de afirmar que así era, inclinó la cabeza—. Llevo fuera de casa desde esta mañana. Quizás llamó después de que me hubiera marchado y dejó un mensaje.

—Personalmente —intervino West—. Creo que haría bien dejándote trabajar siempre que estés bien para hacerlo —su hermano le propinó un codazo antes de continuar—. Aunque no fueras la más cualificada, cosa que eres, tras descubrir a todos esos policías corruptos, no creo que haya muchos voluntarios para cubrirte.

—¡Eso es una estupidez y lo sabes! —exclamó su padre, encarándose con West.

Dash se acercó a Margo.

—No hago más que constatar un hecho —continuó West sin mostrar ninguna alteración ante la expresión irritada de su padre. En realidad, sonrió a Dash—. Margo barrió toda la corrupción. Toda la basura quedó en la calle y, si conoces a mi hermana, sabrás que es meticulosa a la hora de reponer la plantilla.

—¡Expulsó del cuerpo a unos cuantos buenos hombres! —la manifestación enfureció a su padre.

Confundido ante el repentino contratiempo, Dash rodeó a Margo con un brazo. El gesto no pasó desapercibido para el ya colérico padre.

Para evitar que Dash se convirtiera en un objetivo, ella decidió intervenir.

—Los hombres buenos no aceptan sobornos, papá. No roban pruebas, no coaccionan a los testigos y no tapan a los llamados buenos amigos que sí hacen todo lo anterior. Los buenos policías —añadió— ponen fin a un comportamiento así.

West la aplaudió, literalmente.

El señor Peterson se puso muy rojo y dio un paso al frente. Y de repente, Dash se colocó delante de ella.

«Oh, no», pensó Margo mientras el corazón se le disparaba hasta la garganta. Su padre, en el mejor de los casos, resultaba impredecible. Intentó mirarlo de frente, pero Dash se lo impidió.

—Martin —la voz de Dash, tranquila e impávida, ascendió por

encima del rugido de la sangre de Margo—. Es evidente que aquí hay un asunto personal.

—Puedes estar condenadamente seguro —contestó su padre—. Es personal, de manera que no es ningún maldito asunto tuyo.

—Margo es asunto mío —le corrigió él en el mismo tono comedido—. Estoy seguro de que jamás querría hacerle daño a su hija…

West hizo un ruido descortés, ganándose una furiosa mirada de parte de su padre. Dash ni siquiera se inmutó.

—Pero opino que sería mejor que terminaran esta conversación más tarde, cuando todo el mundo esté un poco más calmado.

«¡Oh, Dios!», pensó Margo. Lo que menos necesitaba en esos momentos era, precisamente, lo que estaba sucediendo.

Una inquietante brisa removió la turbulencia del aire. Los segundos pasaron en un velo de ardiente silencio.

Al fin, West habló con la voz impregnada de disgusto.

—Gracias, Dash. Por supuesto estás en lo cierto —añadió en un tono algo más duro—. Y, papá, de todos modos tenemos que irnos.

Margo consiguió asomarse a un lado de Dash y vio que su hermano se había pegado a su padre mientras este seguía fulminando a Dash con la mirada.

Relajado, inmutable, Dash seguía delante de ella, un escudo viviente.

—Yo no estaba preparado para marcharme —masculló Martin entre dientes.

Nadie le había hablado jamás como acababa de hacerlo ese hombre.

Salvo su hija.

—Sí —insistió West—. Te marchabas. Ya.

A diferencia de su relación con Margo, su hermano nunca tenía necesidad de darse de cabezazos contra su padre porque él a menudo mostraba cierta deferencia hacia West.

Con los labios fruncidos, Martin le dedicó a Dash una mirada asesina antes de pasarse la mano por los cabellos.

—De acuerdo, pero antes de irme necesito pasar por el baño. Abre la puerta, Margo.

Margo hubiera preferido decirle que se aguantara las ganas, pero Dash no le dio la oportunidad.

—Yo lo haré.

Resultaba meridianamente claro que no quería que Margo se acercara a su padre.

¿Sinceramente creía Dash que podría intervenir en las disputas familiares el resto de su vida? Margo había aprendido a tratar con su padre. Conocía sus límites, dónde y cuándo había trazado la raya, sobre todo cuando se trataba de espectáculos en público que podrían llevar a que algún testigo presenciara su zafio comportamiento.

Dándole la espalda a su padre, lo cual, en otras circunstancias, habría sido un monumental error, Dash sonrió tranquilizador a Margo.

—¿Las llaves?

A ella no le gustaba la situación. Cómo le arrebataba incluso ese control, haciéndole quedar como la típica damisela. Y era aún peor delante de su padre. Sabía que, más tarde, le haría la vida imposible por ello.

—¿Margo? —Dash le rozó la barbilla con una mano.

Consciente de que su única intención era terminar con ese drama para que pudieran estar a solas, Margo soltó un bufido.

—De acuerdo —hundió la mano en el bolso y dejó caer las llaves en la mano extendida de Dash.

Él le guiñó un ojo y, suponiendo que su padre iba a seguirlo, se dio media vuelta y se dirigió hacia la puerta. Martin frunció los labios y lo siguió.

Impresionante. Margo mantuvo la mirada fija en ambos hombres. Ya era bastante increíble que su padre no hubiera montado un escándalo mayor, pero, cuando Dash lo invitó a entrar en la casa, ella estuvo a punto de gritar.

—Tiene agallas —observó West.

—No tienes ni idea —Margo asintió.

Antes de poder alterarse demasiado por ello, Dash regresó, con Oliver en brazos. El gato arqueaba la espalda encantado, frotándose contra el pecho y la barbilla de Dash. Margo sintió que su corazón se ablandaba.

Estaba protegiendo a su gato. ¿Cómo no iba a amarlo si hacía algo así?

Aunque permaneció cerca de la puerta, al menos no siguió a su padre hasta el cuarto de baño. Aun así, su lenguaje corporal indicaba claramente que no se fiaba del patriarca de los Peterson.

Murmurando para sus adentros, Margo echó a andar hacia él, pero West apoyó una mano sobre su hombro.

—Espera un poco, ¿quieres?

—Dash está tentando a la suerte.

—Pues yo no sé qué decirte —su hermano la miró antes de desviar la mirada hacia el porche y saludar con la mano.

Margo siguió su mirada y descubrió a Dash mirándola fijamente mientras acariciaba al gato.

—Tengo la sensación de que tu novio sabe defenderse a sí mismo.

—No es mi novio —balbuceó ella, con las mejillas encendidas.

En un gesto típico de hermano mayor, West le revolvió los cabellos.

—No intentes mentirme, hermanita —le advirtió con una sonrisa traviesa—. Estabais tonteando en el coche. Apuesto a que la sorpresa de encontrarnos en el camino de entrada de tu casa no fue muy bienvenida, ¿a que no?

Las mejillas le ardieron un poco más. Margo quiso patear a West, pero seguramente se haría daño en el pie. Alzó la barbilla y probó con una dosis de desafío.

—Sí, ¿y qué?

—Que me alegro mucho por ti —con cuidado para no dañarle el brazo en cabestrillo, él la abrazó con cariño fraternal—. Y ya era hora. Me gusta. No hay muchos tipos capaces de enfrentarse así a papá, sobre todo cuando se comporta como un gilipollas.

—¡West!

—Vamos, Margo, sabes de sobra que es un bastardo. En realidad, casi todo el mundo lo sabe. La cuestión es que tú eres de las pocas personas que han tenido el valor de hacerle frente —con gesto sombrío, él le alisó los cabellos que acababa de revolver—. Me siento orgulloso de ti.

Tal verborrea frente a su casa la desconcertó todavía más. No había duda en cuanto a que su padre podía ser un imbécil de primera. Pero ¿y el resto?

—¿Por qué ahora? —preguntó en un intento de averiguar hacia dónde quería ir su hermano.

—Siempre me he sentido orgulloso de ti —él se encogió de hombros.

—Chorradas —tal y como ella lo recordaba, a West le fastidiaba bastante cada vez que ella le hacía frente a su padre.

De nuevo se levantó la brisa, que les llevó el olor a lluvia en el aire.

Con las manos en los bolsillos, West contempló el cielo cada vez más negro y luego miró a Dash con el gato en brazos.

—Te equivocas —le aseguró en un tono demasiado serio—. Simplemente me parecía que el momento elegido no era el oportuno.

—Las cosas suceden cuando suceden.

Y con su padre, bueno, no había habido modo de aplazar lo inevitable. No si esperaba mantener la conciencia tranquila.

No si pretendía vivir según los estándares que exigía a los demás.

—El momento podría haberte perjudicado a ti más que a nadie —continuó West en tono tranquilo aunque algo brusco. Una anómala emoción llenaba cada palabra—. Debería haber sabido que podía confiar en tu buen juicio. Y siento no haberlo hecho. La manera en que has escalado puestos es, como mínimo, impresionante. En cuanto al resto… —West volvió a mirar a Dash, de pie en el porche delantero, con la mirada fija en su hermana—. Bueno, digamos que hiciste lo que tenías que hacer. Lo sé. Incluso papá lo sabe, aunque dudo que le oigas admitirlo alguna vez.

¿Un elogio de su padre? Sí, claro. Los elogios eran para los débiles que necesitaban reafirmación. Y ella nunca se mostraba débil.

Sin embargo, el elogio de su hermano la infló como una burbuja.

—No necesito nada de papá. Pero de ti… —¿qué más podía añadir? Sacudió la cabeza—. Significa mucho. Gracias.

—No hay de qué —él asintió hacia Dash—. No creo que confíe en mí más de lo que confía en papá.

Ella se volvió y se encontró con la mirada de Dash.

Otra vez.

Todavía.

Consciente de la verdad, Margo dibujó un amago de sonrisa y centró su atención de nuevo en su hermano.

—Si no confiara en ti me habría arrastrado con él hasta el porche en lugar de dejarnos aquí solos.

—¿Y tú le habrías permitido algo así? —añadió West, enarcando una ceja.

El aire fresco llenó los pulmones de Margo. Sus pensamientos estaban poblados por muchos problemas de peso, pero con Dash se sentía más ligera de lo que jamás habría creído posible.

—Es curioso, tiene esa vena protectora, casi galante que, en cierto modo, me halaga.

—¿En serio? —West sonrió, mostrando su hermosa dentadura y ese innegable encanto con el que se ganaría al mismísimo diablo—. Nunca pensé que pudieras ser tan femenina. Incluso de pequeñaja eras endemoniadamente belicosa, siempre decidida a hacer lo mismo que yo, por ti misma, sin ayuda de nadie. Cualquier intento de ayuda te ofendía terriblemente.

—Ya no soy una cría.

—No, pero, por lo que veo, con los años te vuelves cada vez más independiente. Demonios, Margo, haces que hombres hechos y derechos tiemblen en sus botas.

—No digas tonterías.

—Lo juro —su hermano se llevó una mano al pecho—. Por eso muchos de ellos te lo ponen tan difícil. Lo entiendes, ¿verdad? Los intimidas una barbaridad.

Margo soltó una carcajada y sacudió la cabeza. Desde luego estaban resentidos por su autoridad, desdeñaban su posición, pero no había conocido a ningún hombre que la tuviera miedo.

—Ríete si quieres, pero no te estoy contando ningún cuento —tras dudar un segundo, West se acercó un poco más a su hermana—. La semana pasada tuve que amenazar a un tipo con tumbarle. Lo pillé rajando sobre ti ante dos de sus imbéciles compañeros.

—¡No consiento que te pelees por mí!

—¿Ves lo que quiero decir? —su hermano sonrió lentamente y se inclinó hacia ella—. Soy tu hermano mayor. Concédeme el derecho de defender a mi hermana pequeña, ¿quieres?

Aquello resultaba tan ridículo que Margo sonrió. Complaciente, le hizo un gesto para que continuara.

—De acuerdo, oigámoslo. ¿Qué cosa tan aborrecible dijo ese cabeza de chorlito sobre mí?

—Te definió como una rompepelotas. Dijo que siempre le estabas haciendo la vida imposible, exigiendo la perfección —West se encogió de hombros—. Y, por cierto, te lo he adornado un poco para suavizarlo. De ninguna manera pienso repetir las palabras exactas que empleó. Pero me gustaría que quedara constancia de que tu reacción es la típica en ti. Ignoras sus estúpidos insultos como si no tuvieran importancia, como si los hombres que te los dedican no valieran nada. Y eso, como todo lo demás, hace que un tío se sienta castrado.

—¿Y qué? ¿Te crees que no me lo han dicho ya? —sin embargo, curiosamente, la superó—. ¿Y qué le dijiste?

—Bueno —West se frotó la oreja—, en primer lugar le dije que se sacara el tampón y dejara de actuar como si tuviera el síndrome premenstrual.

—¡West! —la observación tan machista debería haberla enfurecido, pero resultó que le provocó una carcajada.

Eso, también, se lo debía a Dash. La seriedad de su existencia había sido iluminada por su presencia.

West compartió su buen humor. Incluso parecía encantado con él.

—También le dije que nunca pedías a otros lo que no estabas dispuesta a hacer tú misma, y que, si no era capaz de aguantar el ritmo, a lo mejor no era tan hombre como creía ser.

—¡Vaya! Apuesto a que se lo tomó la mar de bien.

—Tuvo suerte de recibir únicamente una amonestación verbal, porque lo cierto era que tenía muchísimas ganas de sacudirle un puñetazo, y él se dio cuenta. El argumento decisivo, sin embargo, fue cuando le dije que a lo mejor te informaba de su comportamiento. Ahí se disculpó enseguida y siguió su camino.

Margo hizo una mueca y se preguntó si debería agradecérselo o no. Al fin optó por un empujón con el hombro.

—Gracias por dar la cara por mí.

—Si te sirve de consuelo, sus dos amigos no parecían impresionados por su actitud. Ambos me aseguraron que nunca han tenido problemas contigo. Dijeron que se alegraban de que estuvieras endureciendo las normas.

¿Quiénes serían esos tipos? Se moría de ganas de saberlo, pero no preguntó.

—Me alegra oírlo. Pero debes saber que no fue más que un incidente aislado.

—No lo es.

—Dash nunca se ha sentido intimidado por mí.

Al contrario. Se tomaba muchas molestias por demostrarle lo tierna y menuda que era en comparación con su corpulencia y fuerza. Y pensar en ello le hizo estremecerse de nuevo. Necesitaba estar a solas con Dash. Y lo necesitaba ya.

West alzó la vista por encima de su hermana y no se dio cuenta de su reacción.

—A juzgar por cómo Dash está mirando a papá, yo diría que hace falta una barbaridad para que ese tipo pierda los nervios.

Margo se volvió bruscamente y, en efecto, Dash y su padre se encaminaban hacia ellos. Su padre iba delante, Dash pisándole los talones. Debía de haber dejado a Oliver en casa de nuevo porque ya no lo llevaba en brazos, y la puerta delantera estaba nuevamente cerrada.

—Sí que le ha llevado su tiempo —observó West.

—Seguramente aprovechó para llamar por teléfono —a lo mejor a Dan. No sería raro que su padre se chivara de ella al comandante—. Ya sabes, papá y sus… aliados.

—Al parecer, no lo sé tan bien como tú —West la miró con el ceño fruncido—. Si necesitas que yo intervenga…

—Puedo manejar a papá.

—Pero el modo en que lo haces parece haber cambiado repentinamente. ¿Debo concederle a Dash el mérito?

En realidad, el mérito era del abrumador sentimiento de lujuria que experimentaba. Necesitaba estar a solas con Dash y no le importaba enfurecer a su padre para conseguirlo. Pero no iba a explicarle nada de eso a su hermano.

—Seguramente no es más que tu imaginación.

—No lo es, pero por ahora lo pasaré por alto —acercándose un poco más, continuó en un susurro—. Antes de que lleguen, quiero que sepas que estoy harto de callarme por todo. No ha ayudado en nada, es más, solo ha empeorado las cosas —acarició la barbilla de su hermana con una mano—. Después de ese maldito accidente, bueno, podríamos haberte perdido.

—West... —contestó ella en un tono que indicaba claramente que estaba bien.

—Solo quería que lo supieras. Si me necesitas, aquí me tienes.

¿Qué demonios significaba eso? Margo quería preguntárselo, pero su padre ya se interponía entre ellos dos.

—¿Has dicho que mañana tienes cita con el médico?

Margo asintió con cautela, insegura sobre los motivos de la pregunta.

—Sí.

—¿Cuándo?

—Por la mañana —le explicó ella mientras Dash se pegaba a ella y le rodeaba la cintura con un brazo—. A mediodía debería saber algo.

—¿Y después irás a trabajar? —el hombre ignoró a Dash.

—Seguramente me pasaré antes por aquí para vestirme adecuadamente —«y para abusar sexualmente de Dash». Margo enderezó la columna—. Después, sí, iré a comisaría.

Martin asintió, como si no esperara menos de su hija.

—He oído hablar de tu último caso.

¿Cuánto sabía? ¿Sabía que alguien había ofrecido una recompensa por su hija? ¿Sabía que unos individuos muy retorcidos querían hacerle daño? Margo esperaba sinceramente que no. Dados los bruscos cambios de humor de su padre, no sabía si sentiría alguna satisfacción, si esperaría que ella solita los encontrara, o incluso que se ofreciera como cebo.

—¿De qué caso hablas? —preguntó ella sin darle ninguna pista.

—El asunto ese del queroseno —contestó Martin, visiblemente molesto por la actitud evasiva de su hija—. Un asunto muy feo.

—Sí —muy feo.

—Pero tú no deberías estar implicada —le advirtió, señalándola con un dedo—. Dan te ordenó que te tomaras un tiempo de baja, y eso deberías hacer.

Menos mal, no lo sabía. Margo sintió la mirada de Dash clavada en ella, sintió su presencia a su lado. Resultaba reconfortante, pero también irritante porque no debería querer ni necesitar su consuelo.

—Solo se supone que estoy fuera de servicio hasta que el médico me dé el alta. Y mañana el médico me la dará.

—A lo mejor —su padre le ofreció su mirada de censura, marca de la casa—. ¿Quién es tu médico?

¿Pretendía entrometerse, influir en la opinión de un especialista? Margo no se lo iba a tolerar. Pero en caso de que lo intentara, ¿por qué lo hacía? Hacía un momento le estaba dando la lata por no trabajar y de repente se comportaba como si estuviera a punto de prohibirle ir a la comisaría.

—No lo conoces, papá, pero no te preocupes. Tiene una excelente reputación.

—Estupendo —intervino West—. Entonces mañana nos contarás lo que sea, ¿de acuerdo? Quiero saber qué te ha dicho.

—Claro.

West abrió la puerta del copiloto y la sujetó abierta para que entrara Martin.

—Vamos, papá. Tengo miles de cosas aún por hacer hoy y ya hemos molestado bastante.

En lugar de asegurarles que no habían molestado en absoluto, Margo se despidió de ellos.

—Conduce con cuidado.

Su padre no le pidió que lo llamara. Ni siquiera abrió la boca. Se limitó a dirigirle una mirada asesina a Dash antes de volverse y acomodar su voluminosa envergadura en el coche de West.

Margo los observó alejarse calle abajo y girar al llegar a la esquina.

—¿Tu familia no sabe nada del precio que han puesto sobre tu cabeza? —Dash la miró perplejo.

—Cielos, no. Confía en mí, estaremos mucho mejor si mi familia permanece alejada de mis asuntos.

Incluso West, que aseguraba apoyarla en todo, podría complicar las cosas si lo supiera.

—West y tú habéis estado hablando un buen rato. Supuse que se lo habías contado.

Ni hablar, ella no hubiera consentido distraerse de su verdadero objetivo con una conversación prolongada. Y supo que estaba loca por Dash cuando ni siquiera una visita de su padre conseguía diluir la necesidad física que sentía por él.

Agarró a Dash de la mano y empezó a correr hacia la casa.

—Me has hecho muchas promesas —le advirtió—. Ha llegado el momento de cumplirlas.

CAPÍTULO 14

Dash plantó los pies con firmeza en el suelo y se negó a moverse.

—Para un poco, Margo. Necesito sacar las cosas del coche.

Con expresión de sentirse tan frustrada que podría atacarlo, ella se volvió bruscamente, y Dash la besó apasionadamente, sometiéndola al instante. Poco a poco, él alimentó el fuego, provocándola con la lengua, saboreándola, empujándola hacia el precipicio.

Excitarla a ella lo excitaba a él por igual. Con la diferencia de que él sabía qué iba a suceder y cuándo, y ella no. Y eso le concedía una muy necesaria ventaja.

Se apartó de sus seductores labios y respiraciones jadeantes y desenganchó los dedos que se aferraban a su camisa. Apartando su mano, le besó los nudillos y sintió la tensión que estremecía todo su cuerpo. Un poco más y estaría tan excitada que conseguiría, con muy poco esfuerzo, hacerle gritar con un orgasmo.

—Quiero que entres en casa —le ordenó con voz calmada—. Dedícale unos minutos a Oliver. Enseguida llegaré yo.

—¿Y entonces? —los hermosos ojos azules lo miraron ansiosos.

—Y entonces te quitarás la ropa y me esperarás hasta que ponga en marcha la cena.

Margo abrió la boca para protestar, pero no dijo nada.

Dash veía claramente la creciente excitación en su mirada. Y asumió que ella estaba de acuerdo.

—¿Necesitas ayuda?

—No —insegura, ella sacudió la cabeza y contestó en apenas un susurro.

—Puedes llevar el cabestrillo si te hace falta, pero nada más —le tomó el rostro con la mano ahuecada y le acarició la mandíbula con el pulgar—. En cuanto tenga la cena en marcha, me reuniré contigo.

Los pechos de Margo temblaron con la respiración entrecortada. De nuevo intentó hablar, pero no fue capaz. Tres respiraciones profundas más tarde, se dio media vuelta y echó a andar hacia la casa.

Dash la observó marchar, con los músculos tensos y el pecho constreñido. Estaba tan duro que podría resultar letal, y sabía que ese no era el juego de aquella noche.

Era la mujer. Su mujer, en cuanto se diera cuenta de que estaban hechos el uno para el otro.

En cuanto Margo entró en la casa, Dash se volvió hacia el coche. Quería prepararle la cena, tal y como le había dicho. Necesitaba comer para reponerse, pero aquello no solo iba de comida, y ambos lo sabían.

Había elegido el pollo deshuesado a propósito para que se cocinara en menos tiempo, aunque en su momento no había adivinado el escenario que iba a presentarse ante ellos. Y, desde luego, no había planeado el retraso provocado por el hermano y el padre de Margo.

El padre. Dash encajó la mandíbula y sacudió la cabeza. Algo pasaba allí, algo personal y complicado y, al menos para Margo, emocionalmente inquietante.

Hacía un rato le había hecho sentirse tremendamente orgulloso de ella al enfrentarse a su padre sin pestañear cuando la mayoría de las personas temblaría ante la desaprobación de ese hombre. Se le ocurrió llamar a Logan por si su hermano sabía algo de los problemas familiares entre ellos, pero eso sería desleal y no quiso hacerlo.

Más tarde, cuando Margo estuviera saciada y floja, se lo preguntaría él mismo y, con suerte, ella se lo confiaría.

Cuando Dash entró en la casa, cargado con las bolsas, Margo seguía en el sofá mimando a Oliver. Él sonrió y ella le correspondió con cierto aire de desafío. El gesto le hizo reír.

—¿Te gusta el pollo frito al horno?

—Sí —contestó ella, con la expresión desafiante debilitándose.

—Me alegro. Me llevará unos veinte minutos meterlo en el horno y poner a cocer las patatas. Después tendré unos treinta minutos libres antes de que tenga que volver a intervenir en la cocina —treinta minutos que le dedicaría a ella por entero.

Dash pasó por delante del sofá y continuó por el pasillo para dejar la bolsa de ropa en el dormitorio. Había elegido unas cuantas prendas para cambiarse, y un montón de preservativos, que decidió dejar en la bolsa de momento. No quería tentarse a sí mismo.

Tras abandonar el dormitorio se dirigió a la cocina. Margo seguía sin moverse del sofá, pero no le preocupó.

Era evidente que estaba meditando sobre muchas cosas, lentamente comprendiendo la profundidad de su relación. A Dash le importaba esa mujer lo suficiente como para dedicarle todo el tiempo y atención que necesitara hasta lograr que ella lo aceptara plenamente.

Empezó por encender el horno. Luego rebuscó hasta encontrar la harina en el armario, y mantequilla y un huevo en la nevera. Del fondo de un cajón sacó una gruesa sartén de hierro forjado.

Sintió más que oyó acercarse a Margo y se volvió para mirarla. Tenía los ojos oscuros y muy abiertos, y las mejillas arreboladas.

Los pezones eran dos tensas protuberancias bajo la blusa.

A Dash le encantaba verla así. La adoraba, así sin más.

—¿Va todo bien?

Ella deslizó su mirada por la espalda de Dash, hasta el trasero y de ahí a los muslos.

—Si yo me desnudo, ¿te desnudarás tú también?

No iba a mentir y, mientras cascaba el huevo contra un plato, sacudió la cabeza.

—Todavía no —a continuación, añadió harina al plato.

—¿Y por qué necesito estar desnuda yo?

¿Había una nota de preocupación en la frase?

¿Quizás de aprensión por lo que le iba a hacer?

Margo era una de las personas más valientes que hubiera conocido jamás, pero no le gustaban las sorpresas, lo desconocido.

A él, sin embargo, le gustaba mucho porque le daba la ventaja de poder tratar con ella. Lo quería todo. Quería el sexo. Iba a necesitar paciencia para demostrarle la buena pareja que hacían.

—Para poder hacerte llegar —contestó Dash sin mirarla siquiera.

Silencio absoluto.

—Y para poder disfrutar mirándote —continuó él sin cambiar el gesto, pero volviéndose hacia ella—, y que tú te encuentres cómoda conmigo.

—Estoy cómoda —Margo alzó la barbilla.

—Entonces, ¿cuál es el problema?

Los segundos pasaron. Ella cerró los ojos, se apoyó contra la pared y soltó un gemido.

—¡No sé cómo lo haces!

—¿No sabes cómo te pongo a cien? —Dash quería asegurarse de que ambos estuvieran hablando de lo mismo.

—Sí.

Él la contempló durante unos segundos antes de echar mantequilla a la sartén y meterla en el horno para que se fundiera. Después se limpió las manos en un paño de cocina y se acercó a ella.

—Hay mucha química entre nosotros.

—¿Y por qué no estás tan excitado como yo?

—¿Te crees que no lo estoy? —él le tomó la muñeca derecha y llevó su mano hasta la bragueta de los vaqueros, sobre la palpitante erección. Al primer contacto de los pequeños dedos, se quedó sin respiración—. Me muero por hundirme dentro de ti, cielo. Pero también estoy decidido a que sea todo lo bueno para ti como sea posible. Y eso significa proporcionarte lo que te gusta, prestar atención y hacer que el placer alcance cotas máximas.

—Si aumenta siquiera un poco más, estaré perdida.

La mano posada sobre su masculinidad dificultaba la concentración.

—Eso está bien.

Ella apretó un poco a través de la tela del pantalón.

—Me gustaría que tú simplemente…

—Calla. No —con el fin de preservar su control, Dash apartó la mano de Margo—. Puede que creas que disfrutarás teniendo el mando, pero te va a gustar aún más someterte.

Fue la elección de la palabra lo que llamó la atención de Margo. «Sumisión». Un concepto totalmente ajeno para una mujer tan dominante.

Dash esperó.

Ella se mordió el labio inferior y apartó la mirada.

—¿Es lo que haces con otras mujeres? —susurró.

—Yo no deseo a otras mujeres —necesitaba que ella lo entendiera. Desde que la había conocido, nadie más había despertado su interés.

—Pues entonces en el pasado. ¿Se trataba de algún juego preferido tuyo?

Tocarla se convirtió en una necesidad viviente. Dash deslizó la mano por debajo del cabestrillo y la posó sobre el pecho derecho de Margo antes de frotar con el pulgar el ya erecto pezón.

Margo emitió un suave gemido, cerró los ojos y se estremeció. Su reacción le resultó gratificante a Dash.

—Lo admito, me gusta estar al mando. Pero, si te apetece probar otra cosa, no tienes más que hacérmelo saber.

—¿Alguna vez te ha dicho una mujer que no? —ella lo miró con los ojos entornados.

—¿Sobre alguna fantasía favorita? —Dash se encogió de hombros—. Por supuesto.

—¿El qué? —la curiosidad sustituyó a una parte del calor—. ¿Qué te apetecía hacer que ella no quería?

Esa mirada tan particular casi le arrancó a Dash una carcajada. Se notaba que se estaba imaginando una docena de escenas equivocadas.

—Creo que guardaré la confesión para otro día —él se agachó y le besó la punta de la nariz—. Ahora mismo, preferiría concentrarme en ti, conmigo, y en lo bien que se siente todo esto. ¿De acuerdo?

—Mañana, cuando me den el alta…

—Si te dan el alta —no le gustaba cómo se estaba forzando a sí misma.

—Mañana puede que cambien las tornas.

Lo había dicho como una amenaza, y Dash sonrió abiertamente.

—Pues me muero de ganas de verlo. Pero de momento, esta noche, confía en mí para saber qué necesitas —él subrayó la frase pellizcándole el pezón, tirando de él y retorciéndolo sutilmente.

Ese simple gesto casi la llevó a la cima.

Dash se retiró. Con los brazos a los costados del cuerpo se limitó a mirarla, disfrutando al ver cómo la sensual niebla se disipaba de su mirada, cómo Margo se esforzaba por regresar del borde del abismo.

Empujando con la mano se apartó de la pared, con la mirada evasiva, asintió y se dio media vuelta.

—Olvida tu baño torturador. Me lavaré yo sola.

—¿No necesitas ayuda?

—Tu idea de ayudar me mataría.

—Aguafiestas —Dash le dio una palmada en el trasero—. Mañana entonces.

—Cuando estés preparado —ella lo miró por encima del hombro—, estaré en el dormitorio.

El tono de voz empleado le aceleró el corazón a Dash hasta casi salírsele del pecho. Por Dios, estaba en un serio apuro y jugándoselo todo a los juegos sexuales. Tenía que ser bueno, más que bueno, porque tenía la sensación de que ella emplearía cualquier excusa para terminar con la relación.

Oliver entró en la cocina, se frotó contra los tobillos de Dash y lo sacó de su ensimismamiento. Un segundo después, oyó el grifo del agua abrirse en el cuarto de baño.

Dash se apresuró a terminar de preparar el pollo, disponerlo sobre la sartén de hierro y cerrar el horno. En un tiempo récord peló unas cuantas patatas, las cortó en trozos y las puso a hervir.

Para mantener al gato ocupado, llenó el cuenco de Oliver y su fuente de agua, y luego se lavó y secó las manos. Le había dado a Margo veinte minutos, tiempo más que suficiente.

La anticipación lo devoraba mientras arrojaba a un lado el paño de cocina y se dirigía pasillo abajo a su encuentro. Al pasar junto al cuarto de baño, echó un vistazo al interior y no le sorprendió no encontrarla allí. En el suelo había quedado una toalla húmeda, y en el lavabo un cepillo de dientes mojado. Él sonrió y decidió que no le haría ningún daño lavarse un poco él también.

Contempló su imagen en el espejo. Seguramente debería afeitarse de nuevo para evitar arañarla, pero la idea de Margo esperando, desnuda, en su dormitorio le hizo desechar esa posibilidad de inmediato.

En menos de dos minutos estaba ante la puerta del dormitorio. Y allí estaba ella, sentada en el borde de la cama, desnuda salvo por las braguitas. Los pequeños pies pegados, la mano derecha descansando sobre el colchón junto a su cadera, el brazo con la férula sobre el regazo. Mantenía la espalda completamente recta, el pecho ascendiendo con profundas respiraciones.

Más excitado de lo que nunca había estado con una mujer, Dash entró en el dormitorio y cerró la puerta con delicadeza.

—Margo...

Ella alzó la vista y se puso en pie.

—¿Por qué no estás desnuda? —él permaneció junto a la puerta.

Ella se acercó a él, respirando entrecortadamente, con la mirada ardiente. Apoyó la mano derecha sobre el fuerte torso y la arrastró por encima de los pectorales, y abajo hasta la cinturilla de los pantalones vaqueros, y aún más abajo, hasta el palpitante miembro.

—Te estaba esperando.

Ocultando una sonrisa, Margo captó las señales adicionales de excitación que aparecieron en el rostro de Dash. Las aletas de la nariz se ensancharon, los pómulos se sonrojaron.

Eso estaba bien.

De un modo u otro estaba decidida a presionarlo. Cierto que disfrutaba cuando él se mostraba sutilmente dominante. En realidad le encantaba.

Pero más aún, deseaba a ese hombre. Comprenderlo le hacía sentirse rara, y los gustos habituales seguían ahí, pero cualquier cosa en la que Dash interviniera resultaba excitante. Demasiado excitante.

Ya no podría aguantar muchos más preliminares, pero tenía que recuperar mucho terreno.

Dash le tomó la mano y la apretó con fuerza contra la erección. Con voz dulce, y demasiado tranquilo, se dirigió de nuevo a ella.

—Quítate las braguitas.

—Quítamelas tú.

La perezosa sonrisa de Dash hizo que el estómago de Margo diera un salto mortal. Le acarició la mejilla, los labios. Y, de repente, le dio la vuelta hasta que su espalda quedó pegada contra el fornido torso. Le cubrió un pecho con una mano y deslizó la otra hasta la parte delantera de las braguitas.

—¿Has disfrutado con el baño?

—Cada uno de los tres minutos —respirar no era tarea fácil. Margo se apoyó contra él—. No paraba de pensar en lo que querías hacer, y en que yo también lo quiero. Pero esta noche no podría soportarlo.

—¿Con lo fuerte que eres? —él le rozó una oreja con la lengua para hacerle sentir su cálido y húmedo aliento—. Podrás soportarlo.

¡Oh, Dios! Los dedos jugueteando con el pezón ya conseguían que fuera demasiado excitante, la erección contra su trasero casi la desarmó.

—Eres demasiado bueno en esto.

—¿Esto?

—Los preliminares.

—Déjame que lo vea por mí mismo —susurró él.

Unos ardientes dedos se deslizaron sobre la entrepierna, por encima de las braguitas, explorando, acariciando. Ella echó la cabeza hacia atrás, tensó las piernas y se abandonó a las caricias.

—Umm —murmuró él—. Estás mojada. ¿Estabas pensando en mí aquí dentro?

—Sí —a modo de invitación, ella separó las piernas.

Dash le besó el cuello y el hombro.

—Te amo cuando estás así, Margo —y mientras lo decía, él presionaba con su erección contra el trasero de Margo y, al mismo tiempo, le pellizcaba un pezón.

Ella se puso tensa por varios motivos. «¿Amor?». El uso de esa palabra inundó su corazón de pánico. Y el excitante pellizco en el pezón...

—Te gusta, ¿a que sí?

—Sí.

Muchísimo, en realidad.

Dash hundió la mano dentro de la braguita, con los rugosos dedos moviéndose sobre ella, abriéndola, probándola.

—¿Crees que serás capaz de llegar estando de pie? —preguntó, aunque no le dio la oportunidad de responder—. Averigüémoslo.

Margo supuso que utilizaría los dedos, húmedos después de acariciarla, pero Dash le dio la vuelta, y cayó de rodillas ante ella.

¡Dios santo!

Sin más dilación le bajó las braguitas, pero no le dio la oportunidad de sacar los pies. Permanecieron a la altura de los tobillos, desequilibrándola, haciéndole sentir en cierto modo más expuesta que si se las hubiera quitado del todo.

Él le recorrió todo el cuerpo con la mirada.

—Me encanta que seas tan menuda. Hace que todo esté al alcance de la mano.

Dash se inclinó hacia delante y le lamió el pezón mientras sus dedos volvían a explorar entre las piernas, abriéndola, acariciándola hacia delante y hacia atrás antes de hundir profundamente dos dedos.

Ella no pudo contener una reacción, apartándose del intenso placer.

—De eso nada —susurró Dash mientras le sujetaba el trasero con la otra mano para mantenerla pegada a él. Sacó los dos dedos, mojados y brillantes, y le acarició el pezón con ellos—. Lo deseas, de modo que no te resistas.

El aliento de Dash le acarició la piel segundos antes de tomar el pezón en su boca, chupando delicada, aunque insistentemente. Al mismo tiempo posó de nuevo la mano entre sus muslos y volvió a hundir los dedos en su interior.

Margo sentía tal deseo que, entre la boca sobre su pecho y los rugosos dedos arañándole la sensible piel, sintió formarse el inicio del clímax. Se tensó, con el cuerpo cerrándose en torno a los mojados dedos.

—Dash... —gimió.

—¿Ya? —preguntó él con amabilidad y un toque de sorpresa—. Entonces será mejor que me ponga a ello.

Margo no estaba segura de qué podía significar aquello hasta que él empezó a besarle el cuerpo en dirección descendente. La expectación le hizo contener la respiración. Sabía que iba a utilizar su boca sobre ella y estaba tan ansiosa por experimentarlo que casi no podía soportarlo.

—Tienes la piel tan sedosa... —murmuró mientras le mordisqueaba las costillas, el estómago, las caderas.

Deslizó un brazo alrededor de su cintura y le sujetó el trasero con la otra para mantenerla inmóvil. Y por fin hundió el rostro entre sus piernas.

Margo gritó y encajó las rodillas mientras se agarraba a Dash. La lengua, ardiente y áspera, la acarició repetidamente, se hundió dentro de ella, y volvió a salir para enroscarse alrededor del clítoris con un hambriento gruñido.

Con un ligero tirón, ella se perdió, el orgasmo estalló en su interior, privándole del aire, de toda fuerza, con una explosión de ardientes sensaciones. Gritó. Y no le importó hacerlo. Se aferró a él. Y tampoco le importó. Se apretó más contra su boca, suplicando. Y ni siquiera se dio cuenta de ello.

Segundos, quizás minutos, después, Margo fue consciente de Dash tomando su desmadejado cuerpo entre sus brazos, sobre su regazo, acunándola y besándole los cabellos, frotándole la espalda. Sentía la impresionante erección contra la cadera.

Impresionante. Casi temible. Y tan maravilloso. De haber tenido fuerzas suficientes, se habría reído.

Sin embargo, solo fue capaz de pronunciar una palabra:

—Dios.

—Sí —murmuró Dash con voz ronca—. Eres jodidamente impresionante —continuó besándola, prodigándole unas caricias afectuosas, tiernas y ardientes.

—Eso ha sido... —intentó explicar Margo mientras recuperaba el aliento.

—Lo sé —él le cubrió un pecho con su mano, con la palma sobre el galopante corazón.

Y volvió a besarla, dejando la boca pegada a la sien mientras la abrazaba con más fuerza.

—Ha sido incluso mejor que antes.

—Me alegro —Dash le besó el cuello y el hombro.

—Y pensar que yo esperaba que el sexo contigo fuera aburrido.
Dash se quedó helado.

Margo comprendió lo que acababa de decir, supo que le debía una explicación, pero en esos momentos su prioridad seguía siendo recuperar el aliento.

—¿Aburrido? —Dash se apartó ligeramente y la miró.

Malditos fueran sus balbuceos postcoitales.

—Aburrido exactamente no —su cerebro tenía poco tiempo para ponerse a tono—. No quise decir eso.

Pero jamás, en ningún momento, un encuentro sexual la había dejado tan floja ni le había afectado tanto. Volvió a acercarse a él, pero Dash giró la cabeza.

—¿Y qué quisiste decir?

Margo posó una mano sobre su barbilla y le giró el rostro hacia ella para poder besarlo, y probarse a sí misma. Hundió el rostro en su cuello, abrumada por su olor, su calor.

—Yo, debes comprender...

—Explícamelo —Dash se irguió para apoyarse un poco más alto contra la puerta, con Margo firmemente sujeta en su regazo—. ¿Pensaste que era un hombre de dos minutos? ¿Pensaste que era un cerdo egoísta? ¿Qué?

—Nada de eso —Margo intentaba mantener el rostro oculto contra él, pero Dash no se lo permitió.

Sujetándola por los hombros, con la expresión enigmática y el tono desprovisto de toda emoción, insistió.

—Explícamelo.

—Supuse que serías... competente.

Él soltó una carcajada carente de humor.

—Pero convencional, y quizás no ajustado a mis... a mis preferencias —preferencias que, de repente comprendió, no importaban, con Dash no.

Aunque optara por el viejo y buen misionero, ella se volvería seguramente loca de disfrute.

Dash parecía estarlo considerando mientras observaba atentamente sus pechos. Con un dedo dibujó círculos alrededor de un pezón.

—¿Qué tal el brazo? —preguntó de repente como si nada.

—Bien —el cambio de tema la descolocó, pero Margo quería insistir en ello, para tranquilizarlo, para… ¿qué?

¿Para mantener su interés? ¿Tan insegura era? ¿Tan patética? La posibilidad la irritó tanto que frunció el ceño.

—Deja de preguntármelo. Ya soy mayorcita. Si me duele algo, ya me ocuparé de ello.

Como si la actitud cáustica no lo hubiera desconcertado, Dash se quedó mirando fijamente la temblorosa barriga y descendió hasta las húmedas piernas.

—Tu cuerpo sigue acalorado.

Ella no lo entendió en absoluto.

—Ya te he dicho que ha sido un clímax impresionante.

—¿Y te sientes mejor ahora? ¿Menos tensa? ¿Más relajada?

Maldito fuera ese tipo y su impersonal interrogatorio.

—Sí. Estoy bien.

—Bien —Dash la reacomodó, apartándola de su regazo y dejándola en el suelo mientras él se ponía en pie—. Voy a comprobar la cena.

Margo lo miró boquiabierta.

—¿Ahora?

Se le veía que aún estaba duro. Y, aunque ella había podido liberarse, estaba muy lejos de sentirse saciada.

—Sí —él posó una mano sobre su cabeza—. Vístete y ven a la cocina.

Margo volvió a mirarlo boquiabierta. ¿Cómo se atrevía a darle órdenes?

¿Cómo se atrevía a dejarla allí, sentada desnuda sobre el condenado suelo?

Incluso tuvo que apartarse cuando él abrió la puerta y salió del dormitorio.

Al principio se sintió herida, y luego furiosa.

Ya había tenido suficiente. De ninguna manera iba a permitirle salirse con la suya en eso.

¿Por qué tenía ese hombre la capacidad de dejarla siempre confundida?

Poniéndose en pie, agarró la colcha de la cama y corrió tras él.

—¿Cuál es tu problema? —preguntó en un tono exaltado contra su espalda.

Varios pasos por delante de ella, Dash entró sin apresurarse en la cocina y sacó el pollo del horno.

—Maldita sea, Dash —ella lo contempló con el ceño fruncido. Quería que reaccionara. Quería conseguir irritarlo.

—No te acerques —le advirtió él mientras dejaba la sartén de hierro fundido encima del horno—. No quiero que te quemes.

Y porque seguían temblándole las piernas, Margo se dejó caer contra la pared.

—Eres imposible.

Nada.

Ella lo observó mientras le daba la vuelta al pollo y lo volvía a meter en el horno, y luego ponía a cocer al vapor las verduras.

—El pollo es uno de mis platos preferidos.

—Lo sé.

Vagamente, Margo recordó que él se lo había preguntado durante las comprobaciones rutinarias tras la conmoción. Y, conociendo sus preferencias, había sido lo bastante considerado como para cocinar para ella.

—No pretendía insultarte —en esos momentos, Margo se sentía como una zorra, tal y como la consideraban otros a menudo.

—La cena estará lista en diez minutos —él se volvió hacia ella y la contempló de arriba abajo—. ¿Vas a cenar así?

¿Acaso le molestaría? A diferencia de ella, él aún no le había mostrado sus encantos.

—¿Por qué no?

Aunque Dash estuviera molesto con ella, era evidente que seguía sintiéndose atraído por su cuerpo. A Margo le gustaba tanto ese detalle que incluso dejó caer un poco la colcha de un lado, hasta que casi asomó un pezón.

—Con esta estúpida férula es difícil ponerse una camiseta.

Dash se apartó del horno, con la expresión imposible de interpretar, y Margo sintió una nueva excitación ascender por su columna. Incluso en esos momentos, en los que él estaba visiblemente decepcionado, supo que estaba decidido a ponerla a cien.

Mientras se acercaba, ella tuvo que contener la urgencia de retroceder.

—¿Qué haces?

Dash se detuvo frente a ella y sus grandes manos agarraron la colcha a la altura de sus pechos.

—Si lo que quieres es excitarme, te está funcionando —por el modo en que agarraba la tela, sus nudillos le acariciaron la desnuda piel—. Pero ¿sabes qué funcionaría aún más?

Ella sacudió la cabeza.

Dash sonrió tímidamente y apartó lentamente la colcha, dejándola desnuda.

—Dios, qué cuerpo tienes.

El modo en que la miraba le hizo sentirse más sexy de lo que se había imaginado jamás que podría ser.

Las manos de Dash se deslizaron por su cuerpo, acariciándola de nuevo desde los pechos hasta la tripa. Una mano se posó sobre su trasero y ascendió entre sus piernas. Él se agachó y la besó, lentamente, apasionadamente, con tanta lengua que ella sintió flaquearle las piernas de nuevo.

Y continuó besándola hasta que ella se agarró a él, con la respiración agitada y la piel ardiendo.

—Veamos cómo hemos progresado aquí —Dash se apartó delicadamente y la miró a los ojos mientras los dedos la examinaban entre las piernas. Su mirada se oscureció de satisfacción—. Delicioso. Parece que ambos volvemos a estar en forma.

—¿Qué...?

—Sigo duro como una piedra. Lo justo sería que eso te preocupara un poco, ¿no? —él se quitó la camiseta y la colocó sobre la cabeza de Margo, maniobrando con facilidad en torno a la férula, metiendo el otro brazo después.

Olía a él, ardiente y delicioso, y la envolvió con su aroma.

Era muy injusto. Margo estaba tapada, pero veía los hombros y el pecho desnudo de Dash.

Él sacó una silla, como si esperara que se sentara.

—Espero que tengas hambre, cielo. He preparado cantidad.

Margo no sabía qué hacer. Y se limitó a quedarse allí de pie, esperando pacientemente, con la mirada fija, tan ardiente que tenía ganas de saltar sobre él.

Dash tenía razón. El deseo había vuelto a tomar posesión de su cuerpo.

—Confía en mí —susurró él mientras le ofrecía una mano.

El gesto resultó tan dulce, un modo de ayudarla a ceder, que Margo emitió un suspiro y obedeció.

Agradecido, él se inclinó y le besó la frente… antes de volver a sus quehaceres culinarios como si no se hubiera producido ningún enfrentamiento. Y, maldita fuera, eso la excitó a ella también.

Al parecer, Dashiel Riske la había calado por completo. Ese hombre tenía una manera totalmente diabólica de darle la vuelta como un calcetín, despertando en ella un deseo casi desesperado de tenerlo. Margo desconocía si eso sería bueno o muy, muy peligroso para su corazón.

CAPÍTULO 15

Mientras dejaba dos aspirinas junto a su plato y le llenaba un vaso de té helado, Dash sentía la mirada de Margo sobre él.

—Puedes preguntarme cualquier cosa, lo sabes, ¿verdad?

—El pollo huele bien —confundida, Margo frunció el ceño y se tragó la aspirina.

—La receta es de mi abuela. Mi madre cocina bastante bien, pero mi abuela era capaz de hacer engordar nueve kilos a cualquiera —Dash sonrió mientras le servía a ella y luego a sí mismo—. Pero los dos sabemos que no es de eso de lo que quieres hablar —se sentó con ella a la mesa.

Resultaba de lo más extraño ver a Margo intentar controlar sus nervios. Era una mujer sin miedo, capaz de ponerse en la línea de fuego para salvar a otra persona, pero en esos momentos, con él, ante una cena a base de pollo, parecía muy insegura.

—Sácalo ya, cielo —Dash se reclinó en la silla—. Para que podamos disfrutar de la comida.

En un gesto muy típico suyo, ella alzó la barbilla y lo miró a los ojos.

—De acuerdo —necesitó unos segundos más para encontrar las palabras—. Dijiste... dijiste que me amabas cuando yo me mostraba... —de nuevo tuvo que buscar las palabras—, cuando yo era más pasiva.

¿Qué ideas se le habían metido en la cabeza? Dash cruzó los brazos sobre el pecho.

—Me encanta verte excitada. ¿Y qué?

—Pues que no suelo ponerme así. Yo no soy realmente así, no soy yo, es que...

—Sí eres tú —la corrigió él. No estaba dispuesto a negar lo bueno que era el sexo entre ambos.

El que hubiera pensado que podría ser aburrido, desde luego, lo había fastidiado. Con suerte ya le había quitado esa idea de la cabeza para siempre. Pero le preocupaba lo bastante como para reconsiderar ceder ante ella aquella noche. Le preocupaba el brazo, pero tendría muchísimo cuidado, y ese cuidado extra podría ser, en sí mismo, otro tipo de juego preliminar.

—Ya sabes a qué me refiero, Dash.

—Es verdad —lo sabía mucho más de lo que ella creía—. Disfrutar ocasionalmente de un papel sumiso durante el sexo es solo una pequeña parte de lo que tú eres. Pero es una parte sincera, y es importante —comprendiendo la preocupación de Margo, él se inclinó hacia delante y apoyó los brazos sobre la mesa—. Me encanta verte caliente y excitada, esperando que yo me ocupe de ti. Pero también me encanta cuando te muestras descarada, como hoy con el idiota ese del camión. Por mucho que me diera miedo, también me impresionó —él sonrió—. Incluso me gusta cuando te pones toda quisquillosa, complicándome la vida.

Margo sacudió la cabeza, quizás incrédula, quizás confundida.

—Y me encanta cómo estás ahora mismo —Dash le tomó una mano—. Insegura, pero sincera conmigo, decidida a trazar algunas líneas en nuestra relación.

—¿Esto es una relación?

—Sí —Dash la miró con los ojos entornados.

—¿Y si no estoy de humor para mostrarme dócil? —ella lo miró durante un buen rato.

—Pues lo dices —él volvió a sonreír—. Te prometo que podré manejarlo.

«Porque puedo manejarte a ti, cada fascinante aspecto de tu personalidad». Sin embargo, decidió no manifestar su opinión en voz alta.

—¿No te importaría?

—Estoy seguro de que vamos a disfrutar de todos modos —porque estar con ella nunca podría ser menos que espectacular.

Margo reflexionó largo y tendido antes de sonreír, soltar la mano de Dash y tomar el tenedor.

—De acuerdo.

Demasiado sencillo.

—¿Entonces no soy aburrido? —necesitaba oírselo decir.

—No, desde luego que no lo eres —ella mantuvo la mirada fija en el pecho de Dash—. Eres muy excitante y no sé hasta dónde voy a poder aguantarlo.

Quizás no fuera a hacerle falta. Después de la cena, en función de cómo la encontrara, decidiría. El adjetivo «aburrido», le había despertado la necesidad de probarse a sí mismo, era muy consciente de ello, pero ¡qué demonios!, no era más que un hombre y tenía su orgullo.

Dash observó encantado cómo Margo atacaba la cena.

—Umm, qué rico.

Qué mujer más voluble.

Transcurrida la mitad de la cena, Margo recibió una llamada. Oyó sonar el móvil desde el dormitorio, donde lo había dejado dentro del bolso, y se puso en pie para ir a por él.

—Ya voy yo —Dash le hizo un gesto con la mano para que volviera a sentarse.

—Podría ser de la comisaría —observó ella, levantándose para seguirlo de todos modos.

Dash no tenía ninguna intención de violar su intimidad. Se limitó a tomar el bolso y llevarlo de vuelta a la cocina, encontrándose con ella a medio camino en el pasillo. Margo hundió la mano rápidamente, sacó el móvil y contestó al sexto tono.

—¿Hola? Ah, Rowdy, hola —miró a Dash y se dirigió de nuevo a la cocina—. ¿Qué hay?

Él la siguió en silencio. A diferencia de la última ocasión en que la había visto con Rowdy, en su tono de voz no percibió otra inflexión aparte de la de un discreto interés.

Los celos eran una maldición, y los odiaba.

Había creído que él era aburrido, pero había deseado a Rowdy.

Ocultar sus sentimientos al respecto no era fácil. Definitivamente, esa noche iba a hacerla suya.

Cuando Margo se acercó a la mesa de la cocina, Dash le sujetó la silla y ella le sonrió mientras se sentaba.

245

—¿Y eso cuándo fue? —preguntó a Rowdy—. Haré que Reese y Logan lo comprueben —continuó escuchando y frunció el ceño—. ¿O sea, que soy la última en enterarme?

Dash volvió a sentarse frente a ella.

El evidente descontento de Margo se intensificó y su cuerpo se tensó.

—Mierda —siguió escuchando y sacudió la cabeza—. Sí, hazlo. Y la próxima vez llámame a mí primero —otra pausa, durante la que emitió un suspiro—. No, yo los habría enviado, sí, de acuerdo. Bien. Lo entiendo. Llámame si descubres alguna otra cosa —colgó el teléfono con expresión de estar más que dispuesta a estamparlo contra el suelo, pero lo dejó con cuidado sobre la mesa.

—¿Problemas? —preguntó Dash.

—Rowdy consiguió una pista sobre el lugar donde podrían haber permanecido escondidos los pirómanos —le explicó Margo mientras llenaba el tenedor con verduras—. Informó a Logan, que ha ido a comprobarlo con Reese.

Ya. De modo que Rowdy la había puenteado.

—¿Acudió a ellos primero porque seguramente ya estaban por la calle?

—Eso dice. Pero yo sigo pensando que debería haberme informado a mí primero. Hay un orden muy preciso para hacer las cosas.

Dash hizo un saludo militar. Él mismo tenía un orden muy preciso en su mente... para hacerla suya.

—Supongo que en realidad no importa —ella entornó los ojos—. Para cuando los chicos llegaron al lugar, estaba reducido a cenizas.

Los chicos. Curiosa manera de referirse a dos detectives de su categoría.

—¿Cenizas?

—Había ardido. Era un garaje abandonado y alguien lo prendió fuego.

Dash se puso rígido mientras pensaba en la amenaza que pendía sobre la cabeza de Margo. Los tipos responsables estaban resultando ser más peligrosos a cada momento.

—¿Estaba vacío? ¿No hubo heridos?

—Por fortuna —ella comió un poco más—. Dentro de un rato

llamaré a tu hermano para que me cuente todos los detalles y, por supuesto, vamos a seguir buscando pistas, ya que Rowdy insiste en que su informante era de fiar, aunque dudo mucho que encontremos algo. Rowdy va a volver a hablar con el soplón para ver si hay algo nuevo.

—¿Fue quemado con queroseno?

Antes de que ella pudiera contestar, alguien llamó a la puerta.

—Esto parece la estación central —se quejó con un gruñido.

Dash volvió a levantarse de la mesa y le retiró la silla a Margo.

—Quizás deberías ponerte una bata o algo mientras yo voy a abrir.

Sin dejar de protestar, ella se metió otro trozo de pollo en la boca y salió de la cocina.

Oliver se despertó al oír el golpe de nudillos y corrió a la cocina para esconderse debajo de la mesa. Dash sintió simpatía hacia él y le dio unas cuantas chuches antes de ir a abrir.

Ante él se encontró a Logan y a Reese. El cielo se había oscurecido y olía a lluvia, aunque de momento no había caído ni una gota.

—Hola.

—¿Dónde está Peterson? —Logan se abrió paso y miró a su hermano con expresión de disgusto.

—¿Sucede algo? —preguntó ella mientras salía a su encuentro.

Logan y Reese se quedaron helados con una expresión muy cómica, con la mirada recorriendo el cuerpo de su teniente desde los diminutos pies, pasando por la cintura ceñida por el cinturón de la bata, hasta la cabeza coronada por unos cabellos revueltos que enmarcaban un rostro sin maquillar.

Los ojos desmesuradamente abiertos de Logan se trasladaron hasta Dash y permanecieron sobre él.

Reese miró al techo, al suelo, a sus propios pies.

—Pasad —luchando por controlar un ataque de risa, Dash los invitó—. Estábamos cenando.

—Pollo frito —constató Logan tras olfatear el aire antes de volverse hacia Reese—. Mi hermano lo prepara igual que lo hacía nuestra abuela.

—Desde luego, huele muy bien —contestó el otro detective—. Supongo que no habrá sobrado nada.

—Un poco. Si os apetece…

—¿Qué? ¿Hacéis? ¿Aquí? —preguntó Margo tras aclararse ruidosamente la garganta.

Logan devolvió la mirada a su jefa.

Dash estuvo a punto de soltar una carcajada ante la expresión resuelta de su hermano que intentaba mantener la vista alejada de los pechos de Margo, que se marcaban bajo la fina bata.

—Rowdy nos dijo que te había llamado por lo del incendio.

—Sí.

Logan se encogió de hombros en un intento de aliviar la tensión.

—Ya, bueno, pues tenemos noticias. Rowdy iba a volver a llamarte, pero supuse que, dado que ya estábamos fuera, podríamos venir a informarte en persona.

—Así hay menos probabilidades de que los planes sean interceptados —intervino Reese.

Dash comprendió que todos seguían preocupados por posibles filtraciones y cualquier resto de corrupción que aún quedara en la comisaría.

—¿Por qué no nos sentamos en la cocina? —sugirió Dash—. Pueden comer algo mientras te informan.

—De acuerdo —Margo los guio.

Reese se fijó en el trasero de su teniente envuelto en la bata, pero rápidamente desvió la mirada. Su aspecto era de total culpabilidad.

Tras fulminar a su hermano con la mirada, Logan cerró la comitiva detrás de Reese.

Resultaba cómico cómo esos dos solo eran capaces de ver un aspecto de Margo, lo cual, en parte, seguramente contribuía a las dificultades que tenía ella de aceptar las diferentes facetas de su propia personalidad, facetas que él había sacado a la luz. Si todos los demás la veían únicamente como una severa jefa, qué difícil debía de resultarle mostrar su lado más dulce y vulnerable.

Mientras Dash repartía el pollo sobrante entre Reese y su hermano, Logan se dejó caer en una silla.

—Unas pocas horas antes de que se declarara el incendio en ese edificio, unos chicos del vecindario encontraron unas manchas frescas de queroseno. Avisaron a Cannon porque pensaron que era sospechoso. Cannon dice que los chicos aseguraron que había queroseno en las paredes, los suelos y sobre algunos viejos neumáticos.

—Cannon, por supuesto, nos llamó —prosiguió Reese, sentado junto a Margo, con gesto severo—. Sin embargo, antes de que nos diera tiempo a llegar...

—¿Fuego? —adivinó Dash.

—La puerta de atrás había sido forzada, los chicos dicen que ya la encontraron así. Atajaron por el callejón de regreso a sus casas después de haber lanzado unas cuantas canastas en el centro deportivo de Cannon.

—Menos mal que no se tropezaron con los pirómanos —Dash ni siquiera se atrevía a imaginarse qué podría haberles sucedido a los chicos.

—Eso fue lo que dijo Cannon —afirmó Logan—. Tiene pensado hablar con ellos para que no vuelvan a tomar ese camino.

—En mi opinión, deberían evitar todos los callejones —añadió Reese antes de volverse hacia Margo—. Había pensado hablar con algunos muchachos para que patrullaran por esa zona más a menudo, sobre todo hacia la hora de cierre del centro deportivo.

—Buena idea —Margo se movió inquieta—. ¿Para cuándo tendremos un informe de los bomberos?

Dash percibió sus maneras tranquilas, pero letales. A pesar de la ausencia de una vestimenta adecuada, había vuelto a ser la teniente, gélidamente furiosa, seguramente por el incendio y por el peligro que podrían haber corrido los críos. Sin importarle un bledo lo que pensaran Logan o Reese, le tomó una mano.

Ella contempló la mano de Dash, con las cejas enarcadas, perpleja, y su mirada siguió por el musculoso brazo hasta el rostro.

Él no sonrió, pero tampoco apartó la mirada.

Margo cedió y aceptó el contacto, cerrando los dedos en torno a los suyos.

A Logan le llevó varios segundos librarse de su sensación de incomodidad.

—El jefe Williams dijo que hubo una serie de pequeñas explosiones que, supone, se debieron a los neumáticos que estallaron por el calor. Aún no ha determinado con exactitud cómo se inició el fuego, pero se inclina hacia un caso de vandalismo deliberado.

—Nadie sabe que no hemos encontrado ninguna prueba —Margo reflexionó en silencio, cada vez más furiosa—. Quienquiera que iniciara el fuego no esperaba que los chicos avisaran tan pronto. Seguramente dieron por hecho que el edificio ardería hasta los cimientos. Pero ¿sigue en pie?

—Así es —confirmó Reese—. Los bomberos controlaron el incendio enseguida, pero todo está hecho un desastre.

—Ninguno de los otros edificios, también vacíos, quedó afectado —añadió Logan—. Salvo por algunos daños externos provocados por el humo.

—De manera que... —Margo miró a cada uno de los tres hombres—. Podríamos dejar caer que hemos encontrado algunas pistas, ¿verdad?

—¿Contar unas cuantas mentiras? —Logan asintió lentamente—. Podría obligar a esos bastardos a dar la cara.

—¿Quieres que suelte algunas cosas? —Reese sonrió.

—No —una traviesa sonrisa borró el ceño fruncido de Margo—. Dados sus contactos, creo que sería mejor que lo hicieran Cannon y Rowdy.

—Menuda idea.

—Y, si eso no funciona —ella respiró hondo—, podría hacerme visible. ¿Os parece?

—Eso ya lo hiciste —intervino Dash con una creciente sensación de inquietud.

—Se refiere a hacer de cebo —Logan miró furioso a su jefa.

—No —Dash sentía que por sus venas circulaba hielo.

—Tú no decides —lo reprendió ella con dulzura—. Y no, no es mi idea favorita.

Dash se quedó inmóvil, con la mirada taladrando a su hermano, pero Logan se negaba a mirarlo a los ojos. ¿Estaba de acuerdo con ella? Mierda.

—Intentemos primero esto —Logan se puso en pie con el móvil en la mano—. Voy a llamar a Rowdy ahora mismo.

—Y yo hablaré con Cannon —su compañero lo imitó—. De

todos modos, luego tenía pensado pasarme a hablar con los chicos que lo vieron todo.

Con la satisfacción dibujada en la cara, Margo los vio ponerse en marcha.

Dash pensó que más le valía a su hermano que funcionara el plan.

Margo permaneció con la mirada fija sobre la mesa durante unos segundos antes de levantar la vista.

—Soy una policía condenadamente buena.

—Lo sé —contestó él con sinceridad.

—No puedes interferir.

La afirmación despertó en Dash deseos de mantenerla pegada a él, pero consiguió asentir.

—De acuerdo.

Una sonrisa se abrió paso fugazmente en el rostro de Margo.

—Puede que la mentira dé resultados. Ahora mismo esos rufianes están muy confiados pensando que estamos perdidos, lo cual es cierto. Pero, si empiezan a preocuparse, cometerán un error.

—Y entonces los atraparás.

—Sí. Entonces los atraparé.

Logan habló con Rowdy, poniéndole al día con respecto a los planes. Reese estaba al habla con Cannon, quedando para reunirse con él.

—Prométeme que tendrás cuidado —le pidió Dash.

—Siempre —contestó ella con expresión sombría—. Si la fastidio, otra mujer podría resultar herida.

Y ella jamás permitiría algo así.

Más que nunca, Dash se moría de ganas de estar a solas con ella.

Oliver permanecía tumbado sobre el regazo de Margo mientras esta contemplaba una aburrida serie televisiva desde hacía media hora. Dash, aún sin camiseta, habría podido intentar interrogarla, pero optó por ordenar la cocina mientras ella se relajaba. O más bien intentaba relajarse, pues su mirada lo buscaba a él continuamente en la habitación de al lado, recibiendo ocasionales imágenes del magnífico cuerpo cuando pasaba por delante de la puerta.

Cada vez que él levantaba la vista y se encontraba con la mirada azul, sonreía. En unas pocas ocasiones incluso le preguntó si necesitaba algo.

«Sexo», hubiera querido contestar ella, aunque eso él ya lo sabía y no vio ninguna razón para seguir dándole vueltas al tema.

Normalmente, en una noche como esa, Margo estaría estudiando el caso y sintiendo la futilidad de localizar a esos criminales antes de que cometieran un nuevo crimen. La frustración sí estaba allí, pero en cierto modo era pisoteada por otras frustraciones, que la ayudaban a aclarar su mente en cuanto al trabajo. Nunca tenía sentido obsesionarse con un caso. Hacerlo evitaba ver lo obvio.

En esos momentos, por encima de la diligencia debida, solo podía esperar y rezar para que el cuento que Rowdy y Cannon iban a soltar obligara a los bastardos a reaccionar de un modo que les dejara desprotegidos.

Un ruido de sartenes resonó cuando Dash se dispuso a recogerlas. A continuación se oyó el agua del grifo. Y eso bastó para distraerla. De nuevo.

Nadie, jamás, la había mimado tanto. Ni siquiera de niña recordaba que alguien le hubiera ordenado que se sentara a descansar.

Dash no era ningún mártir. A Margo no le cabía la menor duda de que, en cuanto estuviera recuperada al cien por cien, él iba a aceptar de buen grado su colaboración en… todo. Cocinar, limpiar, cuidar de Oliver.

Sexo.

Dash salió de la cocina y ella lo devoró con la mirada. Quería verlo desnudo, tocarlo entero.

Él se detuvo frente a ella con una pequeña sonrisa de complicidad que le daba un aspecto aún más sexy.

—Ya he terminado en la cocina, de modo que voy a darme una ducha. Necesitaré unos veinte minutos para afeitarme también —él se frotó la rugosa mandíbula, su voz sonaba oscurecida por alguna emoción—. Tu piel es tan suave que no quiero arriesgarme a quemártela.

Margo abrió los ojos desmesuradamente. Pero tras el críptico comentario, que hizo que le diera un vuelco el estómago, Dash se dio media vuelta y se marchó.

Ella tuvo que retorcerse para observarlo, y se dio cuenta de que sonreía descaradamente. ¿Cómo iba a quemarle la piel si se negaba a practicar el sexo con ella? ¡Por Dios santo! ¿Acaso tenía planeado volverla loca de nuevo mientras se lo negaba a sí mismo en una nueva manifestación de control sobrehumano?

Después de que él hubiera desaparecido en el interior del cuarto de baño, cerrando la puerta, ella volvió a dejarse caer en el sofá. Oliver, visiblemente contrariado, volvió a acomodarse sobre su regazo.

Durante los minutos que siguieron, la imaginación de Margo elaboró toda clase de posibilidades sensuales conocidas de los hombres. Oía la ducha, y en su mente lo veía desnudo, el fibroso y atlético cuerpo mojado y brillante, cómo el agua se deslizaría entre el delicioso vello corporal, sobre el pecho, los abdominales, hasta el atractivo caminito feliz.

Cuando dejó de oírse el agua, el corazón de Margo falló un latido. Una cinta invisible se tensó en su interior. Se dio cuenta de que había dejado de acariciar a Oliver, que sus manos estaban inmóviles y que su mirada no se fijaba en nada en particular.

El gato se estiró, bostezó y abandonó el sofá, con la ayuda de su dueña, para dirigirse a su cama. Describió tres círculos, abullonando la manta a su gusto antes de dejarse caer con las patas delanteras asomando por un extremo de la cama y las traseras por el otro. El pequeño rostro peludo reflejaba una profunda relajación.

Margo sonrió. Era el gato más dulce del mundo. Pero ningún miembro de su familia, ni siquiera West, sentía simpatía por él.

Sin embargo, Dash sí. Estaba tan atento al gato como ella.

Margo suspiró.

—¿Te sientes melancólica?

Al volverse se encontró a Dash de pie junto al sofá, con los cabellos húmedos y peinados con las manos para apartarlos del rostro recién afeitado. Vestía únicamente unos pantalones de pijama que colgaban de sus caderas.

No llevaba camiseta.

Piedad.

Con la boca seca, ella lo observó desviar la mirada hacia Oliver.

—¿Ya está fuera de combate por esta noche?

—Sí —contestó ella con una voz que le recordó al croar de una rana. Una rana muy débil. Se aclaró la garganta—. Sí —repitió con más energía—. A mí también me sorprende porque empieza a llover y, normalmente, eso le asusta.

—Podría ser. —Dash reflexionó en voz alta mientras comprobaba que la puerta de la calle estuviera cerrada— que se sienta reconfortado al tenerme aquí.

Y como ella, desde luego, disfrutaba con tenerlo cerca, Margo no pudo por menos que estar de acuerdo.

—Podría ser.

Menuda sorpresa. Había vivido sola tanto tiempo que habría jurado que un hombre de la envergadura y presencia de Dash le habría hecho sentirse acorralada en su casa, su estilo de vida, su manera de hacer las cosas.

Y, sin embargo, resultaba tan agradable tenerle por allí... Incluso en esos momentos, mientras la tomaba de la mano y la levantaba del sofá, Margo percibía su embriagador olor, y eso, también, resultaba muy, muy agradable.

—Hace un buen rato que no te lo pregunto —él le acarició los hombros con los pulgares—. ¿Qué tal tu cabeza?

Lo cierto era que la herida estaba olvidada ya.

—Bien.

Teniendo el pecho de Dash tan cerca, no pudo evitar tocarlo. El vello era áspero, no muy espeso, pero desde luego muy, muy sexy.

—Se acabó el dolor de cabeza.

—¿Y seguro que el brazo no te está dando ningún problema?

Ojalá esa conversación estuviera yendo en la dirección en que ella esperaba que fuese.

—Tengo ganas de que me quiten esta férula, eso es todo. Pero no, no me duele.

De pie en el salón, él dejó que su mirada vagara desde el rostro de Margo hasta su pecho. Completamente absorto en su tarea, le soltó el cinturón de la bata.

—A Logan y a Reese casi se les cayeron los ojos al verte así —abrió la bata por completo—. Y lo comprendo.

—¿Por esta bata andrajosa? Qué vidas más tristes deben de llevar.

—Tiene una suavidad que apenas han visto sobre ti. Y parece cómoda —él la deslizó por sus hombros—. Y no consigue ocultar tus curvas.

Dash contempló detenidamente las aludidas curvas y ella respiró hondo. La mirada era tan intensa que la sentía físicamente.

—De haberse tratado de cualquier otro, no sé, creo que me habría enfurecido —sus miradas se fundieron—. Pero mi hermano, Reese... sé que simplemente los pillaste por sorpresa. Otra vez. Contigo herida y nosotros juntos, se han visto obligados a contemplarte de otro modo. Resulta divertido. Y ahora que te ven como una mujer, ya no hay vuelta atrás. No es que me guste la idea de que empieces a exhibirte por la comisaría ni nada de eso.

Como si pudiera darse el caso...

—Sería extremadamente inapropiado por mi parte vestir de manera reveladora en el trabajo.

—No me refiero a nada revelador. Pero lo que sueles llevar puesto es como una armadura —Dash cubrió el pecho izquierdo de Margo con una mano.

Ella adoraba esas manos, lo grandes que eran, lo fuertes que parecían en comparación con las suyas. Los dedos eran largos, los nudillos grandes, los antebrazos y el dorso de las manos estaban cubiertos de vello. Tan masculino... Tan sexy...

—He estado en la comisaría las suficientes veces para ver a otras mujeres de uniforme —Dash levantó un poco la mano, como si estuviera calculando el peso del pecho—. Las mujeres conocen algunos trucos para conseguir que hasta un saco de arpillera luzca atractivo. Pero tú nunca haces esas cosas.

—¿Nunca? —lentamente, para que él no la rechazara, Margo deslizó la mano por el fornido cuerpo, los firmes abdominales y la estrecha franja de áspero vello que desaparecía bajo los pantalones. Su piel era cálida, suave. Cerró los dedos en torno a la cinturilla y tuvo que resistirse a la tentación de bajarle el pantalón—. Cuando iba al bar de Rowdy me vestía de otro modo.

Dash dibujó una sonrisa torcida en su rostro, quizás por la furtiva caricia, o quizás por lo que acababa de decir ella.

—Sí, y Rowdy enseguida se dio cuenta de que tramabas algo.

Los dos sabemos que no tiene nada que ver con Reese o con Logan. Podrías aparecer completamente desnuda ante Rowdy y, si bien disfrutaría del espectáculo, no se alteraría lo más mínimo.

Eso era cierto. Prácticamente no había ningún modo de que una mujer sorprendiera a Rowdy. Era el hombre más sexual que hubiera conocido jamás. O eso había creído hasta relacionarse con Dash.

—¿Y tú qué?

—¿Qué pasa conmigo? —él le acarició el pecho y por último empezó a frotarle el pezón con el pulgar. Una vez, dos, hasta que lo sintió tenso, observando fascinado la transformación—. Sabes de sobra que disfruto mirándote.

—Pero ¿fallas algún latido?, como has dicho.

—Sí, y más de uno. Ver tu dulce cuerpo casi me desarma. Pero, sinceramente, cielo, tu actitud es tan sexy como tu cuerpo —él la hizo girarse, tomándose su tiempo, mientras le quitaba la bata, deslizándola por los hombros, por un brazo y luego por la férula. Pero en lugar de permitirle girarse de nuevo, arrojó la bata sobre el sofá y la abrazó posando una mano sobre su barriga y deslizando la otra bajo la parte de atrás de la enorme camiseta que le había puesto—. Quería esperar —le explicó—. No soporto pensar en que podría hacerte daño. Pero, maldita sea, Margo, no puedo más.

—¿Quieres decir que...? —Margo era muy consciente de que su voz no debería sonar tan ansiosa, pero tenía la sensación de haber deseado a ese hombre desde siempre.

—Tocarte hoy —susurró él junto a su oreja—. Saborearte, bastó para anular mis buenas intenciones. Pero verte en modo policial con Logan y Reese... La inteligencia y la astucia son tan condenadamente sexys...

¿Siempre la iba a sorprender con su curiosa visión de las cosas?

—Lo que sugerí no era tan astuto en realidad. Simplemente... —su voz se ahogó al sentir las manos de Dash sobre sus pechos.

—Vayamos a tu dormitorio.

«Aleluya».

—De acuerdo —Margo quería olvidarlo todo, excepto a Dash y cómo le hacía sentir, y el hecho de que al fin iba a poder experimentarlo todo con él. Pero no podía comportarse con tanta irresponsabilidad—. Primero voy a la cocina a por el móvil.

—Claro —él recogió la bata—. ¿Crees que Rowdy o Cannon podrían tener noticias esta misma noche?

—No lo sé, pero tu hermano y Reese también me llamarán al móvil si averiguan algo —teléfono en mano, ella pasó delante de él camino del dormitorio—. Vamos, Dash.

—Sí, señora.

Margo percibió el tono de diversión en la frase. ¿Y qué? El deseo erótico aceleró sus pasos hasta el dormitorio. Una vez dentro, dejó el móvil sobre la mesilla y empezó a quitarse la camiseta.

Dash la siguió al interior de la habitación, cerró la puerta y se apoyó contra ella para observar a Margo. Su mirada era ardiente, pero no se ofreció a ayudarla, no se apartó de la puerta, no pronunció una palabra.

Margo le arrojó la camiseta. Le alcanzó en el estómago y cayó al suelo. Sin sentir la más mínima modestia, ella se situó de frente con los hombros cuadrados, la barbilla alta. Se sentía un poco incómoda con la férula, pero no lo bastante como para dudar cuando tenía al alcance de la mano lo que más deseaba.

Dash se tomó su tiempo para observarla, deteniendo la mirada en la intersección entre las piernas hasta que ella sintió ganas de retorcerse.

El prolongado e intenso silencio pudo más que ella.

—Quítate los pantalones —le ordenó.

—Aún no —él la miró a los ojos, permitiéndole ver la impresionante lujuria reflejada en los suyos—. No pareces darte cuenta, pero estoy pendiendo de un hilo. No quiero apresurarme, de modo que mejor me los dejo puestos de momento.

—¿Me prometes que te los quitarás?

—Sí. Pronto —él se acercó, con las manos extendidas moviéndose desde los hombros de Margo, sobre sus pechos, por la cintura y los muslos.

Ella se estremeció.

Dash abrió la boca sobre el cuello de Margo, la barbilla, bajo la oreja.

—Me apetece devorarte de nuevo —susurró con voz ronca.

Ella sintió que le flaqueaban las rodillas. También lo deseaba, pero, más que eso, lo quería a él entero.

—Te necesito dentro de mí.

—Ven aquí —él apartó la sábana de la cama y se sentó de espaldas al cabecero, con las piernas estiradas, mientras se daba una palmadita en los abdominales—. Siéntate.

Bajo la suave franela del pantalón de pijama, la erección destacaba firme, acelerando el corazón de Margo. Por supuesto que se iba a sentar. De mil amores.

Dash la ayudó a subirse a la cama, colocándole el brazo izquierdo sobre su propia cadera para que pudiera sentarse a horcajadas sobre él. Ella intentó sentarse un poco más abajo para que sus manos pudieran juguetear. Pero bastó un «Compórtate», en tono reprobatorio para que dejara que él la sentara un poco más arriba. A continuación, Dash flexionó las rodillas para que ella pudiera apoyar la espalda contra sus muslos.

Margo intentó alargar la mano hacia atrás, pero él la sujetó y la colocó sobre su muslo.

—Relájate, cielo. Ya tendrás tu oportunidad, pero no queremos que esto termine antes de empezar. Y, si empiezas a toquetearme, será lo que sucederá.

Desde luego que no quería eso. Pero relajarse no era una opción.

—Bésame.

—De acuerdo —él la agarró por los hombros y la atrajo hacia sí, pero en lugar de los labios, posó su boca sobre un pezón y lo introdujo en su ardiente y húmeda boca, acariciándolo con la aterciopelada lengua, mordisqueándolo con los dientes.

Parecía existir una conexión directa entre el pezón y el sexo. Respirando más fuerte, Margo hundió los dedos de la mano derecha en los cabellos de Dash y lo sujetó con fuerza.

Él siguió chupando durante una eternidad, deleitándose, incansable. Ni siquiera cuando ella se retorció, presionando la erección con su trasero, dejó de hacerlo. Cuando al fin se apartó, solo fue para pasar al otro pezón, al que dio un beso, lamió y rodeó con la lengua.

—¿Esto no te resulta incómodo para el brazo?

—No —susurró ella casi sin aliento.

Aquello era tan excitante que no sabía si iba a poder soportar mucho más. Con cada lametón sentía tensarse los músculos, agudizarse el deseo, y todo la empujaba cada vez más hacia la caída.

—Me alegro —Dash le sujetó la cadera—. Deslízate otra vez hacia delante. Y ahora inclínate. Eso es, perfecto.

De nuevo la atrajo hacia sí, dibujando círculos con la lengua, mordisqueándola ocasionalmente para dar un pequeño y excitante tirón.

Perdida en las maravillosas sensaciones, al principio ella no se dio cuenta de que había deslizado una mano sobre su cadera, hacia el trasero, y más abajo.

—Échate un poco hacia delante, cielo. Sí, eso es —y sin más, Dash hundió dos dedos dentro de ella antes de volver a dar un tirón con la boca a uno de los pezones—. Puedes sentarte otra vez.

Pero sentarse haría que los dedos de Dash se hundieran más profundamente en su interior, y Margo comenzó instintivamente a bascular las caderas. El creciente placer que se enroscaba en su interior se hizo más fuerte, más dulce, desesperándola aún más. Resultaba algo irritante que Dash la encendiera con tanta facilidad. Pero a la vez era tan maravilloso que no quería que parase.

—Por favor, no pares —susurró en una desgarrada súplica.

—No lo haré —él regresó al pezón con tanta dulzura que el contraste con los dedos hundidos en su interior le provocó la caída.

Abrazada con fuerza a él, con las manos rígidas en sus cabellos, Margo gritó asaltada por el clímax.

Lentamente, Dash aflojó la intensidad de sus caricias hasta que ella casi se derritió contra su pecho.

Pero él no se lo permitió y apoyó su espalda contra las piernas que aún tenía flexionadas. Ambos respiraban con fuerza.

—Tienes los pezones tan mojados y tiesos… —él volvió a acariciarlos—. Tan condenadamente sexys…

Sumamente sensible, ella se apartó.

—¿Demasiado?

Incapaz de formar palabras, Margo se limitó a asentir. Era incapaz de abrir los ojos, incapaz de llenarse los pulmones de aire.

—Eres hermosa —Dash le separó los muslos aún más.

Y fácil. Al menos para él.

Mientras Dash la tocaba distraídamente de distintas maneras, ella se concentró en recuperarse. En cuanto lo hubo logrado lo suficiente para poder hablar de nuevo, lo miró y murmuró somnolienta.

—Ahora, por fin, ha llegado tu turno.

CAPÍTULO 16

—Todavía no —contestó Dash.

Margo quiso insistir, lo quiso de veras. Pero él ya estaba paseando las manos sobre ella, los dedos acariciándole el cuello, los pechos, evitando los pezones, las costillas y los temblorosos muslos.

—Más no, Dash —prácticamente gimió ella—. No puedo.

—Sí puedes —susurró él, la personificación de la seducción, mientras deslizaba las manos abiertas sobre sus pezones, arañándolos ligeramente.

—No, yo...

Esa loca insistencia era lo que la sacaba de quicio.

—Calla —Dash le tomó los pechos con las manos ahuecadas y la miró a los ojos, con el gesto ardiente, pero controlado—. Muéstrame lo fuerte que eres, cielo. Muéstrame ese impresionante control.

Era todo un desafío, y él sabía que Margo no iba a poder resistirse.

—Es demasiado.

—Contigo nunca puede ser demasiado —los pulgares de Dash se movieron sobre los tensos pezones—. Con nosotros.

Ya estaba de nuevo diciendo cosas que sonaban tan serias, que olían a futuro.

—Quiero que vuelvas a descansar la espalda contra mis muslos. Relaja los brazos —él agarró una almohada y la colocó al lado de Margo para que le sujetara el brazo en cabestrillo—. Y ahora —susurró—, vamos a probar otra cosa.

Dash le subió las rodillas y las empujó hacia fuera hasta que los pies de Margo estuvieron apoyados en el colchón junto a las caderas de Dash. Con total embeleso, contempló el sexo expuesto.

—Madre mía.

Margo gimió.

—Verás —continuó él en el mismo tono suave y casi maravillado—. Casi has llegado de nuevo, ¿verdad, nena?

Ella sacudió la cabeza en un intento de negarlo, pero la atención de Dash no se apartó del punto entre sus piernas.

Y de nuevo jugueteó con los dedos, tan hábilmente, y ella supo que tenía razón. Podía llegar de nuevo, y lo iba a hacer.

Con Dash.

Ningún otro hombre podía parecérsele. Tan descarado, pero a la vez tan increíblemente considerado. Dulce, aunque sorprendentemente dominante. Descuidado, y aun así responsable de un modo que ella jamás habría esperado de un jugador como él.

Y concentrado. Por Dios todopoderoso, ese hombre se concentraba al máximo, sobre todo a la hora de complacerla a ella.

Se estaba enamorando a velocidad de vértigo del modo en que la tocaba, de cómo le hacía sentir, de sus caricias.

Se estaba enamorando de él.

Pero veinte minutos más tarde, se vino abajo. Dash la había excitado incansablemente hasta que Margo sintió cosquillas por toda su piel y la fiebre invadió sus músculos y necesitó desesperadamente llegar.

—Dash…

—Amo cómo pronuncias mi nombre cuando estás tan cerca de dejarte ir.

El uso repetido de esa palabra que comenzaba por «A», ya no la asustaba. Margo sentía la erección contra su trasero, los músculos rígidos mientras continuaba excitándola.

—Amo tu aspecto, tu olor, el tacto de tu piel, esos sonidos tan sexys que haces cuando estás a punto de llegar —Dash contempló su rostro mientras inclinaba su cuerpo un poco hacia atrás y deslizaba una mano debajo de ella para bajarse los pantalones—. Amo hacerte esperar, oír ese tono de ansiedad en tu voz cuando me dices que me necesitas.

—Y te necesito —gimió ella—. Te necesito desesperadamente. Ahora mismo.

—Lo sé —él se inclinó hacia delante y la besó sobre los labios con dulzura y delicadeza—. Pero esperar hace que sea aún mejor.

La idea de esperar fue excesiva y las piernas de Margo intentaron instintivamente cerrarse.

—Oye, oye —Dash las separó delicadamente de nuevo y la tocó de un modo que le obligaba a mantenerlas separadas, y le arrancaba jadeo tras jadeo—. Solo unos segundos más, cielo.

Con mucho cuidado, él la volvió a colocar en posición para poder apartarse.

Margo desconocía qué clase de nueva tortura le tenía preparada, pero ya no aguantaba más. Lo deseaba más que deseaba el aire para respirar. Más de lo que recordaba haber deseado nunca a nadie, o nada.

La culpa era de él, lo había hecho a propósito. La había llevado a ese estado febril y desquiciado de necesidad, y al fin tuvo que admitirlo, no podía soportarlo. No era capaz de controlar su reacción. No era capaz de soportar ese tormento sensual. Ya no más.

Desesperadamente, sin darle la oportunidad de detenerla, ella cerró los dedos con firmeza en torno a su masculinidad y fue recompensada con la respiración entrecortada de Dash, con su absoluta inmovilidad.

El miembro era suave, ardiente y duro. Al flexionarse en su mano, una gota de fluido escapó de él. En una nube de lujuria y... amor, ella lo acarició.

—Nena —protestó Dash respirando acompasadamente con ella—, espera.

—No puedo —Margo utilizó el pulgar para extender esa gota de fluido por la cabeza de la erección, hasta que con un profundo gruñido, Dash desistió de intentar pelearse con ella—. Yo también quiero saborearte.

—Después —él encajó la mandíbula.

Tenía los ojos entornados, las mejillas arreboladas. Respiraba con fuerza.

—¿Me lo prometes? —ella se humedeció provocativamente los labios.

—Sí —Dash la agarró con fuerza de las caderas mientras hablaba con voz ronca.

Margo se movió sobre él, perdida en el momento. Y él se lo permitió, incluso ayudándola.

—Esto es peligroso —le advirtió.

—Tú eres peligroso —incapaz de esperar un segundo más, Margo se alzó y se colocó sobre él.

Dash aflojó las manos sobre la pelvis de Margo mientras luchaba por respirar. Ambos se miraron durante un segundo en el que el tiempo se paralizó.

Con agónica lentitud, ella se movió contra él hasta que la cabeza de la erección hubo penetrado en su interior. Se detuvo, saboreando el momento. Lo sentía latir, sentía su propio cuerpo cerrarse instintivamente en torno a él.

—¡Jesús! —Dash se tensó, cerró los dedos sobre los muslos de Margo, sin romper en ningún momento el contacto visual.

Lo mismo que ella.

Margo se volvió a humedecer los labios y se hundió un poco más, deslizándose hacia abajo, y de nuevo hacia arriba.

Un gemido gutural surgió de lo más profundo del pecho de Dash.

—Torturadora —la acusó—. Me encanta —añadió.

El calor se intensificó entre ambos. Ella soltó su miembro y apoyó la mano sobre el fuerte hombro.

—Más —le ordenó él con ojos brillantes.

Ella asintió, y se hundió un poco más. En esa ocasión, Dash la agarró de las caderas y se alzó en su interior con una firme embestida que la penetró por completo.

Los muslos de Margo se tensaron.

La mandíbula de Dash se encajó.

Margo se dejó caer sobre él hasta que sus frentes se tocaron, sus narices chocaron, sus respiraciones se mezclaron.

Nada le había parecido nunca tan agradable, tan correcto. Casi era demasiado. Él la llenó por completo, estirándola, tocando su útero, aunque eso no fue lo mejor. No era solo el intenso placer físico. No era solo el talento extremo que tenía ese hombre para intensificar cada uno de sus sentidos hasta hacerle sentir que se ahogaba de placer.

Era Dash. La total y absoluta conexión con él.

—Eso es —él le tomó el rostro con las manos ahuecadas, manteniéndola pegada a él para besarla, prolongando el beso como si disfrutara compartiendo su aliento.

¿Cómo conseguía hablar en esos momentos?

—Estás tan caliente y húmeda —él jugueteó con sus rizos—. ¿Sabes qué me pareces?

Ella sacudió la cabeza ligeramente.

—Perfecta. Jodidamente perfecta —él volvió a alzarse, y Margo gimió de puro deleite—. ¿Sientes ahora que tienes el control, nena?

¿Qué? ¿Cómo era posible que un simple movimiento le incendiara las terminaciones nerviosas?

—Te conozco —le aseguró Dash como si le leyera el pensamiento, como si comprendiera su confusión e incertidumbre—. Cada centímetro de ti —deslizó una mano por su cuello, por su espalda, abajo, abajo, y dentro, acariciándola íntimamente. Con los ojos entornados, sonrió—. Sé lo que te gusta. Sé lo que necesitas.

Casi daba miedo ser tan sexualmente dependiente de alguien que poseía tanta influencia física sobre ella.

—Y esto —continuó él mientras le tocaba el pezón con la presión justa, de la manera perfecta.

Margo estuvo a punto de llegar. A punto.

Ella sabía que había juzgado con suma facilidad su respuesta por los sonidos entrecortados de placer que hacía, de modo que intentó morderse el labio y mantenerse quieta y callada.

Con Dash fuertemente enraizado en su interior.

Dash se rio.

—Eso no te hará ningún bien —basculó las caderas, provocándole una nueva oleada de sensaciones en su ya sensible cuerpo—. Soy observador, cielo. Tengo muchas maneras de calibrar lo que te gusta, aunque tú lo niegues.

Ella sacudió la cabeza, intentando negar la abrumadora manera en que ese hombre la conmovía.

—Sí. Como lo tiesos y erectos que están tus pezones —él tocó uno y luego el otro—. Lo ardiente y mojada que estás —añadió casi en un susurro mientras le acariciaba el clítoris con el pulgar—.

Y en cómo me estás apretando la polla como si ahí tuvieras un jodido puño —añadió en un casi inaudible susurro.

Margo cabalgó sobre él hasta llegar. Ruidosamente. No hubo manera de contenerse. No hubo modo de atemperar lo que sentía ni la manera explosiva de expresarlo. Su cuerpo se tensó, su espalda se arqueó, los muslos temblaron.

Agarrándole las caderas con fuerza, Dash se acompasó al frenético ritmo, su propia urgencia al fin estaba haciéndole perder el control. Margo aún se estaba retorciendo con el orgasmo cuando él la sujetó con fuerza contra su cuerpo, con los músculos del pecho y los hombros marcándose por el esfuerzo. Dash rugió su propia liberación, y Margo lo sintió todo.

Todo.

Porque no habían utilizado protección.

Tanta culpa suya como de él.

Dejándose caer sobre él, sintiendo los maravillosos y atléticos brazos envolviéndola, a Margo no podía importarle menos.

Todavía.

Al día siguiente, sin embargo, seguramente sería otra cosa. Pero en esos momentos, con Dash besándole tiernamente la sien y las fuertes manos acariciándole la espalda, manteniéndola firmemente sujeta, no podía importarle menos.

La despertó la tormenta. Acurrucada contra Dash, con la mejilla apoyada contra su hombro y una pierna sobre la de él, lentamente Margo abrió los ojos.

Casi le asustó lo absolutamente perfecto que le parecía aquello, lo segura y cómoda que estaba entrelazada con él. Con el calor de Dash envolviéndola, su olor llenándole la cabeza como una droga.

Al otro lado de la ventana, un relámpago lo iluminó todo.

Su siguiente pensamiento fue para Oliver. Pero por mucho que se esforzó, no lo oyó arañar al otro lado de la puerta.

Con mucho cuidado levantó la cabeza para consultar la hora. Eran las tres de la madrugada.

Guiándose por sus sentidos, supo que Dash y ella seguían desnudos. Vagamente recordó cómo él la había tumbado de espaldas para ir al cuarto de baño y regresar con una toalla con la que limpiarla. Recordó la ternura de su contacto, el cariño con el que le había dado una aspirina y la había besado antes de acurrucarse de nuevo en la cama junto a ella, abrazándola con fuerza.

Todavía con la cabeza levantada, Margo lo miró. Un poco impresionada, estudió la envergadura de sus hombros, el fino vello axilar, la rugosa sombra de barba, lo hermoso que se le veía mientras dormía.

Un hombre irresistible en todos los sentidos.

Y fue muy consciente de haberse enamorado estúpidamente de él. Hasta que lo había sentido llegar dentro de ella, sin protección, no se había dado cuenta de hasta qué punto le importaba ese hombre. Pero, al parecer, junto con su rígida personalidad, Dash también le había robado el sentido común.

Nunca, ni siquiera una vez, había olvidado utilizar protección. Habitualmente tomaba la píldora, pero desde la noche del accidente no había vuelto a tomarla.

Unas funestas repercusiones intentaron filtrarse en su mente, revolviéndole los pensamientos y destruyendo su laxitud. Y de repente estuvo completamente despierta.

Respiró hondo lentamente. A lo mejor no pasaba nada. No había motivo para preocuparse todavía.

Su atención regresó al cuerpo de Dash, tendido sobre la cama, y luego a su impresionante perfil. La actividad sexual, los dedos de Margo y el sueño reparador habían convertido sus cabellos en una revuelta maraña. Otro estallido de luz iluminó la forma de su nariz, sus pómulos.

Esa increíble y habilidosa boca.

La emoción le hizo un nudo en el pecho y se acumuló un poco más abajo. Había muchos detalles de ese hombre que le resultaban atractivos. Podría pasarse horas simplemente contemplándolo.

Una idea repentina estalló en su mente y Margo se irguió.

Dash se movió, apartándose de ella y reacomodándose con un suspiro.

Detalles.

Tomándose solo un momento para admirar las anchas espaldas de Dash, la hendidura de la columna y cómo se curvaba hacia las finas caderas, ella se bajó de la cama. A tientas localizó la camiseta que él le había prestado y la bata. Al abrir la puerta del dormitorio, esta chirrió un poco, pero Dash continuó durmiendo.

Quizás la liberación tan ansiada lo había agotado. Porque, de lo contrario, ese hombre era inagotable.

Salió del dormitorio y se encaminó pasillo abajo. Oliver seguía durmiendo. La tormenta había llegado acompañada de una persistente lluvia que resultaba más relajante que irritante. Los relámpagos no iban acompañados de truenos, de modo que la tormenta aún debía de estar muy lejos.

Tras asegurarse de que el gato estuviera bien, Margo entró en su despacho. Cerró la puerta y encendió la lámpara del escritorio.

Incluso en ese momento, con la mente puesta en el trabajo, no era capaz de desterrar completamente de su mente el efecto que ejercía Dash sobre ella. Pequeños recuerdos irrumpían constantemente, como el olor de su piel, las poco habituales agujetas en músculos que apenas utilizaba.

La sonrisa que se formaba continuamente en su boca.

Sentada ante el escritorio, encendió el ordenador portátil y procedió a buscar en Internet distribuidores de piezas de coche en la zona.

Recordó las brillantes y coloridas llantas, de aspecto carísimo, que había visto en el camión. No había visto otras iguales y, sin duda, tenían que ser de encargo.

Si pudiera encontrarlas en Internet, quizás sabría dónde las había comprado ese criminal y, con suerte, dónde vivía. Concentrándose al máximo intentó recordar su aspecto exacto. El tiempo pasó sin que se diera cuenta.

La búsqueda era aún más laboriosa por esa estúpida férula. Teclear resultaba incómodo y, para evitar errores, tenía que recurrir a escribir con un dedo nada más.

Más tarde, cuando el sol ya hubiera salido, llamaría a Yvette para averiguar si el tipo que había aparecido tenía esas ruedas.

Con un único propósito en su mente, comprobó todas las posibilidades.

Desde siempre había tenido un fuerte instinto, y en esos momentos tenía la sensación de que estaba a punto de suceder algo muy gordo.

Resolvería el caso, o quizás entregaría irrevocablemente su corazón a Dashiel Riske.

En cualquier caso, sería según sus normas.

Dash vio luz bajo la puerta del despacho. ¿Cuánto tiempo llevaba levantada? Permaneció en el pasillo unos minutos, indeciso, antes de acercarse a la puerta. La lluvia caía con más fuerza y unos destellos de luz rasgaban continuamente el cielo oscuro. La tormenta, que antes había parecido lejana, se iba acercando.

Del interior del despacho solo surgía el amortiguado repiqueteo del teclado.

Sin llamar, abrió la puerta y la vio sentada con expresión de profunda concentración. El brillo azul de la pantalla del ordenador se reflejaba en sus oscuros ojos. Las pestañas, largas y rizadas, dibujaban sombras sobre los pómulos. Le encantaba su pelo, el modo en que los rizos le rozaban las mejillas, la frente, la nuca.

¿Estaba preocupada por no haber utilizado protección? Todavía le costaba creérselo. Él nunca se olvidaba de algo así. Nunca.

Y lo cierto era que no lo había olvidado con Margo. Había sido muy consciente de que debía detenerla, de hacerse a un lado para poder colocarse un preservativo.

Pero incluso antes de que su pequeña mano envolviera su masculinidad, había lamentado la necesidad de usar protección. No quería que hubiera nada entre ambos, y así... había cedido.

Había aparcado convenientemente sus responsabilidades para tomarla a pelo y, Dios, nunca antes había experimentado nada tan bueno. Eléctrico, ardiente, emotivo, físico y agotador.

Preocupado, sintiéndose un poco culpable, y extrañamente excitado, se colocó detrás de ella y apoyó una mano sobre su hombro.

—¿No podías dormir?

Durante un breve instante, ella apoyó la mejilla contra su mano, sin apartar la mirada de la pantalla.

—Me ha despertado la tormenta —Margo miró hacia atrás—. Eres como una droga. Hacía mucho que no descansaba tan bien —de nuevo centró su atención en el ordenador.

Aliviado al comprobar que no estaba enfadada o disgustada, eliminada una parte de la tensión, Dash miró la pantalla.

—¿Qué estás haciendo?

—Investigando esas llantas.

—¿Las del camión que nos siguió?

—Sí. No recuerdo el diseño exacto, pero sí que eran muy coloridas y únicas.

Él también se había fijado en ello.

—¿Es importante?

«¿Lo bastante importante como para sacarte de la cama en medio de la noche?».

—Si encuentro al proveedor de esas llantas puede que descubra algo sobre nuestro hombre —de nuevo miró hacia atrás y recorrió el cuerpo de Dash con la mirada, deteniéndose en la incipiente erección—. Quienquiera que le vendiera esas llantas puede que disponga de su dirección.

En cuanto a la erección, Dash no podía hacer gran cosa. Estaba cerca de ella, y prácticamente bastaba con eso. Pero sí podía ofrecerle su ayuda.

—Enseguida vuelvo —le sujetó la barbilla para levantarle el rostro y besarla.

Margo lo vio marchar y él sintió su mirada hasta que hubo abandonado por completo la habitación.

Unos segundos después, tras ponerse los calzoncillos y recoger el móvil, regresó al despacho y le mostró la foto que tenía en pantalla.

—Le hice una foto —explicó sin darle importancia—. Por si acaso.

Con los ojos muy abiertos, Margo tomó el móvil y lo contempló sin podérselo creer.

Dash no pudo resistir el impulso de deslizar una mano sobre los oscuros rizos, revueltos de la cama. Estaba tan bonita así, y condenadamente adorable también. Nada intimidante. En todo caso, dulce. Tierna.

Le sentaba bien ese aspecto.

Claro que también le gustaba el agudo brillo que apareció en su mirada.

—Tú, Dash Riske, eres un genio.

El entusiasmo de Margo le hinchó el corazón.

—Estaba preocupado. Quería asegurarme de poder encontrar de nuevo el camión en caso de que te secuestrara.

—Por una vez, me alegro de tu preocupación —rápidamente, ella se envió la foto a sí misma por correo electrónico para poderla contemplar en la pantalla más grande del ordenador. En cuanto la tuvo, la amplió y estudió las llantas con más detalle.

—¿Por qué no me dejas teclear a mí? —Dash le sujetó el brazo.

—¿Cómo? —ella le dedicó una sonrisa burlona—. ¿Ahora vas a ser mi secretaria desnuda?

—Me he puesto los calzoncillos.

—Ya me he dado cuenta —ella frunció el ceño, fingiendo fastidio—. Menudo aguafiestas —se puso de pie y señaló la silla—. De acuerdo, todo tuyo.

Él se sentó, pero titubeó antes de teclear.

—Sobre lo de antes...

—Eres un semental —Margo se inclinó y le besó la oreja—. Pero por ahora, concentrémonos en esto.

—No utilicé nada.

—Lo sé —ella apoyó los pechos contra su espalda y hombros—. Abre esa pestaña a la derecha. Echa un vistazo a sus llantas.

Táctica evasiva. De acuerdo, ya se ocuparía de su metedura de pata más tarde, cuando Margo no estuviera tan absorta en su trabajo. Abrió la pestaña y eligió una llanta especial personalizable. Moviendo el cursor por la foto, utilizó la aplicación de la página web para crear una llanta que pareciera idéntica a la del camión.

—O sea, que es posible —decidió Margo, que se irguió de nuevo—. Imprime el nombre y la dirección de ese lugar.

—Está cerca de aquí —le informó Dash—. Totalmente dentro de un posible radio.

—Bien. Saca unas cuantas copias del camión y las llantas también. Quiero asegurarme de que Rowdy, Reese y Logan tengan todos...

De repente, Margo se interrumpió, inmóvil, alerta, con la mirada fija en la pared, aunque Dash sintió su aguda vigilancia.

—¿Qué sucede?

—Seguramente nada —ella tomó aire y entornó los ojos—. Es que...

Había alguien en la casa.

En menos de un segundo, Dash se había levantado de la silla, pero Margo lo agarró del brazo. Por medio de gestos le indicó que se mantuviera en silencio, abrió un cajón del escritorio y sacó una pistola.

Consciente de que su intención era salir del despacho delante de él, Dash luchó contra sí mismo, aunque solo brevemente.

—Lo siento, cielo —susurró antes de empujarla a un lado y salir por la puerta.

Margo no pronunció ni una palabra, pero él sentía la rabia que exudaba de su cuerpo mientras lo seguía pegada a sus talones. Con una mano a la espalda, él le hizo un gesto para que esperara, y rezó para que ella lo hiciera, antes de avanzar poco a poco hacia el cuarto de baño.

No había dado más de dos pasos antes de que oyeran un golpe brusco, y olieran el horrible olor a queroseno.

Ambos se pegaron a la pared del pasillo. A Margo no le quedó más remedio que reconocer que Dash era tan sigiloso como ella misma. Para su envergadura, se movía sin hacer ruido. Pero no iba armado, ni estaba entrenado, ni era un agente. Y ella sí, y de ninguna manera iba a permitirle hacer su numerito cavernícola.

—Llama al 911.

Pero lo que hizo Dash fue dar un paso al frente.

—Maldita sea, Dash —susurró ella.

Entonces todo pareció suceder a la vez. Oliver salió disparado del cuarto de baño emitiendo un agudo chillido, con pelaje pegajoso y mojado. En el dormitorio de Margo se oyó otro estruendo, acompañado de un juramento susurrado.

Y Dash atacó.

Pistola en mano, Margo lo siguió, pero estaba demasiado oscuro para ver nada hasta que un relámpago los iluminó. Y en ese mismo instante dos cuerpos tropezaron con ella antes de caer en el pasillo.

El brazo herido se estrelló contra la pared, haciéndole encogerse de dolor. Furiosa, Margo encendió la luz del pasillo, apuntó y vio que Dash había reducido por completo a un hombre enmascarado y armado. La pistola del aterrorizado tipo estaba a unos metros en el suelo y Dash, mucho más alto que el intruso, y mucho más musculoso, lo tenía aplastado contra el suelo y apoyaba una rodilla en su espalda. Tenía agarrado al tipo del brazo derecho y se lo estaba retorciendo con fuerza, levantándoselo casi hasta el hombro.

—Muévete —le ordenó Dash en voz baja—, y te prometo que ella te disparará.

Detrás de la máscara de media, los ojos se abrieron aún más.

—¡No me muevo! ¡No me muevo!

Dash le arrancó la máscara, revelando a un tipo pálido de mediana edad de cabellos rubios y papada fofa. Tras un rápido registro de los bolsillos, Dash encontró un encendedor, pero nada más.

Margo recuperó la pistola tirada en el suelo y la guardó en el bolsillo de la bata. Jamás temblaba mientras hacía su trabajo, pero en esos momentos sí estaba temblando. La ira reprimida le dificultaba hablar con normalidad.

—¿Puedes sujetarlo un poco más?

—Este gilipollas no va a ir a ninguna parte si yo no quiero.

—De acuerdo —ella localizó el móvil y, sin apartar la vista de Dash y el intruso, dio el aviso.

Y justo después llamó a Logan.

El detective contestó la llamada con voz algo gruñona, casi sin aliento.

—¿Qué coño pasa?

Cierto. Eran las cinco de la mañana y era evidente que había interrumpido... algo.

—Tu hermano ha reducido a un hombre enmascarado que ha irrumpido en mi casa y vertido queroseno en mi dormitorio.

—¿Algún herido? —preguntó Logan, recuperadas las energías.

Margo apartó el teléfono de su oreja.

—Dash —llamó, rezando para que no se notara el temblor de su voz—, ¿estás herido?

Él soltó un bufido.

—No —comunicó ella a Logan—. No está herido —le dolía la

mandíbula de tanto rechinar los dientes—. Ya he dado aviso. Pero supuse que, estando Dash aquí, querrías...

—Desde luego. Y Reese también. Le recogeré de camino —al otro lado de la línea se oyeron unos movimientos apresurados. Seguramente Logan se estaría vistiendo—. Una cosa, Margaret. Habría querido que me llamaras igualmente aunque Dash no hubiese estado ahí.

Acababa de colgar la llamada cuando las sirenas sonaron muy cerca.

—Sujétale con fuerza, Dash. Vuelvo enseguida.

—No tienes de qué preocuparte.

Ese hombre era condenadamente creído. El corazón de Margo se estrelló dolorosamente contra las costillas. El intruso iba armado. Podría haber disparado a Dash. Podría haberlo matado.

Podría haberlo perdido, justo cuando acababa de darse cuenta de lo mucho que ese hombre le importaba.

Al llegar a la puerta, ella cerró los ojos un instante para recuperar el aplomo. Aunque le sirvió de bien poco.

Olvidando que apenas iba vestida, que tenía los cabellos revueltos y no llevaba maquillaje, abrió la puerta y dejó pasar a los agentes.

Estaban empapados por la lluvia, y estupefactos ante el atuendo de su teniente, pero a ella le dio igual. Necesitaba encontrar a Oliver, necesitaba liberar a Dash del matón intruso, y necesitaba averiguar cómo había sido localizada.

Porque ni por un segundo pensó que fuera un suceso atribuible al azar. Los pirómanos aficionados a la pornografía la habían encontrado. Y su cabeza tenía un precio.

Y Dash estaba más implicado que nunca.

Habían agitado las cosas con falsas informaciones sobre pistas encontradas en el garaje abandonado que había ardido, y esas eran las consecuencias.

¿Y luego qué?

CAPÍTULO 17

Con los brazos cruzados y el hombro apoyado contra la pared, Rowdy se aseguró de mantenerse apartado del camino de los policías mientras estos terminaban su trabajo, pero no se perdió ni un detalle. Dash, comprendió, estaba perdidamente enamorado. Se leía en su rostro, en su postura, en la manera protectora con la que buscaba a la teniente en todo momento.

Margaret, sin embargo, no parecía darse cuenta. En ese mismo instante, en el centro del escenario de un crimen, estaba concentrada en dar órdenes para cada paso del proceso, vestida únicamente con una fina batita que marcaba su figura, el rostro desprovisto de maquillaje y esos monísimos piececillos descalzos.

Al decidir soltar unas cuantas mentiras sobre las pistas encontradas en el garaje, seguramente no se había figurado que recibiría un ataque directo. De hecho, él mismo se sentía también condenadamente sorprendido.

Aquello no encajaba.

Dash se colocó a su lado, llamando su atención. El viejo y arisco gato que sujetaba en brazos, envuelto en una toalla, se quejaba con un herrumbroso maullido.

Consternado, Rowdy le rascó la barbilla.

—¿Te preocupa algo, Dash?

—La estabas mirando. Otra vez.

—Odio ser yo quien te lo diga, pero todos los tíos de esta habitación la están mirando furtivamente todo el rato.

Dash soltó un juramento por lo bajo.

—Es por el modo en que va vestida. No están acostumbrados. Rowdy asintió.

—Y cómo va vestida —añadió—, o más bien desvestida, contrasta con las órdenes que ladra todo el rato, con el modo en que está pateando verbalmente el culo a todo el mundo.

—Sí.

—Gracias a ti —Rowdy se acercó un poco más para provocarlo—, todos la ven de otra manera.

Cada vez más malhumorado, Dash movió la mandíbula y se mantuvo callado.

Lo cual solo consiguió convertirle en objeto de más burlas.

—Saben que vosotros dos compartís cama y ahora todos esos machos están haciendo mil y una especulaciones.

—¿Y tú?

Dash se volvió y lo miró de frente.

—No soy inmune a la imaginación —encantado con la reacción que había provocado, Rowdy se encogió de hombros. Y antes de que Dash lo dejara seco sin siquiera soltar a ese gato que llevaba en brazos, añadió—: pero tú me conoces de sobra, de modo que, ¿por qué no te controlas? Resulta casi embarazoso.

—Mierda —Dash se frotó los ojos—. Sí, lo siento.

—No hay problema. Enamorarse es duro para un tío.

Dash lo fulminó con la mirada, pero no se molestó en negarlo.

—Está más irritable que nunca.

—Su casa apesta a queroseno —Dash volvió a la tarea de seguir cada paso de la teniente—. Yo diría que tiene un buen motivo para estar irritable.

—Sí, pero no creo que sea eso —Rowdy acarició de nuevo al gato, en esa ocasión con dos dedos. Le gustaría que ese gato se mostrara más amistoso con él, pero era consciente de las señales de desconfianza—. Creo que es por ti.

—¿Por mí?

—La asustas.

Dash frunció el ceño.

—Está acostumbrada a moverse en ambientes hostiles. Acostumbrada a ver a Logan y a Reese y todos esos chicos de azul enfrentarse al peligro. Pero no mantiene una relación con ninguno de ellos.

—Del modo en que la mantiene conmigo.

—Eso es.

—Soy un hombre, maldita sea —gruñó Dash, como si él ya hubiera llegado a esa conclusión—. No soy ningún crío. No soy...

—¿Una mujer? —Rowdy sonrió con amargura—. Que la teniente no oiga ese comentario machista.

—Sé cuidar de mí mismo.

—De eso no hay duda. La cuestión es que ella no ha tenido que enfrentarse nunca a algo así.

—¿A algo como qué?

—Como ver a un ser querido en peligro —desgraciadamente, Rowdy tenía mucha experiencia con eso y conocía de sobra las nauseabundas sensaciones—. Cuando te das cuenta de que podrías haber perdido a alguien que te importa, se te encoge el estómago, y sientes un sudor frío, un miedo que te paraliza el cerebro.

—Yo nunca estuve en peligro —aseguró Dash con la voz más suave, aunque sin dejar de fruncir el ceño, mientras desviaba la mirada hacia ella.

—No eres ningún estúpido, Dash. Un hombre armado, provisto de queroseno y con malas intenciones es un peligro para cualquiera.

Dash reflexionó sobre esa idea.

—Sí que tuve la sensación de que le ocurría algo. Supuse que estaba enfadada conmigo por intervenir.

—Sí, y seguro que te lo explicará más tarde —el otro hombre vio a dos agentes ponerse unos chubasqueros secos, señal de que se disponían a irse—. Pero tú conoces a las mujeres tan bien como yo.

Dash tosió ruidosamente.

—Desde luego a ella la conoces mejor —Rowdy no picó.

—Sí.

—Pues tú mismo.

Dash estaba a punto de contestar cuando la voz de Margo llamó la atención de los dos hombres.

—Buscadlo en el sistema —ordenó ella—. A ver si salta algo —un poco más contrariada, continuó en una especie de ladrido—. ¿Quién demonios llamó a la prensa?

Ambos se volvieron hacia una reportera y un cámara que intentaban entrar por la puerta delantera. Un agente uniformado los retenía.

—¿En serio? —se quejó Dash.

—Esto tiene toda la pinta de un jodido montaje —Rowdy frunció el ceño.

—A mí tampoco me gusta.

Pasaron otros diez minutos antes de que Margaret terminara y, para entonces, la periodista había tomado no pocas notas.

La situación se complicaba por momentos, y no solo por las complejidades de la relación íntima de Dash con una conocida teniente de primer nivel.

Allí había mucho más de lo que parecía.

Rowdy lo sabía y, dada la agudeza de Margaret, estaba bastante seguro de que ella también había llegado a esa conclusión.

Incluso con todas las ideas y emociones revueltas que poblaban su mente, Dash disfrutaba viendo a Margo en acción. Había algo intrínsecamente sexy en una mujer al mando. Y dada la atención con la que Rowdy la observaba, debía de pensar lo mismo.

Unos gélidos dedos le comprimían las entrañas. Sabía que Rowdy estaba enamorado de Avery, que era un tipo honesto y que jamás la engañaría.

Pero eso apenas lo ayudaba.

Con la mano derecha cerrada en un puño y el ceño fruncido, Margo se acercó a ellos. Pero no miró a Dash, sino al gato.

—¿Cómo está Oliver?

—Nervioso —«como tú». Dash se pasó el gato al otro brazo—. He tenido que lavarlo dos veces para quitarle todo el queroseno. No le gustan los baños, y todavía está bastante alterado.

—Siento no haber podido ayudar —se excusó Margo cargada de incertidumbre.

—Tenías otras cosas que hacer. Oliver y yo nos las apañamos bien.

—A lo mejor debería llevarlo al veterinario.

Dash le prodigó a Margo unos cuantos mimos, acariciándole la barbilla, el cuello, el hombro. Le ayudó bastante el hecho de que a ella no pareciera importarle, incluso se acurrucó ligeramente contra él.

—Aún no son las siete. Faltan un par de horas hasta que abran la consulta y, para entonces, Oliver se habrá calmado —y, con suerte, para entonces, Margo también se habría recuperado de la intrusión—. Además, la veterinaria dijo que mientras no haya tragado queroseno no pasará nada. Ya le has dado la solución que recomendó para limpiarlo. Estará bien.

Ella sorprendió a Rowdy haciéndole mimos al gato, besando la cabecita empapada, en definitiva malcriándolo.

Dash sonrió. Al final todo el mundo iba a saber lo cálida, atenta y dulce que era esa mujer. En Margo había mucho más que una innata habilidad para el mando.

—¿Qué haces aquí exactamente? —preguntó ella de repente a Rowdy, mirándolo con los ojos entornados.

El aludido no consiguió sentirse agobiado por el tono brusco con que Margo se había dirigido a él, no cuando lo hacía con ese aspecto tan femenino.

—Pepper me llamó después de que Logan se marchara. Sabe que estoy echando una mano en el caso y que querría estar informado.

—De modo que ella te informó. Lo habría hecho yo misma, pero sigue sin explicar tu presencia aquí.

—Quería ver al intruso —a Rowdy no le importaba que ella conociera sus motivos—. Siempre existía la posibilidad de que lo reconociera.

—Pero no lo hiciste.

—No —él se inclinó ligeramente y bajó la voz. No tenía ningún motivo para ocultarle nada a la teniente, a Logan o a Reese, pero desde luego no sentía lo mismo sobre el resto de los policías allí presentes—. Haré algunas preguntas. Enseñaré esta foto a mis informantes, sobre todo al informante que sabía lo del incendio del garaje, el mismo al que le conté las mentiras sobre las pistas. Alguien, en alguna parte, tiene que conocerlo.

—¿Le has sacado una foto? —Margo abrió los ojos desmesuradamente.

Mierda. El astuto bastardo. Dash no se había dado cuenta de

que Rowdy estaba sacando fotos, claro que él había estado absorto observando a Margo.

—¿Supone algún problema?

—No —contestó Rowdy—. Ninguno.

Cuando los últimos agentes se marcharon, Logan y Reese se acercaron. El intruso ya estaba en el asiento trasero de un coche patrulla. La periodista se había retirado a regañadientes.

Por suerte, la tormenta casi había concluido y el amanecer llegaba acompañado únicamente de una ligera lluvia.

—¿Estás bien? —preguntó Dash a su hermano.

Logan parecía abatido y eso le preocupaba.

—¿Qué? Ah, sí —él se frotó la nuca—. Bien.

Reese rodeó a Logan con un brazo.

—Creo que Pepper lo despertó muy temprano y le obligó a hacer algo de ejercicio —Reese enarcó una ceja con expresión sugerente—. Antes de poder recuperarse, recibió la llamada para venir aquí, y…

—¡Cállate, Reese! —exclamaron Rowdy y Logan al unísono. Dash sonrió.

Cierto que en esos momentos, con el gato temblando en sus brazos y la peste a queroseno que le quemaba la nariz, no había muchos motivos para reírse. Pero Logan llevaba mucho tiempo siendo policía y Dash sabía muy bien que el humor morboso a menudo tapaba emociones más oscuras.

Y, por supuesto, Reese no lo dejó estar. Si acaso, arreció, crecido. Pero en esa ocasión la víctima de su sarcasmo fue Margo.

—Tú, desde luego, los has dejado a todos pasmados. Esos pobres muchachos no paraban de hacerse un lío con las palabras.

Dash estaba a punto de decir algo, pero Margo se le adelantó.

—Estás asquerosamente chistoso, detective, ¿qué te parecería un poco de papeleo extra?

Reese se limitó a sonreír.

—¿Te parece divertido? —preguntó ella visiblemente indignada.

—Por supuesto que no —sin embargo, la sonrisa se amplió.

Rowdy sacudió la cabeza antes de estallar en una carcajada. Dibujando un círculo en el aire con un dedo, los englobó a todos, aunque se dirigió específicamente a Margo.

—Las cosas han cambiado —dio un pequeño tirón a la solapa de la bata—. Gracias a que Dash y tú os habéis liado, estos dos payasos se creen con derecho a meterse contigo, a hacer chistes, y a tratarte...

—Como si fuera un miembro de la familia —intervino Logan a la defensiva.

¡Vaya! Dash habría dicho algo así como «con más familiaridad». Pero ¿familia? Pues sí. Eso lo abarcaba todo por lo que a él respectaba. Se alegró de que su hermano al fin pareciera entenderlo.

Y esperaba que las bromitas no asustaran a Margo. De momento, parecía un poco paralizada.

—Lo entiendo —continuó Rowdy—. Al principio yo me sentía igual. Pero más te vale acostumbrarte.

Dash la atrajo hacia sí, aliviado al comprobar que los chicos comprendieran que Margo aún no lo había aceptado del todo.

—Mientras te estés habituando... Siento haberte preocupado.

Ella respiró hondo, visiblemente enfadada, dispuesta a cargárselos a todos. Pero se desinfló.

—Resulta difícil.

—Anímate, Margaret —Reese soltó una carcajada—. Dash es un chico grande. Sabe cuidar de sí mismo.

—Tú...

—Tienes que admitir que la dinámica ha cambiado —intervino Logan.

Margo miró a Logan y luego a Reese, y de nuevo a Logan. Y cambió de tema.

—Tenemos que averiguar si Cannon filtró nuestra historia sobre las pruebas, y a quién. Deberías sentirte avergonzado, Rowdy.

—Lo siento, pero ya lo he comprobado. Esto no tiene nada que ver conmigo. De hecho, ni siquiera creo que esté relacionado.

A Dash no le sorprendió que Margo estuviera de acuerdo.

—Nuestro visitante no es más que un palurdo local, un matón de poca monta, alguien pagado para venir a mi casa, concretamente a mi casa, e incendiarla con queroseno. Asegura que no sabe, ni le importa, el motivo.

—¿Quién lo contrató? —preguntó Rowdy.

—Un hombre en un coche oscuro —explicó Logan—, le proporcionó el queroseno y veinte pavos, y le dijo que le daría doscientos más después de completar el acto de vandalismo. No le dio ningún nombre.

—¿Vandalismo? —«menudo imbécil», pensó Dash—. ¿Así lo llamó?

—Sí.

—Dijo que pensó que la casa estaría vacía —Margo se frotó la frente y respiró hondo para calmarse, hecho que no pasó desapercibido a nadie.

Dash volvió a enfurecerse.

—La cuestión es —continuó ella—, que Oliver lo asustó y, tras esparcir el queroseno, nuestro intruso no quiso prenderle fuego.

Reese se unió a los demás y le propinó una afectuosa palmadita al gato.

—Por suerte, ese gusano es un amante de las mascotas. No le importaba quemar una casa, y seguramente a dos personas que estaban durmiendo, pero no estuvo dispuesto a freír a un animal.

—Gracias a Dios por las pequeñas cosas —observó Dash mientras abrazaba al gato con más fuerza. Se había encariñado con el animalito en muy poco tiempo, y no solo por el evidente amor que Margo le profesaba.

—Sospecho que dice la verdad y que no sabe nada más. Pero vosotros dos —Margo se dirigió a Logan y a Reese—, por supuesto seguiréis interrogándole.

Ambos estuvieron de acuerdo.

—La idea del coche oscuro —Reese sacudió la cabeza—, no sé. Muchas personas conducen coches oscuros. Esa parte podría ser una simple coincidencia.

—Lo cual me recuerda algo. Un momento —Margo se dirigió a su despacho. Todos oyeron claramente el zumbido de la impresora, y en menos de un minuto regresó con varias hojas de papel. Entregó una a Logan y otra a Rowdy—. Dash y yo estábamos haciendo una búsqueda en Internet cuando apareció el pirómano. ¿Habéis visto las inusuales llantas del camión? Hemos localizado a un distribuidor local que vende unas llantas personalizables idénticas a estas —entregó más hojas con el nombre y la dirección del comercio.

—Podría proporcionarnos la dirección del conductor.

—Quiero que vosotros dos comprobéis lo del distribuidor —Margo asintió.

—En cuanto abra —Reese consultó su reloj.

—Rowdy, he pensado que quizás podrías hacer algunas preguntas más en la calle.

—Considéralo hecho.

—Tal y como se están poniendo las cosas, necesito a todo el mundo en alerta, y que informéis de inmediato.

Dash compartió una mirada con su hermano por encima de la cabeza de Margo.

—Creo que ahora nuestro mayor problema es que tu dirección ha quedado al descubierto. Quiero decir que no solo ha enviado alguien a ese bastardo aquí, la periodista hizo un montón de preguntas y tomó varias fotos. Seguramente saldrá en las noticias. Todo el mundo sabrá dónde vives.

—Y a todo esto, ¿qué demonios hacía aquí esa periodista? —quiso saber Rowdy—. No me creo que vayan detrás de todo coche patrulla que se detenga en un lugar.

—Alguien, o algo, debió de alertarlos.

Como si fuera un perro pastor, Dash los llevó a todos al salón. Reese se apoyó contra la pared. Rowdy se sentó en el borde de una silla. Margo se acomodó en el centro del sofá e inmediatamente alargó los brazos en dirección a Oliver.

Sentándose a su lado, Dash le pasó al gato. Estaba casi seco y empezaba a acicalarse.

—Alguien quería que supusiésemos que el criminal había sido contratado por los mismos que acudieron a la tienda de empeño —Logan se sentó al otro lado de Margo.

—No me gustan las suposiciones —ella sacudió la cabeza.

—Desde luego, no cuadra —Logan estuvo de acuerdo—. Los matones de la tienda de empeño no se habrían preocupado por un gato.

—Estoy de acuerdo con eso —Reese reflexionó un momento—. ¿Cuál es tu idea? Creo que todos estamos de acuerdo con que esto no forma parte de la operación porno encubierta, pero alguien quiso que lo pareciera con el empleo del queroseno.

—Alguien —añadió Rowdy— está utilizando a su conveniencia un suceso para instigar otro.

El críptico comentario podría haber resultado confuso, pero Dash sabía exactamente a qué se refería.

—Alguien que tiene información de primera va contra ti.

La sensación era muy mala, pero Margo no parecía afectada, solo pensativa.

Dash no quería manifestar la posibilidad en alto, pero, sobre todo, lo que quería era que Margo estuviera a salvo, aunque eso supusiera protegerla de sus seres más cercanos.

—¿Cómo entró ese tipo? —tendría que haber oído el estruendo de los cristales rotos. Pero si alguien forzó la cerradura...

—Entró por el cuarto de baño de su dormitorio —explicó Reese—. La ventana estaba forzada. Debió de entrar cuando vosotros dos ya estabais en el despacho de la teniente.

Margo miró al gato y lo acarició.

—La ventana cierra herméticamente. No hay manera de forzarla.

—Pues el cierre no estaba roto —aseguró Logan.

Rowdy no entendía las ramificaciones.

—¿Teniente? —la presionó en busca de una respuesta.

Ella miró a Dash antes de apartar la mirada.

¿Quería que se mantuviera en silencio? ¿Era su manera de decirle que se mantuviera al margen?

Y una mierda.

—Si vosotros dos tenéis algo que compartir —intervino Logan—, este sería un buen momento.

—Tengo que preguntar una cosa —Margo había vuelto a ser todo profesionalidad—. ¿Existe la posibilidad de que os siguieran cuando vinisteis de visita?

Reese y Logan protestaron de inmediato.

—Desde luego que no.

—Ni hablar.

—Eso pensaba yo —ella alzó una mano en el aire para silenciarlos—. Y aunque os hubieran seguido, eso no explicaría la ventana abierta —Margo respiró profundamente y se volvió a Dash—. Cuando mi padre estuvo aquí, ¿qué cuarto de baño utilizó?

Debería haberse imaginado que ella sospecharía lo mismo. Margo no era tonta. Era, desgraciadamente, dura como el acero, en parte debido a la permanente hostilidad de su padre.

—No lo seguí —Dash se moría de ganas de abrazarla, pero a ella no le gustaría. Delante de los demás necesitaba mostrar su fortaleza—. Esperé junto a la puerta de la calle.

—¿Tu padre estuvo aquí? —Logan se echó hacia delante y apoyó los codos sobre las rodillas.

—West y él vinieron a... ver cómo estaba.

Reese soltó un juramento y se apartó de la pared.

Dash y Rowdy no se enteraban de nada. Pero Dash no iba a preguntarle delante de los demás.

Sin embargo, Rowdy no tuvo tantos escrúpulos.

—¿A alguien le importaría explicármelo?

Hubo un silencio.

Dash sentía crecer la tensión, hasta que Margo se decidió y se enfrentó a Rowdy con controlada frialdad.

—Esto no debe salir de aquí.

—¿Y a quién demonios iba a contárselo?

Ella sonrió como si hubiera dicho algo gracioso.

—Mi padre era el jefe de la policía antes de retirarse.

—Eso ya lo sabía.

—Pero lo que seguramente no sabías es que yo le obligué a retirarse. Y, desgraciadamente, nunca me ha perdonado por ello.

Respirando con fuerza, con la excitación volviéndole torpe, Saul corrió por el abrillantado pasillo hasta la coqueta oficina de su hermano. Le había llevado treinta angustiosos minutos llegar hasta allí. El trayecto le había resultado interminable. Habría preferido conducir más deprisa, pero Curtis era muy estricto sobre eso. Aparte de los jueguecitos, que se habían ganado, y la ocasional necesidad de cargarse a alguien que se hubiera interpuesto en su camino, debían vivir la vida de un ciudadano ejemplar, como esa gente normal, buena e insignificante.

Pero por lento que le hubiera parecido el trayecto, el ascensor hasta la planta veintiséis fue más lento aún. Para cuando Saul entró en el elegante despacho que abarcaba toda la planta, había olvidado la regla de llamar siempre antes de entrar.

Curtis estaba al teléfono, sentado detrás del enorme escritorio de caoba cuando su hermano, literalmente, irrumpió a trompicones con todo el ruido y la fanfarria del mundo.

Toby, sentado en el sofá con una taza de café, se echó hacia delante y desenfundó el arma. Al ver a Saul, frunció el ceño y guardó la pistola antes de soltar un juramento por el café que había derramado por todas partes.

—Volveré a llamarte —informó Curtis a su interlocutor. Con gesto de enfado, se puso de pie mientras colgaba el teléfono—. ¿Qué sucede?

—Sé dónde vive.

—¿Quién? —Curtis rodeó la mesa.

—Esa policía entrometida. La que se nos escapó —¿por qué nunca lograba acordarse de los nombres? A Curtis le enfurecían los rodeos sin entrar en detalles—. Esa a la que Toby intentó seguir hoy.

—¡La que tú dejaste escapar! —exclamó Toby.

—Entra y cierra la maldita puerta —Curtis alzó una mano para silenciarlos a los dos.

Saul cerró de un portazo, se limpió el sudor de la calva y se secó las manos húmedas contra los pantalones.

—Estás hablando de la teniente Margaret Peterson —Curtis apoyó una cadera sobre el escritorio y observó a Saul.

—Sí, esa. Alguien entró en su casa. ¡Alguien que actuaba como nosotros!

—Tranquilo, Saul —el ceño fruncido de Curtis se acentuó aún más—, explícame a qué te refieres. ¿Quién actúa como nosotros? ¿Cómo?

Saul respiró hondo y lentamente soltó el aire.

—Alguien intentó incendiar su casa con queroseno, pero ella y el otro tipo lo detuvieron.

Curtis y Toby intercambiaron una mirada.

—Lo que dices no tiene ningún sentido.

¡Por Dios! ¿Por qué su hermano no le entendía nunca? Saul dio otro paso al frente.

—Los policías lo arrestaron. Yo estaba viendo la televisión y vi el reportaje. Dijeron que un tipo enmascarado irrumpió en su casa y vertió queroseno por todas partes.

—¿Pero no lo prendió?

—No. Algo sobre un gato al que no quiso lastimar y...

—¡Jesús bendito! —lo interrumpió Toby mientras miraba a Curtis con preocupación—. ¿Qué coño significa eso?

—¿Alguien resultó herido? —masculló Curtis entre dientes, nada contento con las noticias.

—No, creo que no.

¿Por qué le interesaba eso tanto a su hermano? De todos modos quería a esa zorra muerta.

—Dijeron que el tío ese que vive con ella redujo al intruso hasta que llegó la policía y lo arrestó. Y que todo había sucedido en casa de esa zorra. ¡Mostraron su fotografía! ¡Es ella!

—Esto no me gusta —Toby se puso de pie—. Primero los polis dicen que han encontrado algo en el maldito garaje...

Curtis agitó una mano en al aire y Saul se agachó instintivamente, a pesar de que no estaba a su alcance. Aun así el corazón se le subió a la garganta y se negó a volver a bajar.

—No dejamos ninguna pista —aseguró Curtis con una calma furiosa—. Había queroseno por todas partes. A pesar de los rumores, sé que se quemó todo. Cada pedacito de evidencia.

No era la primera vez que tenían que deshacerse de evidencias. Saul y Toby conocían bien la preferencia de Curtis por quemarlas. Después de que ese condenado drogadicto lo hubiera defraudado la noche que intentó llevarse a la zorra, Saul no había tenido más remedio que matarlo. Había tirado el cuerpo en una obra donde terminaría sepultado. Todo lo demás había sido quemado en el garaje.

Toby no parecía convencido, y eso preocupó a Saul. No quería ir a la cárcel. Ante la mera idea sufriría pesadillas durante una semana. No bastaba para que desistiera de participar en los juegos, pero casi.

—¿Encontraron algo en el garaje?

—¡No! —Curtis saltó de esa manera tan peligrosa que tenía—. Acabo de decirte que es imposible.

Todavía preocupado, miró a Toby, que sacudió casi imperceptiblemente la cabeza.

—Estaba al teléfono cuando irrumpiste aquí —le explicó Curtis a su hermano—, verificando que no había quedado nada más que cenizas.

—Oh —Saul tragó nerviosamente, pero su garganta parecía cerrada—. Bueno, yo solo quería contártelo. Me refiero a lo del asalto a su casa. Y sobre que habían arrestado a alguien.

—Descubre qué coño está pasando aquí —le ordenó Curtis a Toby, mirándolo con los ojos entornados.

—De acuerdo —tras dirigirle a Saul una mirada de lástima, Toby abandonó la habitación.

—Has entrado aquí, en mi oficina —Curtis se volvió a su hermano, fulminándolo con una mirada acerada.

—Sí, bueno, pensé que no querrías que utilizara el teléfono. Quiero decir, por si acaso…

—Irrumpes aquí, llamando la atención. Sabes lo importante que es mantener los negocios apartados del placer.

—Sí, lo sé —Saul no entendía nada—. Pero pensé que te gustaría saber dónde vive.

Curtis se dio media vuelta.

—Al final, a su debido tiempo, habría encontrado a esa mujer, cuando me viniera bien. Pero ahora sé que hay alguien que se atreve a imitarme, que se burla de mí.

—Bueno, supongo —Saul reculó un paso y se mordisqueó el interior de la mejilla—. Entiendo que eso te fastidie.

—Y ahora —su voz se volvió grave y gutural—. Ahora esa zorra estará más vigilada. No va a quedarse en su casa, ni a andar por ahí tranquilamente para que yo la pueda atrapar. No. Puede que incluso se oculte en algún lugar. Lo va a complicar todo mucho.

Saul miró detrás de él, pero por desgracia Toby había cerrado la puerta al marcharse.

No había escapatoria.

La mano de Curtis se cerró en torno a un pesado pisapapeles que había sobre su escritorio.

—Y ahora, gracias a un jodido imitador, tendrá protección —se volvió como un rayo y arrojó el pisapapeles con precisión.

Saul dio un respingo e intentó agacharse, pero el pesado objeto rebotó en su hombro. Un golpe sólido que, sin duda, le había roto un hueso. Era mejor que haberle abierto la cabeza, pero no impidió que empezara a gritar, acurrucándose, encogiéndose sobre sí mismo.

—Sé cómo llegar hasta ella. Porque yo siempre tengo un plan —Curtis se acercó a su hermano, ignorando el pánico y el dolor que se reflejaba en su rostro—. La jodida zorra va a pagar todos los problemas que me está causando. ¿Me estás escuchando?

Pero Saul no oía nada.

Porque gritaba demasiado fuerte.

CAPÍTULO 18

Reviviendo de nuevo la vergüenza, Margo se obligó a mirar a todos a la cara mientras relataba lo sucedido.

—Mi padre, junto con unos cuantos agentes, estuvo implicado en un asunto muy feo en el que se utilizaban informantes femeninas para algo más que para informar.

Sabía que Logan y Reese estaban al tanto de los rumores. ¿Y quién no? Pero fiel a su palabra, Margo había guardado silencio sobre la identidad de los implicados, con la condición de que abandonaran el cuerpo. No se podía confiar en ninguno de ellos para proteger a los ciudadanos.

No cuando ya habían roto esa confianza de la peor manera posible. No cuando ya se habían aprovechado de mujeres vulnerables que estaban bajo su protección.

—Sabía que había mala sangre...

—Tú siempre te das cuenta cuando sucede algo —ella sonrió a Logan con tristeza—. Y sin duda Reese dedujo toda la historia a partir de sus diferentes fuentes.

Reese no parecía contento, pero se encogió de hombros en un gesto afirmativo.

—Debería haberlos procesado a todos —continuó Margo, luchando una vez más con su conciencia—. Desgraciadamente, en el caso de alguno de ellos, no habría sido fácil demostrar su culpabilidad.

—¿Tu padre, por ejemplo? —preguntó Rowdy.

—Hasta donde yo sé, no estuvo directamente implicado, pero

sí hizo oídos sordos a lo que estaba sucediendo. Y eso es igual de malo. Debería...

—No —Logan no estuvo de acuerdo—. Una investigación lo habría sacado a la luz y habría dividido aún más al departamento. Los locales ya estaban bastante furiosos.

—Todos habíamos perdido su confianza —añadió Reese—. Tú te ocupaste de ello sin remover la mierda más de lo necesario. Y al hacerlo, protegiste a los demás miembros del departamento de policía.

Margo tuvo que admitir que le importaba lo que pensaran de ella. Siempre le había importado. Eran buenos policías, buenos hombres y como tales ella quería, ansiaba, recibir su aprobación. Saber que no la juzgaban con dureza le hacía sentirse mejor.

Pero lo que más le importaba era lo que Dash pensara. En muchas ocasiones le había repetido lo impresionado que se sentía, cómo la admiraba. Lo último que deseaba era ver la desilusión reflejada en su mirada.

No quería defraudarle.

No le resultaba fácil, pero lo miró de frente.

Y él la sorprendió tomándole la mano y besándole los nudillos.

No dijo una palabra, pero tampoco hacía falta. Margo soltó el aire que se había quedado atrapado en sus pulmones, y por fin sintió que una parte de la tensión abandonaba sus hombros.

Poco antes, cuando había comprendido lo cerca que había estado de perderlo...

—¿Y cuántos recibieron la patada? —Rowdy interrumpió los oscuros pensamientos—. Aparte de tu padre, ¿quién más estaba implicado?

El bueno de Rowdy, siempre se podía contar con él para que se tomara las cosas con filosofía. Claro que, para empezar, nunca había tenido mucha fe en la policía.

—¿Estás pensando que alguien más podría ejercer alguna *vendetta* contra ella? —preguntó Dash antes de que Margo pudiera contestar.

—Es posible —Reese asintió—. Tendría más sentido que fuera un expolicía que cualquier otra persona, porque seguramente seguirá teniendo contactos en la comisaría. Eso le daría acceso a información de primera. Sabría cómo atacarla de un modo que se asociaría con algún otro caso.

—El mundo está repleto de idiotas que hacen el mal y le echan la culpa a otro por sancionarlos —cuando Rowdy se dio cuenta de lo que acababa de decir, se volvió hacia Margo—. No estoy llamando idiota a tu padre…

Margo agitó una mano en el aire.

—A día de hoy sigue sin ver qué problema había en aprovecharse de mujeres que intentaban recomponer sus vidas. Créeme, yo le he llamado cosas peores.

—Mucha gente se trasladó —intervino Logan—. Ya no me acuerdo de quién se retiró, quién se marchó bajo presión, quién estuvo implicado.

Pero ella sí lo recordaba. Perfectamente.

—Mi padre, a la sazón jefe de la policía, dos sargentos, un teniente, una docena de oficiales y un técnico civil del laboratorio criminológico.

—Menuda redada —Rowdy emitió un silbido.

En un gesto protector, Dash se acercó a ella.

—¿Cuántas mujeres informantes había?

—Cinco —ella aún sentía náuseas al recordarlo—. Una de ellas no tenía más de diecinueve años.

Tras darle a su padre el ultimátum, se había encontrado totalmente sola. El departamento, así como su familia, le había dado la espalda. Ni siquiera West había alcanzado a comprender del todo su postura. Cierto que había reconocido que estaba mal, y estuvo de acuerdo con cortar por lo sano. Incluso estuvo de acuerdo con que debían llevarse a cabo algunas amonestaciones.

Pero ¿echar a unos «buenos» oficiales? ¿A su propio padre?

Eso sí que no lo había soportado. A fin de cuentas, para él esas mujeres eran criminales, prostitutas que habían sido trincadas.

Y no había sido el único en pensar de ese modo. La mayoría las consideraba inferiores a los «buenos» hombres implicados. Poco importaba que hubieran sido coaccionadas para realizar algunas prácticas sexuales, que seguramente hubieran sido violadas, humilladas.

Margo respiró hondo para intentar calmarse.

En esa ocasión sabía que no estaba sola. Mientras lo relataba todo tenía a Dash a su lado. Y estaba segura al cien por cien de que él la respaldaba, hiciera lo que hiciera, porque confiaba en que fuera a hacer lo correcto. De algún modo, eso lo facilitaba todo.

Y había algo más. Conocía a Logan y a Reese lo bastante bien como para saber que jamás harían oídos sordos a esa clase de injusticia, al abuso ejercido contra otros. Eran policías honrados, de cabo a rabo.

Pero Rowdy... No, Rowdy también habría defendido a las mujeres igual que hizo ella.

Reese se cruzó de brazos y la observó.

—Por lo que he oído, el comandante tuvo algo que decir sobre cómo transcurrió todo.

—Sí. Dan insistía en mantenerlo todo en silencio —confirmó Margo—. Mi padre y él estaban muy unidos. Juntos, tenían mucha influencia.

—¿Te presionaron para aceptar el puesto de teniente? —quiso saber Rowdy.

—Sí —ella sacudió la cabeza—. Incluso tenía al alcalde respirando en mi cogote. Creo que tenían la idea equivocada de que con un ascenso podrían controlarme.

—Pero tú te ganaste a pulso ese ascenso, y lo sabes —Logan le dedicó una sonrisa torcida.

—Seguramente fue su intento de incluirte en su círculo —observó Dash.

—El club de los chicos —añadió Rowdy con desdén.

Todo eso era cierto, salvo que...

—No funcionó.

—No —aseveró Dash—. Sin duda no funcionó.

—Sospeché que había más implicados —Margo no estaba dispuesta a edulcorar la verdad—, pero no pude probarlo. No sin una investigación oficial que abarcara a todo el departamento.

—Lo que hiciste fue más rápido y más limpio —le aseguró Logan.

—¿Recuerdas los nombres de todos los implicados? —preguntó Dash mientras le acariciaba los nudillos con el pulgar.

—Sí —ella jamás podría olvidarlos, y ellos lo sabían.

Ese había sido uno de los motivos de los numerosos conflictos que había entre el comandante y ella. Y uno de los motivos, también, por los que podía ignorar sus órdenes cuando quería.

—Entonces —intervino Rowdy con su mente analítica—, ¿crees que tu padre podría haber dejado la ventana sin cerrar? ¿Crees que utilizó los detalles de toda esta puta mierda para tenderte una trampa... para qué?

Margo no tenía ni idea. No se imaginaba a su padre queriéndola muerta, pero...

—Esa ventana tuvo que abrirse de algún modo.

—A lo mejor solo pretendía asustarte —Reese empezó a caminar por el salón.

—Sin duda nunca tuvo la intención de que se produjera un incendio —añadió Logan.

Dash se levantó del sofá y se situó frente a ella.

—Aquí no estás segura.

¿Y dónde lo estaría?

—Solo un idiota atacaría dos veces en el mismo sitio.

—Y ya hemos confirmado que estamos tratando con idiotas —él se inclinó sobre Margo, alto y corpulento—. Creo que deberías venirte conmigo una temporada.

—¿Qué? —desestimando la sugerencia, Margo lo miró perpleja.

¿Huir? ¿Era eso lo que pretendía que hiciera? ¿Abandonar su puesto?

—No —insistió inflexible.

—¿Y adónde piensas ir? —preguntó Reese, visiblemente irritado con la actitud de Margo—. ¿Te vas a esconder en tu cabaña secreta del bosque?

—No —Dash le sostuvo la mirada—. A estas alturas ya no será secreta. Yo había pensado en otro lugar.

Oliver al fin se había dormido y Margo lo dejó a un lado y se puso de pie, enfrentándose a Dash. Antes de poder pronunciar una sola palabra, él se inclinó hacia ella y la besó.

Delante de todo el mundo.

No fue un besito sin más, sino un beso descaradamente posesivo y de cariño sincero.

Al apartarse, la expresión de su rostro denotaba una excesiva seriedad.

—La amenaza es real, lo quieras reconocer o no. Y apuesto a que Logan y Reese me respaldan en esto.

Logan y Reese levantaron la mano a la vez.
—Yo estoy de acuerdo.
—Desde luego.
Al contemplar la escena, Rowdy también alzó la mano.
—Solo durante un tiempo, teniente. Hasta que hayamos aclarado esto.

Para Dash fue evidente que Margo se sentía acorralada, y no le gustó la sensación. Pero, si ella estaba en lo cierto, si su padre intentaba arrojarla a los lobos, ¿cuánta protección haría falta?

—Había alguien en tu casa —recapituló él para intentar convencerla.

—Créeme, soy muy consciente de las implicaciones —Margo intentó darse media vuelta, pero Dash la sostuvo frente a él.

—La noticia seguramente habrá salido en todos los noticieros. Esta tarde hasta el menor de los raterillos sabrá dónde vives.

—Probablemente —ella se llevó una mano a la frente.

Dash quería tomarla en sus brazos, pero sabía muy bien que ella ni lo quería ni lo necesitaba. Lo que necesitaba era su apoyo.

Necesitaba su insistencia.

—No insinúo que debas abandonar tu puesto —tenía que hacerle entender que comprendía la importancia de su trabajo, y apoyaba su buen quehacer—. Tómate un fin de semana, nada más —«conmigo»—. Deja que trabajen Logan y Reese.

—También es mi trabajo.

Para Dash significó mucho que los demás se mantuvieran en silencio y le dejaran a él intentar manejar la situación. Si los necesitaba, le apoyarían, pero esperaba que Margo cediera sin necesidad de su intervención.

—Lo sé, cielo, y eres condenadamente buena en tu trabajo. Nadie piensa lo contrario.

—No hace falta que me aplaques.

—Lo cierto es que me estaba mostrando completamente sincero —él empleó la experiencia de Margo contra ella misma—.

Piénsalo de otro modo. Si fuera otro policía el que estuviera en tu situación, ¿qué le dirías?

Ella intentó apartarse de nuevo, visiblemente fastidiada.

Pero Dash se lo volvió a impedir.

—¡Déjalo ya! —temblando de irritación, ella apoyó un puño contra el pecho de Dash—. Necesito hablar con Yvette. Quiero preguntarle sobre esas llantas. Quiero…

—¿Asegurarte de que esté bien?

Margo respiró hondo para recuperar la calma.

—Sí.

Dash casi podía leerle el pensamiento, sentir su inquietud. Acababa de experimentar una fracción de lo que había sufrido Yvette, y su simpatía hacia la joven estaba muy viva.

Lo comprendía mejor después de haber escuchado el relato sobre su padre. La comprensible empatía hacia la otra mujer estaba interfiriendo con su buen juicio, y mostraba su altruismo.

Si lograba disfrutar de un momento de intimidad con ella, la calmaría del mejor modo que sabía, amándola, liberando su tensión a través del sexo. Pero aún tendrían que esperar un buen rato hasta que se les presentara esa oportunidad.

—Eso podría arreglarse —Logan se aclaró la garganta—. Incluso podría ser hoy mismo.

—Quizás después de que hayas terminado en la consulta del médico —apuntó Reese.

Ambos parecían sentirse a disgusto y Dash estuvo a punto de soltar una carcajada.

Sin darle la oportunidad de enfadarse por su inoportuno sentido del humor, le tomó la mano y sonrió.

—No deja de divertirme ver cómo una mujer tan menuda es capaz de perturbar a dos policías tan grandotes.

—Bueno, ya —Logan gruñó—, no suele comportarse como alguien menudo.

Cierto. Porque Margo tenía el espíritu de las amazonas. Dash le sujetó la barbilla, maravillándose de nuevo de que una mujer tan fuerte pudiera ser al mismo tiempo dulce y sensible.

—Tu casa está patas arriba, cielo. Hará falta un equipo profesional de limpieza para limpiar los suelos.

—Lo sé.

—Oliver necesita un lugar tranquilo donde recuperarse —Dash no pudo por menos que imaginarse la expresión que debían de tener los otros tres.

Utilizar al gato como cebo era un acto desesperado, pero apostó por su efectividad. Esa mujer adoraba a Oliver.

Margo suspiró y apoyó la frente contra el pecho de Dash.

—Estoy de acuerdo, pero tu dirección nunca ha sido secreta, para empezar. Y, como bien dijiste, la cabaña secreta que tienes en los bosques ya no es tan secreta. No puedo llevarme a Oliver a un hotel…

—Ni yo te lo pediría.

—¿Entonces? —ella se apartó y lo miró a la cara—. ¿Adonde?

Dash hundió las manos en los bolsillos, lamentando tener que compartir lo que iba a decir con los demás.

—Tengo otro lugar.

Logan, que tenía el mismo acceso a los fondos que su hermano, no hizo el menor gesto ante la revelación.

Reese y Rowdy, sin embargo, se mostraron más sorprendidos.

—¿Otro lugar? —preguntó Rowdy.

—¿Algo así como una… tercera vivienda? —preguntó Reese con evidente admiración.

Logan se mantuvo en silencio. Sabía bien que disponían de la posibilidad de adquirir varias viviendas sin quedarse cortos de dinero.

—Otra casa en el lago.

—¿Tienes dos casas en el lago? —ella lo miró boquiabierta.

Dash se encogió de hombros. Se sentía ridículo, como siempre que se hablaba de excesos.

—Iba a darle la primera a Logan.

—¿En serio? —su hermano levantó la vista bruscamente.

—Sé que vosotros dos habéis estado buscando algo —Dash se volvió hacia Logan—. Pero Pepper siente cariño por esa casa, y quizás por eso mismo no ha encontrado otra que sea de su gusto, ¿verdad? De modo que se me ocurrió que podríais quedárosla.

—Tienes toda la razón —Logan sonrió y estrechó la mano de su hermano—. Gracias, tío.

—Te la has ganado —Dash siempre consideraría esa cabaña

como el lugar en que Pepper se unió a Logan, convirtiéndolo en un hombre feliz. Incluso en esos momentos, la manera tan imaginativa y sexual que tenía de atormentar a su hermano le hacía reír—. Además, la nueva casa del lago es un poco más moderna, aunque sigue siendo un lugar íntimo. Hasta que os lo he dicho, nadie conocía su existencia.

—¿Hasta qué punto eres solvente económicamente? —preguntó Margo con severidad.

—Más o menos como Logan —contestó él de un modo evasivo.

Ella desvió la mirada hacia su detective.

Detective que frunció el ceño, demostrando que le gustaba tan poco como a su hermano hablar de dinero.

—Heredamos una pequeña fortuna.

—¡Vuestros padres aún viven!

—Abuelos —le aclaró Dash—. Estaban forrados, y nos adoraban.

Logan intentó quitarle importancia.

—No es para tanto. Normalmente —miró a Dash—. Pero de vez en cuando resulta muy útil.

Como un perro callejero, Margo había encontrado otro hueso que roer.

—¿Tienes un lugar secreto para llevar mujeres allí?

—No exactamente, no —jamás había llevado a una mujer a ese lugar.

Para Dash la cabaña del lago era un refugio de todo y todos los demás. Pero con Margo sí quería compartirlo.

—¿Está lejos?

—A una hora de aquí —Dash contempló al gato—. ¿Oliver viaja bien?

—No. Vomita.

—Pues lo meteremos en un transportín y rezaremos —Dash hizo un gesto de asco, pero insistió—. ¿No crees que se sentirá más cómodo sin tener que tratar con el equipo de limpieza y los policías que estarán entrando y saliendo de aquí? Por no hablar de la peste a queroseno.

—Sí —ella consultó la hora—. Normalmente se queda tranquilo mientras yo voy a trabajar, o si me ausento unas cuantas horas, pero tienes razón. Hoy no es un buen día para dejarlo solo.

—Yo no he dicho...

—Creo que debería anular la cita con el médico.

—Déjalo conmigo —intervino Rowdy.

Margo enarcó las cejas, pero Dash asintió, totalmente de acuerdo.

—¿Tienes tiempo para eso?

—Aún falta un buen rato para que tenga que ir a trabajar —contestó él—. Y, aunque llegue tarde, Cannon puede abrir por mí.

—¿Hay algo que Cannon no sea capaz de hacer? —preguntó Margo, todavía algo reticente.

—Que yo sepa no —Rowdy la contempló con los brazos en jarras—. De todos modos, ¿cuánto puede llevarte tu cita con el médico? A lo sumo unas pocas horas, ¿no?

—No creo que tarde más que eso.

—Oliver me conoce y no me odia. Me quedaré aquí y me aseguraré de que no entre nadie que no deba entrar, y también de que el gato tenga todo lo que necesite.

La atención de Margo iba de Rowdy al gato, que dormía, y de vuelta a Rowdy.

—Está viejo y ciego...

—Y es todo un campeón, lo sé —Rowdy se acercó y miró a Margo desde su altura—. Incluso podría llamar al equipo de limpieza y ponerlo todo en marcha. Así vosotros dos os podéis ir de fin de semana sin preocuparos de nada.

—Yo me ocuparé de que haya alguien aquí con el equipo de limpieza —añadió Logan—. Nadie estará en tu casa sin vigilancia.

—Voy a llamar al señor Sweeny para informarle, a él y a su nieta, de tu visita —Reese sacó el móvil del bolsillo—. Dado que no sabes cuánto tiempo te va a llevar, le diré que irás después de tu cita con el médico. ¿Está bien así?

Todos la miraban y Dash se dio cuenta de que Margo se sentía atrapada. Normalmente cualquiera en su situación se pondría a la defensiva.

Pero Margo soltó una carcajada.

—Esto es absurdo. Todos estos hombretones organizándome un fin de semana.

—Cielo...

—Está bien, Dash —la risa se transformó en una sonrisa cargada de cariño que los abarcaba a todos—. Sinceramente, aparte de esperar de mí que abandone mi trabajo, agradezco vuestros esfuerzos. No estoy acostumbrada a tanto alboroto por mí.

—Los hombres no nos alborotamos —le informó Dash, uniéndose al gesto de desagrado de los otros tres hombres.

—Por lo visto sí lo hacéis, cuando vais con buenas intenciones. Y sí —añadió rápidamente antes de que Dash pudiera objetar nada—, comprendo que un fin de semana fuera puede ser una buena idea, aunque solo sea para recomponerme. Pero solo será un fin de semana. Si Logan y Reese no consiguen hacer progresos en ese tiempo, yo tomaré el mando.

—Nos pondremos a ello —le aseguró Logan—. Tenemos muchas pistas sobre las que trabajar.

—Husmear discretamente en lo que ha estado haciendo el señor Peterson, investigar las llantas personalizadas, interrogar al cerdo que irrumpió aquí —Reese se frotó las manos—. Tres días, contando con hoy. Creo que para el lunes deberíamos tener algunas respuestas.

—Alguien tiene que conocer al intruso —Rowdy se mostró de acuerdo—. Tiene pinta de ser una buena pista. Y a estas horas ya se habrá corrido la voz en la calle de que el departamento tiene pruebas del garaje incendiado. Alguien aparecerá.

En lugar de sentirse tranquilizada, Margo parecía infeliz por tener que perderse todo el trabajo policial.

—Quiero que se me mantenga informada de cada detalle. Quiero recibir noticias como mínimo dos veces al día. Quiero...

—Tenernos corriendo por ahí como tus marionetas, lo hemos pillado —Logan le dio una palmada en el hombro—. Sabes de sobra que somos capaces de ocuparnos de esto, deja de controlarnos.

—Pero es que lo hace tan bien... —observó Reese.

Para evitar un estallido, Dash la distrajo, acariciándole los encrespados rizos.

—Dentro de veinte minutos tenemos que irnos —la besó en la frente—. ¿Tienes hambre? ¿Quieres que prepare algo mientras te vistes?

Para su sorpresa, Margo se acurrucó contra él, apoyando el brazo sano contra su pecho.

—No tengo hambre, pero gracias.

A Dash le llevó un segundo de vacilación antes de rodearla con sus brazos. Menuda paradoja.

—¿Estás bien? —le susurró al oído.

—Sí —tras unos instantes en la misma postura, ella suspiró y se apartó—. A las diez estaré lista.

Consciente de que los acontecimientos la estaban agotando, Dash la observó abandonar el salón. Margo se dirigió al dormitorio para recoger su ropa y luego al cuarto de baño del pasillo. Cuando oyó cerrarse la puerta, él se volvió, esperando encontrar de nuevo la expresión bobalicona en los rostros de su hermano y de Reese.

Pero Logan lo sorprendió con una sonrisa.

—Creo que empiezo a acostumbrarme a verla así.

—Tan tolerante —Reese estuvo de acuerdo—. Jamás me lo habría creído, dado que normalmente es dura como una piedra, pero le sienta bien.

—Lo que le sienta bien es estar conmigo —anunció Dash, pletórico de orgullo.

—Ninguno debéis olvidar —Rowdy se sentó junto al gato—, que sigue siendo una hembra alfa cuando hace falta.

—Como tu hermana —señaló Logan—. Pero supongo que Margo lo controla igual de bien que Pepper.

—Me acabo de dar cuenta —Reese se dirigió a Dash—, de que te pareces un montón a Logan.

Logan sabía muy bien adónde quería llegar con ese comentario.

—¿Y tú?

—Nunca serías feliz con una dulce muñequita, por mona o sexy que fuera —Reese asintió.

—Por suerte para él —intervino Rowdy—, Margo es todas esas cosas.

A Dash seguía molestándole que Rowdy hablara de Margo con tanta familiaridad. Los demás se echaron a reír ante su expresión. Al menos hasta que oyeron el golpe de nudillos en la puerta. Todos levantaron la vista, en estado de alerta. Sería demasiado bueno que fuera su padre, apareciendo para comprobar los destrozos que había ocasionado.

Dash se dirigió hacia la puerta, seguido de cerca por Logan. Se asomó a la mirilla, pero no reconoció al hombre que estaba al otro lado.

—Comandante —saludó Logan sorprendido cuando la puerta se abrió. Dando un paso atrás, lo dejó pasar—. No le esperábamos.

Dan Ford, alto y apuesto, de cabellos plateados y ojos oscuros, entró como si fuera el dueño de la casa. Frunció el ceño ante la pequeña congregación, olisqueó el aire con gesto de sospecha y entornó la mirada.

—¿Dónde demonios está Margaret?

Desde el tejado de un bloque cercano, tumbado boca abajo, Toby vigilaba el edificio en el que la chica vivía con su abuelo. Tenía una vista lateral, de modo que dominaba la parte delantera, la trasera y la orientada al sur del viejo edificio de ladrillo rojo.

No tenía la menor duda de que había vigilancia apostada en la parte delantera, donde una luz de seguridad iluminaba la puerta de madera. Pero en la parte de atrás, una pequeña ventana del sótano estaba lo bastante oculta para que la entrada resultara accesible. Por ese lado no había ningún vecino, solo un muro de contención del ruido que separaba las viejas casas de la autopista. Aparte de eso no había más que unos cuantos árboles y un viejo garaje que parecía a punto de derrumbarse.

La ventana del sótano no parecía muy segura. Y era muy pequeña, de modo que le iba a costar colarse, pero seguramente lo lograría. Ya lo comprobaría más tarde. O a lo mejor contrataría a alguien para que lo hiciera, por si acaso.

No estaba dispuesto a dejarse encerrar por culpa de Curtis, ese desquiciado bastardo. Cierto que le gustaba el sueldo que le pagaba, y lo de follar tampoco estaba mal. Sonrió ante su propio sentido del humor.

A diferencia de Saul, él no estaba desesperado por echar un polvo. Él podía conseguir una chica siempre que lo quisiera. Pero había algo especial en la depravación que tenían montada los dos hermanos, la excitación del tabú. No había nada más sexy que una mujer que se resistía, para acabar perdiendo. Tomarla contra su voluntad, registrar todos sus quejidos, su desesperación y eventual derrota, hacía que un hombre se sintiera hombre de verdad.

A Curtis le gustaba compartir sus pequeñas obras con otros imbéciles ricachones a los que les gustaba la realidad y no esos absurdos sucedáneos pornográficos realizados por pésimos actores.

Les gustaba verlo, pero tenían miedo de hacerlo ellos mismos. Cobardes gilipollas.

A Toby no le asustaba hacerlo, pero no quería que lo encerraran por ello. ¿Por qué iba a querer algo así? Le resultaría pan comido largarse de allí, irse a otro sitio. ¿Para qué lidiar con problemas si no hacía falta?

Sin embargo, Curtis... a Curtis a veces le cegaba la determinación. A menudo veía insultos donde no los había habido. Gracias a su fortuna, era un niño mimado, lo suficientemente poderoso como para sentirse con derecho a hacer lo que le apeteciese y al infierno con las consecuencias.

En ocasiones se mostraba tan violento que Toby sabía que no estaba cuerdo del todo. Si le dejaban a su aire, Curtis podría acabar arrestado y todos caerían con él.

Pero Toby tenía intención de seguir disfrutando con el juego, de manera que tenía que protegerlos a todos. Tras conocer a la chiquilla de la coletita en la tienda de empeños... bueno, la deseaba. Tenía ganas de atarla y tomarse su tiempo con ella, quería oírle gritar, sentir su lucha, y quería que todo quedara grabado.

De ese modo podría volver a disfrutar viéndolo una y otra vez.

Curtis y Saul podían secuestrar a esa policía chiflada si era lo que querían. Toby solo quería matarla. Un trabajo rápido y limpio.

Maldito Curtis y sus estúpidos y arriesgados planes.

De momento, a Toby no le quedaba más remedio que seguir las órdenes de Curtis. Pero algún día, pronto, ese tipo iba a pasarse de la raya con él. Y, a diferencia de Saul, él no iba a quedarse allí, soportando los abusos, suplicando más.

No, llegado el caso, si era necesario mataría a Curtis con sus propias manos.

A veces casi que le apetecía que llegara ese momento.

CAPÍTULO 19

Al oír las voces airadas, Margo terminó de atusarse el cabello mojado y salió corriendo del cuarto de baño. Se había bañado y vestido rápidamente lo mejor que había podido, poniéndose una ropa sencilla que le cupiera con la férula. De momento, la camisa cuya manga había recortado Dash había demostrado ser la mejor elección. La combinó con un par de vaqueros y unos botines. Un poco de rímel, un poco de perfilador y pudo considerarse suficientemente preparada para el día.

Hasta que oyó la discusión.

Todavía se estaba colocando el cabestrillo cuando salió del pasillo y vio a...

—Dan —intentó recomponerse colocando la expresión más neutra en su rostro, entornó los ojos ligeramente y dibujó una tensa sonrisa—. ¿Qué haces aquí?

—Me he enterado de lo que ha pasado —el comandante esquivó a Logan y a Dash—, y, naturalmente, he venido para ver cómo estás —la miró de arriba abajo—. ¡Por Dios, Margaret!

Ella se llevó una mano al moratón de la mejilla, pero su pelo tapaba los puntos de la frente. En cuanto al cabestrillo...

—No está tan mal como parece.

Reese volvía a apoyar la espalda contra la pared y contemplaba la escena con expresión de aburrimiento.

—Ya he hecho la llamada que me pediste, teniente. Está todo organizado.

—Gracias.

Como siempre, Logan mantuvo una actitud profesional, pero Margo captó su postura, que rezumaba ira. ¿Qué había pasado?

—¿Qué haces aquí, Dan?

Englobando a todos los presentes en su descontento, Dan dirigió una tensa mirada a su alrededor.

—Como no respondiste a mi llamada, me preocupé.

Dash se colocó al lado de Margo. Era una chiquillada, una travesura, pero para molestar un poco más a Dan, ella le dedicó a Dash una sonrisa digna de un amante antes de apoyarse en el fuerte hombro.

—Bueno, como ves, estoy en buenas manos.

Dan encajó el golpe. Movió la mandíbula y frunció los labios.

—Sí, bueno, necesito hablar contigo.

—Es que llego tarde a la cita con el médico —contestó ella con sumo placer. Los ojos entornados le restaron toda la buena voluntad a su sonrisa—. Hoy me quitan la férula.

—De eso precisamente quería hablarte.

Durante cinco segundos, Margo reflexionó sobre las palabras de su jefe, antes de volverse hacia Dash.

—¿Por qué no terminas de vestirte para que podamos irnos? No quiero llegar tarde.

Para su inmenso alivio, él no discutió.

—Enseguida vuelvo.

Lo siguiente era ocuparse de sus detectives.

—Bueno —miró detenidamente a cada uno de ellos. Consciente de que Logan sería el más resistente, se centró en él—. Agradezco vuestra visita. Gracias por todo.

—No hacían más que cumplir con su maldito trabajo —rugió Dan.

—Sí —Margo estuvo de acuerdo, impaciente por conocer el motivo de la evidente contrariedad de Dan. Normalmente, se enorgullecía del decoro profesional—. Eso, y más.

El comandante se irguió, imponente. Y, para sorpresa de Margo, le explicó el motivo de su enfado.

—Exigí verte cuando llegué y ellos se negaron a llamarte.

«¿Exigió?». Margo le lanzó una mirada interrogativa a Logan.

El gélido respeto del detective dejó una sensación de frío por todo el salón.

—Ya le explicamos que te estabas vistiendo.

Mientras se colocaba la camisa, y con los zapatos en la mano, Dash regresó. Se había lavado, vestido y cepillado los dientes en un tiempo récord. No se había molestado en afeitarse aunque, sinceramente, a ella le gustaba verlo con esa rugosa sombra de barba. Incluso en ese momento, con su comandante escupiendo fuego, su casa convertida en la escena de un crimen y la peste a queroseno en el aire, deseaba a ese hombre.

La idea de que siempre sentiría deseo por él la asustó un poco.

A lo mejor todo empezaba a construirse, pero de sus labios escapó una risita aguda que no se parecía en nada a su habitual compostura almidonada, a juzgar por las miradas de inquietud que le dedicaron los demás.

—¿Has estado corriendo todo el rato? —preguntó mientras le daba una palmadita a Dash en el pecho.

—Pues sí —él dio un saltito mientras se ponía un zapato y luego el otro—. Yo ya estoy listo. ¿Y tú?

Más que lista. Pero primero tenía que despejar su casa.

—Logan, Reese, de nuevo gracias. Espero recibir noticias vuestras.

A los detectives no les hizo gracia, pero no protestaron.

A continuación se volvió hacia el comandante.

—Dan, como puedes ver...

—Ellos no van a informarte de nada.

La sentencia fue recibida como una bofetada. Margo en ningún momento interrumpió el contacto visual con él. Era un abusón de la peor calaña, y ella lo sabía. Se negó a parpadear. Se negó a hablar. Jamás le mostraría debilidad.

—Estás fuera del caso, Margaret —el concurso de miradas concluyó cuando Dan rompió el contacto visual—. Con efectos inmediatos —aunque suavizó un poco el tono, se notaba que no era sincero.

La sonrisa de Margo dejó bien claro que no iba a aceptarlo sin más.

—Detectives, ya hablaremos más tarde. Rowdy, Dash, si me perdonáis un momento...

Rowdy se levantó y salió de la habitación. Dash se cruzó de

brazos y permaneció en el sitio. Su mirada y su postura dejaban bien claro que no estaba dispuesto a moverse.

Margo sintió de nuevo ganas de reír.

Por Dios que no había muchas cosas divertidas en su vida en ese momento. Pero ese hombre le levantaba los ánimos con suma facilidad y hacía que una situación que, normalmente, resultaría abrumadora se convirtiera en algo pequeño e insignificante.

Dan fulminó a Dash con la mirada.

—Que se quede —decidió ella al fin—. Esto no llevará mucho.

Dan pareció alarmado. Y con motivo.

Margo se apartó de Dash y se acercó un poco más a Dan.

—He accedido, por mi propia voluntad, sin tu intervención, a apartarme del caso durante el fin de semana. Si hay alguien que intenta matarme, algún inocente podría verse atrapado en el fuego cruzado.

—¿Él? —preguntó Dan mientras asentía hacia Dash.

—Él sabe cuidar de sí mismo —lo cual era cierto, aunque eso no hacía que se preocupara menos. El amor producía esos efectos, supuso.

—¿Y quién demonios es este tipo exactamente?

«Es mío», quiso responder Margo, aunque se conformó con:

—No es asunto tuyo.

—¿Significa eso que es personal? —el comandante, visiblemente celoso, frunció los labios.

—Desde luego. Muy personal —añadió con suma satisfacción mientras rodeaba a Dan.

Él se volvió para no tenerla a sus espaldas.

Muy listo.

Margo alzó la vista y captó la sonrisa de Dash.

—Me refería a algún peatón que pudiera recibir una bala perdida destinada a mí.

—¡Por Dios! ¿Crees que alguien sería capaz de algo así?

—¿Y por qué no? —ella se encogió de hombros, exagerando un poco, simplemente porque le apetecía hacerlo—. Hace unos días alguien chocó contra mí deliberadamente. Esta noche alguien ha intentado freírme. Hay un cierto patrón. ¿Cómo puedo conocer el límite de su locura?

—A eso me refería yo... —contestó él.

—No —ella sacudió la cabeza con fingida decepción—. A lo que tú te refieres es, y siempre ha sido, a tu intención de aprovecharte de mí.

—Margaret... —contestó el comandante con expresión alarmada.

—No te preocupes. Dash ya conoce todos los sórdidos detalles.

Estupefacto, Dan se volvió furioso hacia Dash, que permaneció imperturbable.

Continuaba con su porte insolente e incondicional. Y sexy. Definitivamente sexy.

—¿Por qué? —masculló Dan entre dientes mientras cerraba y abría los grandes puños—. Acordaste no mencionarlo nunca.

—Y tú —ella alzó la voz, acercándose un poco más a él, igualando su enfado—, ¡acordaste mantenerte fuera de mi camino!

Dan respiró ruidosamente mientras se fulminaban mutuamente con la mirada y, antes de que Margo fuera consciente de que Dash se había movido siquiera, lo vio frente a ella, acariciándole la espalda.

—Solo por precaución —mencionó él en un tono casual y desprovisto de toda preocupación—, ya que parece bastante enfadado, y tú tampoco tienes un aspecto muy pacífico.

—Esto es una tontería —Dan se volvió, pero de inmediato regresó—. ¿Me crees capaz de golpearla?

—Eso no lo sé, pero ella sí sería capaz de golpear a su superior —Dash permaneció suelto y relajado—. Sé que es justa y honrada, pero no le gustas. Y eso ya me dice unas cuantas cosas, ¿lo pillas?

Viendo que iba a perder la batalla, Dan lo intentó desde un nuevo frente.

—Margaret, estás demasiado implicada en este caso y lo sabes.

—¿Por qué? —ella se asomó desde detrás de Dash—. ¿Porque me recuerda a otro caso?

—¡No! —él desvió la mirada nervioso—. Maldita sea, no pongas palabras en mi boca. Esto es completamente diferente.

—Desde luego hay marcadas diferencias, como las grabaciones y la venta de las cintas de violaciones.

—Repugnante —Dan se frotó la frente.

—Sí —era curioso, pero su padre había empleado exactamente el mismo término—. Pero las mujeres siguen sufriendo abusos. De modo que comprenderás que quiera seguir implicada.

El comandante gruñó de nuevo, hundió una mano en sus cabellos plateados y se apartó de tres zancadas antes de volver y mirarla de frente.

—Sigo siendo el comandante.

—Y deberías conformarte con eso —Margo se acercó a la puerta y la abrió. Una vez zanjada la cuestión, continuó en un tono más amable—. Gracias de nuevo por tu visita, Dan. Aprecio tu preocupación.

Una impotente furia marcaba cada gesto de Dan.

—Esto aún no ha terminado.

—Sí, sí ha terminado.

Él salió a toda velocidad, sin molestarse siquiera en dirigirles la palabra a Logan y a Reese, que remoloneaban frente al porche delantero, ni a Rowdy, que estaba junto a la puerta, con el hombro apoyado contra el marco.

¿Lo había oído todo? A Margo no le sorprendería.

Oyó el chirrido de las ruedas del coche de Dan.

—Estoy tan excitado por ti ahora mismo —le susurró Dash al oído mientras le acariciaba el trasero—. Esto ha sido lo más caliente que he visto en mucho tiempo.

Absurdo, pero, maldito Dash, pues le arrancó una nueva carcajada a Margo.

Cualquier otro hombre la habría calificado de rompepelotas, tirana, y cosas mucho peores por cómo había tratado al comandante. Pero Dash no.

No, a Dash le gustaba cuando se ponía autocrática. Y esa completa y total aceptación hacía que ella lo deseara aún más.

¿Qué había pasado con esa faceta mortífera suya?

Lo sabía de sobra. Lo que había pasado era el sexy y controlador Dashiel Riske.

¿Volvería a ser ella misma alguna vez?

★★★

Era un asco que no le hubiera invitado a entrar en la consulta con ella. Dash entendía que su incipiente relación íntima era muy nueva, a pesar de todo el tiempo que llevaba intentando ablandarla. De no haber sido por el maldito accidente, quizás ella aún lo estaría rechazando.

Pero había hecho muchos progresos. Esa misma mañana la propia Margo lo había aceptado mientras se enfrentaba a su comandante.

Había estado impresionante, por Dios que sí. La teniente Margaret Peterson no se amilanaba ante ningún hombre.

Pero también se había mostrado inteligente y justa. Y orgullosa.

¿Podía ser una mujer más ardiente que eso? ¿Más atractiva? Y era suya. Iba a asegurarse que así fuera.

Algún enfermo gilipollas quería hacerle daño.

Dash cerró los ojos con fuerza y pronunció unas cuantas oraciones. Aguardar sentado en la sala de espera le proporcionaba demasiado tiempo para pensar en todos los problemas, todas las amenazas contra ella, y en todas las maneras en que deseaba mantenerla a salvo sin dejar de apoyarla en todo lo que necesitara.

Reese estaba en lo cierto al afirmar que jamás sería feliz con una mujer sumisa. Pero Margo era todo un desafío.

Caminar de un lado a otro de la estancia no le ayudaba mucho, pero lo hizo de todos modos. Necesitaba solucionar la situación presente para poder concentrarse únicamente en amarla, y conseguir que ella se enamorara de él.

La recepcionista no dejaba de sonreírle y Dash asintió en su dirección mientras seguía paseando.

Una paciente de unos veintitantos años seguía cada uno de sus movimientos, pero él ignoró sus sugerentes miradas.

En cuanto estuviera a solas con Margo en su cabaña, donde podrían hablar sin interrupciones, la convencería para que se trasladara a vivir con él durante un plazo de tiempo más prolongado. Estaría más segura en su casa. Más segura, y no estaría sola.

Por él estaría bien que fuera para siempre, pero no quería presionarla. Al menos, no más de lo que ya lo había hecho.

Cuando se abrió la puerta que conducía a las consultas, Dash se volvió y vio a Margo salir. No le hizo falta más que una mirada para reconocer los signos de su aflicción.

La férula había desaparecido. Entonces, ¿qué había pasado?

Dash se mantuvo al margen mientras ella se ocupaba del papeleo con la recepcionista, y le sujetó la puerta abierta cuando, furiosa, salió de la consulta.

Acababan de abandonar el edificio cuando él al fin rompió el silencio.

—¿Va todo bien?

—No.

—¿Malas noticias? —Dash soltó un pequeño silbido y acompasó el paso al de ella.

—Nada que no pueda manejar —estoica como siempre, Margo flexionó ambas manos.

A Dash no le llevó mucho tiempo adivinar cuál podría ser el problema. La férula había desaparecido, pero, aparentemente, no había supuesto el final de la historia tal y como ella había esperado. Abrió la puerta del coche de alquiler.

—¿No te ha dado el alta?

—No, no me la ha dado. Todavía no —Margo se sentó en el coche y cerró la puerta, dejando a Dash solo allí de pie.

Irritante. Pero podría con ello.

Tras emitir un suspiro, él rodeó el coche y se sentó al volante. Pero no puso el motor en marcha, aún no.

—Tienes intención de ignorar las órdenes del médico —no fue una pregunta.

—Es mi cuerpo, maldita sea. Yo sé cómo me encuentro y de lo que soy capaz.

Él la observó durante unos instantes, y luego decidió jugársela. Margo podía mostrarse todo lo disgustada que quisiera. Pero él no iba a complacerla.

Echándole los cabellos hacia atrás, comprobó la frente. Los puntos habían sido retirados y la cicatriz que quedaría sería mínima.

—Te han quitado la férula —observó mientras le acariciaba la mejilla con los nudillos—. ¿No podrías ir paso a paso?

—Por supuesto que podría —ella se volvió ligeramente para

mirarlo, con expresión especulativa—. El siguiente paso es ir a ver a Yvette Sweeny y a su abuelo. Tengo preguntas que requieren respuestas.

—Está en la agenda —Dash ya tenía la dirección de la joven, proporcionada por su hermano.

—Después tendremos que volver a mi casa para recoger a Oliver y unas cuantas cosas que necesitaré para el fin de semana.

Las palabras de Margo, saber que la tendría para él durante unos cuantos días, hicieron que se le tensaran los muslos y se le encogiera el estómago.

—No hay problema.

Ella sonrió con sensualidad ante el tono gutural de la voz de Dash

—Y luego… —deslizó una mano por dentro del cuello de la camisa de Dash, para tocarle la piel desnuda, y lo miró a los ojos—. Luego iremos a esa cabaña tuya.

Con qué facilidad lo seducía. Claro que hacía tiempo que se sentía atraído por ella.

—Me muero de ganas.

—Yo también —Margo se inclinó hacia él y lo besó fugazmente en los labios—. Me hiciste unas cuantas promesas y voy a asegurarme de que las cumplas.

—Te prometo esforzarme al máximo.

—Vámonos —ella se estremeció y se acomodó en el asiento del copiloto.

Sonriente, Dash arrancó el motor y salió del aparcamiento. A Margo le gustaba mandar, Dash lo sabía bien. Intentaba controlar la situación, y tenía muchas frustraciones sobre las que trabajar. Dash se sentía capaz de manejarlo. Se sentía capaz de manejarla.

Al menos, eso creía.

Margo ya disponía de ambas manos y las utilizaba. Continuamente.

Independientemente de las torturas a las que él la hubiera podido someter, ella se lo estaba devolviendo multiplicado por diez.

Ya lo había tocado sin parar, el pecho, los abdominales, los muslos.

Pero en esos momentos los dedos se deslizaban peligrosamente cerca de la cremallera y Dash se agarró con fuerza al volante. Estaba tan excitado ya que le faltaba muy poco para experimentar una erección.

—Me voy a venir abajo si sigues así.

—Ya me ocuparé después de mantenerlo arriba. Ahora mismo lo que me interesa más es conseguir levantarlo —su palma se deslizó sobre su masculinidad. Una vez, y otra más.

Los brazos de Dash se tensaron y su respiración se aceleró.

Margo midió la longitud del miembro y emitió un ronroneo.

—Allá vamos.

Mierda. Él lo intentó con una respiración profunda, pero no funcionó. Se le aceleró el corazón.

—Llegaremos en menos de cinco minutos.

—Te dejaré dos para que te recuperes —ella apretó un poco más abajo, tomando delicadamente los testículos con la mano ahuecada—. Eso quiere decir que aún me quedan tres minutos para jugar.

Dash se removió inquieto, pero hiciera lo que hiciera, ella no apartaba la mano.

—Es tan agradable tener las dos manos. Con la derecha no llegaría cómodamente a ti, pero ¿la izquierda? —Margo se lo demostró, acariciándole como si los vaqueros no existieran.

Él encajó la mandíbula hasta que consideró que podría hablar con coherencia.

—¿No te duele el codo?

Ella frunció los labios, fingiendo estar reflexionando sobre ello, pero continuó moviendo la mano sobre su polla.

—No, lo cierto es que no. Lo noto rígido, y creo que he perdido algo de movilidad.

—Entonces, quizás no deberías...

—El médico dijo que podía utilizarlo hasta donde me sintiera cómoda. Nada de levantar peso y eso. Pero ¿esto? —llevó la mano hasta la cabeza del miembro y utilizó las uñas para arañarlo antes de regresar de nuevo a la base—. Esto no resulta en absoluto incómodo. Al menos, a mí no.

Juntar palabras para hilar una frase no era nada sencillo para Dash.

—Si eso es así, ¿por qué no te dio el alta?

—¿Quién demonios lo sabe? —susurró ella—. Me muero de ganas de quitarte los pantalones para que podamos probar esto otra vez —y como si no acabara de decir algo que podría muy bien acabar con él, Margo continuó—: El médico quiere verme de nuevo dentro de unas semanas. Dijo que para entonces seguramente me dará el alta.

Casi habían llegado a la casa y Dash le agarró la muñeca con delicadeza.

—Ya basta, nena. Me prometiste dos minutos.

—Supongo que es lo justo —ella suspiró—. No se puede hablar con una jovencita mientras se exhibe eso —deslizó un dedo por el aún erecto pene—. Por otra parte, podrías esperar en el coche.

—No —una vez más, Dash le apartó la mano—. Compórtate.

—¿O qué?

Él desvió la mirada bruscamente hacia ella, y se sumó al juego.

—O tendré que hacértelo pagar. Y te aseguro que soportas mucho más que yo, de modo que mi revancha durará mucho más que la tuya.

Ella se quedó quieta mientras enfilaban la calle y Dash empezaba a comprobar los números de portal para encontrar la casa.

—¿Dash?

—¿Sí? —él se recuperaba lentamente, pero a costa de una profunda concentración. Saber que ella lo deseaba resultaba tan estimulante como lo habían sido sus caricias.

—Esto me encanta —susurró ella cuando llegaron a la casa.

—¿Esto? —sorprendido por la afirmación, Dash se detuvo junto a la acera.

—Jugar contigo. La seducción. El sexo.

Esa mujer sí que sabía pillarlo desprevenido.

—¿No me digas?

—Incluso simplemente hablar contigo —ella asintió—. Todo es muy divertido. Y excitante.

De modo que le gustaba estar con él.

—Yo también amo esto —Dash sonrió.

Margo se mordió el labio inferior. Él sabía que su insistente uso de la palabra que comenzaba por «A», la confundía. Al final, o eso esperaba, se acostumbraría.

—Gracias por acompañarme al médico.

—Ha sido un placer —contestó él completamente en serio.

—Ahora que me he deshecho de la férula, ya puedo conducir.

A Dash no le gustaba esa idea ni una pizca, pero ella no le dio la oportunidad de decírselo.

—Sé que tienes un trabajo, tu propia vida que vivir. Pero quería que supieras... —parecía tener dificultades para encontrar las palabras adecuadas.

Y Dash esperó.

—Que me alegrará seguir viéndote. Quiero decir, incluso después de este fin de semana. Claro está si tú...

Dash se inclinó hacia ella y la besó. Fue un beso cálido, firme, aunque no excesivamente apasionado, considerando que se encontraban estacionados frente a la casa de una víctima. Le quitó el cinturón de seguridad y la tomó de la cintura antes de soltarla. Un piquito más y volvió a su asiento.

—Desde luego que quiero.

Y durante el fin de semana iba a dejarle bien claro hasta qué punto.

Yvette no recordaba nada sobre las llantas. O, si lo hacía, no quiso decirlo. Su abuelo y ella estaban, literalmente, atrincherados en su casa. El cerrojo de la puerta echado, las cortinas cerradas.

Tipton, el abuelo, descansaba en una butaca, todavía intentando recuperarse. Era un tipo duro y hacía todo lo posible por mostrarse fuerte delante de su nieta, pero cualquiera podía darse cuenta de que Yvette seguía aterrorizada.

Era una muchacha bonita, pensó Margo. Tenía unos largos cabellos oscuros, un rostro bonito y un cuerpo menudo con marcadas curvas. Sin duda habría tenido su dosis de pretendientes.

Pero después de lo que había sufrido, la horrible amenaza del secuestro, de la muerte, de ser quemada, ¿volvería a ser la misma?

Durante el interrogatorio, Margo intentó mostrarse fría, imparcial, pero no lo llevaba dentro. Cuando Yvette volvió a repetir que no recordaba nada más, Margo se sentó junto a ella.

Dash, mostrando una gran consideración, se acercó al abuelo para iniciar una conversación en voz baja.

—Siento muchísimo lo sucedido, Yvette —Margo le tomó una mano.

La chica asintió y desvió la mirada.

—Estoy segura de que el detective Bareden te informó de que los agentes van a patrullar más a menudo por delante de tu casa hasta que atrapemos a los tipos que os atemorizaron.

—Sí.

Era evidente que Yvette sabía que con ello su seguridad no estaba garantizada. Y Margo, por mucho que quisiera, no iba a prometerle nada que no pudiera cumplir.

—El detective Bareden es un hombre de palabra. Él y el detective Riske trabajarán a fondo para atrapar a esos animales que os amenazaron.

Respirando hondo, Yvette se soltó la mano y miró a Margo de frente.

—Lo sé. Son unos hombres muy amables.

—Sí, lo son —Margo juntó las manos sobre el regazo e intentó tranquilizar a la muchacha—. También son honrados y excelentes en su trabajo.

La joven tragó nerviosamente y miró a Dash de reojo.

—Ojalá pudiera contaros algo más.

—A menudo, cuando las cosas se calman, algo acude a nuestra mente. Podría ser cualquier cosa. Pero, por muy insignificante que te parezca, por favor, cuéntanoslo. Te sorprendería saber cuántas cosas resultan ser importantes al final.

Yvette adoptó una expresión pensativa. Se mordisqueó el labio inferior y volvió a mirar a Dash de reojo. Era más que evidente que los hombres la ponían nerviosa. Había visto cosas que ninguna chica de su edad debería haber visto.

Cosas que ningún ser humano debería haber visto.

Cuando oyeron el golpe de nudillos en la puerta, Yvette casi saltó del asiento. Con los ojos muy abiertos, contuvo la respiración.

—Tranquila, Yvette —Margo apoyó una mano sobre su hombro—. No estás sola.

El abuelo entornó los ojos y miró hacia la puerta como si esperara que alguien la echara abajo.

Margo asintió a Dash, que se dirigió a la ventana, apartó la cortina y sonrió.

—Es Cannon.

La reacción de Yvette, casi desfalleciendo de alivio, pero también iluminándose, le dio a Margo algo en qué pensar. Quizás esa chica no desconfiara de todos, todos, los hombres.

Se oyó una conversación en voz baja entre Dash y Cannon antes de que los dos aparecieran en el salón. Margo se dio cuenta de que ella también los miraba con los ojos muy abiertos. Cada uno de los dos hombres, por separado, ya resultaba impresionante. Pero juntos, bueno, allí había una sobrecarga de adrenalina.

Cannon era demasiado joven para que ella se interesara por él y con Dash a su lado, bueno, Margo desde luego lo encontraba atractivo, pero ella solo deseaba a Dash, y a nadie más que Dash.

Yvette, sin embargo, lo miraba como si el sol acabara de aparecer por el horizonte y brillara solo para ella.

El señor Sweeny se esforzó por erguirse en la butaca antes de que Cannon agitara una mano en el aire para que se mantuviera quieto y entrara en el salón.

Con las manos apoyadas en las caderas, contempló al abuelo y a la nieta.

—¿Habéis comido?

Yvette lo miraba con absoluta adoración.

—Él ha tomado un poco de sopa de lata.

—¿Y tú? —Cannon se agachó frente a ella—. ¿Qué has comido tú?

—Nada —dijo el abuelo—. Sigue demasiado alterada para comer.

—¡Abuelo! —sonrojándose, Yvette se volvió hacia Cannon—. No teníamos ni idea de que fueras a pasarte.

—Te llamé —contestó él con el ceño fruncido—. ¿Dónde tienes el teléfono?

—¡Oh! —ella miró hacia la cocina—. Me lo dejé ahí.

—Disculpadnos un momento.

Cannon se excusó ante Margo, tomó a Yvette de la mano, la levantó del sofá y se la llevó a la cocina.

Poniéndose lentamente en pie, Margo contempló la escena con las cejas enarcadas y una expresión de sorpresa. Cuando Cannon estaba presente, Yvette parecía más una joven enamorada que una víctima en vías de recuperación.

Desvió la mirada hacia el abuelo y lo descubrió observando a la pareja con una sonrisa en los labios.

—Me pregunto si Cannon sabe lo que hace —le susurró Dash al oído.

Ella esperaba que así fuera, y decidió dejarlo en sus manos.

—Deberíamos irnos.

Cannon regresó con el teléfono de Yvette en la mano. Estaba grabando un número.

—Te lo he puesto en marcación rápida —le explicaba—. Con darle a la tecla se marca mi número. ¿Lo entiendes?

—Sí.

—Si sucede algo —se volvió hacia el señor Sweeny—, si algo no encaja, llamadme.

—Los detectives nos dijeron lo mismo.

—Claro, a ellos también podéis llamarles —Cannon asintió.

—Vaya, muchas gracias, Cannon —Margo sonrió burlona, intentando no resoplar.

—Quería decir —el gesto del joven era muy serio—, que, si alguien os molesta, llamad primero a la policía —tomó la barbilla de Yvette y la levantó—. Pero, si algo os asusta, aunque penséis que no existe una verdadera amenaza, yo puedo estar aquí en un santiamén.

—¿Lo harías? —preguntó Yvette.

—Por supuesto —él no le soltó la barbilla.

El señor Sweeny se llevó una mano a las costillas y asintió.

—Te lo agradezco, Cannon. Le llevará algún tiempo dejar de ver sombras y saltar ante el más mínimo ruido.

—Abuelo, haces que parezca un bebé.

—En absoluto —Margo sonrió—. Cualquiera estaría inquieto después de lo que sufristeis. Yo diría que lo llevas sorprendentemente bien.

—Sobre todo —añadió el señor Sweeny—, teniendo en cuenta que juraron regresar.

Yvette se estremeció.

Consciente de que debería marcharse, Margo tomó de nuevo la mano de Yvette.

—Si recuerdas algo, llámanos, ¿de acuerdo?

A la joven le llevó un minuto responder.

—El caso es que hay una cosa.

Todo el mundo se puso en alerta.

—Seguramente no signifique nada. Y yo, yo no estoy segura. Pero creo que dos de ellos eran hermanos.

¿Hermanos?

—¿Qué te hace pensar eso?

—Ellos... es que no sé. Se parecían un poco, y se hablaban de una manera... Con el otro tipo era diferente.

—¿Diferente del hombre de la perilla? —preguntó Cannon.

—Sí, ellos... ellos bromeaban sobre lo que estaban haciendo. El otro hombre, era más lúgubre y parecía... no sé —Yvette respiró entrecortadamente—. Los tres eran repugnantes. Pero el más lúgubre parecía tomárselo más en serio.

Cannon le rodeó los hombros con un brazo y eso la animó a continuar.

—Daba la sensación de que aquello era su oficio, pero los hermanos lo hacían simplemente porque podían —ella se frotó la frente—. No sé si tendrá algún sentido.

—Pues lo cierto —contestó Margo—, es que sí lo tiene. Y, si son hermanos, es un dato que nos ayudará a encontrarlos —sonrió con la esperanza de tranquilizar a Yvette—. Gracias por contármelo. Lo compartiré con mis detectives y veremos qué sacamos en claro. Tienes mi número de teléfono, de modo que, si se te ocurre algo más, llámame.

—Lo haré.

—Os acompaño —anunció Cannon.

—¿Te marchas?

El tono angustiado de la voz de la joven le partió el corazón a Margo.

—No, me quedaré durante una hora más o menos —Cannon se puso una gorra—. Enseguida vuelvo.

Tras salir a la calle, Cannon cerró la puerta, asegurándose de que podían hablar en privado. Precavidos, vigilantes, tanto él como Dash hicieron un repaso visual de la zona.

Margo ya lo había hecho. Se trataba de un barrio antiguo, con las calles bordeadas de coches y camionetas. Las aceras estaban agrietadas y en cada patio trasero crecían enormes robles y olmos.

Las casas, todas muy parecidas, de ladrillo rojo, se sucedían en la tranquila calle de suburbio. Los patios traseros se comunicaban sin ninguna valla separadora. En la parte trasera de cada parcela se alzaba un pequeño muro de contención del ruido, que servía de pantalla contra los sonidos provenientes de una autopista construida hacía unos cuantos años.

Ante la falta de posibilidad de apostar policías las veinticuatro horas ante la casa, no había manera de protegerla por completo.

—Mientras no abran la puerta a algún desconocido, deberían estar a salvo.

—¿Intentas convencerme a mí, o a ti? —preguntó Cannon.

—A ambos, supongo.

CAPÍTULO 20

El brillante sol hacía que la temperatura pareciera más elevada. Pero, cuando soplaba el viento en ese final de marzo, el frío atravesaba la ropa de Margo, haciendo que se estremeciera.

Se arrebujó un poco más en el abrigo y sintió a Dash a su espalda, las manos sobre sus hombros.

—Yo les dije lo mismo —Cannon sacudió la cabeza—. Se supone que deben avisarme si planean salir.

—¿Tienes intención de seguirlos? —preguntó Dash.

—Si hace falta, lo haré. La mejor manera de atrapar a un criminal es sorprenderlo en plena acción.

Margo apenas podía creerse la enorme responsabilidad que ese joven había asumido.

—Si ves algo...

—Os avisaré —Cannon entornó los ojos ante el fuerte sol—. Algunos amigos me ayudaron hoy a limpiar la tienda de empeño. Todavía no hemos terminado del todo, pero lo gordo ha desaparecido, y casi todo el olor.

—¿Cuándo demonios descansas tú? —Dash lo miró sorprendido.

—Cuando estén preparados —el joven ignoró la pregunta—, podrán volver a trabajar. Pero espero que hayamos atrapado a esos bastardos antes.

—Yo espero lo mismo —Margo presintió que algo le preocupaba—. ¿Hay algo más que quieras compartir con nosotros?

—Más o menos —él parecía incómodo, con las manos hundidas en los bolsillos y los hombros contra el frío viento—. Todo esto empezó con unas extrañas cintas de vídeo en el mercado negro, ¿verdad? Violaciones grabadas y esas cosas.

—Algunas mujeres resultaron gravemente heridas, dos de ellas muertas. Sí.

—Bueno —la expresión de Cannon se endureció—. Tengo un amigo que conoce a un tipo que tiene unas cuantas de esas cintas.

La anticipación hizo que Margo diera un paso al frente y apoyara una mano sobre el hombro del joven.

—¿Quién? ¿Cómo las consiguió?

—Aún no conozco toda la historia, pero estoy trabajando en ello.

—Cuéntame lo que sepas.

Cannon miró a su alrededor. Vio a una anciana empujar un carrito de la compra, a un hombre mayor echando una carta al buzón de la esquina.

—La mayoría de la gente que vive aquí pertenece a la clase media trabajadora. Solo intentan salir adelante. Pero hay otros que aspiran a marcharse de aquí, solo que no son capaces de descubrir el camino más adecuado. De modo que optan por algún atajo.

—Haciendo alguna estupidez, quieres decir.

—A menudo trabajando para alguien con suficiente dinero como para ayudarles a subir —él se encogió de hombros, sin mirarla a la cara—. Demuestras tu valía, te ganas cierta credibilidad y consigues cambiar tu situación temporalmente.

—Hablas de chicos jóvenes contratados para algún trabajo ilegal —Margo suspiró—. Alguien pagado para hacer el trabajo sucio de un tipo adinerado.

—Sí —Cannon al fin la miró—. El dinero no te convierte automáticamente en buena persona.

—No —Dash asintió—. No lo hace, pero tampoco te convierte en mala persona.

—Conozco la diferencia —el otro hombre sonrió—, y sé que has donado dinero al centro recreativo. Y te lo agradezco.

Margo se volvió hacia Dash, lo vio ruborizarse y sintió crecer en su interior algo parecido al orgullo. Apoyó las manos sobre las de él, que seguían apoyadas sobre los hombros de Margo, y se inclinó contra él.

—Lo que intento decir es que los tipos más ricos vienen por aquí continuamente. Buscan sexo barato o músculos de alquiler —sacó del bolsillo una hojita de papel con un nombre escrito.

Y entonces fue cuando Margo se fijó en los nudillos descarnados.

—Esto parece nuevo —observó, tomándole la mano.

—Sí —él la miró a los ojos sin pestañear.

—¿Otra de tus peleas de entrenamiento?

—No exactamente —él le entregó el papel y escondió las manos—. Hay un tipo del barrio al que le gusta hacer dinero rápido siempre que puede. Lo contrataron para comprar drogas para una fiesta privada. Cuando hizo la entrega, dijo que estaban proyectando una de esas películas en una pantalla gigante. Había unos seis hombres, y otras tantas mujeres, y reían sobre lo que estaban viendo.

Margo contuvo el aliento ante tanta falta de humanidad, y sintió cómo Dash le apretaba los hombros, la presión firme. Acariciándola. Tranquilizándola.

—¿Esta es la dirección del hombre que entregó las drogas o del hombre que las pagó? —preguntó ella tras leer lo que había escrito en el papel.

—Del hombre que pagó.

—Y supongo que convenciste a tu amigo para que te facilitara esa información...

—No es mi amigo.

Tal y como supuso Margo, no iba a recibir ninguna respuesta más.

—¿Estás seguro de que esto es lo mismo? —Dash abrazó a Margo con más fuerza.

—No. No he visto las cintas. Pero, cuando ese tipo entregó las drogas, vio unos fragmentos y le revolvieron el estómago. Si le conocierais, sabríais que no le sucede fácilmente. Dijo que era evidente que se trataba de una cinta casera, y que la mujer estaba fuera de juego.

Drogada.

—¿Era la misma mujer del otro vídeo?

—No lo creo —Cannon compartió la descripción que había recibido, quizás después de emplear los puños.

Margo se hizo fuerte ante la punzada de dolor.

—Suena como una de las mujeres asesinadas que encontramos —no sabiendo hasta dónde estaba Cannon informado, lo explicó un poco mejor—. De las cuatro mujeres que sabemos fueron secuestradas, dos consiguieron llegar hasta nosotros, heridas y maltratadas, asustadas y desorientadas —la verdad le quemaba la garganta como si fuera ácido—. A otras dos las encontramos muertas, y presentaban las mismas marcas de abusos.

—Y luego está la mujer del último vídeo —gruñó Dash—. No pueden estar haciendo esto por dinero. Nunca conseguirían ganar lo suficiente. De manera que, si un tipo adinerado tenía una copia, quizás la habría obtenido de uno de sus amigos.

Margo quiso abrazar a Dash y besarlo. Por supuesto, ella ya había comprendido que la empresa no podía ser tan lucrativa, que esos bastardos pervertidos lo hacían para alimentar sus perversiones. Sin embargo, no se le había ocurrido que pudieran ser hombres adinerados, capaces de moverse por ahí con facilidad.

Capaces de pagar por su inmunidad.

Los edificios que utilizaban eran de dudosa reputación, abandonados. Aun así…

—Creo que tienes razón, Dash, y eso nos da algunas pistas.

—Nos largamos de aquí —Dash la hizo girar, colocándola de frente—. Ahora mismo.

—Lo sé.

—Te lo noto en la voz, cielo —él prácticamente la levantó en vilo—. Estás a punto de saltar con los pies por delante. Pero sabes que no es seguro. Te conocen. Vayas a donde vayas, cualquier escenario en el que aparezcas, es un chivatazo.

—Lo sé —Margo apoyó las manos contra su pecho y, para tranquilizarlo, le dio un beso rápido que lo sorprendió—. Y ahora suéltame. Necesito hablar con Logan lo antes posible.

Margo se volvió y descubrió a Cannon mirándolos con una sonrisa torcida.

—No haré nada hasta tener noticias tuyas o de Logan. Pero sigo estando dispuesto a hacer lo que sea. Solo para que lo sepas.

—Estás demostrando ser una persona muy conveniente para tener a mano —Margo le ofreció una mano.

—Sí, señora —con una deslumbrante sonrisa, Cannon aceptó la mano.

—¿Hay algo más? —preguntó ella con curiosidad al ver que no la soltaba.

—En realidad, no —él le sostenía la mano entre las dos suyas—. Solo me preguntaba cómo te encuentras. Rowdy me contó lo sucedido esta mañana con el intruso, el queroseno.

—Estamos bien.

—¿Le has hablado a Yvette de ello? —él no parecía convencido.

—No —Margo había preferido no asustar más a la joven—. No hace falta que oiga cosas que solo la alterarían.

—Esto es todo un lío —Cannon asintió, visiblemente aliviado.

—Y tanto —Dash estuvo de acuerdo—. Por eso me llevo a Margo de aquí unos cuantos días.

—Sí —él al fin la soltó y dio un tirón a la gorra, recolocándola—. Creo que es una buena idea.

Los hombres, pensó Margo, al menos los hombres buenos, solían pensar más o menos igual.

—Logan se pondrá en contacto contigo muy pronto, estoy segura. Y, Cannon, te diré lo mismo que le he dicho a Yvette. Si pasa algo, lo que sea, quiero saberlo.

—Sí, señora —respondió él con otra sonrisa resplandeciente.

Después de que Cannon regresara a la casa, Margo tomó a Dash de la mano y se dirigió con él al coche.

—¿Por qué tengo la impresión de que es una versión más suavizada de Rowdy?

Tras echar otro vistazo a la calle, Dash abrió la puerta del coche.

—Creo que Cannon es único, diferente a cualquier otro que haya conocido jamás, incluyendo a Rowdy. Por lo que nos ha contado, tuvo una buena infancia.

—Con padres que lo quisieron —Margo asintió antes de añadir en un tono de voz más bajo—. Hasta que su padre fue asesinado.

Un trauma infantil solía moldear a la persona. Algunas veces la fastidiaba, la colocaba en el mal camino, y esa persona nunca encontraba el camino de regreso.

Pero otras veces convencía a esa persona para ser alguien mejor. Con Cannon, supuso ella, había sucedido lo segundo.

A cada minuto que pasaba, Dash sentía más urgencia por llevar a Margo a un lugar seguro. Con él.

Simplemente saber que se iban no bastaba. Quería estar allí, enseguida.

Siempre había sido difícil soportar conocer los riesgos que corría Logan como detective. Pero con Margo todo se multiplicaba por diez. No le gustaba considerarse a sí mismo machista. Cierto que el hecho de que fuera una mujer menuda aumentaba su inquietud por ella. Poco importaba su reputación y su férrea autoridad. Seguía siendo una mujer, menuda en todos los aspectos que importaban, sin la musculatura de un hombre, ni su estructura ósea.

Había visto pelear a su hermano, y sabía que podía ocuparse de sí mismo físicamente.

Pero ¿Margo? Si no disponía de su arma, ¿qué podía hacer contra una amenaza? Dash le dio vueltas a esa preocupación durante todo el tiempo que tardaron en prepararse para marcharse.

Camino de su casa, Margo contactó con Logan, activando el altavoz para que Dash pudiera participar en la conversación.

—¿Qué tal están Yvette y Tipton? —quiso saber Logan.

—Nerviosos. Preocupados —sin dejar de buscar señales indicativas de que alguien los seguía, Margo continuó—. Tengo puesto el altavoz. Yvette tenía algo que contar, pero Cannon también apareció —le contó al detective la posibilidad de que esos tipos fueran hermanos, así como la posible conexión que Cannon había sugerido.

—Lo comprobaré —contestó Logan—. Dame la dirección.

Ella leyó lo que ponía en el trozo de papel y continuó.

—Esto podría no ser más que el típico porno. Pero, por si acaso, no entres con mano dura. Si empiezas a hacer demasiadas preguntas, podrías espantarlo. Las pruebas desaparecerán y jamás obtendremos respuestas.

—Sí —contestó Logan en tono seco—. Porque así trabajo yo.

Entro como una apisonadora, sin ninguna delicadeza, sin sentido común. No tengo ni idea de cómo trabajarme a un testigo ni cómo reunir pruebas o...

—Ya basta —Margo se echó hacia atrás y se frotó el codo.

Dash dudaba de que hubiera sido consciente de ese gesto.

—Déjala vivir, Logan. El médico no le dio el alta.

—Mierda.

Margo le dirigió una furiosa mirada.

—De todos modos lo habría descubierto tarde o temprano, cielo.

—Da igual. En cualquier caso, el lunes vuelvo —le informó—. De manera que no empecéis a pensar cosas raras.

—Estás preocupada —observó Logan—. Lo entiendo. Intenta confiar un poco, ¿de acuerdo? —y como si esperara que ella hiciera justamente eso, cambió de tema—. Yo también tengo información nueva. Reese acaba de salir de la tienda de las llantas y el dueño ha sido realmente servicial. Dice que recuerda al tipo que encargó esas llantas porque ya le ha personalizado ese camión en otras ocasiones.

—¿Alguna información escrita?

—No parece. El dueño lo considera un gran cliente, que siempre paga en efectivo. Pero prometió llamar si vuelve a aparecer.

—Maldita sea.

Margo colgó la llamada al llegar a su casa. Pero Dash le impidió bajarse del coche.

—¿Te duele el brazo?

—No, solo está un poco rígido.

—No hace falta que lo hagas —él se inclinó hacia ella y la besó dulcemente en los labios—. Conmigo no, ¿de acuerdo?

—No es para tanto —Margo ni siquiera fingió no entender a qué se refería.

—Pues entonces tómate una aspirina, hazlo por mí. Por favor —los planes que tenía Dash para aquella noche incluían muchos arrumacos y hacer el amor, pero no haría nada si corría el riesgo de hacerle daño.

—De acuerdo —ella se rindió con un suspiro—. Lo haré por ti —flexionó el codo y al fin lo admitió—. Duele un poco.

Dash no tuvo más remedio que besarla de nuevo. Deslizó una mano hasta su nuca, hundió los dedos en los oscuros rizos, la mantuvo pegada a él y movió su boca sobre la de ella hasta que los dulces labios se entreabrieron. Lentamente, él le lamió el labio inferior, hundiendo la lengua en el interior de su boca para saborear la calidez, y, cuando sintió el latido del corazón acelerarse, apoyó la frente contra la de ella.

—Gracias —se moría de ganas de estar a solas con ella.

—No fuerces demasiado tu suerte —otro fugaz beso suavizó la orden antes de que ella se volviera para bajarse del coche.

Dash sonrió y la siguió hasta la puerta de la casa. Encontraron a Rowdy sentado en el borde del sofá con Oliver acurrucado a su lado durmiendo plácidamente. Rowdy hablaba por teléfono, con el ceño fruncido y la expresión severa. Sin dejar de hablar, los saludó con la cabeza.

En lugar de quedarse e intentar captar algo de la conversación, Margo se dirigió a la cocina. Tras brindar por Dash con un vaso de agua, se tomó dos aspirinas y empezó a recoger las cosas de Oliver. Preparó una bolsa con un cuenco para la comida y otro para el agua, su camita preferida y una manta, varias latas de comida y unos cuantos juguetes.

Dash lo llevó todo al coche mientras Margo sacaba el transportín del garaje y lo dejaba junto a la puerta principal.

Regresó por el pasillo, seguida de cerca por él.

—No necesitarás gran cosa —Dash se quedó junto a la puerta del dormitorio y evitó pisar la alfombra empapada en queroseno.

Por suerte, la policía ya había tomado un montón de fotografías, reunido evidencias y concedido permiso para que ella se llevara lo que necesitara del dormitorio.

Aun así, Margo no quiso dejar muchas huellas y caminó de puntillas en torno a las manchas de humedad.

—Ahora que ya no llevo la estúpida férula, me muero de ganas de darme una ducha bien caliente —le aseguró a Dash—. Sola —añadió apresuradamente.

Dash se fijó en cómo llevaba el brazo pegado al cuerpo. No sería mala idea ponerle un poco de hielo. Pero, sabiendo lo que ella pensaba al respecto, evitó mencionarlo de nuevo. Con suerte, la aspirina le proporcionaría algún alivio.

—Aguafiestas.

—A la siguiente ducha —le prometió antes de mirarlo con expresión tórrida—. O a lo mejor otro baño.

«¡Sí, por favor!».

—Pero esta noche quiero darme una ducha de verdad, lavarme el pelo como es debido, darme mi loción, y todas esas cosas que me han resultado tan difíciles hacer.

¿Intentaba ponerse guapa para él? Dash podría haberle explicado que no hacía falta. Margo lo excitaba más que cualquier mujer que hubiera conocido jamás. Aunque lo mirara furiosa, él la deseaba. Y, cuando le hablaba de darse una ducha, tenía que esforzarse por evitar que se le formara una erección.

—¿Puedo ayudar en algo?

—Casi he terminado —en la bolsa de viaje que descansaba abierta sobre la cama, metió unas cuantas braguitas, camisetas, un par de vaqueros, calcetines. Y, con otra sugerente mirada, se volvió hacia él—. Espero no necesitar mucha ropa.

—Si te apetece estar desnuda, no seré yo quien ponga pegas.

—No te creas —contestó ella sin dudar ni un instante—. Si yo estoy desnuda, tú también tendrás que estarlo. Y espero que te muestres muy complaciente conmigo.

Por Dios, esa mujer intentaba matarlo.

Margo llevó la bolsa hasta el cuarto de baño y metió unas cuantas cosas de aseo, un cepillo y la bolsita de maquillaje.

—¿Interrumpo algo? —Rowdy se asomó a la puerta.

—No —Dash asintió hacia el interior de la habitación—. Está recogiendo unas cosas para pasar el fin de semana.

Los dos hombres la observaron dejar de nuevo la bolsa sobre la cama y dirigirse hacia la caja fuerte.

—¿Una llamada importante? —preguntó ella mientras sacaba de la caja fuerte, no una, sino dos armas, con dos cajas de munición, y lo metió todo en la bolsa de viaje.

Consciente de que debía de pesar considerablemente más, Dash se apresuró a llevar la bolsa por ella. A pesar de que no le resultó sencillo, evitó pisar los puntos más mojados de la alfombra.

—Mi soplón conoce al tipo que entró en tu casa. Como bien dijiste, es de poca monta —Rowdy se deslizó una mano sobre la nuca y miró a Dash.

Temiendo lo inevitable, él dejó la bolsa junto al transportín y se volvió hacia Rowdy.

—No soy tan frágil, Rowdy —Margo ya estaba frente a él—. Suéltalo.

Dash sabía bien que era mucho más frágil de lo que quería hacer creer.

Rowdy también se había dado cuenta y no parecía nada feliz al tener que comunicarle las noticias.

—El imbécil que entró aquí ya había hecho algún trabajito como soplón —apretó los labios antes de concluir—. Para el departamento de policía.

El silencio era más denso que una bola de acero.

—Bueno —Margo dibujó una falsa sonrisa en su rostro—. Lo cierto es que no me sorprende y, al mismo tiempo, lo hace.

Más que nunca, Dash quiso apartarla de la situación en la que estaba inmersa.

—¿Sabes para qué policías trabajaba?

—Todavía no, pero estoy en ello.

—Logan o Reese podrían averiguarlo —Margo levantó bruscamente el transportín antes de dar un respingo ante el dolor del codo.

Ninguno de los hombres hizo un comentario al respecto.

—Había pensado en llamar a Logan —propuso Rowdy sin quitarle la vista de encima—. La cuadrilla de limpieza llegará dentro de unas horas. Logan dijo que quería estar presente. Creo que se va a traer también a algunos policías uniformados, por si surge algo y se tiene que marchar.

Margo se llevó una mano a la frente.

Todo estaba bajo control, tanto como podía estarlo, de modo que Dash le quitó el transportín de la mano.

—Iré a buscar a Oliver. ¿Suele resistirse?

—No —ella se acercó al gato—. El pobrecillo está tan agotado que puede que duerma durante todo el trayecto.

A Dash le pareció que Margo también estaba bastante agotada.

Desde el accidente y la dislocación del codo, no había dejado de sufrir una amenaza tras otra, sin tiempo para recuperarse entre medias.

Metieron a Oliver en el transportín sin mayor problema. Dash y Margo se levantaron para marcharse. Él llevaba el transportín en una mano y la bolsa de viaje en la otra.

—¿Preparada, cielo?

Con cierta melancolía, ella echó un último vistazo a su casa y asintió. Todo su mundo estaba patas arriba. La herida, el caso, amenazas personales, y la traición de su padre.

Rowdy rompió el silencio con delicadeza.

—Me quedaré por aquí hasta que llegue Logan, solo para asegurarnos.

Dash le dio las gracias.

Y se sorprendió cuando Rowdy tomó a Margo en sus brazos y le ofreció un abrazo de oso, aunque la más sorprendida fue ella. Sin embargo, no se resistió, aunque se mantuvo algo tensa. Rowdy ignoró su reacción. Al apartarse, Margo estaba sonrojada.

—Bueno...

—No hace falta que te portes como un tipo duro las veinticuatro horas del día, ¿sabes? —Rowdy apoyó un dedo bajo la barbilla de Margo y se la levantó—. Puedes dar un paso atrás y concederte algo de espacio para respirar.

En un gesto nervioso, ella jugueteó con los rizos de la nuca.

—Sí, de acuerdo.

Ligeramente desesperada, se aclaró la garganta y buscó la ayuda de Dash.

Él no pudo contener una sonrisa. El rubor de sus mejillas no era debido a la excitación. Una semana atrás, se habría sentido furioso al ver a Rowdy tocarla, incluso de manera amistosa.

Pero en esos momentos simplemente le divertía.

—Yo me ocuparé de que lo haga.

Estaba decidido a obligarla a descansar, salvo cuando estuvieran quemando las sábanas.

En cualquier caso, ella iba a poder concentrarse en otra cosa que no fueran sus problemas.

Por lo que le había insinuado hacía un rato, sospechaba que

Margo iba a querer concentrarse en él. Y se moría de ganas de que lo hiciera.

El sol ya estaba alto en el cielo cuando Margo se despertó y estiró las piernas y el cuello. El brazo, que descansaba sobre el reposabrazos central, le seguía doliendo, de modo que lo manejó con cuidado. Cuando Dash enfiló con el coche de alquiler por un camino hasta lo que parecía una propiedad muy privada, se irguió y miró a su alrededor.

Recordaba haber permanecido atenta tras abandonar su casa por si los seguían. Hasta que entraron en la autopista. Después todo se había vuelto borroso.

—¿He dormido todo el camino?

—Tú, y Oliver también, y me alegra decir que ninguno de los dos ha vomitado.

—Te dije que Oliver se mareaba, no yo —ella le dio un golpecito en el hombro antes de volverse hacia el asiento trasero donde descansaba el transportín. Oliver se había enroscado, con la cabeza pegada al trasero, y dormía pacíficamente. Angelito.

Después, Margo hizo visera con la mano y echó un vistazo al paisaje mientras Dash detenía el coche al final de una curva que acababa junto a...

¿Una cabaña? Ella no pudo evitar soltar un bufido. Aunque estaba construida a base de gruesos leños, la enorme propiedad distaba mucho de ser una cabaña de pesca.

—¿Es aquí? Estás de broma, ¿verdad?

—¿Por qué lo dices? —él apagó el motor—. ¿No te gusta?

¿Gustarle? Aquello era impresionante. Margo abrió la puerta del coche y plantó los pies sobre la hierba húmeda de rocío. Un viento frío llegaba desde el brumoso lago. En tierra, el sol jugaba al escondite con las hojas de los imponentes árboles, pero sobre el lago brillaba intenso, mezclándose de una manera etérea con la bruma. Respirando hondo, llenó sus pulmones del aire fresco y limpio.

Dash se bajó del coche y, apoyando los brazos sobre el techo, la miró.

—Aquí siempre hace un poco más de fresco por la sombra y el agua.

Margo se estremeció, pero no quería ponerse el abrigo. Dando un paso al frente, decidió ignorar la casa, de momento, y contemplar el enorme y pacífico lago. No estaba lejos de la casa, la tierra que los separaba se hallaba cubierta de suaves lomas. El aire olía a primavera y las flores silvestres empezaban a florecer junto a la orilla.

No se veían otras casas, ni más personas. No había ningún sonido de tráfico ni conversaciones, solo el graznido de los gansos, el trino de miles de pájaros, el zumbido de los insectos. Mientras contemplaba el lago, un enorme pez dio un espectacular salto, zambulléndose de nuevo y cubriendo de ondas la cristalina superficie del lago, obligando a la bruma a apartarse.

Una tensión, que no había tenido la sensación de sentir, pareció disiparse sin más.

Dash se acercó a su espalda y la rodeó con sus brazos.

—Como amo verte así.

Ese hombre pronunciaba la palabra «amor» tan a menudo que ella ya ni se fijaba.

—Esto es precioso.

—Tú eres preciosa —él le besó el cuello con una boca ardiente y húmeda. El familiar interés que crecía por ella se apretó contra su trasero. Resultaba tremendamente agradable ser tan deseada.

—Vamos a meter a Oliver en la casa para que se acomode —ella sonrió y se apartó—. Después quiero darme esa ducha —de repente, una idea pareció formarse en su mente—. Habrá agua caliente, ¿no?

—La casa permanece siempre en perfecto estado de habitabilidad, aunque yo no esté aquí. Tengo una buena provisión de alimentos básicos, comida enlatada, carne congelada, especias, todo lo necesario —Dash le acarició los cabellos y comprobó la herida de la frente antes de besarle los puntos de sutura—. La gracia de tener una casa en el lago es poder dejarte caer por aquí en cualquier momento.

Margo pensó en todas las maneras que tenía Dash de conmoverla, de hacerle sentir especial y amada. Pero tenía miedo de pensar en ello en ese momento. Nada en su relación había sido normal. Sabía que Dash era uno de «esos tipos», hombres a los que les gustaba cuidar y proteger a los demás. Era un macho alfa, con «A», mayúscula, un líder nato. Lo que había comenzado siendo algo puramente sexual, se había convertido en mucho más por las amenazas contra ella.

De no haber sido por esas amenazas, ¿habrían tenido una tórrida aventura para luego darlo todo por terminado? Dash tenía treinta años y seguía soltero. Eso sin duda significaba que le gustaba la vida de soltero, y por Dios que se le daba muy bien jugar en ese campo. ¿Por qué iba a ser ella especial para él?

Lo mejor sería darle un tiempo a la relación, ver hacia dónde les llevaba cuando el peligro hubiera desaparecido.

Si desaparecía alguna vez.

Recordó que en la única ocasión en la que habían consumado la atracción mutua hasta el final habían olvidado utilizar protección. Una preocupación más añadida a todas las demás, demasiadas para tener en cuenta de momento.

Para darle a su mente otra cosa con la que ocuparse, se volvió hacia la casa para inspeccionarla. Parecía extenderse infinitamente. A su alrededor crecían enormes árboles y un sendero de piedra llevaba desde el camino de grava hasta una puerta lateral. Una chapa verde de metal hacía las veces de tejado que daba cobijo a unas grandes piedras redondeadas que ascendían por una altísima chimenea.

Dash introdujo la llave en la cerradura y empujó la puerta abierta.

—Adelante. Yo llevo a Oliver y el resto de las cosas. La casa tiene calefacción, pero hoy encenderé fuego para que se caldee antes.

La curiosidad impedía a Margo protestar. Entró en la casa. El aire olía un poco mohoso y la temperatura era fría. Se abrazó a sí misma.

El interior era aún más impresionante que el exterior.

Allá donde mirase había madera. Por todas partes. Las planchas del suelo habían sido pulidas y brillaban como espejos. Una madera más clara llevó su atención hasta un techo alto, roto únicamente por múltiples claraboyas y unas cuantas vigas que sujetaban los ventiladores de techo. La espaciosa y moderna cocina se situaba a la izquierda y a continuación se abría la zona de estar, que rodeaba la enorme chimenea de piedra.

Dash entró detrás de ella.

—El cuarto de baño principal está detrás de la puerta de en medio. Tiene bañera y ducha. Los dormitorios están a ambos lados. Hay un tercer dormitorio, un loft, al final de las escaleras, y también dispone de ducha. Es el que más me gusta a mí. Las claraboyas te hacen sentir que duermes bajo las estrellas.

Puesto que la leña menuda para encender el fuego ya estaba dispuesta sobre el hogar, Dash le entregó el transportín de Oliver y se acercó a la chimenea donde en menos de un minuto tenía una hoguera encendida.

—Enseguida vuelvo —le aseguró antes de volver a salir por la puerta.

Margo soltó al gato y se sentó con él junto al fuego, tranquilizándole hasta que asimilara su nuevo entorno. Oliver se lo permitió solo durante unos minutos antes de iniciar su propia exploración. Margo lo siguió para asegurarse de que no se asustara.

En cuanto Dash apareció con la cama del gato y los cuencos, ella lo dispuso todo junto al fuego. Oliver comió como si llevara días sin probar bocado, en lugar de horas, prueba de que ya no estaba alterado.

El fuego caldeó rápidamente el interior de la casa y le dio a todo un ambiente acogedor. A Margo le encantaba oír el crepitar de las llamas, oler el olor de la madera seca al quemarse.

Dash dejó a su elección la ubicación del cajón de arena y después colocó una vieja alfombra debajo. Cuando el gato hubo terminado de comer, le condujo hasta el cajón.

—Intenta no olvidarlo, amigo. Pero, si lo olvidas, ya nos ocuparemos de ello.

Sentada frente a la chimenea, Margo observaba a Dash hablar con Oliver como si el animalito pudiera entender algo. Quizás no comprendiera las palabras, pero lo que sí entendía de sobra era la manera en que Dash lo acariciaba, su delicadeza.

—Cuánta paciencia tienes con él.

—Forma parte de la familia, ¿no? —él sonrió—. Y la familia siempre es importante.

Familia. La imagen de su padre surgió inmediatamente en la mente de Margo y, aparentemente, también en la de Dash. Ambos se miraron, Dash con expresión de disculpa, ella de resignación.

—Quizás debería llamarlo.

—No, deja que Logan y Reese hagan antes las cosas a su manera.

Tenía razón, por supuesto. Para ella nunca había sido sencillo quedarse en un segundo plano cuando se estaba tomando una decisión. Y estar personalmente implicada lo hacía doblemente difícil.

Dejando escapar ese pensamiento, Margo se levantó y siguió echando un vistazo a su alrededor.

—Quiero ver el resto de la casa.

—Te la enseñaré —Dash tomó la bolsa de viaje y se acercó a ella—. ¿Dónde quieres que te deje esto? ¿Arriba en el loft o en alguno de los dormitorios de esta planta?

—Empecemos por la planta de arriba —contestó ella con la mirada fija en la escalera de caracol.

Margo precedía a Dash, ansiosa por muchos motivos. La conciencia de tener a ese hombre tan cerca detrás de ella la caldeaba como no podría hacerlo el fuego de la chimenea. Sentía literalmente su mirada a su espalda con cada paso que daba.

Ese día, sin embargo, sería su día. No iba a permitir que la distrajera. Haría las cosas a su manera, y ambos disfrutarían con ello.

—En cuanto a esa ducha... —observó él con voz gutural y seductora, cargada de excitación.

—Será lo siguiente —le aseguró ella—. De modo que no te hagas ideas.

—Demasiado tarde para eso.

—No te preocupes —Margo sonrió—, yo tengo unas cuantas ideas propias.

Entró en el amplio dormitorio, que no le defraudó.

Una cama enorme dominaba el centro de la estancia bajo cuatro claraboyas. Un muro acristalado se abría al lago, proporcionando una inspiradora vista.

—¡Vaya!

—Sí —Dash dejó la bolsa de Margo en el suelo y apoyó las manos sobre sus hombros—. Compré esta casa por su ubicación aislada, y por este dormitorio.

Ella lo miró por encima del hombro.

—¿Tenías pensado realizar grandes conquistas aquí?

En contraste con el tono burlón de Margo, el de Dash sonaba extremadamente serio.

—Sí —le besó la sien—. Pensé en ti.

Eso sería muy agradable, si fuera cierto.

Margo se dirigió en primer lugar al ventanal para mirar al otro lado. Y se quedó sin aliento. Al otro lado del lago unos altos pinos garantizaban intimidad. Se veía el muelle, una barca de remos amarrada a un lado y un embarcadero al lado. Dos bancos bordeaban la orilla, completos con una rampa para kayak y un kayak amarillo chillón.

—¿Tienes un barco más grande?

—Una lancha, sí. El otro sitio, el que le voy a dar a Logan, era solo para ir de pesca. No necesitaba nada que se moviera deprisa. Pero este lago es más grande, sin ninguna restricción. Compré el barco cuando compré la casa, pero está siendo acondicionado para el invierno. Dentro de un par de semanas lo traeré.

Una puerta a la derecha conducía a un vestidor. Margo se dirigió al cuarto de baño, situado a la izquierda. Un lavabo de pedestal, un inodoro y una ducha con mampara de cristal, junto a otra ventana con vistas al lago, llenaban la pequeña estancia.

—Hay suelo radiante, y las barras de las toallas también se calientan —Dash se acercó, pero no la tocó—. Todo estará caldeado en unos pocos minutos, por si te apetece darte esa ducha.

—Me apetece —ella acarició las esponjosas toallas colgadas de las barras.

—Mientras te duchas puedo preparar algo para comer.

Margo se volvió. Sí, quería una ducha, y comida.

Y luego quería a Dash.

Poniéndose de puntillas, lo besó. Atraída por su aroma, su sabor, siguió besándolo un rato más. Los anchos hombros se tensaron bajo sus manos mientras él apoyaba las manos contra la pared, a ambos lados de su cabeza.

No tomó el mando. Simplemente le permitió hacer lo que ella quería. Margo le rozó el labio inferior con la lengua, lo lamió por dentro, inclinó la cabeza para que sus bocas encajaran mejor.

La sombra de barba era más evidente y ella la acarició con sus dedos, disfrutando de la rugosidad. Acurrucándose contra él, pegó el pecho al abdomen de Dash y su estómago contra la entrepierna.

Respirando agitadamente, Dash tensó los músculos y emitió un pequeño gruñido, un sonido destinado a animarla a continuar.

Consciente de que tenía que parar si quería seguir sus planes, Margo se apartó. Tras besarlo una vez más, brevemente, un beso húmedo, y luego otro, le dio una palmadita en el pecho.

—No tardaré mucho —le aseguró.

A Dash le llevó un segundo comprender que lo estaba echando de allí. Soltó una mezcla de gruñido y risa y se apartó.

—Eres muy mala. Lo amo.

«Amor». Por Dios que le gustaba oírle hablar así.

—No tienes ni idea de lo mala que puedo ser —ella pasó a su lado—. Pero voy a disfrutar mucho mostrándotelo. Pronto.

CAPÍTULO 21

Mientras Margo permanecía ocupada en la planta de arriba, Dash calentó una sopa y se dio una ducha rápida, aprovechando para afeitarse también. Vestido únicamente con unos vaqueros, sin abrochar, preparaba unos sándwiches cuando ella bajó.

Al igual que él, llevaba muy poca ropa. Una camiseta y las braguitas.

Dash sintió que le hervía la sangre al verla así, tan seductora y dispuesta. Para él.

No era la primera vez que una mujer tomaba la delantera, pero sí era la primera vez con Margo. Y porque era especial, porque la amaba, su excitación escaló hasta cotas insoportables.

Él se volvió y la observó acercarse.

—Menos mal que el fuego ha caldeado el suelo, de lo contrario los pies se te quedarían helados.

—No —ella se acercó a Dash y, tras un minucioso examen de su cuerpo, le acarició el pecho, los hombros, la barbilla—. Estoy muy caliente.

Dash le rodeó la cintura con los brazos, con las manos juntándose sobre el redondeado trasero, atrayéndola hacia él. Margo no llevaba maquillaje alguno y su boca al natural era pura lujuria. Él deseaba besarla apasionada y prolongadamente, pero no quería robarle el protagonismo.

A esa mujer no le hacía falta maquillaje para tener buen aspecto. Con sus oscuras cejas y largas pestañas, los pómulos altos, estaba endemoniadamente sexy en cualquier circunstancia. Los moratones que estropeaban su inmaculada piel por fin empezaban a desaparecer. ¿Cuánto tiempo sería necesario para que los recuerdos hicieran lo mismo?

—Me muero de hambre —murmuró ella, deslizando los dedos hasta la cinturilla del pantalón abierto.

—En un doble sentido, espero —sutilmente, Dash dejó caer las manos un poco más y perezosamente le acarició el trasero.

Un trasero firme, sedoso. La necesitaba desnuda. Con él desnudo. Sin tapujos entre ellos dos.

Sonriente, Margo se apartó y se dirigió hacia la mesa.

—¿Cuánto falta para comer?

¿De modo que quería prolongar lo inevitable? De acuerdo. Él también quería tomarse su tiempo para saborearlo todo.

—Ya está listo.

Más que dispuesto a participar en su juego, que no hacía más que aumentar la anticipación, le sirvió la comida.

Se tomaron su tiempo para comer mientras charlaban. Oliver recorría la casa, sorprendentemente cómodo en un lugar desconocido. Parecía gustarle especialmente la chimenea y, tras un exhaustivo barrido de la planta principal, regresó junto al fuego para seguir dormitando.

Ver a Margo así despertó en Dash la curiosidad por saberlo todo de ella.

—¿Cómo eras de niña?

—Ya te lo he contado —acabada la comida, ella se reclinó en la silla, cruzó las piernas y, relajada, bebió el té helado a sorbos—. Era competitiva, tozuda e independiente.

En eso no había cambiado, pero tras haber conocido a sus padres, él se preguntó cómo habían manejado a esa niña testaruda, niña que no habían deseado tener.

—¿Eras un marimacho o una señorita?

Ella deslizó un dedo por el vaso empañado antes de contestar.

—Un poco las dos cosas, supongo. Quería hacer todo lo que hacía West, pero también me gustaba jugar de vez en cuando a las muñecas —ladeó la cabeza y rememoró su infancia—. También me gustaba vestirme como una niña, pero no resultaba siempre lo más adecuado.

La imagen que se formó en la mente de Dash fue de una niña adorablemente mona, y no pudo evitar preguntarse qué aspecto tendría una hija en común. Le gustaría que tuviera los rasgos de Margo, sus grandes ojos azules.

—¿Y eso?

—A la hora de competir, una falda puede resultar incómoda. De modo que casi siempre vestía vaqueros o pantalones cortos. Recuerdo que siempre iba sucia, ya fuera de revolcarme en el suelo, de trepar a los árboles, o de correr y acabar empapada en sudor —Margo sonrió para sí misma—. Mamá dejó de comprarme camisetas rosas, amarillas y lavanda y se decantó por el marrón y el gris porque, según afirmaba, al menos las manchas de suciedad no se veían tanto.

Dash tuvo que hacer un esfuerzo por ocultar su irritación.

—¿Te gustaba llevar lazos en el pelo? ¿Coleta? ¿Trenzas?

Ella se tocó distraídamente los suaves rizos que tenía junto a la oreja.

—Quizás cuando era muy pequeña. Pero mi padre me cortó el pelo cuando tenía siete años, y desde entonces lo he llevado corto.

—¿Tu padre te cortó el pelo?

Ella levantó la vista y sus miradas se fundieron.

—Mi padre siempre le cortaba el pelo a West. Utilizaba la maquinilla cada dos semanas. Una vez, cuando West tenía unos trece o catorce años, yo lo seguí hasta el arroyo. Él y otros chicos saltaban de roca en roca, observando a los peces y a los cangrejos, perdiendo el tiempo como suelen hacer los chicos. Yo intenté seguirle, pero resbalé y aterricé en el barro.

El familiar nudo se apretó un poco más en el estómago de Dash.

—¿Tus padres se enfadaron?

—Cuando West me llevó a casa, mamá no estaba. Tenía miedo de que me hubiera hecho daño, pero yo sabía que no era así. Solo me había raspado la rodilla y tenía unos cuantos arañazos y golpes más, y todo ese barro —ella sacudió la cabeza—. Mi padre me ordenó que me metiera en la bañera y, cuando hube terminado, me hizo sentarme en la silla de la cocina y me cortó el pelo.

—¿Con las tijeras? —preguntó Dash, cada vez más compungido, mientras se inclinaba hacia delante.

Durante un buen rato, ella no contestó. Hasta que al fin sacudió la cabeza.

—No. Utilizó la maquinilla.

Dash sintió deseos de matarlo. Cada músculo de su cuerpo se tensó con la necesidad de encargarse de ese hombre. No era más que una cría, una niña cubierta de arañazos y golpes, y la necesidad de encajar.

Pero su jodido padre la había humillado.

—No te pongas así —ella lo miró atentamente—. Ese día aprendí mucho.

—No tenías más que siete años.

—Y era terca como una mula —de nuevo se acarició el pelo—. Mamá se puso furiosa cuando me vio. Dijo que íbamos a ser objeto de comentarios. Tuvieron una monumental bronca. Fue una de las escasas ocasiones en las que ella ganó. Incluso West estaba enfadado. Pero mi padre dijo que se equivocaba al enfadarse y que podía volver a dejarme el pelo largo.

Pero no lo había hecho. Dash lo comprendió de repente.

—¿Te lo seguiste rapando?

—Una y otra vez —ella sonrió al sentirse comprendida—. En una ocasión incluso me gané una azotaina, pero seguí haciéndolo. Supuse que mi padre quería que lo llevara corto, de modo que lo mantuve corto.

Sin duda había sido una niña de armas tomar. Y Dash se alegró por ello. Esas agallas la habían salvado, la habían ayudado a proteger su corazón. La habían convertido en la mujer que él amaba.

—¿Con maquinilla?

—Cuando no me la escondían. Una vez en que sí lo hicieron, utilicé tijeras, y el resultado fue tan desigual que fue mucho peor que raparlo sin más —ella sonrió traviesa—. Era muy mala.

—Eras, eres, muy orgullosa.

Ella no lo negó.

—Mamá al fin se rindió y empezó a llevarme a una peluquería para que al menos me hicieran un buen corte. Ellos me convencieron de que me quedaría bien dejarme unos cuantos rizos.

—Bien no, muy bien.

—Antes de que mi padre me lo cortara, el peso hacía que mi

pelo pareciera más liso, pero en cuanto me crece un poco, como ahora, los rizos se hacen con el mando.

—Adoro tu pelo.

—Gracias —Margo se inclinó hacia delante y apoyó la barbilla sobre una mano—. Es un recordatorio para que mi padre no olvide que sé cómo ganar. De hecho, en una ocasión me dijo que, si bien lamentaba habérmelo cortado, sabía que había aprendido la lección, y que había descubierto la manera de cambiar las tornas con la gente que intentaba hacerme daño —hizo una pausa—. Es lo más cerca que ha estado jamás de elogiarme por algo.

Curiosa observación proveniente de un padre abusador.

—¿Y tenía razón?

—Sí —Margo se irguió y tomó otro sorbo de té—. Con cada peldaño que ascendía en el departamento, había gente que quería derribarme. Y normalmente acababan lamentándolo.

Pero también había atemperado la feroz resistencia ante la oposición con una lealtad extrema hacia quienes se la merecían. Como su hermano, Logan, o Reese. Y también Rowdy y Cannon.

—Así pues —Margo hizo tintinear el hielo contra el vaso al dejarlo sobre la mesa—, ¿donaste una cantidad significativa al centro recreativo de Cannon?

Normalmente, a Dash no le gustaba hablar de dinero, y evitaba específicamente las conversaciones sobre donativos. Pero, si quería saberlo todo sobre Margo, era justo que ella lo supiera todo sobre él.

—He donado dinero unas cuantas veces —le confirmó mientras apoyaba los brazos sobre la mesa—. Y Logan también —se encogió de hombros en un gesto que intentaba demostrar lo poco que significaba para él—. Me lo puedo permitir. Es evidente lo importante que es para Cannon y los chicos que lo frecuentan, ¿por qué no hacerlo?

—Es muy generoso por tu parte.

Y ahí era donde la cosa se ponía peligrosa, donde él debía enfrentarse a sus propias carencias.

—Lo cierto es que no —Dash no quería defraudarla con impresiones equivocadas, de modo que optó por una brutal sinceridad—. Donar dinero, sobre todo cuando ni siquiera le hace un rasguño a mis finanzas, es sencillo. Demasiado sencillo. Es la gente como Cannon la que invierte su tiempo y energía en un proyecto, la que hace que sea posible.

—Pero sin el dinero, Cannon no podría hacerlo —insistió ella sin dejar de observar su rostro—. Pero está bien que intentes restarle importancia.

—No lo estoy haciendo —ella lo había malinterpretado por completo.

—A veces, Dash —una sonrisa iluminó la mirada de Margo—, eres sencillamente demasiado perfecto.

—Maldita sea, no lo soy —Dash frunció el ceño—. Es lo que intentaba decirte. Logan y yo no solo nunca hemos sufrido carencias, siempre hemos tenido lo mejor de todo. Nuestros padres son increíbles. Ellos son los que ayudaron a nuestros abuelos a constituir un fideicomiso para nosotros, porque ellos no necesitaban el dinero. En cuanto cumplimos los veintiuno, recibimos una sustanciosa herencia. Y tampoco habíamos tenido carencias antes de eso. Demonios, Margo, fuimos muy consentidos.

—Y, sin embargo, trabajas —Margo bebió otro trago de té—. Tienes tu propio negocio.

Por algún motivo, a Dash le molestaba que ella le asignara cualidades que no creía poseer.

—Ya te lo he dicho, no me gusta estar inactivo. Además, me gusta el trabajo físico.

—Sí, desde luego hablas como un niño rico mimado y malcriado.

¿Intentaba provocarlo? Dash entornó los ojos.

—Yo no he dicho eso. Es que yo… —¿qué? La frustración lo hizo levantarse de la silla y empezar a recoger la mesa—. He sido realmente bendecido.

—Y mira lo negativamente que te ha afectado. Eres tan perezoso, tan caprichoso… —bromeó ella, cubriendo los insultos de ironía—. Solo piensas en ti mismo.

Él cerró el lavavajillas y, permaneciendo junto a los armarios, lejos de ella, volvió a fruncir el ceño.

—Sí que soy caprichoso. Sobre todo en lo referente a mi placer personal.

—Las mujeres te resultan fáciles de conseguir, ¿verdad?

Maldita fuera, esa mujer seguía sonriendo como si todo aquello no fuera más que una broma.

—Sí, así es. Y con buen motivo.

—Porque eres guapísimo —musitó Margo mientras deslizaba la mirada por su pecho y continuaba hacia la cremallera sin cerrar—. Y un semental en la cama.

La afirmación lo irritó aún más.

—De lo cual me alegro.

¿Se alegraba?

—Porque ahora soy yo la receptora de todas esas habilidades —ella se puso en pie con un movimiento sensual.

Dash abrió la boca, pero volvió a cerrarla de nuevo. De ninguna manera iba a discutirle eso, no cuando esa mujer había llegado a pensar que él podría ser aburrido.

—Pero —añadió Margo—, yo tampoco soy mala del todo.

Desde luego que no. Dash no quería ni oírle hablar de otros hombres. Ella quizás fuera capaz de aguantarlo, pero él no.

Intentó explicárselo, pero cuando ella llegó a su altura se limitó a enganchar un dedo en la cinturilla de los vaqueros y tirar de él.

—Creo que ha llegado la hora de que te lo demuestre.

Poniéndose de puntillas, capturó su boca. Desde luego esa mujer sabía besar.

El corazón de Dash amenazaba con salirse del pecho y con los dedos, ahí mismo, tan cerca, su miembro viril saltó presto.

Con la mano izquierda ella le acarició el costado y ascendió hasta el pecho para bajar por los abdominales. Su boca seguía devorándolo, tanto que él apenas era consciente de lo que hacían esas pequeñas manos. Hasta que sintió aflojarse un poco más los vaqueros.

Bajando ambas manos hasta el trasero, ella deslizó los vaqueros hacia abajo.

Apartándose, Margo retrocedió un paso y lo observó. Comenzó por la parte superior de los muslos y lentamente se centró en la erección, el estómago, las costillas, el pecho y la garganta.

—Eres impresionante.

Dash apoyó los brazos sobre la encimera de la cocina, a su espalda, con los dedos cerrándose sobre el borde, resguardándose contra el ardiente calor de sus ojos.

Ella emitió un pequeño ronroneo y volvió a pegarse a él, pero en lugar de besarlo… jugó. Con ambas manos. Sobre los pezones, los tensos abdominales, alrededor del trasero, y de nuevo hacia delante.

Hasta la polla.

Él encajó la mandíbula.

Los fríos dedos se movían sobre él, tan ligeros que Dash no pudo evitar retorcerse. Margo mantenía la cabeza baja, la mirada fija en su desnudez.

Lenta y cuidadosamente, cerró una pequeña mano sobre él. Y apretó.

—¡Oh!

El pulgar de Margo le acarició la cabeza de la erección, haciendo que sus testículos se tensaran.

—¿Te gusta esto?

—Sí —Dash consiguió soltar una mano para poder apoyarla sobre su cabeza, para acariciar los sedosos rizos por los que tanto había luchado—. Me encanta que me toques.

—¿Y esto? —ella aumentó la presión y empezó a acariciarle con una mano mientras que con la otra descendía un poco más, abrazándolo delicadamente.

—Sí —él tuvo que cerrar los ojos.

—Me encanta cómo hueles, Dash —Margo le besó el pecho.

La pequeña lengua lo torturó, y todo mientras las manos seguían acariciándolo.

—Nena… —él contuvo una oleada de placer, tragando nerviosamente. Si ella no aflojaba, aquello iba a terminar demasiado pronto. Y él quería, necesitaba, que Margo lo acompañara en todo momento—. Quizás deberíamos…

—Lo haremos —ella lo miró con ojos somnolientos y se humedeció los labios.

—Bésame —suplicó Dash.

Pero al mismo tiempo que se inclinaba hacia ella, Margo susurró:

—De acuerdo.

Y sin más cayó de rodillas.

Viéndola allí frente a él, casi consiguió hacerle llegar. Y, cuando sintió su aliento acariciarlo, se tensó aún más.

—Aquí abajo hueles aún mejor —volvió a susurrar mientras frotaba su mejilla sobre él.

—¡Ah! ¡Joder! —Dash tomó aire, pero no le sirvió de nada—. Nena... —hundió los dedos en sus cabellos, muy cerca de la cabeza—. Me estás matando —exclamó con voz ronca.

—Umm, puede que esto ayude —la ardiente lengua salió de su boca y lo saboreó, casi paralizándole el corazón.

Lo repitió una y otra vez, lamiéndole el miembro, sujetándolo con fuerza entre los dedos, hasta la cabeza y vuelta a empezar.

Estremeciéndose por el esfuerzo de contenerse, Dash cerró los ojos con fuerza y encajó las rodillas. No obstante, mantuvo la mano apoyada sobre la cabeza de Margo, sin presionar, animándola discretamente. No mirarla resultó ser misión imposible, de modo que volvió a abrir los ojos y la contempló.

Y menuda visión. Estaba condenadamente bonita sentada sobre los talones, con los pezones tensos bajo la camiseta y la pequeña mano rodeándole el miembro viril.

La expresión profundamente excitada de su rostro dejaba bien claro que disfrutaba con ese juego.

Incapaz de soportarlo, Dash la atrajo un poco más hacia sí, esperando con toda su alma que comprendiera la indirecta y...

Margo cerró los ojos, entreabrió los labios y lo tomó con la boca, la aterciopelada lengua lo excitaba mientras lo tomaba profundamente, se apartaba y volvía a echarse sobre él. Con un murmullo de placer, las mejillas se hundían cada vez que chupaba.

Al posar ambas manos sobre la cabeza de Margo, la columna de Dash entró en contacto con el saliente de la encimera de la cocina, pero él no hizo caso, urgiéndola a acelerar el ritmo. Una locura. Pues, si esa mujer no paraba en ese instante, no habría vuelta atrás para él.

Ya estaba a punto de llegar.

—Basta —odiaba tener que darlo por terminado, pero...

Los dedos de Margo se tensaron sobre el miembro, apretándolo en una muestra de desacuerdo. Su lengua se deslizó por la sensible parte inferior para luego enroscarse sobre la cabeza, arrancándole un profundo gemido.

Los testículos se endurecieron, señalando el punto de no retorno. Ella los sostuvo delicadamente en la palma de su mano, como si lo animara a completar el trayecto.

—Si no paras, voy a… —Dash gruñó en un último intento por controlarse.

—Hazlo —susurró Margo mientras se apartaba y levantaba la vista para mirarlo.

Y acto seguido volvió a tomarlo profundamente con la boca.

Esa única palabra, junto con el modo en que lo había mirado, arrodillada, con su polla metida en la boca… Fue más que suficiente. Demasiado en realidad.

Dash le agarró con fuerza los cabellos, pegándola más a su cuerpo, respirando con dificultad, y gruñó una rugiente liberación. Ella lo tomó entero, todo, e incluso después de que se hubiera disipado el enloquecedor placer, la oyó emitir unos suaves y hambrientos sonidos.

Agotado, Dash se retorció mientras ella seguía chupándole el miembro antes de soltarlo por fin. Todavía recibió unos cuantos besos húmedos, cada uno de ellos provocando pequeñas réplicas en sus laxos músculos.

Necesitaba agarrarse a la encimera de la cocina, pero no quería soltar a Margo. Le temblaban las piernas y respiró hondo en un intento de recuperar la cordura.

Margo se levantó poco a poco mientras deslizaba a su camino las manos por la parte trasera de las piernas de Dash, envueltas en los vaqueros, hasta los desnudos muslos y el trasero.

Caminando con la punta de los dedos por su espalda, le besó la cadera, abrió la boca sobre los abdominales, mordisqueó suavemente el pectoral izquierdo y, por último, se acurrucó hundiendo la nariz en su cuello, excitada, caliente y dulce.

¿Lo sentía estremecerse?

Dash dejó caer la cabeza hacia delante, atrayéndola hacia sí. El amor llenó su corazón mientras bajo la piel permanecía una leve sensación de quemazón.

—Dame un minuto o dos.

—Tómate todo el tiempo que necesites —murmuró ella sin dejar de lamerle la piel, saboreándolo con pequeños mordiscos, haciendo mucho por volverlo a despertar. Por último deslizó una mano hasta la entrepierna y lo sujetó delicadamente.

Dash necesitó un poco de concentración, pero al fin consiguió juntar varias palabras para formar una frase.

—Supongo que sabes qué significa esto, ¿verdad?

—Significa que ahora yo tengo el control —ella dio un pequeño tirón.

Dash sonrió, le tomó el rostro entre las manos y se apartó para poder contemplarla. Se recuperaba poco a poco, medio saciado y sin sentir el punzante mordisco de la necesidad desesperada.

Margo estaba hermosamente excitada y Dash contempló los pechos, los pezones erguidos. La tentadora boca que acababa de proporcionarle placer.

Tocó sus labios con el pulgar y se agachó para besarla.

—Ahora que he llegado y, por cierto, gracias por esto, puedo aguantar más. Mucho más.

Algo asomó al rostro de Margo. Sorpresa. Consciencia repentina. Ardiente excitación.

Él le mordisqueó el labio inferior. ¿Lo había hecho a propósito? ¿Lo había ayudado a liberar la tensión sexual para que pudiera volver a marcarle el paso? La idea resultaba agradable, y lo ayudó mucho a ponerse en marcha de nuevo.

Y dado que ella aún lo sujetaba en su mano, sintió de inmediato cómo se flexionaba y engrosaba.

—¿Ya? —Margo lo miró con ojos desmesurados.

—Estás aquí conmigo, en mi casa, y no dejo de pensar en todo lo que me apetece hacerte. Todas esas cosas que te van a encantar —Dash la besó con dulzura.

Controlando.

Ella lo soltó y deslizó las manos hasta su pecho mientras intentaba desesperadamente pegarse a su cuerpo.

Y él llevó las manos hasta sus pechos y apretó los pezones con los dedos. Muy, muy delicadamente la excitó, pellizcó, retorció.

Margo gimió y se apartó mientras se mordía el labio inferior. A continuación se dio media vuelta y echó a andar hacia la escalera.

—¿Tienes prisa? —Dash se subió los pantalones y la siguió.

—Sí.

La escalera de caracol jugaba en su contra mientras ascendía delante de él. Dash le pellizcó el trasero y consiguió acariciarla unas cuantas veces. Y para cuando llegaron al espacioso dormitorio, ella ya jadeaba.

En cuanto sus pies aterrizaron sobre el suelo de madera, ella se volvió y se quitó la camiseta, una estrategia muy eficaz para que él se detuviera en seco.

Mirándolo, Margo enganchó los pulgares en la cinturilla de las braguitas y las deslizó hacia abajo. Por culpa del codo, porque todavía le dolía aunque ella se empeñara en negarlo, el numerito del desnudo no resultó tan fluido como podría haber sido.

Pero daba igual.

Dash quería devorarla, pero se obligó a sí mismo a contenerse.

—Túmbate en la cama.

Sin objetar nada, ella se volvió para hacerlo.

—Boca abajo —añadió él.

De los labios de Margo escapó un suave gemido mientras se arrodillaba sobre la cama, casi paralizándole a él el corazón con la atractiva visión antes de que se tumbara del todo. Mantuvo el brazo herido a un lado, pero apoyó el otro debajo de la cabeza.

Sin apartar la mirada de ella, Dash se desnudó. La combinación de sobrecarga emocional y ardiente lujuria lo dejó destrozado.

Dash rodeó lentamente la cama para observarla desde todos los ángulos. Los pechos sobresalían por los lados de su cuerpo, la espalda descendía hasta hundirse en la diminuta cintura para luego volver a resurgir hasta el redondeado y sexy trasero. Unas piernas bien torneadas se mantenían cruzadas por los tobillos.

Su cuerpo era elegante y suave, y fuerte como solo podía ser el cuerpo de una mujer.

—¿Tienes algún preservativo? —Margo se volvió hacia él.

—Una caja entera —estaba de nuevo duro, y era consciente de que no iba a poder jugar tanto ni tan minuciosamente como le apetecía. La necesitaría una segunda vez, quizás incluso una tercera, antes de quedar satisfecho. Pero no se iba a olvidar de sí mismo en esa ocasión. Nunca más—. No tienes de qué preocuparte.

Se sentó a su lado sobre la cama y deslizó una mano por la elegante espalda.

—No fue solo culpa tuya —aseguró ella tras emitir un ronroneo—. Yo sabía lo que hacía —se dio la vuelta y apoyó la cabeza sobre la mano—. Las probabilidades están a nuestro favor.

¿Tan horrible sería un bebé?

La idea lo sorprendió, incluso lo asustó un poco, y lo desesperó. Porque no, para él no sería en absoluto horrible. En realidad, justo lo contrario.

Dash se tumbó sobre ella y la besó en la boca. «Un bebé».

Hundió la lengua dentro de su boca, más y más profundamente. No quería analizar demasiado su reacción porque no tenía ningún sentido. Todavía no sabía qué sentía Margo por él, si le importaba siquiera la mitad de lo que ella le importaba a él.

Lo cual lo complicaría todo, dado que la amaba más que a su propia vida.

Sujetándole el rostro la besó hasta dejarla sin aliento mientras se acomodaba sobre ella, con una rodilla entre sus piernas, abriéndola.

Mientras ella le devolvía el beso con la misma pasión.

Cuando levantó ligeramente la tripa contra él, Dash supo que estaba en terreno peligroso.

Y que había llegado el momento de centrarse.

Se irguió, no mucho, pero lo justo para separar sus bocas.

—¿Te duele el brazo?

—No —ella intentó tomar de nuevo posesión de sus labios.

Manteniéndose fuera del alcance, Dash le agarró las muñecas y, observando atentamente cualquier signo de incomodidad, mantuvo sus manos pegadas al colchón.

—¿Estás bien así?

Ella se recolocó, moviendo el brazo izquierdo hasta ponerlo en un ángulo más cómodo.

—¿Qué vas a hacer?

—Besarte entera hasta hacerte llegar.

—El brazo está bien —ella respiró entrecortadamente.

—Margo... —Dash abrió la boca sobre su garganta—. No quiero hacerte daño.

—Pues entonces date prisa —retorciéndose debajo de él, Margo respiró con dificultad—. Y, por favor, no me atormentes demasiado. Sinceramente, Dash, hoy, ahora mismo, te necesito simplemente a ti.

Él escudriñó su rostro y comprobó que lo decía en serio antes de besarla dulcemente en los labios.

—De acuerdo.

Sin más, procedió a dejar un húmedo rastro de delicados besos y mordiscos desde el cuello hasta los pechos, que chupó suavemente para continuar, no tan suavemente, con los pezones. No la tocó entre las piernas, pues quería que la anticipación creciera.

Dejándole los pezones mojados y tensos, siguió bajando, lamiéndole el costado hasta que ella se apartó. Continuó por el estómago plano y el bonito ombligo, y hasta las caderas.

—¿Tienes cosquillas?

—Estoy en llamas.

Él sonrió y le mordisqueó la cara interna del muslo. Margo intentó separar las piernas, pero con él encima no podía. Dash respiró su olor, disfrutando del ardiente aroma de su excitación. Margo tenía la piel sedosa, tanto que no podía dejar de chuparla, marcándola en distintos puntos.

Al sentirla respirar entrecortadamente, temblando y gimiendo, Dash le levantó las piernas para apoyarlas sobre sus hombros mientras le sujetaba el trasero con las manos, hundiendo la boca sobre su sexo, buscando con la lengua...

—¡Oh, Dash! —ella arqueó la espalda.

Él siguió lamiendo más allá de los sedosos y mojados labios vaginales, hasta introducirse dentro de ella.

Margo le agarró los cabellos con ambas manos, manteniéndolo pegado a ella, sintiendo una profunda ansia.

—Deja de jugar.

Él volvió a lamerla, en esa ocasión sobre el clítoris. Ella gritó y hundió los talones en la espalda de Dash.

Maravilloso. A él le encantaba llevarla al clímax de ese modo. Con delicadeza apretó los dientes sobre ella, sujetándola para que tuviera que soportar el travieso juego de su lengua, sentir cómo la chupaba, cómo jugaba con la lengua sobre ella. Y con demasiada rapidez para su gusto, ella llegó.

Esperó hasta que sintió relajarse sus hombros y se irguió para tomar un preservativo, ponérselo y volver a colocarse encima de ella.

Abrazándola con fuerza la besó en la boca, en los húmedos pómulos, en las sienes.

—Mírame, cielo.

Las oscuras y espesas pestañas subieron, mostrando unos ojos adormilados y saciados. Sonriendo perezosamente, se centró en él.

—Ha sido…

Dash se hundió en su interior. No hubo lentitud, no hizo que creciera su deseo. Simplemente la arrastró con él por pura y salvaje sexualidad. Cada violenta embestida hacía moverse la cama, más y más deprisa.

Supo el instante preciso en que ella se unió al ritmo, en el que su propio deseo surgió de nuevo. Le rodeó la cintura con las rodillas y cruzó los tobillos sobre la parte baja de su espalda.

Dash sintió las uñas clavarse en sus hombros mientras ella giraba el rostro y, en un intento de ahogar sus gritos, le mordía el pecho.

¡Eso, sí!

—Ahora, nena —la necesitaba con él y ya apenas podía controlarse, incluso resultaba doloroso—. Ahora.

Ella lo apretó con los muslos, exprimiéndolo mientras sucumbía a su segundo orgasmo y Dash perdía el control. Apoyado sobre los codos, con la mirada fija en su rostro, se unió a ella en una liberación que resultó casi violenta.

¿Cómo era posible que aquello fuera cada vez mejor? A medida que el salvaje galope de su corazón se calmaba y los tensos músculos se relajaban, se dejó caer sobre ella.

Con cada aliento inhalaba los aromas mezclados de sus cuerpos, el olor del sexo, el sudor y la satisfacción. Lentamente rodó a un lado hasta que ella estuvo encima. Le sujetaba el trasero con las manos, manteniéndola justo donde quería tenerla, tan cerca como fuera posible.

Aparentemente aquello le gustó, pues Margo se dejó caer sobre él, con la cabeza apoyada sobre su corazón.

—¿Qué te parecería una siesta? —preguntó mientras bostezaba.

Dash tuvo que controlarse al máximo para no aplastarla con un enorme abrazo. Y aún le resultaba más difícil no expresar sus sentimientos en voz alta. La acarició repetidamente, besándole el hombro, la cabeza.

De nuevo rodó y la tumbó de espaldas, contemplándola como si fuera un regalo divino. Y la besó.

—Adelante. Me deshago del preservativo y vuelvo de inmediato.

—No tardes mucho —Margo se estiró, sonrió y cerró los ojos.

Cuando Dash regresó, apenas un minuto más tarde, la encontró durmiendo. Pero al abrazarla, ella se acurrucó contra él, justo donde debía estar.

CAPÍTULO 22

Pasaban los días practicando sexo, charlando, paseando junto a la orilla del lago y disfrutando de la tranquilidad de la naturaleza.

Margo no recordaba haberse sentido tan relajada nunca. Recibía informes de Logan, Reese e incluso de Rowdy y Cannon, pero el trabajo no dominaba sus pensamientos. La preocupación seguía ahí, nada podía conseguir que no se preocupara. Pero ya no sufría la casi histérica necesidad de resolver los problemas ella sola.

Con Dash ejerciendo de amortiguador de su faceta trabajadora, se sentía más capaz de compartimentar las diversas tareas de su vida.

Su único lamento era que el tiempo pasaba demasiado deprisa.

Y en un abrir y cerrar de ojos llegó el domingo por la mañana. Dash la despertó con suaves caricias que se convirtieron en ardientes exigencias. Con él, cada vez era mejor que la anterior.

Habían remoloneado en la cama hasta última hora de la mañana y una tranquila lasitud la había dejado pacíficamente en paz. Se sentó en el muelle en la postura del loto, con Dash a su lado. El brillante sol arrancaba destellos de la superficie del lago, pero la temperatura seguía siendo fresca, y soplaba una brisa que le hizo estremecerse. No se había llevado ropa de abrigo y Dash le había prestado una de sus sudaderas antes de echarle una manta por los hombros.

Margo tenía la vista fija en las burbujas que hacía un pez hambriento, y Dash tenía la vista fija en Margo, a la que acarició con los nudillos.

—En verano podremos nadar. Al final del muelle el lago es profundo.

El verano parecía muy lejos. ¿Seguirían juntos para entonces? Ella giró la cabeza para mirarlo.

—Te encanta el agua, ¿verdad?

—Crecí rodeado de agua. Mis padres solían llevarnos de vacaciones a la playa. No recuerdo ninguna época de mi vida en que no tuviésemos un barco, o dos —él deslizó un dedo desde la barbilla de Margo hasta su boca—. El agua tiene la virtud de apaciguar tensiones.

Al llegar con el dedo a la boca le siguió acariciando el labio inferior hasta que ella abrió la boca, le lamió el dedo y al final lo tomó.

Dash contuvo la respiración, paralizado. En cuestión de un segundo Margo se encontró sentada en su regazo mientras él la besaba como si su vida dependiera de ello.

Sin embargo, no por ello dejó de tratarla con mucho cuidado, sin olvidar el codo herido.

—¿Puedo preguntarte algo? —ella le tomó el rostro entre las manos.

—Puedes preguntarme cualquier cosa —Dash le besó la comisura de los labios—. Dispara.

Margo sentía tanta curiosidad por ese hombre que querría saberlo todo sobre él.

—¿Tu casa es tan grande como la casa del lago?

—Más grande. Quizás el doble. ¿Por qué?

¿Qué podía decir? ¿Debería contarle lo fascinada que se sentía?

—¿De verdad necesitas tanto espacio?

—Básicamente elijo mi casa por el entorno —él se encogió de hombros—. Es una zona privada y segura —la miró con expresión avergonzada—. Posee piscina interior.

Porque a él le encantaba el agua.

—Cuando volvamos a casa te la enseñaré. En realidad... —él respiró hondo—, tengo la esperanza de convencerte para que te instales allí conmigo.

«¿Durante cuánto tiempo?». Margo no podía preguntárselo. Llevaba toda la vida luchando por ser independiente, y renunciar a ello no le iba a resultar sencillo.

Dash continuó como si percibiese su indecisión.

—Sé que tu casa ya está limpia, pero no quiero que te quedes allí sola.

—Sé cuidar de mí misma —Margo sonrió.

Si ese era su único motivo para querer que se fuera a vivir a su casa, no merecía la pena.

—¿Y si te pillan desarmada? ¿Y si son dos hombres los que irrumpen? —Dash la tumbó de espaldas sobre el muelle—. Todavía no te has recuperado del todo del último ataque.

Ella le acarició la mandíbula. No se había afeitado y a ella le gustaba esa rugosa sombra de barba.

—¿Y si te atacara un hombre más corpulento que tú? ¿Y si te atacaran dos hombres por detrás? —a Margo le encantaba sentir el peso de Dash sobre ella, su calor y el delicioso olor mezclado con el sol y el aire fresco.

—Soy un hombre.

De algún modo consiguió que su machismo resultara más atento que insultante.

—Todos somos, en determinadas circunstancias, vulnerables, pero no soy una mujer desvalida —ella lo besó fugazmente—. Mientras tú pasabas las vacaciones en la playa, yo daba clases de defensa personal. Cierto que mi estructura ósea y masa muscular son las de una mujer, pero no se trata siempre de fuerza bruta.

—Margo... —él no parecía en absoluto convencido.

Ella se irguió para besarlo y lo empujó con las manos sobre el pecho.

—Vamos. Te lo demostraré.

—Demuéstramelo desde aquí —la determinación cambió la expresión de Dash.

Un desafío.

—¿Quieres que escape de ti?

—Sí —él tenía la mirada fija en los labios de Margo—, si puedes.

Divertido. Una cosa que tenía Dash era que nunca jamás la aburría. Lentamente, Margo le rodeó el cuello con los brazos. El codo seguía molestándole, pero lo consiguió sin dar un solo respingo.

—A lo mejor no quiero —ella lo besó de nuevo, con más detenimiento, y le acarició el labio inferior con la lengua—. Me gusta estar debajo de ti —admitió con voz ronca.

Los ojos de Dash brillaban con tanto ardor que ella casi se sintió culpable. Aunque no tanto.

Cuando ella lo invitó a juntar los labios con los suyos, no la defraudó. Y, siendo sincera, besando como besaba ese hombre, casi logró que olvidara su propósito.

Animándolo con pequeños gemidos y traviesas caricias, Margo esperó a que estuviera realmente metido en el papel, y en un movimiento repentino y fluido rodó hacia un lado y se puso en pie.

Confundido, Dash se abrazó al aire.

—De ser un verdadero adversario —Margo se mantuvo fuera de su alcance—, te habría dado una patada en las pelotas, quizás en la barbilla.

Todavía tendido a sus pies, Dash la miró. La sonrisa se formó lentamente y con facilidad.

—¿Un ataque por sorpresa? —parecía bastante impresionado—. Siento tener que decírtelo, cielo, pero intentaba no hacerte daño. Otra persona podría no ser tan considerada.

—Hacerse la víctima es una manera estupenda de escapar —ella le hizo un gesto para que se levantara, pero él hizo caso omiso, por lo que Margo basculó la cadera—. Arriba. Quiero demostrarte mi punto de vista.

—Ya estoy arriba —él señaló hacia su entrepierna.

Perfecto. Así podría combinar sus dos cosas preferidas: defensa y Dash.

—Ya nos ocuparemos de eso después. Pero me has preguntado cómo reaccionaría ante un ataque, de manera que déjame mostrártelo.

En un impresionante despliegue de músculo y destreza, Dash se puso de pie de un salto sin usar las manos.

—De acuerdo, me apunto.

Colocándose frente a ella, le bloqueó la luz del sol y Margo se estremeció.

—Pero aquí en el muelle no —él le tomó una mano—. Ese condenado lago está helado y no quiero que ninguno de los dos caiga en él accidentalmente —recogió la manta del suelo y la condujo hasta una zona herbosa y llana que descendía hasta la orilla. Arrojó la manta a un lado y se quitó la camisa de franela que llevaba sobre la camiseta de manga larga.

—¿Te vas a desnudar? —ella soltó una carcajada.

—Tengo calor —contestó él con expresión seria.

En cambio ella tenía frío. Otra diferencia básica entre un hombre de su envergadura y una mujer menuda. En el caso de Dash, esas diferencias resultaban maravillosas y seductoras.

Dash se subió las mangas por encima de los codos, mostrando esos impresionantes antebrazos. Ese hombre tenía músculos por todas partes. No unos músculos voluminosos como los de un culturista, sino largos y firmes.

Con los brazos en jarras, se enfrentó a ella.

El gesto serio le provocó a Margo una punzada de excitación.

—Vamos a representar un numerito. No te haré daño, y doy por hecho que tú no me lo harás a mí.

La manera en que la miraba, con los ojos fijos en ella, contemplando su alma, le provocó a Margo una oleada de excitante alarma.

—De acuerdo —ella se aclaró la garganta—. Tú agárrame y yo...

Dash actuó con tal rapidez que ella gritó sorprendida. Un segundo le estaba diciendo lo que debía hacer y al siguiente la había girado, apoyado la espalda contra su pecho y la sujetaba con los largos brazos.

—¿Así? —le susurró al oído.

Margo sintió la erección presionar su trasero. Eso, junto con el modo en que la había agarrado, hizo que se le acelerara el corazón. Al parecer, deseaba una demostración verdadera.

—¿Dash? —ella se apoyó contra su pecho y habló con dulzura, sin rastro de temor.

—¿Qué piensas hacer, nena? —él extendió una mano sobre su costado y la deslizó hasta la intersección de los muslos.

Hundiendo los talones en la tierra, ella cargó de espaldas contra él.

Pero Dash tenía los grandes pies firmemente plantados y, aparte de alinear el cuerpo contra el suyo, Margo no logró nada. Dash soltó una carcajada.

—Hazlo de nuevo —le provocó—. Me ha gustado.

Se estaba metiendo en su papel, disfrutando. Ella dio un tirón hacia delante, retorciéndose.

Él la controlaba con tal facilidad que se encontró respondiendo. Aunque fuera una demostración de huida, su cuerpo sabía que se trataba de Dash, y disfrutaba con el contacto físico.

El antebrazo de Dash le rozó los rígidos pezones, seguramente a propósito, dificultándole más cualquier capacidad de pensamiento.

—Dash... —gimió Margo, dispuesta a dar por terminado el juego.

Él inclinó la cabeza y ella sintió la sonrisa cuando hundió la nariz en su mejilla.

Margo no necesitó más hueco. Dejó caer todo su peso, se deslizó por entre sus brazos y se volvió, con la rodilla ascendiendo y parándose a escasos centímetros de su entrepierna.

Se detuvo y lo miró triunfante.

Ambos se contemplaron fijamente.

—De haber ido en serio —le explicó—, habría empezado por lanzarte un cabezazo.

—¿Antes de convertirme en un chico del coro? —él cerró la mano en torno a su nuca.

—Sí —Margo le agarró la camisa y retorció la mano.

—Eres rápida.

—Eres duro.

Dash la atrajo hacia sí, presionando su estómago con la erección.

—Seguiré preocupado por ti,

—¿Creíste que tenía miedo?

—Quizás estuviera indeciso —Dash llevó la otra mano al trasero de Margo, manteniéndolo en estrecho contacto con la erección—. Me preocupaba.

—¿Y te excitaba? —ella se frotó contra él.

—En cualquier situación, cuando te toco, me excito.

Quizás fuera eso. Pero también había algo más.

—Puede que no sea más que un juego, pero te gusta jugar el papel dominante.

La mano que estaba en la nuca de Margo descendió hasta su pecho, con la palma arañándole el erecto pezón.

—Y a ti te gusta ejercer de sumisa.

Margo tragó nerviosamente, se apretó más contra él y cedió a la verdad.

—Es cierto, contigo.

—Solo conmigo —la mirada de Dash buscó la suya.

Margo podría haberse mostrado de acuerdo, pero no le resultaba fácil hablar cuando la besaba de ese modo.

Margo dormitaba con la cabeza apoyada sobre el pecho de Dash, las piernas sobre las suyas, el cuerpo laxo.

A Dash le resultaría imposible moverse sin despertarla, pero no le importaba. Le gustaba abrazarla así.

Era muy consciente de haberla agotado, empujándola a un segundo orgasmo antes de conseguir el suyo propio. Cómo le gustaba verla llegar, escuchar esos pequeños sonidos guturales, increíblemente sexys, que hacía. Cómo le gustaba su aspecto en medio de la agonía del intenso placer.

Placer que él le proporcionaba.

Perezosamente deslizó un dedo por su espalda, besándole ocasionalmente el hombro, mientras cavilaba sobre el modo de conseguir que se trasladara a su casa.

El primer intento no había ido bien, salvo por esa espontánea lección de defensa personal que había terminado con los dos tumbados en la cama, haciendo el amor como salvajes.

En su conjunto el fin de semana había sido estupendo, y Dash esperaba poder convencerla para prolongarlo. Eternamente. La idea de regresar a la realidad y las amenazas le convencían cada vez más para mantenerla cerca.

Todavía estaba elaborando argumentos en su mente, sopesando todas las opciones, cuando sonó el teléfono de Margo.

Adormilada, ella se irguió, lo miró confundida durante un instante, y comprendió.

—¡Oh!

Apartándose, y perdiendo la sábana en el proceso, alargó una mano hacia la mesilla, donde descansaba el móvil.

Rápidamente se aclaró la garganta y, con una voz muy profesional, que divirtió a Dash, contestó.

—¿Hola?

Dash aprovechó para recorrer su cuerpo con la mirada. ¿Alguna vez se hartaría de ese cuerpo? ¿Llegaría un tiempo en que su desnudez no lo excitara?

No lo creía. Se sentía adicto a ella, de muchas maneras. Cuando estaba cerca de él, la deseaba. Si pensaba en ella, la deseaba. Cuando no podía tenerla, al menos quería tocarla, besarla. Hablar con ella y estar cerca de ella.

Mierda. Le había dado fuerte. Margo amaba el sexo, pero ¿lo amaba a él?

—Yvette... —Margo se sentó de golpe—. ¿Estás bien?

Dash se puso en alerta y su mirada se centró en el rostro de Margo y no en su cuerpo. La vio fruncir el ceño, mordisquearse el labio inferior.

—Por supuesto —ella se volvió, buscando un reloj y por fin encontrando uno sobre el aparador.

Eran las dos de la tarde.

—Podría estar allí... —ella miró a Dash.

—Sobre las cuatro. Nos dará tiempo de recoger las cosas, dejar a Oliver en tu casa y volver a casa de Yvette.

—A las cuatro —Margo asintió—. Escucha —sacudió la cabeza—. Lo siento, pero estoy fuera de la ciudad. No podré regresar antes —su voz se volvió más dulce—. ¿Seguro que estás bien? Podría enviarte al detective Riske o Bareden. No, está bien. No te preocupes. Iré yo sola, te lo prometo.

Dash apoyó una mano sobre su muslo antes de saltar de la cama y empezar a vestirse. Al parecer, el fin de semana había terminado bruscamente, de manera que haría todo lo posible por ayudar a Margo a llegar a tiempo.

Pero no iría sola, porque estaba decidido a acompañarla.

Tras colgar la llamada, ella también saltó de la cama y corrió hacia el cuarto de baño.

—Quiere hablar conmigo. De mujer a mujer. Los hombres, comprensiblemente, le ponen nerviosa. Casi le dio un ataque de pánico cuando mencioné la posibilidad de que fuera Logan, o Reese.

Dash oyó abrirse el grifo del agua. Se dirigió hacia la puerta abierta y disfrutó viendo a Margo inclinada sobre el lavabo.

—¿Tienes idea de sobre qué quiere hablar? ¿Ha recordado algo?

—Eso cree —Margo se secó la cara—, pero no fue muy clara al respecto. A menudo los testigos temen que lo que recuerdan sea insignificante, pero puede resultar ser crucial —colgó la toalla sobre la barra caliente y volcó el contenido de su bolsita de maquillaje.

Dash ya estaba vestido y no necesitaba preparar ninguna bolsa.

—¿Cómo puedo ayudar?

—¿Podrías recoger las cosas de Oliver? —le pidió ella mientras se daba rápidamente un toque de rímel.

Era todo un placer verla prepararse. Dash quería experimentarlo cada día de su vida, compartirlo con ella, trabajar con ella.

—Claro. Estaré preparado cuando lo estés tú.

Cinco minutos después, Margo bajó las escaleras con el rostro recién lavado y una módica capa de maquillaje. Vestida con unos vaqueros ajustados y una camiseta informal, dejó caer la bolsa de viaje en el suelo y se peinó los cabellos húmedos con los dedos.

—No te apures —la tranquilizó Dash—. Tenemos tiempo de sobra.

Ella se fue directa a la cafetera, comprobó que Dash no la había vaciado todavía y se sirvió una taza con crema y azúcar, que apuró de dos largos tragos.

¿Estaba nerviosa? Se trataba de un nuevo ritmo para ella y Dash no pudo evitar preguntárselo.

—Oliver está preparado. Será lo último que lleve al coche.

El gato permanecía sentado junto al transportín, maullando sin parar.

Todavía acelerada, Margo lavó la taza y luego la cafetera, mientras él sacaba su bolsa y las pertenencias del gato. Cuando regresó al interior de la casa, la encontró arrodillada frente al transportín, hablando con el gato.

En menos de cinco minutos ya estaban en camino. En esa ocasión, Oliver no se mostró tan complaciente. Maulló y bufó y exigió atención. Entre llamada y llamada a Reese y Logan, ella tuvo que dedicar mucho tiempo a tranquilizar al gato.

Y eso supuso que Dash no tuviera ninguna oportunidad de

hablar con ella sobre el traslado a su casa. El gato y la urgencia de Yvette la monopolizaban al cien por cien.

—¿Vas a llamar a Rowdy o a Cannon?

—Todavía no —ella se irguió en el asiento y soltó el aire—. No hasta que sepa de qué va todo esto. Yvette podría tener razón y lo que ha recordado carecer de importancia. Pero, si la tiene, les haré partícipes.

Faltaban quince minutos para llegar a casa de Margo cuando Dash la vio frotarse el brazo. A lo largo del fin de semana había conseguido que se aplicara hielo sobre el codo con regularidad, que tomara una aspirina cada vez que lo necesitaba. Pero con el trabajo ocupando toda su mente, a Margo no se le había ocurrido preocuparse de ello.

Mantuvo una mano sobre el volante y con la otra abrió la guantera y sacó un envase de aspirinas. Las guardaba allí por Margo, para asegurarse de que dispusiera de ellas cuando le hicieran falta.

—Toma.

Ella titubeó un instante antes de ceder y tomarse dos pastillas con un poco de agua.

—Gracias.

Una vez en la autopista, él posó una mano sobre su muslo.

—Me gusta cuidar de ti.

—Y lo haces muy bien —ella le dedicó una tórrida mirada—, y no me refiero solo a las aspirinas.

A falta de otra cosa, a Dash se le ocurrió que podría utilizar el reclamo del sexo para mantenerla cerca. Lo había dicho en broma, pero para él significaba mucho.

—El que ya no estemos en el lago no significa que las cosas deban cambiar.

—Dash... —la sonrisa se esfumó del rostro de Margo, que posó una mano sobre la de él—. Ahora que no llevo la férula, no hay un motivo de peso para que estés bajo mi techo. Y el que lo estés abrirá las puertas a toda clase de especulaciones.

—Ya eres mayorcita —él sintió un nudo en el pecho—. Puedes hacer lo que te dé la gana.

—Por favor, compréndelo —la voz de Margo se impregnó de tristeza—. Me encanta pasar tiempo contigo. Y no quiero que esto acabe. Pero no consentiré en convertirme en objeto de habladurías en el trabajo. Volver después de todo lo que ha sucedido ya va a resultar bastante complicado.

—¿Vas a ignorar la orden de tu comandante?

—Sabes bien que sí —ella le acarició el brazo antes de cerrar la mano sobre el bíceps—. Este caso es importante, y va a absorber gran parte de mi tiempo. Además, la compañía de seguros debería haberse pronunciado sobre mi reclamación. Tengo que devolver el coche de alquiler y comprarme otro. Necesito arreglar mi casa. Y luego está todo ese lío con mi padre y su posible implicación en el allanamiento.

Parecía abrumada. Dash quiso sugerir que él podría ayudarla, pero no iba a suplicar.

—¿De modo que vamos a conformarnos con una cita ocasional, cuando tu agenda te lo permita?

Margo apartó la mano del brazo de Dash y se pellizcó el puente de la nariz.

—Sabes que mi trabajo es lo primero.

Eso sí que era hablar claro. Si la presionaba un poco más, ¿admitiría que él era lo segundo, o acaso estaba situado incluso más abajo en la lista?

¿Tenía pensado volver a los revolcones de una noche con desconocidos contactados en algún sórdido bar? Un puño le apretó el corazón, provocándole un intenso dolor en el pecho, pero no abrió la boca.

—Dash...

Él esperó, deseoso de oírle decir que lo deseaba, que le importaba. Que ocupaba un lugar en su vida.

Alargó una mano hacia él. Y justo en ese instante, Oliver vomitó.

El sonido era asqueroso y Dash dio un respingo.

—¡Madre mía! Pobrecillo.

—¡Oh, no! —exclamó Margo tras soltar el cinturón y darse la vuelta.

Aquello no prometía nada bueno.

—¿Ha vomitado dentro del transportín?

—Desgraciadamente, no. Está, más o menos, por todas partes

—ella intentó tranquilizar al gato—. No pasa nada, Oliver. Enseguida te limpiaré, bebé.

Dash echó una mirada furtiva a su trasero, se recordó a sí mismo que estaba enfadado y le ordenó a su polla que se relajara. No iba a permitir que el sexo lo gobernara.

No con Margo.

No cuando deseaba mucho más. Por ejemplo, todo.

—En un minuto llegaremos a tu casa.

Margo trepó al asiento de atrás, golpeando a Dash con el trasero antes de acomodarse.

—Pobre, pobre bebé. No pasa nada. Yo cuidaré de ti.

Oírle hablar así animó a Dash. Sin duda el trabajo era importante para ella. Incluso pensaba que era lo primero, sobre todo con Yvette tan alterada.

Pero esa mujer tenía otras prioridades, muchas. Y él solo tenía que asegurarse de ser una de ellas.

—Yo lo llevaré dentro —se ofreció tras detener el coche frente a la casa de Margo—. Podrás lavarlo mientras yo limpio el coche y meto el resto de nuestras cosas.

—Puedo ocuparme yo —Margo intentó rechazarlo mientras se bajaba del coche con el transportín de Oliver en la mano—. No hay motivo para que...

—No vas a deshacerte de mí.

—¡No pretendía tal cosa! —exclamó ella, volviéndose sorprendida.

—Y una mierda. Estás reconstruyendo el muro a velocidad de vértigo. Pero supongo que olvidas que mi camioneta está aparcada dondequiera que Reese la dejara.

—Es verdad.

—De modo que, te guste o no —él sonrió satisfecho—, voy a acompañarte a casa de Yvette —ante el intento de protesta de Margo, Dash le quitó el transportín de la mano—. No me meteré por medio. Puedo esperar en la cocina. Pero voy a acompañarte.

Ella frunció el ceño y se cruzó de brazos.

Hasta que Oliver emitió un desgarrador maullido.

Dash le dio un pequeño tirón a su barbilla, consciente de haber ganado, antes de echar a andar hacia la casa.

—Será mejor que nos apresuremos si no quieres hacer esperar a Yvette.

Margo gruñó, pero cedió.

Salvo que decidiera intentar hacerle esperar en el coche mientras ella hablaba con Yvette, Dash podía considerar el día un éxito.

Cannon consultó la hora sobre el reloj que colgaba de la pared. No tenía que acudir al bar hasta las cuatro de la tarde. Tenía tiempo de sobra para golpear el saco. Con los guantes de boxeo puestos, lanzó un puñetazo al saco. Y otro más. Después pasó a dar unas cuantas patadas, y vuelta a los puñetazos.

El sudor corría por su cuello, sobre el pecho desnudo, empapando la cinturilla de los pantalones cortos. Estaba concentrado, vaciando su mente de todo lo demás mientras sacudía unos duros golpes que ejercitaban sus hombros, sus brazos, demonios, que ejercitaban cada músculo de su cuerpo. Llevaba así una media hora, soltando tensión a base de puñetazos.

Tensión sexual.

Tenía un dilema. Tenía opciones, solo que ninguna le parecía bastante buena. La mujer que deseaba… No.

Volvió a golpear el saco, más fuerte, más deprisa, y terminó con una patada.

—Parece que llego justo a tiempo.

Cannon se volvió ante la voz desconocida, y sintió que el estómago se le caía a los pies. ¡Mierda! Paró el bamboleante saco con una mano, con la mente hecha un lío antes de recomponerse.

—Simon Evans y Havoc —el luchador dio un paso al frente e inclinó la cabeza—. Es un honor.

—Y tú eres Cannon Colter —Havoc le dio una palmada en el hombro.

—Este sitio es tuyo, ¿verdad? —añadió Evans.

Como si fuera la primera vez que viera el centro deportivo, Cannon echó un vistazo a su alrededor. El material estaba apilado por todas partes. En un rincón unos jóvenes boxeaban bajo la supervisión de un luchador más veterano. Al fondo, otro luchador se ejercitaba mientras un amigo lo observaba. La gente se paseaba por el local sin darse cuenta de la presencia de esas dos auténticas leyendas de la AMM.

—Sí —Cannon asintió, recuperándose poco a poco—. Yo lo monté. Tuve unos patrocinadores que...

—Debo confesarte —lo interrumpió Simon—, que ya sé todo eso.

—¿En serio?

—Asistí a tu último combate —con las manos apoyadas en las caderas, Dean Conor, más conocido en el mundo de la lucha como Havoc, contempló atento las diversas actividades que se desarrollaban allí.

—¿Me viste?

—Y no por primera vez.

Cannon tenía la sensación de ser una pelota de ping-pong entre las frases de los dos hombres. ¿A qué se debía su visita? Secándose el sudor de la frente con el brazo, los miró a los dos.

—¿Estáis reclutando gente?

—Este chico lo pilla rápido —Simon sonrió a Havoc.

Las palabras hicieron que el corazón de Cannon latiera con más fuerza, aunque intentó encogerse de hombros, quitarle importancia.

—Dijisteis que habíais visto más de una pelea. Y estáis aquí.

«Y sabéis que soy bueno».

—Queremos entrenarte —Havoc dejó de inspeccionar el gimnasio y se centró en Cannon—. Tienes muchas habilidades, pero creo que pueden mejorarse.

—Eso siempre —Cannon estuvo de acuerdo.

—Esa es una buena actitud —Simon sonrió y se frotó las manos—. Esto va a ser divertido.

—¿El qué?

—Ya he hablado con Drew y está interesado en ficharte —anunció.

—¿Drew? —Cannon sintió un calambrazo en el cerebro—. ¿Drew Black?

El dueño del club de lucha SBC.

—Es el único que hay, ¿verdad? —intervino Havoc—. Gracias a Dios —añadió a modo de chiste.

—¿Y bien? ¿Qué dices? —Simon aguardaba una respuesta.

Cannon abrió la boca justo en el momento en que uno de los chicos irrumpió en el local.

—Cannon —respiraba entrecortadamente y se detuvo frente a él—. Me dijiste que te avisara si...

Olvidando a los iconos de la industria de la lucha, Cannon se acuclilló ante el chaval. Ese crío en particular solo contaba diez años, y era bajito, y parecía haber ido corriendo todo el camino.

—Respira, Leo.

El chico respiró hondo, soltó el aire y comenzó a hablar.

—Hay un coche negro aparcado calle abajo frente a su casa.

—¿De cinco puertas? —Cannon sintió el frío recorrerle la columna vertebral. Su mundo parecía reducirse por momentos.

Leo asintió con fuerza.

—¿Viste a alguien en su interior? —Cannon se irguió lentamente.

—No. Está vacío —el muchacho se frotó la nariz—. Parece un coche de los caros.

Él apoyó una mano sobre la cabeza del niño.

—Gracias, Leo. Lo comprobaré. ¿Por qué no le dices a Armie que te dé algo de merendar? Está en la parte de atrás. Dile que yo te mando. ¿Entendido?

Leo asintió y corrió a la parte de atrás en busca de Armie.

Cannon se volvió y estuvo a punto de embestir a Havoc. Mierda, se había olvidado de ellos.

—Mierda. Lo siento, en serio. Pero tengo que irme.

—¿Algún problema? —preguntó Havoc, aparentemente sin sentirse ofendido.

—A lo mejor. No estoy seguro, pero...

—Tienes que comprobarlo —Simon asintió y le entregó una tarjeta—. Llámame a principios de la semana que viene. Hablaremos de los detalles.

—¿Esto está sucediendo de verdad? —preguntó Cannon, deteniéndose el tiempo suficiente.

—Pues eso espero —el humor de Simon era inagotable—. Porque, si no es así, a Drew le va a sentar muy mal.

—Y supongo que no querrás enfadar a Drew —añadió Havoc.

Desde luego que no.

—Gracias. Llamaré el lunes a primera hora.

Cannon echó a correr mientras se desataba los guantes. Tenía que cambiarse de ropa, pero no iba a molestarse en ducharse. Una profunda inquietud lo corroía sin que pudiera quitársela de encima por mucho que intentara decirse a sí mismo que seguramente no pasaba nada malo, que seguramente había un montón de coches negros en la zona.

Tras ponerse unos vaqueros, llamó a Yvette desde el móvil.

No hubo respuesta.

Podría estar en la ducha. Podría...

—¿Hola?

Cannon se irguió lentamente. Maldito fuera, pues no sabía cómo, pero lo oía en su voz.

—¿Qué sucede? —preguntó en tono más dulce.

—Nada.

—Voy hacia allá —el luchador sintió cómo se tensaban sus muslos.

—¡No! —exclamó ella antes de añadir con más calma—: De verdad que no hace falta. El abuelo está durmiendo y yo... yo tengo cosas que hacer.

Y una mierda. Yvette lo miraba siempre como si lo considerara capaz de caminar sobre las aguas. De no ser por alguien que la estuviera coaccionando, desearía verlo allí.

Siempre, en cualquier circunstancia.

Cannon intentó calmarse.

—Yvette, ahora escúchame. Voy a...

—Tengo que irme. Gracias por llamar.

La llamada se cortó, provocándole a Cannon una extraña sensación de pánico. Se calzó y llamó al bar. Sabía que debía contactar con Logan o Reese, pero se sabía el número de Rowdy de memoria. Camino de la calle, agarró una cazadora, pero se olvidó la gorra que solía llevar a menudo.

La esposa de Rowdy, Avery, contestó la llamada.

—Ponme con Rowdy, deprisa —le espetó él sin saludar.

—¿Qué pasa? —un segundo más tarde, Rowdy estaba al aparato.

Cannon no se molestó en ofrecerle una detallada explicación.

—Algo sucede en casa de Yvette. Me dirijo hacia allí. ¿Puedes enviar a Logan y a Reese?

—Enseguida —Rowdy ni siquiera dudó de la urgencia—. Y, ¿Cannon? Ten cuidado, ¿de acuerdo?

—Gracias.

Él guardó de nuevo el móvil en el bolsillo. Le llevaría menos de diez minutos llegar a la casa que Yvette compartía con su abuelo.

CAPÍTULO 23

Margo se detuvo frente a la puerta, pero no llamó. Llegaban diez minutos tarde, un retraso que había resultado inevitable. Después de la vomitona no había querido dejar a Oliver solo, de manera que había dedicado un tiempo a mimarlo, asegurándose de que se encontraba mejor y que comprendiera que había regresado a su casa, a un entorno más familiar.

Y sobre todo lamentaba haber discutido con Dash.

El fin de semana había sido tan maravilloso que la intrusión de la realidad había resultado doblemente dura. La había descolocado, volviéndola más irritable de lo que debería haber estado.

En esos momentos, esperaba en el porche de cemento bajo el intenso sol y su grado de frustración había alcanzado máximos históricos.

Presintiendo que había algún problema, Margo se volvió hacia Dash.

—¿Estás seguro de que no quieres esperar en el coche?

—Segurísimo —él la miró impasible.

Dash permanecía pegado a su espalda, recordándole todo lo que habían compartido.

Cada vez más inquieta, ella se mordió el labio inferior y miró a su alrededor.

—Algo va mal.

—¿Qué crees que puede ser? —él apoyó una mano en su hombro.

Todas las persianas estaban echadas, bloqueando la visión del interior de la casa. Tampoco era extraño dado lo que Tipton e Yvette habían sufrido y su deseo de intimidad. Margo sacudió la cabeza y escuchó atentamente ante cualquier señal de algo. No se oía jaleo en el interior, ninguna conversación en susurros.

—No lo sé, es una sensación que tengo.

Dash se frotó la nuca.

—Creía que era solo yo —deslizó una mano por el brazo de Margo.

Y ella supo enseguida que su intención era apartarla a un lado para colocarse delante, para protegerla.

—¿Qué hacéis aquí? —preguntó Cannon a sus espaldas.

Margo se volvió y lo vio subir las escaleras a saltos. No llevaba su habitual gorra y la cazadora estaba desabrochada. Parecía acalorado, de varias maneras.

—Cannon, no te he oído llegar.

—No quería que me oyeras —era evidente que había ido corriendo, pero no por ello respiraba con dificultad—. ¿Te ha llamado Yvette? ¿Qué pasa aquí?

—Quería que nos viésemos para hablar.

—Algo va mal —los ojos azul claro del luchador emitían fuego.

—Nosotros pensamos igual —Dash miró a su alrededor.

La puerta se abrió y los tres se volvieron, Cannon dando un paso al frente.

Con el rostro muy pálido y el pulso marcándosele con fuerza en el cuello, Yvette parecía casi en estado de shock.

—Cannon...

—Sí, soy yo.

A Margo le sorprendió lo furioso que le parecía ese hombre cuando jamás lo había oído alzar la voz.

—Cuéntame qué está pasando.

Yvette sacudió la cabeza, angustiada, quizás incluso un poco desesperada.

—Nada. Solo... —intentó sonreír, pero falló. Miró más allá de Cannon, hacia Margo—. Pensé que quizás al final no vendrías.

Margo la miró fijamente y supo, sin lugar a dudas, que Yvette no estaba sola. Cannon tenía razón, ahí pasaba algo muy malo.

Podría manejarlo. Estaba entrenada para ello. Pero Dash y Cannon no tenían por qué verse atrapados en la misma trampa.

Su sonrisa fue más lograda que la de Yvette, claro que también tenía más práctica.

—Siento mucho llegar tarde. Mi gato se mareó en el coche y tuvimos que limpiar la vomitona —se volvió hacia Dash—. Yvette y yo necesitamos charlar un rato. ¿Por qué no os vais Cannon y tú...?

—Ni hablar —la interrumpió Cannon.

Dash fue más sutil. Miró a Margo a los ojos y ella supo enseguida, lo supo, que él había entendido lo que le estaba pidiendo.

Aun así se negó.

—Lo siento, pero no —contestó tras sacudir ligeramente la cabeza.

—Déjame entrar —exigió Cannon.

—No —los ojos de Yvette se llenaron de lágrimas—. No. Yo... yo llamé a la teniente Peterson. Necesito hablar con ella.

Cannon soltó un bufido y le dio una patada a la puerta para abrirla de golpe y poder acceder al salón. Abrazándose a sí misma, Yvette se apartó de él.

—Es una trampa —le susurró Margo a Dash mientras desenfundaba el arma.

—Ya me lo supuse —él intentó permanecer delante de ella. Ignorando a Yvette también entró y echó un vistazo por la estancia—. Y también supuse que no la ibas a dejar sola —susurró.

¿Y eso significaba que él tampoco se marcharía?

Cannon se fijó en la pistola de Margo, en cómo Yvette, temblorosa, se había hecho a un lado.

—Me alegra haber llamado a Rowdy para que envíe a las tropas —murmuró.

Margo también se alegró de que lo hubiera hecho. Desde su posición no veía a Tipton, la butaca estaba vacía. Miró a los lados del pequeño salón, pero no vio ningún lugar en el que pudieran esconderse los criminales.

En la cocina, sin duda.

La cocina se abría tanto al salón como a un comedor. Uno podía describir literalmente un círculo para ir desde la puerta delantera hasta la cocina, de ahí al comedor, al salón y vuelta a la puerta delantera.

Cannon dio un paso hacia Yvette, pero la joven reculó, y volvió a hacerlo hasta entrar en el salón.

—Lo siento —susurró con gran congoja—. Lo siento muchísimo.

Tipton, con una mano al costado, fue el primero en salir cojeando de la cocina.

—No tuvo ninguna elección, Cannon.

Dos hombres salieron de la cocina detrás de él.

Se quedaron atrás, utilizando a Tipton y a Yvette como escudos. Cada uno sujetaba un arma en la mano, pero el más moreno, el que los había seguido, también apoyaba un enorme cuchillo contra las costillas de Tipton. A juzgar por la expresión de dolor del rostro del anciano, era evidente que había recibido una nueva tanda de golpes.

Margo observó atentamente a los dos tipos. Ni Dash ni Cannon dijeron una palabra, pero ella se dio cuenta de que Dash se separaba un poco del resto, como si se estuvieran repartiendo el objetivo. No le sorprendió. Dash ya había demostrado ser intuitivo e inteligente.

Rezó para que Logan y Reese llegaran a tiempo para salvarlos.

—Baja el arma, zorra —ordenó el hombre más moreno—. Ahora, antes de que me cargue al viejo.

Margo llevaba otra pistola en el bolso. Lo mejor, de momento, sería colaborar. Apartando el dedo del gatillo, alzó las manos y, lentamente, dejó la pistola sobre una mesita, bien a mano por si surgía la oportunidad.

—Tú —el hombre se dirigió a Dash—, no te muevas de ahí. Si das otro paso más, te aseguro que lo lamentarás.

El hombre calvo se rio compulsivamente.

Con el fin de que siguieran hablando, y así intentar pillarlos distraídos, Margo hizo un gesto con la mano hacia los dos.

—Vosotros dos no sois hermanos, de modo que veamos... —ella se llevó un dedo pensativamente a los labios y se fijó atentamente en sus rostros antes de señalar al tipo de la perilla—. Te ordenaron seguirnos, de modo que tú debes de ser la fuerza bruta contratada.

El hombre ni siquiera pestañeó. Su mirada era tan penetrante, tan gélida, que ella prácticamente sintió su odio.

Ignorándolo de momento, desvió su atención hacia el hombre calvo, que no podía dejar de reír, como un imbécil tarado.

—De modo que tú debes de ser uno de los hermanos. Pero está claro que el cerebro no eres, de modo que, ¿dónde está el que falta?

Se oyó una carcajada y un charco de queroseno se esparció por el suelo, empapando los pies de Tipton y de Yvette.

La chica se puso rígida, haciendo que el imbécil de las risotadas se riera más alto.

Y entonces apareció el tercer hombre. Su aspecto era insignificante. Un tipo normal. Como muchos otros hombres de mediana edad que uno podía encontrarse en la calle.

Hasta que sonrió.

¿Por qué no podían los locos simplemente parecer locos y así le facilitarían el trabajo?

—Ese debo de ser yo —en su mano sostenía un encendedor que encendía y apagaba repetidamente. Con tantos vapores de queroseno en el aire, Margo se preocupó—. Yo soy el cerebro de la trama, gracias.

Ella enarcó una ceja.

—Sí, claro, suponiendo que un perturbado psicópata pueda ser considerado un cerebro.

¿Cómo de inflamable sería el queroseno?

Dash se movió ligeramente y, en cuestión de un segundo, el jefe estalló.

—¡Apártate de ella ahora mismo!

Ante la duda de Dash, golpeó a Tipton en el estómago, casi haciéndole caer de rodillas entre gemidos. Solo se mantenía en pie gracias a que lo sujetaba el tipo de la perilla.

—Eso no era necesario —le aseguró Dash—. Me estáis dando órdenes contradictorias. Ese me dijo que no me moviera, y ahora tú me dices que me mueva.

—Yo soy el jefe.

—De acuerdo, de acuerdo —Dash alzó las manos en un gesto de aplacamiento y se alejó un paso de Margo—. Ningún problema.

Dash irradiaba tal cantidad de ira que Margo también se sintió preocupada por eso. Para cualquiera que no lo conociera, quizás no resultara evidente. Aparentemente estaba tranquilo, controlado, pero alerta.

Sin embargo, Margo sí lo conocía, y supo que mantenía la compostura con una estricta y envidiable disciplina.

—Por aquí —indicó el hombre, señalando hacia una silla de madera que había sido colocada en un rincón del salón—. Siéntate. Ahora.

Fulminando con la mirada a los tres hombres, Dash se dirigió hacia la silla y se sentó.

—Bueno, bueno —el jefe le entregó a Yvette unas bridas de nailon para atar las manos—. Átale las manos a la espalda. Pero antes —con una gran sonrisa en los labios, vertió más queroseno sobre las piernas y los pies de la chica, empapándole los vaqueros hasta la rodilla.

Con un grito agudo, ella intentó apartarse dando un salto hacia un lado, pero él la agarró con fuerza y hundió el mechero en su estómago.

El hermano se rio y se retorció como si el terror lo excitara.

Únicamente el forzudo permaneció en silencio y muy serio, con la mirada de ébano oscilando entre Dash, Cannon y Margo, el arma levantada, el dedo en el gatillo.

Ese, decidió Margo, quería una razón para matar. El disparo, sin embargo, llamaría la atención. Pero, si lo intentaba, bueno, ella tenía su propia pistola al alcance de la mano y...

—Toby —llamó el jefe—, si se mueve siquiera un centímetro, dispárala.

Con los ojos entornados, la mirada de satisfacción, Toby asintió.

Al menos ya tenía un nombre. Margo necesitaba también los otros dos. Quería poder dirigirse a ellos de una manera más informal. Cuanto más familiar consiguiera que resultara todo, más posibilidades tendría.

El que mandaba empujó a Yvette hacia Dash.

—Date prisa o tu abuelito pagará las consecuencias.

Trastabillándose y dejando un reguero de queroseno a su paso, Yvette corrió hacia Dash.

—Tranquila —susurró él—. Lo estás haciendo muy bien.

Él mismo colocó las manos a la espalda.

No era ese un buen momento para que el corazón de Margo se inflamara de orgullo, pero eso no impidió que sucediera. Bendito fuera ese hombre por tranquilizar a Yvette.

—Verás, zorra —el cabecilla se dirigió a Margo—. Sé que sigues armada. Sé que eres policía. Lo sé todo de ti.

—¿También sabes mi nombre?

—Teniente Margaret Peterson —contestó él sin dudar—. Ofrecí una recompensa por tu cabeza, pero no conseguí nada. Y ahora, aquí estás —furioso, se volvió hacia Yvette—. ¡Date prisa, maldita sea! Ata sus manos y luego vuélvelas a atar a los barrotes de la silla.

Yvette se mordió el labio inferior y se concentró todo lo que pudo para atar a Dash antes de apartarse de un salto, como si fueran a castigarla por no terminar a tiempo.

Margo estaba a punto de preguntarles sus nombres cuando el jefe se lo ofreció en bandeja.

—Saul, comprueba que lo haya hecho bien.

El muy idiota se apresuró a cumplir la orden, esquivando los charcos de queroseno. Apuntando a Dash con la pistola en la sien, utilizó la otra mano para comprobar la solidez de las ataduras.

Margo se moría de miedo ante la posibilidad de que alguien tan desequilibrado como Saul pudiera disparar accidentalmente. Dash seguramente debía de pensar lo mismo, sobre todo dado que Saul no había quitado el dedo del gatillo. Dash ni siquiera parpadeó. Miraba al frente como si tal cosa, completamente inmóvil.

—Está bien, Curtis.

—Bien, bien. Ahora quítale a ella el arma.

Ante esa nueva orden, Saul pareció dudar.

Ya sabía los nombres de los tres. Margo le dedicó su sonrisa más traviesa.

—Las mujeres de los vídeos...

—¿Qué pasa con ellas?

—¿Dónde están?

—¿Los vídeos?

—No te hagas el tonto conmigo.

—Mientras no nos obliguen a matarlas —contestó él con evidente tensión—, las dejamos tiradas cuando terminamos con ellas.

—¿Tiradas dónde?

—En cualquier sitio que nos convenga —él se encogió de hombros—. No nos conocen, y están demasiado drogadas para recordar nada, y normalmente tampoco tienen prisa en ir por ahí contando sus hazañas.

La respuesta le dio a Margo esperanzas de que esas mujeres siguieran vivas.

—¿Y qué clase de cosas puede constituir un motivo para matarlas?

—Normalmente sucede por error —Curtis miró furioso a Saul—. Si todo se hace como debe ser, las mujeres son secuestradas, drogadas, utilizadas y tiradas. Un trabajo bonito y limpio. Pero Saul… digamos que la ha fastidiado algunas veces. Y, por supuesto, no podemos permitir que haya mujeres por ahí que conozcan su aspecto —sonrió a Margo, asegurándose de que ella fuera consciente de que acababa de incluirla en la misma categoría.

Yvette, por suerte, no pareció captarlo. Ella todavía tenía la esperanza de que fueran a salir de aquella.

—¡Maldita sea, Saul, ve a por esa pistola!

Margo se volvió hacia el hermano de Curtis.

—Vamos, Saul. Sé un buen hermano pequeño y haz lo que te dicen.

—Esta no nos va a crear más que problemas —rugió Toby—. Deberíamos ocuparnos de ella ahora mismo. Podría arrastrarla hasta el sótano y dispararla. Nadie lo oiría.

Dash se puso rígido.

—De eso nada —contestó Curtis—. Voy a disfrutar viéndola suplicar.

«Mierda», pensó Margo. «Eso no va a ayudar mucho a que Dash permanezca tranquilo». Lo miró furtivamente de reojo y lo vio entornar los ojos, tensar los hombros. Pero por lo demás permaneció quieto.

Y, cuando él la miró, Margo sacudió casi imperceptiblemente la cabeza.

—Saul y tú vais a disfrutar mucho con ella —continuó Curtis—. Y en cuanto esté rota, después de que esté desesperada, sollozando, entonces la mataremos. Pero no antes.

Demostrando que era más listo que los otros dos, Toby frunció los labios y sacudió la cabeza.

—Que se la quede Saul. Yo tomaré a la chica.

La alteración de los planes contrarió visiblemente a Curtis, pero aceptó la decisión de Toby.

—Haz lo que te plazca.

—Desde luego eso pienso hacer —afirmó Toby tras dedicarle una lasciva mirada a Yvette.

La joven se abrazó a sí misma y permaneció con la vista fija en los pies.

Cannon ni se había movido, no había pronunciado palabra. Aparte de un ocasional movimiento de la mandíbula, permaneció completamente inmóvil.

—¡Mierda, Saul, no me obligues a volvértelo a decir! —rugió Curtis.

Yvette se sobresaltó y soltó un grito.

Rodeándola con un brazo, Toby la atrajo con fuerza hacia sí.

—Tranquila, niña. Esto no ha hecho más que empezar —frotó la perilla contra el rostro de la joven y le mordisqueó una oreja—. Nada de gritos antes de que te dé un buen motivo para ello.

Margo estiró los brazos mientras Saul, con suma cautela, le arrebataba el bolso. Agarró también la pistola que había sobre la mesita y, literalmente, salvó de un brinco un charco de queroseno y dejó los objetos sobre la mesa del comedor que tenían a sus espaldas.

—Compartes los vídeos —observó Margo.

—Entre nosotros, por supuesto.

—No —ella sacudió la cabeza—. Con otros puercos.

Se notaba que los insultos empezaban a irritarlo. Los músculos de su cuello y hombros se tensaron y flexionaron.

—Sí, a veces los comparto. Siempre es rentable apaciguar a la gente de las altas esferas por si acaso mis planes fallan y necesito ayuda.

¿Altas esferas? Por ejemplo, ¿el departamento de policía? A Margo se le encogió el estómago y sintió una opresión en el pecho.

—Y ahora —Curtis se volvió hacia Cannon sin preocuparse por la angustia de Margo—. ¿Nos vas a decir quién eres exactamente?

—No es nadie —se apresuró a declarar Yvette—. No es más que un vecino. Él...

Toby le agarró el rostro con una mano y apretó hasta que ella no tuvo más remedio que mirarlo. Él la miró a los ojos y soltó una carcajada.

—Tengo la impresión de que está enamorada.

—¿Su novio? —Curtis sonrió—. Qué interesante.

—¡No lo es!

Curtis la ignoró y continuó con sus reflexiones.

—Ya me estoy imaginando toda clase de interesantes escenas entre ellos dos.

—Y una mierda —protestó Toby—. Yo no comparto.

—¿Escenas como qué? —preguntó Saul, tan excitado que prácticamente babeaba.

—Te lo contaré después de montar la cámara. Y ahora, jovencito... —Curtis dibujó un círculo en el aire—. Manos arriba mientras te das la vuelta para que nos cercioremos de que no escondes ningún arma.

Cannon levantó las manos y lentamente se giró. Margo vio los músculos marcados debajo de la camisa, y también en los muslos. Estaba tan tenso que se extrañó de que el flipante trío no estuviera preocupado por ello.

—Bien, bien, Saul, acércate a él y átale las manos —después se dirigió a Cannon—. Un movimiento en falso y Toby te romperá el cuello. ¿Nos entendemos?

—Perfectamente —contestó Cannon sin revelar la menor emoción, mirándolo fijamente.

«¡Vaya!», pensó Margo ante la capacidad de control del luchador. Tanto él como Dash estaban manejando la situación todo lo bien que se podría dadas las circunstancias. Sin poses artificiales, sin llamar la atención en exceso ni aumentar la tensión con juramentos o resistencias inútiles.

Cannon se mantuvo dócil mientras Saul le sujetaba las manos a la espalda y se las ataba con la brida de nailon, ajustándola fuertemente. La mirada de Cannon se encontró con la de Margo, y no hicieron falta palabras para que se entendieran.

Saul no sabía que las bridas debían sujetarse directamente a la piel, no sobre las mangas largas de una camiseta y una cazadora por encima.

Cannon se colocó de espaldas a la pared y se mantuvo inmóvil. Con suerte, Yvette había atado a Dash del mismo modo, y eso significaba que Dash podría soltarse también.

«Dios, por favor, danos alguna ventaja».

—Esa trama algo —observó Toby.

Margo se rio con amargura.

—Tranquilo, Toby. Sigue así y todos van a pensar que me tienes miedo.

—No —sin soltar el cuchillo, Toby acarició el estómago de Yvette—. Es que no te quiero a ti.

—Porque te pongo nervioso —siguió provocándole ella—. Y lo entiendo.

Curtis empujó a Tipton hasta hacerlo caer en la butaca. El anciano contuvo un gemido de dolor.

—Siéntate en la butaca, viejo, y no te muevas —se volvió hacia Toby y sonrió—. ¿Sabes qué?, empiezo a pensar que tiene razón. ¿Te asusta la señora?

—No.

—Mide, ¿cuánto? ¿Casi metro sesenta y cinco? ¿Y quizás pese alrededor de los cincuenta kilos?

—La estatura está bien —Margo se encogió de hombros—, pero te has quedado corto por tres kilos —soltó un bufido—. A lo mejor son esos tres kilos los que preocupan al bueno de Toby.

Picando el anzuelo, Toby dejó de acariciar a Yvette y fulminó a Margo con la mirada.

—¿Qué? —Margo se encaró con él mientras rezaba para que Dash lo entendiera—. ¿Quieres que me haga la víctima, Toby? ¿Es eso? ¿Quieres que la pobre damisela desvalida se acobarde y empiece a llorar delante del hombretón grandote y malo?

Dash levantó bruscamente la cabeza y respiró con más fuerza.

—Sí —apartando a Yvette a un lado con tal brusquedad que la joven casi se cayó al suelo, Toby dio un paso hacia delante—. Eso es exactamente lo que quiero.

—Toby —le advirtió Curtis en tono mesurado—. Tengo planes para ella. Ni se te ocurra privarme de la diversión.

Cargado de malas intenciones, Toby dejó el arma y el cuchillo sobre la mesa de comedor a su espalda, junto al bolso y la pistola de Margo.

—No voy a matarla —le aseguró—. Solo te la calentaré un poco.

—No seas estúpido —Curtis le pasó la pesada lata de queroseno—. Empapa primero a los hombres en queroseno.

Yvette estaba al borde de un ataque de histeria, pero Toby la agarró por el pelo y le dio un lametón en la mejilla.

—Para ti no, cielo —susurró contra su cara—. Voy a jugar contigo y no quiero mancharme con esa mierda. Pero, si no te quedas ahí quietecita como una buena chica, te juro que te ahogo en queroseno, y luego te daré un baño antes de divertirme contigo.

En un intento de desviar la atención sobre ella, Margo volvió a atacar.

—Bastardo cobarde.

Olvidando las órdenes recibidas, Toby echó a andar hacia ella, sus intenciones resultaban claras.

Dash se retorció para soltarse.

Margo lo ignoró, a él y su falta de confianza.

—Tienes miedo de una mujer de verdad, ¿a que sí, Toby? Dominar a una niña es sencillo, jugar al cavernícola y al conquistador con alguien tan joven y...

Alcanzándola de tres largas zancadas, Toby la abofeteó.

Margo se trastabilló, pero no cayó. Su mejilla se estremeció y sintió un intenso dolor en la mandíbula, pero por suerte no tenía nada roto. No mostró ninguna señal de dolor, no se frotó la cara ni rompió a llorar.

—Toby... —lo reprendió Curtis, aunque por su tono de voz parecía estarse divirtiendo.

—Vas a mirar —le explicó Toby a su jefe—, mientras la violo.

Margo se obligó a mirarlo fijamente a los ojos, sin pestañear.

—Esto te hace sentir mejor, ¿a que sí? ¿Atacando a una mujer en lugar de a una niña? Abusar de alguien tan joven y con tanto miedo. A lo mejor —continuó—, porque no se te levanta de otro modo.

—¡Jesús! —masculló Cannon.

Dash la miraba fijamente. ¿Se estaba acordando del juego de la víctima, de cómo ella le había mostrado su truco? «Por favor, que no intervenga», rezó ella silenciosamente. Si lo hacía y lo disparaban o... Margo estuvo a punto de estremecerse ante el horrible pensamiento. No, no iban a quemar a nadie. Todavía no.

—Apuesto a que ninguno de vosotros, cerdos sin pelotas, sabría qué hacer con una mujer de verdad.

Toby alargó una mano.

—No —ordenó Curtis.

Y Toby, respirando aceleradamente, se detuvo, incluso dio un paso atrás.

Quizás porque lo había incluido en sus insultos, Curtis estalló en una gélida furia.

—Vas a lamentar tener esa boquita tan ocurrente, zorra.

—Una boquita ocurrente es mejor que un gilipollas.

Toby la miró como si fuera ella la que no estaba bien de la cabeza, y entonces estalló en una carcajada llena de burla.

—En serio, Curtis, dispárala ya.

—No —el otro hombre abría y cerraba los puños—. He decidido que la tomaré yo mismo. Vosotros dos podéis divertiros con la cría después de que haya terminado con esta.

Aquello pilló a Toby por sorpresa y se tiró de la perilla.

—¿Estás seguro, Curtis? Tú nunca te arriesgas a que se te reconozca ante la cámara.

Curtis sonrió con maldad.

—Normalmente —se dirigió a Margo—, prefiero mirar, nada más. Tocar a las chicas —lentamente sacudió la cabeza—, en realidad no me interesa. Pero por ti haré una excepción.

El corazón de Margo inició un alocado galope, pero mantuvo la voz tranquila.

—Vaya, eso sí que me hace sentir especial.

Cuanto más furioso consiguiera ponerlo, más probabilidades había de que cometiera algún error. Lo único que necesitaba era una oportunidad para saltar.

—¿Puedo grabarlo? —Saul empezó a palmotear.

—No, no puedes —la atención de Curtis no se apartó de ella—. Toby tiene razón. No quiero aparecer en la cinta. Esto será un recuerdo personal, para nadie más.

Dash soltó un juramento, llamando la atención de los demás. Eso ralentizó los acontecimientos mientras Toby se acercaba a él y le empapaba las piernas, hasta los muslos, con el queroseno.

—Relájate —le aconsejó—. Este queroseno va a empezar a picar y quemar muy pronto, pero al menos tendrás un asiento de primera fila para asistir al espectáculo —soltó una carcajada ante su retorcido sentido del humor y procedió a repetir la operación con Cannon—. De momento te mantendremos limpia y seca —observó al pasar junto a Margo—. Ya habrá tiempo de sobra para empaparte en gasolina después.

Margo casi esperaba que Cannon reaccionara, que pateara o peleara, pero el luchador se mantuvo inmóvil, con aspecto casi de aburrimiento.

Mientras los hombres eran testigos de la escena, Dash seguía peleándose con las bridas.

Margo sabía que intentaba transmitirle un mensaje. Los tres imbéciles seguramente no se habían dado cuenta, pero por su visión periférica ella lo había visto tironear y retorcer.

Contaba con que iba a soltarse, porque no estaba segura de poder llevar a cabo sus planes sin su ayuda.

Después de contener eficazmente a los hombres, Curtis se acercó un poco más a ella, con la atención fija en sus pechos. Y entonces sonó el móvil de Margo.

Silenciosos como la muerte, Logan, Reese y Rowdy se acercaron hasta unos arbustos para echar un vistazo a la casa. Gracias a que el sol brillaba en lo alto, fueron capaces de esconderse entre las sombras.

—Esperaba que Cannon estuviera equivocado —Rowdy miró a su alrededor, fijándose en cada arbusto, en cada posible recoveco para esconderse.

—Pues no lo está —observó Logan.

Los tres olían el peligro en el aire, la tensión que los buenos policías aprendían a percibir, al igual que hombres como Rowdy, que habían vivido casi toda su vida al filo de la navaja.

Las cosas se habían disparado y los tres lo presentían.

—A lo mejor por eso Toby no estaba en su casa cuando fui allí —sugirió Reese.

—Seguramente.

Ese mismo día el dueño del negocio de repuestos personalizados para coches les había facilitado una dirección. Reese había acudido allí para «hablar», pero se había encontrado la cabaña de madera vacía.

El retorcido lunático estaba allí.

—Ese es el coche de alquiler de Margo —añadió el detective, asintiendo hacia un coche aparcado frente a la casa.

—Sí, ahí dentro están celebrando una jodida fiesta —Logan miró fijamente las ventanas tapadas mientras intentaba decidir cómo proceder—. ¿Cómo entraron? —se volvió hacia Reese—. No me creo que Yvette o su abuelo los invitaran. Pero, si forzaron la entrada, ¿cómo es que los patrulleros no se dieron cuenta?

—Se supone que pasan cada quince minutos, pero no he visto ninguno desde que estamos aquí —Reese consultó su reloj—, y han pasado casi veintitrés minutos.

A Logan no le gustaban las posibles explicaciones.

—¿Quién demonios los habrá retirado?

—Ah, por cierto —Rowdy estaba acuclillado, con la mirada fija estudiando la casa desde la parte delantera a la trasera—. Mi soplón dice que fue un hombre alto de cabellos plateados el que contrató al que irrumpió en su casa.

—¡Qué demonios dices! —Reese lo fulminó con la mirada—. ¿Y se te acaba de ocurrir mencionarlo ahora?

—Sí —él se encogió de hombros—. Después de la llamada de Cannon, la información pasó a un segundo plano.

—Puede que el comandante también retirara la patrulla extra —Reese se volvió hacia Logan—. Nunca me gustaron los tramposos —masculló casi sin aliento.

Logan no quería que nada lo distrajera, no en ese momento, no con su hermano ahí dentro. Pero tenía que compartir algo con los demás.

—¿La dirección que me facilitó Cannon? Hace una hora descubrí que se trata de la casa que Dan heredó de sus padres.

Reese se movió, escuchando sin dejar de supervisar el entorno.

—Yo diría que eso lo explica todo. ¿Le preguntaste al respecto? —añadió.

—Justo antes de que Rowdy llamara.

Cada detective había seguido una pista, pero de repente todo se había juntado.

—Dan dijo que no había utilizado esa casa desde hacía meses y que quienquiera que me hubiera facilitado esa dirección, debía de estar equivocado.

—Y, por supuesto, tendrá una coartada si la necesita.

—Sí —Logan rezó para que el padre de Margo no estuviera compinchado con el comandante. La cosa ya estaba bastante complicada, y que papá te hubiera vendido para que te convirtieras en una tea ardiente jodería la vida de cualquiera—. Creo que Dan va a tener que dar muchas explicaciones.

—En cuanto terminemos con esto.

—Eso es —Logan sacó el móvil del bolsillo y marcó el número de Margo.

Que no contestó.

—Probaré con el de Yvette —dijo con expresión severa.

De nuevo no hubo respuesta.

—Ha saltado el buzón de voz.

—A lo mejor lo ha apagado.

A lo mejor el asesino lo había apagado por ella. Logan se volvió hacia Rowdy, pero descubrió que había desaparecido.

—Maldito sea.

—Es tan jodidamente competente... —Reese también se había vuelto. Parecía casi impresionado—. ¿Adónde crees que ha ido?

—Conociendo a Rowdy, seguramente está buscando la manera de hacerse el héroe —Logan marcó otro número, en esa ocasión era el de Dash.

Y al fin consiguió que contestaran.

—Contesta la llamada —le ordenó Curtis a Yvette—. Y corta rápido.

Respirando entrecortadamente, la joven corrió hasta Dash y buscó desesperadamente, indecisa.

—En el bolsillo delantero —le indicó Dash con suavidad—. A la derecha —la ayudó levantando un poco la cadera, y aprovechó el movimiento para soltarse las manos un poco más.

Torpemente, con el rostro sonrojado, Yvette hundió la mano en su bolsillo y al fin encontró el teléfono.

—Activa el altavoz —le ordenó Curtis antes de dirigirse a Dash—. Una palabra equivocada y la dama policía será la primera en morir.

Para reforzar las palabras de su hermano, Saul la apuntó con la pistola.

Con manos temblorosas, Yvette abrió la tapa del móvil y lo sostuvo junto a la oreja de Dash.

Sabiendo quién sería, y sabiendo que su hermano era demasiado hábil para delatarse, Dash contestó.

—Hola.

—¡Qué demonios, Dash! —rugió Logan—. Me has dejado plantado.

—Sí, lo siento —su hermano y él habían hablado tan a menudo de los casos que sabía cómo transmitir un mensaje sin decir realmente nada—. Se me olvidó llamarte.

El queroseno de sus piernas ya empezaba a molestarle. Y vio que Cannon también se retorcía. No quería ni imaginarse lo mal que lo debía de estar pasando la pobre Yvette. Y dio gracias a Dios por que no le hubieran echado esa mierda a Margo.

—¿Estás por ahí con Margo, o con Cannon? —preguntó Logan tras un segundo de duda.

—Con los dos —él miró a Margo, temiendo por ella, pero decidido a conservar su fachada de calma. De algún modo iba a salir de aquello, ninguna otra opción era aceptable.

Y además tenía que decirle lo mucho que la amaba.

—Bueno, pues no te preocupes ya por ello —lo tranquilizó su hermano—. A Reese y a mí nos han llamado del trabajo de todos modos.

Eso significaba que sabían lo que estaba pasando.

—Bueno, nos vemos pronto —continuó Logan—, ¿de acuerdo?

Y eso significaba que estaban fuera de la casa. En caso necesario podrían irrumpir. Solo le hacía falta indicarles cuándo hacerlo.

—Claro, pero aún falta un buen rato —si irrumpían en ese momento, podrían disparar a Margo—. Te llamaré cuando tenga un rato libre.

—Eso suena a plan. ¡Aguanta ahí!

—Claro, gracias, Logan.

—Trae ese teléfono —exigió Curtis en cuanto finalizó la llamada.

Lo arrojó sobre la mesa y miró furioso a Dash.

—Se suponía que debíamos comer juntos —mintió él.

—¡No tienes ni puñetera idea! —Toby soltó una carcajada.

Dash no apartó la mirada de Curtis. Toby era más difícil de convencer, pero por suerte Curtis era el que mandaba.

—Querías que me deshiciera de él, pero no me hizo falta. Es policía, como bien has dicho. Le surgió algo.

—¿Qué le surgió? —Curtis frunció el ceño.

—Has oído lo mismo que yo. Sabes que intentó llamar primero a Margo, porque ella es su teniente, de manera que sea lo que sea, será algún asunto rutinario de la policía.

Tras reflexionar un rato, Curtis asintió.

—Le creo. Si le hubiera dado a su hermano algún motivo de alarma, ya estarían delante de la puerta.

—No me gusta —nervioso, Toby paseaba por la estancia, sospechando de todos.

—No te he pedido tu opinión —Curtis respiró hondo en un evidente intento de calmarse—. Saul, ponle la inyección.

¿Inyección? ¿Qué demonios? Dash retorció las muñecas. Casi había soltado la mano derecha. De ninguna manera iba a permitir que le inyectaran nada a Margo. Si hacía falta, atacaría con la maldita silla atada a sus manos.

Curtis percibió su expresión, pero no tenía ni idea de lo cerca que estaba de soltarse.

—Ya, ya. No te preocupes. No es letal. Solo algo que la ayudará a mostrarse más complaciente —él sonrió—. Estoy de acuerdo con Toby en una cosa. No va a ser fácil de controlar.

Dash sabía que las mujeres de los vídeos habían sido drogadas. Y no iba a permitir que hicieran eso con Margo. Se moriría antes de dejar que la utilizaran así.

Saul se rio mientras se dirigía a la cocina y regresaba con una aguja hipodérmica cargada hasta la mitad.

—La voy a drogar a fondo. No te dará ningún problema.

«¡Jesús!», pensó Dash mientras el pánico abría una brecha en su compostura. ¿Sería ese el momento de gritar para alertar a Logan? ¿Se les había terminado el tiempo? Curtis seguía blandiendo ese maldito encendedor, pero iba a tener que pasárselo a alguien si tenía pensado... No.

Ese psicópata no iba a tocar a Margo.

—Eso es —intervino Margo, todavía con sus maneras corrosivas, para nada simulando ser una víctima.

Dash no conseguía entender su estrategia, aunque no dudaba de que tuviera una.

—Llena la jeringa del todo, gusano. Asegúrate o lo lamentarás.

Para nada una víctima, aunque él estaba seguro de que al mencionar ser una víctima antes le había enviado claramente un mensaje.

Indeciso, Saul se detuvo y ella soltó una carcajada, provocándole. Y eso también enfureció a Toby, y a Curtis, que se retorcía de rabia.

Y entonces lo comprendió.

Margo quería que estuvieran todos fuera de sí. Quería que olvidaran por un momento el absurdo juego y que dieran algún paso en falso, y así ella pudiera aprovecharse.

A medida que la certeza se abrió paso en su mente, Dash sintió una espeluznante calma invadirlo.

Sin duda alguna, la persona más peligrosa en aquella estancia era Margo.

Él respiró hondo mientras seguía intentando soltarse las manos. Tal y como le había explicado en numerosas ocasiones, creía que era una policía excelente, capaz de evaluar rápidamente cualquier situación. Tenía un plan, y él iba a tener que jugar su parte para ayudarla.

La mano derecha al fin se soltó, pero la mantuvo a su espalda. Pasara lo que pasara, ya estaba preparado. A Margo no le sucedería nada.

Ninguna otra opción era aceptable.

CAPÍTULO 24

Pegado a la fachada de ladrillo, aplastado contra ella, Rowdy avanzó hasta la parte trasera de la casa. Asumía que la chica y su abuelo no habían abierto la puerta voluntariamente a esa gente que les había maltratado. Y eso significaba que los cabrones enfermos habían entrado de otro modo.

Encontró una ventana estrecha en la parte trasera de la casa. Alguien había roto el cierre, dejándola abierta. No había mucho espacio, pero un hombre podría atravesarla si se aplastaba bien. Sin dejar de supervisar la zona, Rowdy abrió la ventana y miró en el interior.

La ventana daba acceso a un sótano húmedo y oscuro lleno de telarañas. Vio unas cuantas cajas y, a un lado, varias latas de queroseno. De las latas colgaban unas cuerdas indicándole que habían sido descolgadas al interior del sótano.

¿Tenían planeado quemar la casa entera hasta los cimientos? Al parecer, así era.

Seguramente con Margo y Dash en el interior.

Sacó el móvil del bolsillo y le envió un escueto mensaje de texto a Logan: *Entro por el sótano*. Quitó el sonido del teléfono y lo guardó de nuevo en el bolsillo. Después se dio media vuelta y se metió por la ventana.

Los sótanos no solían tener los techos altos, de modo que la caída no fue muy grande. Aterrizó de puntillas sin hacer un ruido. La puerta que había al final de las escaleras de madera estaba cerrada, pero de todos modos subió hacia ella, apartando a su paso las telarañas, que ya estaban medio rotas.

Al final de la escalera prestó atención a cualquier ruido, y lo oyó todo. Todo. Demasiado.

Si la puerta crujía, lo descubrirían.

Pero si no entraba allí podrían suceder cosas mucho peores.

Giró el pomo y con satisfacción entró silenciosamente en la casa.

Margo se preparó lo mejor que pudo, pero Toby se interpuso e impidió a Saul acercarse a ella.

—Espera —ordenó con una mano alzada en el aire y expresión pensativa.

Ansioso por comenzar a jugar, Saul se sacudió, aunque sin moverse del sitio, y agitó la aguja que tenía en la mano.

—Quiero pincharla.

—Primero que se quite la camiseta —ordenó Toby mientras se volvía hacia Curtis.

Dash soltó otro juramento y ella rezó en silencio para que no se moviera.

—No —contestó para desviar la atención hacia ella—. No lo haré.

—Ah —visiblemente encantado, Curtis se frotó el labio superior—. De modo que te plantas ante la idea de mostrarnos algo de piel. Bueno, pues me temo que voy a tener que insistir.

—Insiste todo lo que quieras —Margo se encogió de hombros—, miserable enano vomitivo. He dicho que no.

Curtis agarró a Yvette y la atrajo hacia sí.

—Si no lo haces, le arranco la camiseta a ella, y luego la encenderé con el mechero para que la veas arder.

Haciendo todo lo posible por no mirar el rostro aterrorizado de Yvette, Margo sopesó la seriedad de la horrible amenaza. Lo cierto era que los tres parecían lo bastante locos como para cumplirla.

—Yo creía que Toby quería violarla —Margo se volvió hacia Toby—. Pensaba que necesitaba a una cría asustada a la que pudiera controlar fácilmente. Si la asas, ¿qué hará él entonces? ¿Disculparse y discretamente retirarse al cuarto de baño para jugar consigo mismo?

Toby encajó la mandíbula.

Saul soltó una risita nerviosa.

Margo sabía que ambos esperaban a que Curtis se pronunciara. Y rezó para que no la obligara a desnudarse. Temía que, si lo hacía, Dash podría reaccionar demasiado deprisa.

Soltando a Yvette, Curtis se acercó a la mesa de comedor y tomó el cuchillo de Toby.

—No es la primera vez que hace sangrar a una mujer.

Cannon dio un paso al frente.

Rápidamente, Margo lo imitó, obligándole a detenerse.

—Entonces, morirá por ello —anunció ella con calma, completamente en serio.

Y a continuación se quitó la camiseta, sin aspavientos, sin importarle lo más mínimo. Quería que Saul se acercara para poder terminar con esa situación. Iba a disfrutar matando al idiota degenerado.

Dash respiraba con fuerza y Cannon desvió la mirada.

Tipton mantenía la mirada, cargada de preocupación, sobre su nieta.

Pero Toby… Toby respiró hondo, se llevó una mano a la entrepierna y comenzó a frotar.

—El sujetador también.

Sin darle mayor importancia, Margo desabrochó el cierre delantero del sujetador y lo dejó caer. No se encogió, no hundió los hombros y bajó la barbilla. El aire cargado de queroseno le envolvió los pechos y hombros desnudos, la cintura y el estómago por encima de los pantalones.

Toby había pensado que se mostraría menos descarada si la desnudaba, aunque fuera a medias. Bueno, pues iba a tener que tragárselo. Ella no iba a acobardarse, por miserable que se sintiera.

—¿Ya? —preguntó Saul contemplando los pechos de Margo mientras saltaba sobre un pie y luego el otro—. ¿Ya puedo pincharla?

—Sí —contestó Curtis en un susurro, con la mirada fija en la de Margo, esperando encontrar algún signo de desfallecimiento—. Creo que ya es hora.

Dash se mantenía mortalmente quieto, Toby estaba distraído

con el par de tetas, Curtis expectante. Solo cuando Saul se acercó lo suficiente desvió Margo su atención hacia el hermano pequeño.

Yvette sollozaba débilmente y el pobre Tipton sufría en silencio.

Cannon seguía mirando hacia otro lado, pero Margo apostó a que estaba muy atento, y muy preparado.

Con una risita gutural, Saul fijó la mirada en los pechos de Margo y agitó la aguja, quizás pensando dónde le gustaría clavarla. En la otra mano sostenía el arma. Muy suelta. Con la boca abierta y la mirada alelada, se acercó. Y por fin se situó a su alcance.

Margo se lanzó con la máxima fluidez de que fue capaz. Apartó de un golpe la pistola de Saul mientras le agarraba la otra mano por la muñeca y se la retorcía hasta volver la aguja contra él. Y clavársela en el pecho.

Al mismo tiempo, Dash saltó de la silla. Solo tenía libre la mano derecha, pero eso no le impidió levantar la silla y golpear con ella a Toby en la cabeza. La silla perdió una pata y una tablilla del respaldo.

Cannon también reaccionó, soltando una patada y lanzando a Curtis de espaldas contra la mesa.

El jefe lanzó un grito y apretó el encendedor justo en el momento en que, desde la cocina, Rowdy alargaba una mano y lo agarraba por la muñeca, que le rompió con muy poco esfuerzo. El mechero cayó de su mano y Rowdy lo apartó de una patada.

Yvette se había dejado caer hasta el suelo y, acurrucada, sollozaba mientras se cubría la cabeza con las manos.

Logan y Reese irrumpieron empuñando las armas.

Saul se apagó poco a poco, cayendo al suelo mientras de la comisura de los labios le caía la baba.

Haciendo caso omiso de su casi desnudez, Margo le arrancó rápidamente la pistola de la mano.

En medio del suelo, Toby y Dash peleaban en una maraña de brazos y piernas. Toby era más grande, pero Dash estaba mucho más enfadado. Le golpeaba una y otra vez, recibiendo también lo suyo, pero sin sentir aparentemente los golpes del otro. De su muñeca izquierda todavía colgaban pedazos de silla, estorbándole ligeramente.

Irguiéndose a medias y haciendo alarde de una innegable fuerza, golpeó a Toby justo en la entrepierna.

El bastardo emitió un gruñido salvaje y se enroscó sobre sí mismo. Respirando entrecortadamente, Dash se puso de pie y se volvió hacia Margo.

Toby, demasiado estúpido para saber cuándo parar, agarró uno de los pedazos de la silla rota y lo lanzó.

Margo disparó. Una vez. Dos. Justo en medio del pecho.

Yvette gritó.

El caos se impuso.

Toby se quedó lívido, sus ojos perdiendo todo rastro de maldad. Dejándose caer hacia atrás, cayó sobre el suelo, se despatarró y, sencillamente, murió.

Aún sin camiseta, con el brazo herido doliéndole endemoniadamente, Margo cruzó los brazos sobre el pecho.

—¿Dash?

En un segundo estuvo junto a ella, tomándola entre sus brazos, abrazándola con tanta fuerza que apenas la dejaba respirar. Los pechos de Margo estaban ocultos contra el torso de Dash, pero su espalda seguía desnuda y expuesta. Fue vagamente consciente de que Logan daba órdenes, o quizás fuera algún otro policía de los que empezaban a llegar.

Reese separó a Curtis de Rowdy, esposándolo con brusquedad, sin importarle el brazo roto.

—Soltadme —pidió Cannon.

Fue Rowdy quien sacó una navaja y se ocupó de ello.

Cannon corrió de inmediato hasta Yvette. La tomó en sus brazos y se la llevó por el pasillo hasta el cuarto de baño. A los pocos segundos, Margo oyó el sonido del agua.

Dash acarició los cabellos de Margo, manteniéndola bien pegada a él.

—Le está quitando el queroseno —explicó—. Quema demasiado.

¿Quemar?

—Que alguien llame a una ambulancia —gritó Margo, sabiendo que Logan o Reese se ocuparían de ello. Luego se volvió hacia Dash—. ¿Estás bien?

—Sí —él apoyó una mano sobre su espalda y la abrazó con más fuerza todavía—. Ahora sí.

—Necesito mi camiseta —susurró ella, sintiéndose un poco torpe—. Y deberíamos llamar a los bomberos por lo de los gases, y...

—La ambulancia está en camino —la interrumpió Logan y, sin mirar a su jefa, le entregó la camiseta—. Los bomberos llegarán enseguida —asintió hacia las piernas de su hermano—. Si eso es queroseno, tienes que lavártelo.

—Es verdad —Dash besó a Margo en la sien y en la mejilla—. Vamos.

Abrazándola con fuerza, protegiéndola con su cuerpo, la guio hasta la cocina.

En cuanto estuvieron a solas, él la apartó lo justo para poder deslizar sus manos por todo su cuerpo.

—¿Estás bien?

Ella asintió.

—Quítate los vaqueros —le ordenó.

—Ponte la camiseta —ordenó él al mismo tiempo.

Dash sonrió tembloroso y sacudió la cabeza.

—Cielo santo cómo se ha liado todo.

La ayudó a ella primero, pasándole la camiseta por la cabeza. Tragó nerviosamente y la atrajo hacia sí para besarla con dulzura, prolongadamente.

Tomándole el rostro entre las manos, apoyó la frente contra la suya.

—¿El brazo está bien?

No. Nada estaba bien. Margo sintió los ojos inundarse de lágrimas, pero de ninguna manera iba a echarse a llorar.

—Sí —contestó medio ahogándose mientras asentía.

Dash la observó detenidamente y contuvo la respiración.

—Te amo.

«Cielo santo».

Eso sí que era elegir el momento. Margo intentó llenarse los pulmones de aire, pero ninguno de sus órganos vitales parecía funcionar como era debido. Sintió que sus labios se movían, pero no surgió ni una palabra de ellos.

Dash le dedicó una sonrisa torcida, haciéndole comprender que no se sentía insultado ante su falta de respuesta.

Todavía.

Pero, por Dios santo, tenía que recomponerse.

—Yo...

Logan asomó la cabeza por la puerta de la cocina, vio a Dash aún con los vaqueros puestos y frunció el ceño.

—Quítate eso ahora mismo. Vas a acabar lleno de ampollas. Lávate en el fregadero —a continuación se volvió hacia Margo—. Los sanitarios están aquí. ¿Necesitas...?

—No —ella sacudió la cabeza, todavía recuperándose. No estaba herida. Al menos, no físicamente—. Que atiendan a Yvette.

Normalmente con eso habría bastado para Logan.

Pero ya no.

Entró en la cocina y se acercó, observándola como si fuera otra posible víctima traumatizada. Incluso le tocó la mejilla, volviéndole la cara para inspeccionar el moratón que le había hecho Toby al abofetearla.

—Logan... —comenzó ella, sin saber muy bien cómo continuar.

«Tu hermano me ama».

No, eso no era lo que quería soltar en ese momento y lugar, sobre todo cuando podría no ser más que una exclamación emotiva producto de las circunstancias. Dash no estaba acostumbrado a vivir situaciones de vida o muerte. No era policía.

Solo era... impresionante. Increíble. Frío bajo presión. Ardiente en la cama. Dulce aunque controlando. Y cómo controlaba.

Oh, Dios, oh, Dios.

Ignorándola, Logan se volvió de nuevo hacia su hermano.

—Maldita sea, ¿voy a tener que arrancarte los pantalones yo mismo? Porque lo haré si no te los quitas inmediatamente.

—De acuerdo, de acuerdo. Lo he entendido —Dash se quitó rápidamente los zapatos empapados y luego los calcetines. Y por último se bajó la cremallera de los vaqueros y se los quitó.

Durante todo el proceso, Logan seguía sujetando el rostro de su jefa entre las manos y, por algún extraño motivo, ella se lo permitió.

—¿Tienes los calzoncillos mojados?

—No, están secos.

Logan no añadió nada más mientras contemplaba a su hermano mojar un paño con agua.

Satisfecho, se volvió a Margo y, tras soltarla le entregó el sujetador. Ni siquiera parecía incómodo ante el gesto. Al parecer, ya había superado el hecho de que fuera una mujer.

—Gracias —Margo se alegraba de que su ropa interior ya no estuviera tirada en medio del salón donde más de un policía podría pisotearla.

Ponerse el sujetador era el menor de sus problemas en ese momento, de modo que se limitó a dejar la prenda colgando de una mano.

—He ido a ver a Yvette y a Cannon —informó Logan a Dash—. Él la obligó a desnudarse, haciendo lo propio, y ambos se han metido en la ducha. Ella está bastante alterada, pero él la ha convencido para que los sanitarios le echen un vistazo a las piernas. La piel parece levantada en algunos puntos. Pero creo que se pondrá bien.

Margo sabía que pasaría bastante tiempo antes de que Yvette se recuperara.

—Esa pobre niña —ya era la segunda vez que tenía que soportar lo mismo.

—Oye, que gracias a ti está viva y hemos capturado a esos bastardos —Logan le acarició la cabeza, alisándole el pelo de un modo muy parecido a como Dash solía hacerlo a menudo, salvo que faltaba la mirada ardiente—. Mejor dicho, tenemos a dos de ellos. Toby está muerto.

—Me alegro —intervino Dash desde su posición frente al fregadero.

Margo no contestó nada. Le había prometido a ese pervertido que acabaría con él, y eso había hecho.

Su único pesar era que los otros dos no le habían dado motivo también para dispararlos.

—Antes de que todo esto se convierta en una locura, tenemos que hablar —Logan la miró a los ojos.

Dash, vestido únicamente con los calzoncillos negros, se unió a ellos. Tenía las piernas mojadas y dejaba un reguero de agua a su paso. Su piel parecía quemada por el sol y Margo frunció el ceño.

Logan cruzó los brazos sobre el pecho.

—El soplón de Rowdy dijo que un hombre de cabellos plateados había sido el que ordenó allanar tu casa —esperó un segundo antes de continuar—. Y la patrulla fue retirada. Así pudieron entrar esas sabandijas en la casa.

—¿Dan? —a Margo le dio un vuelco el estómago.

—Encaja con la descripción. Además, ¿te acuerdas de la dirección que me diste para que la comprobara?

—No puede ser. ¿Dan? ¿En serio?

—Eso me temo. Él asegura que la dirección que te dieron está mal, pero... —Logan se encogió de hombros—. ¿Tuvo él alguna oportunidad de abrir la ventana de tu baño?

Ella parpadeó varias veces mientras reflexionaba. Pero, por supuesto, ya lo sabía.

—Puede ser. Ha estado varias veces en mi casa —se volvió a Dash—. ¿Recuerdas que por eso no quise contestar su llamada? No quería que supiera que no había nadie en casa y no quería que se invitara a sí mismo.

—Lo recuerdo —Dash le rodeó la cintura con un brazo.

Juntar las piezas no era fácil, pero Margo necesitaba aclararlo todo.

—Durante un tiempo fue un auténtico pesado, siempre intentando convencerme para que lo dejara entrar.

—Intentaba ligar —observó Dash.

—Es evidente que no, puesto que me quería muerta.

—Yo me ocuparé de eso —le aseguró Logan en tono acerado.

—Sin mí no lo harás —a medida que lo iba asimilando, a Margo le espantaba la enormidad de todo aquello—. ¡Bastardo baboso! Sabía que tramaba algo. Pero jamás pensé...

—Tranquila —Dash la abrazó con fuerza y apoyó la barbilla sobre su cabeza.

Margo era consciente de que hablaba demasiado alto, pero las múltiples posibilidades empezaban a agolparse en su mente. Deseaba desesperadamente que su padre no estuviera implicado. La idea de que quizás ella no le importara, que la despreciara hasta el punto de querer verla muerta, le ponía enferma. Nunca había querido admitirlo ante sí misma, mucho menos ante los demás.

—¿Tan lejos iría para defender a mi padre?

—Ya lo descubriremos —Logan se aclaró la garganta—. Y solo porque creo que puede importarte, voy a informarte de que se nota claramente que no llevas sujetador. Y suponiendo que desees ponerte al mando de todo este lío…

Margo se volvió bruscamente de espaldas, con el rostro ardiendo.

—Enseguida voy.

—Muy bien, teniente —contestó el detective, la sonrisa era patente en su voz—. Pero no tardes mucho.

—Si quieres ponerte el sujetador, yo vigilaré —Dash la rodeó con los brazos y le besó la sien—, en cuanto a lo que dije…

—¿Sí? —el corazón de Margo empezó a dar saltos mortales en su pecho y se le doblaron las rodillas. La amaba.

—Sé que tienes que cumplir con tu trabajo. Hablaremos luego, ¿de acuerdo?

Un descanso.

El estrés desapareció de sus hombros y por fin Margo pudo respirar hondo.

—De acuerdo, gracias —levantó la mirada y sonrió, pero no añadió nada más.

¿Qué podría decir? «Espero que lo dijeras en serio, pero quizás estabas en estado de shock. Agotado. Emotivo».

A Dash no le iba a gustar ninguna de esas reflexiones. De modo que no dijo nada.

Flexionando los maltrechos nudillos, Dash estudió su rostro, le acarició la comisura de los labios y, con una sombría aceptación, se volvió para asegurarse de que nadie entrara en la cocina.

Cannon mantenía a Yvette sentada sobre su regazo, rodeándole la cintura con los brazos, tapando la parte superior de sus muslos y las braguitas que se habían vuelto transparentes con el agua. Ambos estaban empapados de cintura para abajo, pero a tenor de cómo le ardían las piernas, solo había pensado en cómo lavar el queroseno de las de Yvette. La ducha le había parecido la opción más rápida.

Ella no había protestado cuando la había llevado al cuarto de baño, ni cuando le había quitado los pantalones y la había metido en la ducha, con él. Al principio el agua fría les había escocido, pero al menos la sensación era mejor que la del queroseno.

Yvette mantuvo la cara hundida en el cuello de Cannon mientras los sanitarios aplicaban una pomada a las quemaduras. El luchador no pudo evitar fijarse en la longitud de esas bien torneadas piernas, en lo delgada que era la joven, en lo pálida que estaba.

Miró al sanitario a la cara en busca de respuestas, pero el joven estaba concentrado en su tarea.

Sintió que Yvette se tensaba y la calmó con dulzura. La pomada no debería doler, pero la pobre estaba destrozada, herida y aterrorizada.

A Cannon le ardían y picaban las piernas de rodilla para abajo, pero lo suyo no tenía nada que ver con lo de ella. Porque ella ya había sufrido quemaduras de queroseno sobre esas piernas y su piel era mucho más sensible.

Demonios, toda ella era sensible.

La idea lo perturbó lo suficiente como para apoyar la barbilla contra su mejilla y abrazarla de nuevo.

En cuanto el sanitario hubo terminado, se levantó.

—¿Mi abuelo? —preguntó Yvette desde la seguridad del abrazo de Cannon.

—Está bien —contestó el joven—. Como ya se le habían roto anteriormente las costillas, vamos a hacerle unas radiografías, pero disponéis de unos pocos minutos todavía.

—Gracias.

El sanitario asintió hacia Cannon y se dio media vuelta, cerrando la puerta tras salir.

Durante unos minutos, Cannon se limitó a abrazarla, hasta que oyó su sollozo. Se le partió el corazón y se sintió impotente de rabia y muchas cosas más.

—Eh —le sujetó la barbilla y le alzó el rostro. Yvette tenía los ojos y las mejillas hinchados, pero no había lágrimas—. Ya estás a salvo. Van a estar encerrados mucho tiempo, quizás de por vida.

—Resulto de lo más inútil en medio de una crisis, ¿verdad? —ella parecía avergonzada.

Cannon sacudió la cabeza. Yvette era joven, y estaba asustada. Pero no se había puesto realmente histérica hasta el final, hasta que habían comenzado los ensordecedores disparos. La gente estaba acostumbrada a las películas y creía saber de qué iba todo eso, pero hasta que no te encontrabas en medio de un tiroteo, no te hacías una idea de verdad.

Le alisó los oscuros cabellos, acariciándolos con la mano.

—Lo hiciste muy bien.

Yvette mantuvo la mirada baja, rozó el pecho del luchador con unos nerviosos dedos y volvió a acurrucarse contra él.

—No sé cómo voy a poder mirar a la cara a tu amigo y a esa teniente.

—No te preocupes por eso. Ellos lo comprenden, créeme.

—Todos los demás fuisteis tan valientes...

—¿Y crees que tú no? —Cannon levantó una mano para que ella pudiera ver cómo le temblaba—. Estaba tan asustado que apenas conseguí mantener la compostura.

Ella le tomó la mano y se la llevó a la mejilla.

—Cuando te echaron todo ese queroseno encima...

—No —él sacudió la cabeza, no queriendo su comprensión—. Yo tenía miedo por ti —«cállate, Cannon». Pero, por supuesto, no lo hizo.

Yvette lo miró con los ojos muy abiertos, la mirada dolida, la expresión tierna y dulce.

Y su boca...

—Cuando ese bastardo te tocó.

«Por el amor de Dios, Cannon, no sigas».

—Quise matarlo —y todavía lo quería.

Había disfrutado mucho pateando a Curtis, pero a quien había querido patear era a Toby.

—Pues ya somos dos —Yvette se rio con amargura antes de estremecerse.

Recordando cómo Toby la había manoseado, las amenazas con las que había disfrutado torturándola, Cannon le acarició los brazos.

—¿Te hizo daño?

—Antes de que llegaras —ella sacudió la cabeza—, él... él me besó —cerró los ojos con fuerza y su respiración se volvió agitada—. Lastimaron al abuelo y… y me maltrataron, y me obligaron a llamar a la teniente…

Cannon se tensó mientras se preguntaba si Toby habría muerto. Desde luego se lo había parecido. Y eso era bueno.

—No volverá a tocarte.

—Lo sé —Yvette respiró entrecortadamente—. Pero nunca lo olvidaré.

—No.

Ella lo volvió a mirar, con ojos suplicantes. Y le acarició los labios.

—No quiero recordarlo.

¡Oh, Dios! Cannon sabía muy bien lo que le estaba pidiendo, pero ¿cómo iba a ceder a la tentación? Yvette no era ella misma en esos momentos. Estaba desesperada y asustada y siempre se había sentido enamoriscada de él.

Además, Cannon tenía pensado marcharse. Todavía no sabía por cuánto tiempo ni adónde. Pero de ninguna manera iba a defraudar al SBC. Era el sueño de toda su vida.

Lo que sentía por Yvette…bueno, eso era el presente. Era inmediato y ardiente, pero no podía, no quería, permitir que lo alejara de su objetivo.

—Deberíamos reunirnos con los demás.

—No —la respiración de Yvette se aceleró—. No puedo. Aún no.

—Tranquila, no pasa nada. Ya se han llevado a esos bastardos de aquí. Les he oído marcharse.

—No —ella se rodeó con los brazos e intentó levantarse del regazo de Cannon.

Para escapar. Para huir, pero ¿adónde?

—Yvette…

—¡No puedo salir ahí fuera! No puedo enfrentarme a ellos. No puedo… no puedo quedarme en esta casa. No puedo.

Sabía que estaba mal. Sabía que ella debería reunirse con los demás, sabía que una aventura era lo último que esa cría necesitaba, sobre todo con él. Cannon la abrazó con más fuerza.

—Sí, sí que puedes.

Ella sacudió la cabeza.

—Sí —insistió él mientras la atraía hacia sí.

Era muy consciente de las piernas desnudas, las sedosas braguitas que llevaba.

Del modo en que se agarraba a él.

—¿Cannon?

Mirarla lo perdió. Lentamente inclinó la cabeza.

Y, sorprendentemente, ella se reunió con él a medio camino.

Y cuando sus labios tocaron los de ella, el luchador olvidó todo lo demás, todos los motivos por los que aquello estaba mal, se olvidó de la gente que había al otro lado de la puerta, de las quemaduras de las piernas de Yvette.

Movió los labios dulcemente sobre los de ella, saboreando su incertidumbre, su deseo.

Actuando casi con voluntad propia, una mano se deslizó por su espalda.

Ella se apretó un poco más contra él, urgiéndolo a seguir.

Cannon sujetó el pequeño trasero con una mano ahuecada, sintió el húmedo algodón de las braguitas y la sedosa y cálida piel debajo.

Yvette soltó una pequeña exclamación de sorpresa, y de algo más. Algo que estaba totalmente fuera de lugar, dadas las circunstancias.

—Cannon… —ella envolvió una mano en su camiseta y tiró de ella.

Fue el golpe de nudillos en la puerta lo que devolvió a Cannon a la realidad. «¿Qué demonios estás haciendo?». Se aclaró la garganta y consiguió contestar con voz casi normal.

—¿Sí?

—Tipton ha encontrado un par de vaqueros secos para Yvette —anunció la teniente Peterson con voz suave, y unos pantalones de chándal que podrían servirte a ti. Los dejo aquí al lado de la puerta.

—Gracias.

—Los dos deberíais salir —continuó la teniente, tras apenas titubear un segundo—. Os esperamos.

A continuación se oyó el sonido de sus pasos alejarse.

Esa mujer era impresionante. Casi hasta el punto de resultar intimidante, aunque a Dash no parecía causarle ese efecto.

La interrupción al menos había ayudado a Cannon a aclararse las ideas.

Apartándose un poco de Yvette, la miró. En su mirada vio confusión, necesidad e incertidumbre. Deslizó el pulgar por su labio inferior y, por Dios, más que nada, lo que sintió fue deseo de volver a tomar posesión de esos labios.

Pero él no era ningún animal. Era un hombre adulto y, hasta hacía apenas unos minutos, siempre había sido honorable.

Abrió la puerta y recogió la ropa del suelo mientras Yvette permanecía silenciosa. Los pantalones de chándal le quedaban un poco anchos. Después se agachó y sujetó los vaqueros para que Yvette metiera las piernas.

Un bonito gesto, pero una total estupidez, ya que se había situado a la altura de ciertas partes de la anatomía de la joven en las que intentaba con mucho esfuerzo no pensar.

—Mete los pies.

Ella apoyó una mano sobre su hombro y obedeció. Cannon procuró que la tela no le arañara la piel descarnada mientras subía los pantalones sobre las finas caderas. Incluso fue lo bastante estúpido como para subirle la cremallera y abrocharle el pantalón, rozándole la suave piel del estómago con los nudillos.

Cuando terminó, le alisó la camiseta y empujó su barbilla hacia arriba para mirarla a los ojos.

—Puedes hacerlo.

Para su alivio, Yvette asintió, y juntos salieron del cuarto de baño.

Más adelante, pensó Cannon, le contaría la gran noticia. Pero esa noche no. Ya había tenido que enfrentarse a bastantes cosas.

CAPÍTULO 25

El coche de su padre estaba aparcado frente a la casa de Dan. Margo se lo quedó mirando fijamente, con el corazón hinchándose hasta alcanzar el tamaño de un melón, que se atascó en su garganta.

Pero no iba a permitir que eso le impidiera realizar su trabajo.

—Mi padre está aquí.

—Mierda —Logan, que conducía el coche, tomó la decisión de pasar de largo y detenerse a la vuelta de la esquina.

¿Estaban en medio de una conspiración? La idea dolía. En el fondo, bien abajo donde nadie podía verlo, a Margo le dolía tremendamente.

Sentado a su lado en el asiento trasero, Reese captó su expresión y apoyó una mano en su hombro.

—Yo sigo pensando...

—Cierra el pico, detective.

—Sabes que deberías... —Logan tomó partido por Reese.

—No.

Margo no estaba dispuesta a quedarse fuera. Daba igual lo que pensaran Logan y Reese. Ni siquiera le importaba lo que pensara Dash.

«Dash».

El mero hecho de pensar en él hacía que se sintiera culpable.

No le había hecho ninguna gracia quedarse atrás, pero no era policía y no tenía ningún sentido que estuviera allí. Aparte de haberse enredado en su vida disfuncional, que incluía a su familia y su trabajo, él tenía sus propias obligaciones. Tenía sus amigos, una familia, una casa, un negocio. Y por eso le había convencido para que se marchara a su casa.

Pero únicamente había aceptado bajo presión.

«La amaba».

Iba a necesitar tiempo para asimilar esa idea, suponiendo que Dash siguiera pensando lo mismo cuando la nube de polvo se hubiera aposentado. Podrían pasar días hasta que eso sucediera, incluso semanas.

Margo iba a estar muy ocupada durante un buen tiempo.

Acercándose, no a hurtadillas, pero sí con mucha discreción, caminaron juntos hasta la casa de Dan. Unas nubes taparon el sol y la tarde se convirtió casi en noche. Soplaba una ligera brisa, que aumentó aún más la ansiedad de Margo.

Llevaba puesta una máscara de inescrutable despreocupación, y ocultaba el dolor del brazo y de la mandíbula, donde había sido abofeteada por Toby. Pero el dolor más fuerte era el de su alma ante el engaño de su padre.

Reese lideraba el grupo, pero al llegar a la puerta alzó una mano en el aire. Y, cuando desenfundó, Logan y Margo hicieron lo mismo.

Normalmente no debería ir armada, no después de haberle disparado a Toby. Según el reglamento, dadas las circunstancias debería haber entregado su arma. De haber esperado un poco, le habrían suspendido de servicio, con todas las restricciones aplicadas a un oficial que había participado en un tiroteo.

Por eso había insistido en acudir a casa del comandante lo antes posible.

De dentro de la casa de Dan surgía la enfurecida y atronadora voz de su padre.

Reese la miró con expresión inquisitiva y ella asintió. Al intentar girar el picaporte, para su sorpresa, encontró la puerta abierta.

Al entrar también oyeron la voz de West. A pesar de ser algo más calmada que la de su padre, no por ello sonaba menos furiosa. Saber que su hermano también estaba allí inundó de acidez el estómago de Margo.

—Era necesario —gritó Dan—. ¡Maldito seas! ¿Qué querías que hiciera? ¿Hundirme por follarme a una puta?

—Exputa —insistió West—, y Margo no tenía ni idea de tu implicación.

—Estaba husmeando. Iba a...

El sonido de un puñetazo, seguido de un gemido, los condujo hasta la cocina. Una silla cayó. Una taza se rompió.

Al asomarse por la puerta vieron a West intentando separar a su padre de Dan Ford.

—¡Te mataré con mis propias manos!

—Maldita sea, tranquilízate —dijo West.

Pero el hermano de Margo recibió un empujón y su padre propinó un nuevo puñetazo a Dan en la mandíbula.

—Cruzaste una jodida línea roja al ir a por ella.

—¡No eras capaz de controlarla!

—Te advertí que lo dejaras estar —masculló su padre mientras agarraba de nuevo a Dan—. Tendrías que haberme hecho caso.

Margo permanecía inmóvil, esperando a que las piezas encajaran. Nadie se fijó en ellos. Estaban demasiado metidos en la discusión.

—¡Intenté hacerme su amigo! —se defendió Dan—. Pensé que si nos acostábamos...

Agarrando a Dan de la pechera de la camisa ensangrentada, su padre estampó la cabeza del comandante contra el suelo de la cocina, silenciándolo de golpe.

—Ella es demasiado lista para eso —rugió con la nariz pegada a la de Dan—. Es mi hija.

Reese se movió inquieto al lado de Margo, y Logan lo imitó. Su impaciencia era palpable, pero ella estaba demasiado fascinada con la escena para interrumpirla.

—Ni siquiera te gusta —lo acusó Dan.

El padre de Margo levantó a Dan del suelo.

—Ella. Es. Mi. ¡Hija! —lo sacudió como si fuera una muñeca de trapo—. Tenemos nuestras diferencias, pero ¿en serio pensabas que querría verla muerta?

Algo menos seguro, Dan se pasó el brazo por el sangriento rostro.

—Pensé que se asustaría, no que moriría. No era nada personal. Solo... solo una solución.

—Pues yo tengo otra solución —intervino West mientras apoyaba una mano sobre el hombro de su padre en un intento de tranquilizarlo—. Vas a poder pudrirte en la cárcel.

—Tú ni siquiera estás implicado en esto —lo acusó Dan.

—Gilipollas, es mi hermana —contestó West—, y eso me implica lo suficiente como para querer un pedazo de ti, ¡de manera que no me provoques!

—De acuerdo —Dan se mostró más conciliador—. Me merezco vuestro enfado. Pero ahora debéis calmaros. Nadie va a ir a la cárcel.

Quizás fuera alivio, quizás incredulidad, o quizás mórbida diversión, Margo no habría sabido decirlo, pero soltó una carcajada.

Tres rostros se volvieron. Uno muy magullado. Uno furioso. Solo West parecía comprender que la mierda acababa de aterrizar en el ventilador.

Y, malditos fueran, porque a Margo le provocó un ataque de risa aún mayor.

—Se está poniendo histérica —murmuró Reese a Logan.

—Contrólate, teniente —Logan le propinó un codazo.

—Tienes razón —admitió ella, sin dejar de reír y secándose las lágrimas de los ojos—. Tengo que controlarme.

West entornó los ojos y vio el moratón de la mejilla.

—¡Jesús! ¿Qué ha pasado ahora? —preguntó mientras se acercaba a ella.

Hasta que Logan lo detuvo apuntándolo con el arma.

—Ni un paso más.

—¿Qué demonios?

Reese se colocó junto a Logan, ambos protegiendo a su teniente. Haciendo lo que, hasta ese momento, no había hecho su familia.

Margo sonrió y se colocó entre sus dos detectives.

—Tiene toda la pinta de que eres cómplice, West —ella hizo chasquear la lengua—. ¿Exactamente cuándo tenías pensado denunciarlo?

En absoluto intimidado, su hermano se cruzó de brazos.

—Pues en realidad, en cuanto papá terminara de darle una paliza.

—¿No me digas?

—¿Qué? ¿Creías que todo se acabaría con unos cuantos puñetazos? —West sacudió la cabeza, reprendiéndola por su incredulidad—. De eso nada. Está acabado. Yo me encargo de ello.

—Ahora que todos parecen haberse calmado un poco —Logan enfundó el arma y dio un paso al frente—. Lo siento, señor Peterson, pero va a tener que soltarlo.

—Daré el aviso —anunció Reese.

Su padre seguía con gesto desconcertado. De rodillas y retorciendo con una mano la camisa de Dan, mantenía al comandante a varios centímetros del suelo.

—Estás aquí —observó mientras la miraba fijamente.

—Viva y coleando.

Era evidente que le costaba asimilarlo. La observó detenidamente de pies a cabeza y se detuvo en el moratón de la mejilla.

—¿Otra pelea?

—Llama al alcalde —ordenó ella a Reese, negándose a dejarse llevar por la falsa preocupación de su padre—. Tengo la sensación de que querrá que se le informe de inmediato sobre esto.

Dan protestó, hasta que el padre de Margo lo dejó caer de golpe sobre el suelo.

Como una nube de tormenta, el hombre señaló a Dan con uno de sus rechonchos dedos.

—¡Él fue quien abrió la ventana de tu cuarto de baño! El cabrón incluso contrató a ese gilipollas para que fuera a tu casa y... —tragó nerviosamente y su voz perdió parte de la ira, reemplazada por algo que lo estaba ahogando—. Tenía órdenes de quemar tu casa.

—Nunca pensé que estaría dentro —protestó Dan.

Su padre entornó los ojos y le propinó una patada en el pecho, dejándolo de nuevo fuera de juego, dominado de nuevo por la ira.

—¡Esa no es ninguna jodida excusa!

Reese se acercó y rodeó al hombre, mayor y grueso, con sus brazos. Le sujetó los codos y lo inmovilizó. El padre de Margo se retorció, intentando sacudírselo de encima, pero el detective ni se inmutó.

—Tranquilícese un poco, señor Peterson.

Margo estaba impresionada. Cierto que Reese era gigante, pero su padre era como un oso.

Tras tenerlo inmovilizado, ella se acercó.

—¿Eso te preocupa, papá? ¿Te preocupa que pudiera haber terminado hecha cenizas?

—¿Qué demonios crees? —el hombre dejó de pelearse con Reese y se volvió hacia ella—. ¿Crees que quería ver herida a mi propia hija? ¿Muerta?

—Debo admitir —intervino West—, que yo mismo me lo he preguntado unas cuantas veces.

Toda la energía escapó del padre de Margo, que desvió la mirada y encajó la mandíbula.

Con mucha precaución, Reese lo soltó.

Y esperó mientras Logan esposaba a Dan. Cuando su compañero hubo terminado, dio un paso al frente.

—Usted también, señor.

Sin apartar la mirada de su hija, el anciano prestó poca atención a Logan, que le agarró primero una muñeca y luego la otra para fijar las esposas.

—¿Margo?

De repente, ella se sintió de nuevo como una niña pequeña, sentada en la silla de la cocina y oyendo el humillante sonido de la maquinilla sobre su cabeza.

Y esa maldita sensación de ahogo regresó a su garganta.

—Yo no te gusto nada, papá.

—No —él pareció comprender lo que Logan acababa de hacer y, si bien le molestaba, no se resistió—. Me ponías furioso por las cosas que hacías, pero... —frunció tanto el ceño que parecía a punto de atacar—. ¿En serio crees que quería hacerte daño?

—Supuse que te daría igual —la habían herido y él se había limitado a criticarla.

—¿Y crees que permitiría que alguien como Dan se librara después de lo que ha hecho? —su padre respiraba con más fuerza.

—¿Y qué importa que se trate de Dan?

Por primera vez desde que tenía recuerdos, su padre parecía derrotado. No furioso, no abusón, no un creído, controlando la situación.

—Yo nunca...

—Papá, por favor —Margo se negaba a dejarse engatusar.

Antes de estar con Dash, quizás. Pero Dash le había abierto los ojos, le había dado nuevas perspectivas y, aunque acababa de darse cuenta de ello, le había dado una renovada autoestima.

—Me tendieron una emboscada y casi me matan en ese accidente de coche, y tú te comportaste como si la culpa fuera mía.

—Lo que yo quería era que tuvieras cuidado para que no te sucediera ninguna mierda como esa. Te eduqué para que estuvieras siempre en alerta, para que pudieras sobrevivir, no para que un gilipollas como Dan pudiera... —el hombre dio un paso hacia su hija—. Maldita sea, Margo, ¿qué querías que dijese? ¿Debería haberme echado a llorar? ¿Tendría que haberte mimado?

«Sí», quiso contestar ella. «Podrías haber mostrado alguna emoción que no fuera el desprecio». Pero Margo se limitó a sacudir la cabeza. ¿Qué podía decirle? ¿Que habría sido bonito que hubiera mostrado que le importaba un poquitín? No, eso jamás.

Su padre no había criado a esa clase de mujer.

Alzó la barbilla, desafiante.

—¿Cómo supiste que era Dan?

A la mención del otro hombre, los ojos de su padre volvieron a adquirir una expresión pétrea.

—El gilipollas te estaba insultando todo el tiempo, preocupado por si regresabas y reanudabas la investigación, por si descubrías que estaba implicado.

—¿Por eso lo abandonó su mujer? —ella alzó una ceja.

—Sí. Por eso y porque es un adicto al porno. Ella lo descubrió, pero él la sobornó, le dio todo lo que quiso en el divorcio para que mantuviera la boca cerrada.

«Muy respetuoso por parte de la mujer humillada», pensó Margo.

—Es verdad —West asintió—. Papá vino a verme y me contó que sospechaba de Dan. Yo lo acompañé para que la investigación se mantuviera dentro de la legalidad —se frotó la nuca—. Pero todo se fue a la mierda cuando Dan se mostró tan displicente.

—Pretendía que yo lo comprendiera —añadió su padre mientras le dirigía otra mirada asesina a Dan—. Pretendía que yo lo cubriera si alguien dudaba de él.

—Eso ya no importa —anunció Logan—. Ya ha quedado todo al descubierto.
　—A no ser que tengas alguna confesión que hacer —Reese miró a West.
　—Yo no —West dejó caer los brazos a los lados—. Sobre eso no, al menos. En cuanto a otras cuestiones... —sacudió la cabeza—. Pero Margo y yo ya hemos aclarado las cosas. Al menos eso espero —miró a su hermana, aguardando un gesto de confirmación.
　Pero Margo no estaba dispuesta a dejarle escapar tan fácilmente.
　—Habrá otra investigación. Y tu nombre saldrá a relucir.
　—No supone ningún problema —le aseguró él con expresión severa.
　¿Significaba eso que de verdad no estaba implicado? Margo rezó para que así fuera.
　—¿Y qué me dices de nosotros? —West seguía esperando su reacción.
　Ella lo creyó y el alivio fue evidente. De repente, parecía agotada.
　Esa pareció ser la señal que necesitaba su hermano, que dio un paso hacia ella, le levantó la barbilla y examinó el moratón.
　—¿Estás bien?
　Por raro que pareciera, su preocupación seguía resultando agradable.
　—Estoy bien.
　Del exterior les llegó el sonido de sirenas.
　—¿Estás preparada para esto, hermanita? —West la rodeó con un brazo—. Va a ser mucho más feo que la primera investigación.
　—¿Ya te estás arrepintiendo?
　—No —él la abrazó—. Solo quería que supieras que esta vez no estarás sola. Yo estoy a tu lado y te apoyaré en todo lo que me sea posible.
　La demostración de afecto fue interrumpida por un móvil. Logan sacó el teléfono del bolsillo y, con Dan y el padre de Margo ambos esposados, se apoyó contra la encimera de la cocina para contestar. Margo lo observaba atentamente, lo vio tensarse, y suspirar exasperado.

¿Qué podía haber pasado?

En cuanto colgó, el detective se acercó a ella, la tomó del brazo y la alejó de West.

—Era Karen Ford.

—¿La exmujer de Dan?

El detective asintió.

—Cuando Dan negó utilizar la casa de sus padres, cuestioné a Karen al respecto. Ya sé que están divorciados, pero frecuentan el mismo círculo social. Karen estuvo más que dispuesta a delatarlo. Dice que ha celebrado varias fiestas allí, casi todos los fines de semana desde que heredó la propiedad. Sus amigos han hablado de ello, unos pocos de manera elogiosa, otros asegurando que ha tocado fondo.

Margo miró sonriente a Dan. Estaba sentado en el suelo, con el rostro ensangrentado y la camisa rota. Un hombre derrotado.

Reese se acercó a Margo y a Logan con el móvil en la mano extendida.

—Es el alcalde —se acercó más—. Se lo he contado todo y quiere hablar contigo ahora, antes de que hables con nadie más.

Ella rezó para que no hubiera otro intento de olvidar el tema.

Pero al dirigirse a otra habitación para hablar en privado, descubrió que la idea que tenía el alcalde del control de daños no tenía nada que ver con ocultar pruebas. En absoluto. Quería que todo siguiera su curso legal, de libro. Lo quería resuelto de una vez por todas, y quería el consejo de Margo. Ella sintió ganas de meterse en ese móvil y darle un beso por ese honor.

Dada su implicación personal en el caso, Margo sabía que no debía estar a cargo de la investigación. Logan también quedaba fuera. Por culpa de su parentesco con Dash, que también había sido amenazado, Logan estaría demasiado cerca. No le supuso ningún problema cargar toda la responsabilidad sobre los hombros de Reese. Pero no iba a engañarse a sí misma. Logan y ella seguirían estando en el meollo. Al menos así tendrían algún control.

Y para complicar su vida aún más, el alcalde la nombró comandante de manera temporal hasta nuevo aviso.

Desde el día que se había reencontrado con Dash, su vida había dado un vuelco, quedando patas arriba, de lado y endemoniadamente confusa. Y las cosas no hacían más que empeorar. Supuso que ya descubriría más adelante si Dash la amaba realmente o no. Los siguientes días iba a estar muy ocupada instalándose.

De momento iba a tener que poner a Dash, y toda su vida personal, en un segundo plano.

El deber llamaba.

El largo baño no la había relajado, no lo suficiente. Vestida con unos vaqueros y una de las camisetas que Dash había dejado, se instaló en el sofá con una bebida de cola y Oliver.

Tenía muchas decisiones que tomar.

Mientras reflexionaba sobre ello, sonó primero el móvil y a continuación el fijo. Margo se hundió en el sofá y escondió el rostro tras un cojín. Habían pasado varios días, una semana entera, y aún no había visto a Dash.

A cada día que pasaba le parecía menos probable poder mantener una relación con él.

Habían vuelto a hablar el primer día, y él había insistido en que la amaba. Pero acababa de descubrir que quizás, solo quizás, su padre también la quería. A su modo.

Saberlo le hacía sentir extrañamente vacía. Quizás porque, después de todo, no podía confiar en su sinceridad.

Y luego estaba West, que, por primera vez en su vida, la apoyaba incondicionalmente, hasta el punto de facilitar información sobre la primera investigación. Incluso se había unido a la ex de Dan para corroborar que Dan, en efecto, había estado en numerosas ocasiones en casa de sus padres. West había jurado que nunca había visto drogas ni porno en esa casa, pero lo explicó porque sus visitas se habían producido durante el día, no durante alguna fiesta.

También habían interrogado a otros invitados que habían corroborado esa versión. Los que habían admitido ver porno, habían jurado que les había parecido una cinta barata, no secuestro y violación.

Margo se sentía muy aliviada por el hecho de que su hermano no estuviera metido en ese asunto. Pero ¿había alguna posibilidad de arreglar su relación? Dudaba mucho que fuera así.

Sin duda su madre estaba profundamente disgustada por todo aquello. No merecía la pena siquiera pensar en ello. Claro que su madre siempre había sido una mujer fría y sin sentimientos. Margo sospechaba que tenía más que ver con su matrimonio infeliz que con una verdadera animosidad hacia sus hijos.

Margo soltó el cojín y gimió. Oliver, dando muestras de simpatía, ronroneó y se apretó contra ella, que lo acarició mientras seguía intentando ordenar sus pensamientos. Antes o después tendría que ver a Dash. Tenía que averiguar si la amaba realmente, o si simplemente se había visto arrastrado por el momento. Ella quería creerlo. Dios, cómo quería creerlo.

Pero, por otra parte, ¿qué sabía ella del amor?

Nada. Cero.

Se sentía tan confundida... Y a lo mejor también un poco necesitada. Y eso le generaba la suficiente incomodidad como para descolocarla.

Irritada, echó la cabeza hacia atrás y cerró los ojos con fuerza.

Durante la mayor parte de su vida, sus padres no la habían comprendido, para su hermano había sido un fastidio y sus agentes estaban resentidos contra ella.

Por no hablar de su comandante que quería verla muerta.

Dan Ford, el hombre que había iniciado la corrupción en esa comisaría, el oficial que había atraído a las antiguas prostitutas obligándolas a seguirle el juego o ser encarceladas.

Además, ese hombre había disfrutado viendo cómo tres psicópatas violaban a las mujeres.

Margo era consciente de ser una persona fuerte.

Pero en esos momentos se sentía, oficialmente, abrumada.

¿Y qué pasaría si se reunía con Dash? Aunque él aún la deseara, aunque quisiera continuar con su relación, ella no podía evitar pensar... ¿y si no la amaba?

El codo le dolía, pues no le había dado realmente tiempo para sanar. Pero ese dolor no era nada comparado con la negra confusión que poblaba su mente, ni con el vacío que invadía su corazón cada vez que intentaba descansar.

Con Toby muerto y Curtis apartado de Saul, el hermano pequeño se había desmoronado como un niño asustado. Y les había contado todo lo que necesitaban saber para procesar a Curtis: direcciones, nombres, dónde encontrar pistas. El testimonio de Saul, sin embargo, no iba a salvarlo, pero sí evitar una posible condena a muerte. Para un gusano cobarde como él, una cadena perpetua sería, de todos modos, peor que la muerte.

Poco antes, ese mismo día, se había reunido de nuevo con Tipton y con Yvette. Por culpa de los recuerdos, los miedos recurrentes, la joven no conseguía conciliar el sueño. Margo había querido hablar con ella sobre los inminentes juicios, para ayudarla a comprender lo que iba a pasar. Pero la chica parecía doblemente avergonzada cada vez que ella estaba delante, de modo que al final había delegado esa tarea en Logan.

Deseaba a Dash. Lo necesitaba. Y la sensación resultaba tan insostenible que automáticamente se resistió, luchando contra ella, y en el proceso se sintió más abatida aún, una sensación horrible.

—¿Qué voy a hacer? —le preguntó a Oliver.

La llamada a la puerta casi le hizo saltar del sofá. No eran horas de trabajo y fuera ya era de noche.

¿Podría ser Dash?

Su corazón pegó un salto hasta la garganta y luego cayó hasta los pies. Si Dash le pedía que lo dejara entrar, podría tomar la decisión de discutir con ella, para cortar con ella. Margo se mordió el labio inferior.

¿Era eso lo que deseaba?

La voz de Rowdy sonó clara al otro lado de la puerta.

—Abre la puerta, Margo. Sé que estás ahí.

Ella cerró los ojos con fuerza ante la profunda decepción y necesitó varias respiraciones para recomponerse.

—Ya voy —anunció al fin.

Poniendo cara de «todo va bien», Margo dejó al gato sobre el sofá, se alisó la ropa y los cabellos y se dirigió hacia la puerta. La abrió con una exagerada hospitalidad.

—¡Hola, Rowdy! ¿No deberías estar trabajando?

—Cannon me sustituye —con una sonrisa de complicidad, él entró en la casa, recorriendo a Margo con la mirada de pies a cabeza antes de retocarle ligeramente un rizo.

—Se te ve pelín desmejorada, ¿no te parece?

Debería haberse figurado que no podría engañar a ese hombre. Dando media vuelta, Margo volvió a dejarse caer en el sofá.

—Estoy agotada.

—¿En serio? —Rowdy se colocó de pie frente a ella y cruzó los musculosos brazos sobre el pecho—. No es la primera vez que estás agotada.

Físicamente, desde luego. Pero nunca se había sentido tan emocionalmente abatida.

—¿Qué querías?

Durante un prolongado silencio él se limitó a quedarse allí de pie, diseccionándola, hasta que al fin se dejó caer a su lado, tan cerca que sus muslos se rozaban.

—Quiero hablar sobre tu estado de soltería.

A Margo le dio un vuelco el estómago. Antes de que Rowdy se casara con Avery, algo así le habría hecho sentirse halagada. Pero en esos momentos...

Dibujando la expresión más severa de que fue capaz, ella lo miró a los ojos.

—Esta conversación no está teniendo lugar.

—Claro —él le rodeó los hombros y la abrazó—. Sí que está teniendo lugar —sonrió antes de continuar—. Pero haz el favor de sacar tu mente de la alcantarilla, porque no es lo que estás pensando.

—¿No? —ella alzó una ceja—. ¿Entonces qué es?

—Un sermón largamente retrasado.

«No, por todos los demonios».

—Gracias, pero no...

Margo no había conseguido levantar el culo más de cinco centímetros del sofá antes de que Rowdy tirara de ella hacia abajo, sentándola prácticamente sobre su regazo.

—Un sermón que viene de mí por varios motivos —sujetándola con fuerza junto a él, el fuerte brazo la mantenía inmovilizada, pegada al delicioso cuerpo—. En primer lugar, fue Avery la que insistió en que viniera. Prácticamente me echó de casa.

Margo soltó un bufido.

—Esa mujer me cree capaz de caminar sobre las aguas. Yo no lo comprendo, pero...

—Rowdy...

Él sonrió.

—En segundo lugar, tuve una infancia de mierda. Puede que ya lo sepas, o puede que no. No voy a entrar en detalles, pero quiero que comprendas que fue bastante mala.

Margo se giró y se atrevió a mirarlo a la cara. Estaban tan cerca que podría contar las pestañas sobre esos hermosos ojos.

—Lo siento —susurró.

—Sí, pues yo también. La cuestión es que creo que tú también sabes algo de eso. Para ti no fue lo mismo. Tú tuviste una casa, ropa y... y unos padres. Pero para ti tampoco fue divertido. No del modo en que debería haber sido.

—No entiendo cómo... —Margo desde luego ni siquiera se atrevía a comparar su vida con el pasado de Rowdy.

—Cuando no conseguía desvanecer los malos recuerdos, intentaba borrarlos follando.

Bueno, eso sí era una confesión para empezar. Más atenta, Margo siguió escuchando.

—En general tuve éxito. Follar era la mejor manera que conocía de bloquear los malos recuerdos. Me resultaba muy fácil perderme en una mujer.

Del mismo modo que ella se había perdido en Dash.

—Rowdy...

—Ya fuera una dama o una zorra —él la hizo callar pegando un dedo a sus labios—. Toda una belleza o cualquier chica que estuviera dispuesta. Daba igual que me gustara o no, porque lo único que quería era un revolcón.

—¿Un revolcón rápido? —ella apartó la mano de Rowdy de su boca.

—Uno no puede bloquear una pesadilla en toda regla con uno rapidito, ¿verdad? —la sonrisa de Rowdy era descarada—. La cuestión es que yo utilizaba a las mujeres.

Margo no podía decir que le hubiera sorprendido oír eso. La sexualidad de ese hombre era totalmente descarada y la mostraba claramente ante cualquiera.

—Dudo que hubiera alguna que se quejara.

Él sonrió más y se encogió de hombros.

—En general solían quejarse cuando terminaba. Pero la cuestión es, porque hay una cuestión, que tú y yo somos almas gemelas.

Temiendo que tuviera razón, ella intentó hacer un chiste para salir de aquella.

—Lo cierto es que a mí no me van las mujeres.

—No, ya tenía yo la sensación de que lo tuyo era totalmente diferente. No solo sexo, sino quizás algo más relacionado con olvidar durante un rato tus responsabilidades.

—¿Te ha hablado Dash de ello? —sintiendo la sangre burbujear en sus venas, Margo entornó los ojos.

Rowdy se apiadó de ella y sacudió la cabeza.

—Sabes de sobra que no. Y a Dash le molestaría mucho saber que piensas eso de él.

Margo dejó escapar el aire y echó la cabeza hacia atrás, apoyándola sobre el fornido bíceps. La sensación de ser abrazada por Rowdy Yates resultaba agradable, reconfortante, cálida, segura. Entendía perfectamente por qué su hermana, la esposa de Reese y la esposa de Rowdy se habían cobijado las tres tan fácilmente bajo su paraguas protector.

Pero ella era diferente. En toda su vida había necesitado a nadie. Y de ninguna manera iba a abandonar ese aspecto de su personalidad. Aún no.

Con Rowdy no.

—¿Y qué es lo que me quieres decir?

—Mi vida cambió mucho, y para mejor, cuando conocí a Avery. Jamás le haría daño. La amo. Más que a mi vida. Más de lo que jamás pensé que podría ser posible.

—¿Sigues sufriendo pesadillas?

—A veces. La mierda que recuerdo forma parte de mí, de modo que no creo que desaparezca nunca del todo. Pero para hacerle frente me basta con tener a Avery a mi lado, no una sucesión de mujeres sin nombre.

Margo ya sabía hacia dónde quería llevarla y sacudió la cabeza.

—¿Y opinas que lo único que necesito es a Dash?

La mirada de Rowdy se suavizó y el abrazo se hizo más fuerte.

—Lo que opino es que para presumir de ser un tipo duro que

se regodea en controlar a todo el mundo con mano de hierro, en el fondo eres una cobarde.

La horrible acusación la alcanzó como una bofetada.

—Yo no... —protestó ella, aturdida y luego furiosa.

—Y —la interrumpió Rowdy para puntualizar su afirmación—, si no eres una cobarde, si me he equivocado en algo, o si tengo razón y quieres solucionar las cosas, entonces irás a hablar con Dash.

Margo se preparó para despellejarlo vivo. Por Dios que ese hombre se lo tenía merecido. Abrió la boca para explicárselo detalladamente.

Pero Rowdy no le quitaba ojo de encima y tenía el ceño fruncido para resaltar la seriedad de su afirmación, esperando a que ella lo admitiera, o lo negara como una cobarde.

—Mierda.

La expresión de seriedad se suavizó. Rowdy incluso sonrió. Margo vio claramente en su mirada que esperaba que ella madurara y lo admitiera. Y eso hizo.

—Ahí lo tienes —observó él con dulzura—. Ahí está de nuevo esa coraza de acero.

Unas estúpidas, patéticas lágrimas de llorica le nublaron la visión.

Rowdy la atrajo contra su sólido pecho, acariciándole la cabeza, hundiendo los dedos en sus cabellos, masajeándole el cuero cabelludo. No le dijo que no llorara. No le dijo que todo se iba a arreglar.

Rowdy era mucho más sincero que todo eso.

—Por muy mal que lo estés pasando, te aseguro que Dash lo está pasando peor. Se ha esforzado de todas las maneras humanamente posibles por estar a tu lado siempre que lo necesites, y aun así lo sigues apartando de tu vida.

Incapaz de pronunciar una sola palabra por temor a que lo que saliera de sus labios fuera un agudo sollozo, Margo sacudió la cabeza.

—¿No?

Ella volvió a sacudir la cabeza. No lo había apartado de su vida. Eso jamás. Ni siquiera lo creía posible. No hablar con él la estaba matando. Y no verlo era aún peor.

Incluso mientras trabajaba, mientras se enfrentaba a la gravedad de una importante investigación, Dash estaba siempre en su mente.

Pero había cedido al miedo. Se había escondido.

Era una cobarde. Una miserable y penosa cobarde.

Necesitó varias respiraciones para estar segura de que podría hablar sin hacer el ridículo.

—¿Y qué pasa si no me ama?

—¿Sabes lo que deberías hacer? —Rowdy le besó la frente—. Ve a buscarlo. Ahora mismo. Pregúntaselo.

—¿Salir de mi patético estado?

La carcajada masculina tuvo un tono más de compasión que de humor.

—Sí, algo así.

Rowdy colocó un dedo bajo su barbilla y la obligó a levantar el rostro.

Margo sabía perfectamente lo que estaba viendo. Era una llorona espantosa. No resultaba nada guapa.

—Cielo —Rowdy le ofreció una sonrisa torcida y con el pulgar le enjugó las lágrimas—. Sé cómo te sientes. Tienes miedo de apostar demasiado en el amor. Pero yo te aseguro que es impresionante. Lo único que tienes que hacer es confiar en Dash.

—No sabría qué decirle.

—Eres una mujer. No hace falta que digas nada. Solo ve en su busca, quítate la ropa y llévatelo a la cama. Los hombres no somos tan complicados como las mujeres. Confía en mí, captará el mensaje.

—Qué machista eres —ella se rio ante su propia incertidumbre.

—Y, cuando hayáis soltado todo el vapor y vuestros cerebros estén temporalmente vacíos de los problemas externos, entonces podréis hablar —él se encogió de hombros.

Sí, eso era, eso quería hacer. Rodeó a Rowdy con sus brazos y lo abrazó con fuerza.

—Gracias.

Desafortunadamente, ese fue el preciso instante elegido por Dash para abrir la puerta y entrar en el salón.

CAPÍTULO 26

¿Qué coño?

La mirada de Dash, con las cejas enarcadas, iba del sonriente rostro de Rowdy a la expresión espantada de Margo.

Había supuesto que Margo se estaría escondiendo, que seguramente se estaba planteando dudas sobre él, sobre ella misma. Nunca contestaba el teléfono, pero eso no significaba que no estuviera en casa, ni siquiera que estuviera ocupada. Había consultado con Logan y averiguado que hacía una hora que había dado por terminada su jornada de trabajo. Cierto que estaban sobrecargados, Logan se lo había confirmado. Pero tampoco trabajaba las veinticuatro horas del día. Margo podría haberlo llamado perfectamente de haber querido.

Después de todo lo que había soportado, Margo tenía sobrados motivos para querer disfrutar de un respiro. Pero ya había pasado una semana y su paciencia se agotaba. Así pues había ido a buscarla.

Pero no había esperado encontrarla. Bueno, no había esperado encontrarla así. Abrazada a otro hombre, acurrucada, íntima.

Durante un instante suspendido en el tiempo, Margo había parecido afligida. Y de repente se había soltado de Rowdy a tal velocidad que le había propinado un codazo en el cuello.

Rowdy, siempre impredecible, se había echado a reír.

Quizás estuviera... ¿qué? ¿Consolándola?

Desde luego ella tenía los ojos rojos. Dash se acercó un poco más. Mierda, había estado llorando. Y había acudido a Rowdy en lugar de acudir a él.

Tomar conciencia de ello le hizo sentir como un cavernícola, desear romper cosas, pegar a todo el mundo hasta que ella se sintiera mejor.

Pero, por supuesto, no iba a hacer tal cosa. Las personas a las que querría golpear no estaban disponibles. Y aunque lo hubieran estado, seguramente no podría destrozarlas.

A pesar de todo, Margo quería a su padre. Por eso le dolía tanto lo sucedido. Y Dan estaba entre rejas, bien lejos de su alcance. En cuanto a West, Logan había insistido en que se estaba esforzando. De momento, no podía pedirle más.

Y Rowdy, aparte de parecer tener cierta querencia a consolar a todas las mujeres en la medida de sus posibilidades, no se merecía ser objeto de su ira.

—¿Dash? —la voz de Margo surgió ronca.

Y en ese mismo instante, Oliver abandonó el sofá y se acercó a él para enroscarse alrededor de sus piernas.

—Hola, minino —Dash lo tomó en brazos. Al menos el gato ronroneaba de felicidad ante su llegada.

Con mucha menos prisa que Oliver, Rowdy se puso en pie.

—¿Hace falta que te diga que esto no es lo que parece?

—Lárgate de aquí —contestó Dash, sin demasiada malicia, mientras sacudía la cabeza.

—De acuerdo. Ya me darás las gracias luego —le susurró mientras pasaba a su lado.

Dash oyó cerrarse la puerta. Sin soltar a Oliver observó atentamente a Margo. Llevaba puesta una de sus camisetas, y sin sujetador. La enorme prenda flotaba sobre ella haciendo que los ajustados vaqueros parecieran aún más ajustados, y endemoniadamente sexys.

Pero lo primero era lo primero.

Dash dejó al gato en el sofá y se dirigió a la puerta para cerrarla. En cuanto hubiera empezado con Margo no quería ninguna interrupción.

Al volverse vio que ella se había quitado la camiseta y empezaba a desabrocharse el pantalón. Con cada ansioso movimiento, los pechos se movían seductoramente.

¡Jesús! Tenía muchas cosas que decirle, pero, si se desnudaba, su suerte estaría echada.

—Aguanta un poco, cielo.

—No —ella se bajó los vaqueros hasta que se le quedaron atascados en los tobillos.

Sin demasiada delicadeza, intentó quitárselos a patadas, perdió el equilibrio y volvió a caer sentada en el sofá.

Llevando puesto únicamente un tanga color melocotón. Que Dios lo ayudara.

Oliver soltó un bufido, saltó del sofá y se dirigió a su camita para acicalarse. Dash observó durante un instante al gato mientras intentaba recuperarse de la visión de Margo con los pantalones bajados.

Reunió toda la fuerza de voluntad necesaria para mirarla a la cara justo a tiempo para verla arrojar los vaqueros a un lado. Y seguidamente alargó las manos hacia ese diminuto tanga. Afortunadamente, él llegó a tiempo y le agarró las manos, sujetándola contra el sofá.

—Lo siento —se excusó Dash—, pero necesito un minuto.

—Un minuto —ella asintió mientras respiraba entrecortadamente.

Incluso con los ojos rojos e hinchados y las mejillas llenas de churretes estaba preciosa.

—Has llorado.

—¿Y? —Margo alzó la barbilla—. Soy una mujer.

¿Qué había querido decirle con eso?

—Sí —Dash asintió mientras se frotaba contra ella—. Ya me había dado cuenta. Nunca habías llorado antes.

—Hay muchas cosas que nunca había hecho antes. Antes de ti. Déjame que me desnude y ya lo hablaremos después.

Dash tenía la sensación de haberse perdido algo.

—¿He sido yo quien te ha hecho llorar?

—No.

—¿Por qué te estás quitando la ropa? —preguntó él cuando comprendió que Margo no iba a darle más explicaciones.

—Porque te deseo.

Dash asintió, completamente perdido.

—Tanto que ni siquiera contestabas mis llamadas, y mucho menos me las devolvías.

—No estoy embarazada —le espetó Margo casi sin aliento mientras desviaba la vista un segundo.

—¿No?

Dash se sentía como si acabara de entrar en escena en una obra de la cual no conocía sus diálogos. Esperó haber ocultado bien la decepción que le había provocado la noticia, sobre todo porque sabía que ella no deseaba un bebé.

—Ayer terminé de estar con la regla.

Dash se giró y le sujetó ambas muñecas con una mano para poder acariciarla con la otra. Empezó por deslizar el pulgar por su sien.

—Quizás por eso estás tan emotiva.

—¿Me estás acusando de sufrir síndrome premenstrual? —susurró ella entornando los ojos.

Su expresión era tan malvada que Dash no pudo contener una sonrisa. Lentamente, le levantó los brazos por encima de la cabeza.

—Es un hecho de la vida, cielo, no una acusación. Acabas de decir que eres una mujer, y eso significa que no eres inmune.

Margo luchó por soltar sus manos.

Pero Dash era más fuerte.

—¿Te duele el brazo?

—¡No!

—Qué mentirosilla eres —la acusó él sin apartar la mirada de su rostro.

Dash le besó los labios con dulzura, con rapidez, a pesar de los esfuerzos de Margo por hacer lo contrario.

—Creo que sí te duele, pero me gusta inmovilizarte así, estirada debajo de mí —deslizó la mirada por su costado. Una de las delgadas piernas estaba estirada sobre el sofá, el pie sobre el suelo. Dash se giró y contempló el otro costado. La pierna estaba medio aplastada contra el sofá—. Vamos a recolocarte un poco.

—Vayamos a la cama y así los dos podremos ponernos cómodos.

—Yo estoy muy cómodo aquí —Dash no quería explicarle que una cama sería un desafío demasiado grande.

Sufría una auténtica agonía mientras le concedía el tiempo que necesitaba, intentando respetar las exigencias de su trabajo. Sufriendo por mantenerse apartado de ese dulce y menudo cuerpo.

—Dash...

—No digas nada. Calla, cielo, y deja que sea yo quien decida cómo colocarte.

No se sorprendió en absoluto cuando ella hizo lo que le pedía.

—Probemos así —Dash le agarró una pierna y la levantó hasta apoyarla sobre el respaldo del sofá, separándole las piernas para poderse acomodar mejor entre ellas.

Margo se mordía el labio inferior y su respiración se había acelerado. Había que fastidiarse con las cosas que esa mujer le hacía sentir.

Apalancándose sobre un codo, él la miró de arriba abajo.

—Cómo los he echado de menos —inclinándose lentamente, tomó uno de los pezones en su boca.

Margo contuvo el aliento y se irguió un poco más.

Dash chupó y lamió, dejándole el pezón mojado y tenso.

—No te muevas, Margo —esperó un instante y, al comprobar que ella lo obedecía nuevamente, se sintió enormemente excitado—. Y ahora cuéntame la verdad. ¿Cómo tienes el brazo?

—A veces me duele un poco.

—¿Y ahora mismo? —la sinceridad de Margo le gustaba.

—Solo un poquito.

—Pero no tanto como para que no pueda...

—No —ella tironeó suavemente y asintió—. Esto me gusta, pero tú ya lo sabías.

Mientras siguiera siendo sincera...

—¿Me has echado de menos?

—Muchísimo —los ojos de Margo se empañaron y llenaron de lágrimas.

Sintiendo un gran alivio, Dash hizo caso omiso de la respuesta emocional.

—¿Estabas...? —no podía preguntarle si estaba asustada, de modo que rectificó—. ¿Preocupada?

Margo tragó ruidosamente y sorbió por la nariz antes de asentir.

—¿Me crees cuando te digo que te amo?

—No lo sé. Espero que sí —añadió ella rápidamente.

—¿Y tú me amas? —preguntó Dash mientras le acariciaba un pezón con el pulgar.

—Sí.

Lo dijo con rapidez, con su mirada oscureciéndose y los labios temblorosos.

El alivio que sintió Dash lo golpeó con fuerza.

—Dilo —le ordenó en un susurro, apoyando la cabeza junto a la de ella.

—Te amo muchísimo.

El corazón de Dash se desbocó y tomó los labios de Margo para besarla apasionadamente, ladeando la cabeza para que el beso fuera aún más intenso.

Ella se pegó a su cuerpo, ondulando las caderas, rodeándole con sus piernas.

«Aún no», se dijo él a sí mismo. «Todavía no».

—Te estás moviendo.

—Pero tú no —ella le abrazó la cintura con las piernas—. Aunque deberías. Después de desnudarte, claro.

—¿Tienes la menor idea de cómo ha sido para mí la última semana? —él sonrió y le tomó un pecho.

—Por lo que me ha contado Rowdy, puede, aunque no del todo, que haya sido tan mala como la mía.

Dash sabía que Margo había estado desbordada de trabajo y asuntos familiares. Más que nada, deseaba estar allí con ella, ayudarla como pudiera.

—¿Muy ocupada en la comisaría?

—Muy ocupada echándote de menos —ella sacudió la cabeza.

¿De modo que a ella le pasaba lo mismo? Dash tironeó delicadamente de un pezón y observó cómo sus ojos se empezaban a entornar.

—¿Rowdy vino para alabarme?

—Creo… —empezó a contestar Margo casi sin respiración—, que tenía más que ver con salvarme de mí misma. O algo así. Con él nunca se sabe —se retorció mientras se humedecía los labios—. Me dijo que me desnudara en cuanto te viera y que todo lo demás se arreglaría.

Dash no pudo contener una sonrisa. Desde luego que iba a darle las gracias a ese tipo en cuanto lo viera.

—Y te dio ese consejo, ¿por…?

—Porque soy una cobarde —ella cerró los ojos. Incluso apartó el rostro.

Dando por finalizado el tormento sensual, Dash le tomó el rostro para volverlo hacia él y esperó.

—Yo te amo, pero… —Margo volvió a humedecerse los labios—. Hay tantas cosas que han ido mal. Me refiero en mi vida. Ni siquiera he mantenido una relación sólida con mi familia. Nunca he conocido realmente… —su voz se apagó mientras lo miraba con aspecto desvalido.

—¿El amor? —Dash le acarició los cabellos.

Ella asintió.

Por Dios cómo adoraba esos cabellos, y mucho más después de saber cómo había llegado a descubrir ese peinado tan sexy.

—Siempre lo tendrás de mí.

—Mi trabajo, mi familia… —Margo frunció el ceño ante la preocupación— pueden ser muy complicados.

—Da igual si ejerces de teniente, de tipo duro en tu trabajo —Dash le tomó el rostro entre las manos—, de hija independiente, o de mujer sumisa. Te quiero tanto que vas a ahogarte en mi amor.

—Suéltame los brazos —los ojos de Margo volvieron a empañarse de lágrimas.

Él lo hizo y de inmediato sintió esos brazos rodeándolo, abrazándolo con fuerza. Sintió la humedad en el cuello. Pero sabía que todo iría bien, de modo que la abrazó, besándole la cara, el hombro.

—¿Dash?

—¿Sí?

El tanga dejaba expuesto el suave trasero. Él se giró y la sentó sobre su regazo para poder acariciar ese sexy culito.

—Por favor, no pienses de mí que soy horrible.

—Eso jamás.

—Cuando supe que no estaba embarazada —continuó ella mientras reunía todo el coraje de que era capaz—, me sentí… decepcionada.

El corazón de Dash se expandió. Porque él también se había sentido decepcionado.

—Un bebé significa permanencia.

—Lo sé.

¿Lo sabía? ¿Era consciente de todo lo que él quería de ella?

—Significaría matrimonio, una vida juntos. El lote completo.

—Sí —ella deslizó nerviosa una mano sobre su pecho.

De repente, Margo se irguió, apoyándose sobre los codos, ofreciéndole una maravillosa pose. Dash tenía ambas manos sobre su trasero, manteniéndola pegada contra su erección. Los pechos desnudos estaban ahí mismo, tentadores, pidiendo a gritos que los acariciara. Y su boca… ya estuviera dando órdenes, seduciendo, besando o jurando, tenía una de las bocas más sexys que hubiera visto en su vida.

—Quiero todo eso.

—¿El qué quieres? —desprevenido, Dash la miró perplejo.

—A ti —como si estuviera a punto de perder el valor, Margo se agachó para besarlo apasionadamente—. Amor. Matrimonio. Hijos. El lote completo.

—¿Quieres casarte conmigo? —la sonrisa de Dash se ampliaba por momentos.

—Si te echas a reír, te juro que…

—¿Qué? —él seguía sujetándole el trasero—. ¿Qué me vas a hacer?

—Amarte —contestó ella tras soltar un suspiro y mientras pegaba la frente contra la suya—. Te lo juro, Dash, adoro tu risa.

—Sujétate —agarrándola con más fuerza, él se levantó con ella en brazos.

—¡Dash!

Él se rodeó la cintura con las piernas de Margo y, tras un último y apasionado beso, se dirigió al dormitorio.

—Solo para que lo sepas, casi esperaba que estuvieras preñada.

—Qué romántico eres.

—Tengo a una mujer prácticamente desnuda volviéndome loco —Dash soltó una carcajada—. ¿Cómo pretendes que me ponga romántico?

—¿Lo dices en serio? ¿Quieres un bebé?

—O dos o tres —él se detuvo en el pasillo, la apoyó contra la pared y la acarició entre las piernas hasta que ella comenzó a jadear—. Contigo, Margo. Solo contigo.

—Sí.

Ya dentro del dormitorio, la tumbó sobre la cama y se tendió sobre ella.

—A tu propuesta, sí. Cuando quieras. Lo que quieras.

Dash tomó posesión de sus labios. Por él habría seguido besándola eternamente, no quería parar. Pero aquello era importante.

—En cuanto a los niños —continuó con la respiración entrecortada—, sé que tu trabajo es muy importante para ti, y que puede complicarse algunas veces. De modo que házmelo saber cuando estés preparada.

—Eres demasiado complaciente —Margo abrió los ojos desmesuradamente y soltó una carcajada.

De nuevo Dash la estiró y, utilizando una rodilla, le separó las piernas un poco más.

—Espero que tú también seas complaciente —contestó él con voz ronca por el ardor. Se sentó y deslizó las puntas de los dedos por sus pechos—. No te muevas.

—¿Dash? —Margo se estremeció.

—¿Qué, nena? —a Dash le gustó la voz, también ronca, de Margo.

—Amo cómo me amas.

Él se inclinó para besarle el estómago.

—Pronto —susurró ella.

—¿El qué? —Dash enganchó los dedos en la cintura del provocativo tanga y lo deslizó hacia abajo.

—Quiero casarme contigo pronto.

—Eso suena a un plan —dejando la prenda a la altura de sus rodillas, él se inclinó de nuevo para besarle la cara interna del muslo.

—Y tener un bebé justo después.

—Me estás poniendo a cien —Dash gruñó y se levantó para desnudarse y colocarse un preservativo.

Ella soltó una carcajada, pero no se movió.

Y ninguno de los dos volvió a hablar.

A la entrada del centro deportivo, recién duchado y vestido tras un concienzudo entrenamiento, Cannon estaba apoyado sobre el mostrador de recepción mientras concluía la llamada telefónica. Faltaban tres días para que viajara a Harmony, en Kentucky. El viaje duraba únicamente tres horas, pero estaba lo bastante lejos como para que cambiara totalmente de elemento.

Iba a firmar con el SBC. No se lo podía creer, pero acababa de hablar con Havoc, que le había confirmado que iba a reunirse con Drew Black en persona. Havoc y Simon Evans dirigían un gimnasio en Harmony, por lo que allí se celebraban muchas competiciones de alto nivel. Además realizaría entrenamientos adicionales con gran proyección.

Era todo aquello por lo que tanto había trabajado.

Al mismo tiempo, sabía que iba a echar de menos trabajar en el bar de Rowdy a tiempo completo. Tampoco se iba de allí para siempre. Parte de sus responsabilidades en el centro deportivo las había traspasado a Armie Jacobson, otro luchador al que se le daban muy bien los chicos. Cannon se quedaría con las funciones de supervisión. Entre pelea y pelea, y los entrenamientos para las peleas, regresaría a su casa.

Por eso no entendía por qué su satisfacción quedaba ligeramente empañada por cierto descontento que reducía en parte el placer.

—¿Cannon?

La débil y susurrante voz le hizo volverse. Como si la hubiera invocado con sus agitados pensamientos, Yvette estaba de pie ante la puerta, con el cuerpo iluminado por los focos de la entrada.

Como de costumbre iba vestida con pantalones vaqueros, pero en esa ocasión llevaba unos de corte unisex, no los ajustados pantalones que solía llevar siempre. Dado que la noche era fresca, se había puesto por encima una sudadera con capucha que le quedaba varias tallas grande. Sus largos y oscuros cabellos colgaban por delante, alrededor de sus pechos.

Ante la mirada de Cannon, se removió inquieta.

Al darse cuenta de que la estaba mirando fijamente, Cannon se apartó de su posición.

—Hola —miró más allá de Yvette, pero no vio al abuelo—. ¿Qué haces aquí?

—Siento molestarte —ella también miró a su alrededor—. ¿Ya has cerrado?

—Estaba cerrando, sí —dado que esa noche no le tocaba trabajar en el bar, había pensado en buscar un poco de compañía femenina antes de irse a dormir. Pero, a pesar del desaconsejable beso que habían compartido Yvette y él en el cuarto de baño, ella no era una opción. Por una docena de motivos, estaba fuera de los límites.

—Pensé que te encontraría en el bar, pero no estabas.

¿Había ido a buscarlo al bar de Rowdy?

—Ni siquiera tienes veintiún años —ese era el motivo número dos, un motivo del que no podía volver a olvidarse—. No puedes entrar allí.

—Eso me dijo Rowdy inmediatamente —ella esbozó una tímida sonrisa y permaneció junto a la puerta—. Fue él quien me dijo dónde encontrarte.

¿La había asustado Rowdy? Era grande e imponente, y ella había sufrido mucho. Ese era el motivo número uno, según el cual tenía que mantener su atención alejada del curvilíneo cuerpo juvenil vestido con esas ropas tan holgadas.

—¿Estás bien?

—Quería hablar contigo —Yvette asintió—. Bueno, suponiendo que tengas un momento. No quiero interrumpir nada.

—Pasa —Cannon sostuvo la puerta abierta y echó el cerrojo cuando ella hubo entrado—. ¿Cómo has venido?

—En coche —Yvette deslizó una mano por una fila de pesas y echó un vistazo al centro deportivo—. Ya tengo casi veinte años, no doce, ¿sabes? Hace tiempo que me saqué el permiso de conducir.

Lo cierto era que Cannon no lo sabía. Y más le valía seguir pensando en ella como en una cría de doce años.

—Pensaba que acababas de graduarte.

Yvette desvió la mirada y Cannon sintió ganas de darse a sí mismo una patada en el culo. Menuda manera de poner en evidencia su error.

La joven se acercó a un saco de boxeo y le propinó un empujón, se quedó mirándolo un minuto y se volvió hacia él.

—Vivo con mi abuelo —susurró en un tono de voz casi inaudible—, porque mis padres están muertos. Murieron cuando yo tenía trece años. Perdí unos meses del curso y tuve que repetir. Me cambiaba de casa continuamente, de la casa de mis tías a la de mis primos y por último aquí —se encogió de hombros—. No asistí al colegio el tiempo suficiente en ninguno de esos sitios como para que me contabilizara como un curso entero.

—Lo siento —sin duda debía de haber sido muy duro para ella.

Cannon se acercó a ella por detrás, aunque no demasiado. No había motivo para despertar ninguna tentación.

—¿No funcionó con los otros parientes?

Ella echó hacia atrás la capucha de la sudadera y golpeó de nuevo el saco de boxeo.

—Supongo que no —se volvió y le dedicó una sonrisa resplandeciente—. ¿Qué tal es este trabajo?

Cannon se acercó al saco, atraído hacia la joven a pesar de su sentido común.

—Está colgado un poco alto para ti —colocó los pies en posición y los brazos en el ángulo adecuado—. Así. ¿Lo ves?

Ella asintió.

—Y cuando la postura sea la adecuada —Cannon golpeó el centro del saco y acercó de nuevo el puño hacia el cuerpo—. Tienes que contar los rebotes para saber cuándo golpear de nuevo.

Tras demostrarle lo que quería decir, hizo una serie de treinta segundos golpeando el saco repetidamente y con fluidez.

—Haces que parezca tan sencillo... —Yvette sonrió.

Cannon sujetó el saco para detenerlo, preguntándose qué hacía ella allí, qué quería. Preguntándose qué quería él.

—En realidad, haces que todo parezca sencillo —Yvette soltó una carcajada y se alejó del pesado saco.

—Si pudiera —contestó él sin apartar la mirada de su rostro—, haría que fuera aún más sencillo para ti.

—Ya lo has hecho —ella se mantenía de espaldas al luchador y deslizó una mano sobre el saco—. Me marcho esta noche.

El corazón de Cannon falló un latido.

—¿Qué quieres decir? ¿Te marchas de aquí?

La joven dibujó una sonrisa resplandeciente y completamente falsa y se volvió hacia él.

—Me vuelvo a California. ¿Recuerdas la tía que mencioné? Bueno, pues está enferma y necesita ayuda en la tienda. Me quedaré con ella y en mi tiempo libre podría terminar mis estudios y... —Yvette se interrumpió y carraspeó—. El abuelo va a jubilarse. Venderá la tienda de empeño y disfrutará un poco de un merecido descanso. Vendrá a visitarme a menudo, o yo puedo venir a verlo a él. Y, por supuesto, tendré que volver para el juicio. Pero... no puedo seguir viviendo aquí.

Cannon dio un paso hacia ella, pero Yvette lo detuvo levantando una mano.

—No, por favor. No me digas que sí podré vivir aquí. No me digas que todo saldrá bien —ella se rodeó el cuerpo con los brazos—. No consigo dormir, el más mínimo ruido me hace dar un brinco, y huelo el queroseno aunque no haya nadie cerca y... —extendió las manos—. No puedo quedarme —se volvió hacia él—. Tú me has ayudado muchísimo. A mí y al abuelo —le rozó el pecho con una mano, pero solo brevemente. Echó a andar hacia la puerta, pero se detuvo—. Nunca podré agradecértelo lo suficiente, y nunca olvidaré lo que hiciste por nosotros.

Para cuando alcanzó la puerta, prácticamente iba corriendo. Hurgó un rato en el cerrojo antes de conseguir abrir. Una campanilla sonó mientras ella corría hacia la noche.

Cannon seguía sin moverse. Tenía una mano apoyada en el pecho, en el lugar preciso en el que ella lo había tocado sutilmente.

Le había preocupado que ella le diera más importancia al beso de la que debía tener. Había pensado que ella lo consideraría alguna especie de compromiso. Que le obligaría a dar explicaciones.

Pero era él el que se había quedado tirado, preguntándose cómo era posible que esa cría se marchara sin siquiera admitir lo que había sucedido.

Caminó hasta la ventana delantera y observó a Yvette cruzar la calle a la carrera hacia un pequeño coche aparcado bajo una enorme luz de seguridad. No miró hacia él, no miró atrás.

Se limitó a arrancar y a desaparecer en la noche.

De todos modos, faltaban tres días para que él mismo se marchara. Sin embargo, en su subconsciente siempre se la había imaginado allí cada vez que regresara.

—Mierda.

Cannon echó el cerrojo a la puerta, cambió de opinión con respecto a la compañía femenina para aquella noche y se dirigió al bar de Rowdy. No solía beber a menudo, pero esa noche era una ocasión especial, una que quizás lamentaría durante mucho tiempo.

EPÍLOGO

La hora de la cena acababa de terminar en el bar de Rowdy y Dash se reclinó sobre la banqueta mientras observaba entrar a Margo. Llevaba unos ajustados vaqueros que le abrazaban el trasero y marcaban su fina cintura, un top blanco y unas sandalias de tacón. Y estaba endemoniadamente sexy.

Todos los tipos del local volvieron la cabeza para mirarla, pero a Dash no le importó. Hacía cuatro meses que se habían casado, y aún no había conseguido dejar de sonreír.

—Eres más patético de lo que yo fui jamás —Logan, a su lado, soltó una carcajada.

Patético. Delirantemente feliz. Tanto daba.

Reese se inclinó sobre Logan para poder mirar a Dash.

—Se ha tomado en serio la decisión de dejarse ir, ¿verdad?

—Sí.

Rowdy se rio por el modo en que Dash lo había dicho, por la nota de lujuria de su voz. Les acercó las bebidas y apoyó los antebrazos sobre la barra del bar.

—Parece tan feliz como tú, Dash, o sea, que debes de estar haciendo algo bien.

Margo se había parado para hablar con Cannon, de visita en la ciudad y que se había reunido allí con unos amigos. Faltaba muy poco para que participara en su primera pelea con el SBC, y eso lo convertía en una celebridad local, aunque para casi todos ya lo era de antes.

Después se detuvo para hablar con las mujeres. Pepper, esposa de Logan, Alice, esposa de Reese y Avery, esposa de Rowdy, compartían una mesa. Normalmente, Avery atendía la barra, pero esa noche no. Esa noche era especial.

Esa noche celebraban la inminente paternidad de Dash.

—No parece embarazada —observó Logan ante el acuerdo general.

Dash no mencionó nada sobre los sutiles cambios en sus pechos, en su apetito sexual, que ya había sido más que saludable antes, o en su sentido hogareño. Había tomado posesión de toda su casa, literalmente, reorganizando y redecorando, y haciendo todas esas cosas que a las mujeres tanto les gustaba hacer, pero que él nunca se había imaginado haciendo a Margo.

Todavía pateaba culos cuando era necesario.

Y seguía siendo la mujer más honrada, valiente e impresionante que hubiera conocido jamás.

Pepper sacó una silla e invitó a Margo a unirse a ellas. Ella asintió, pero levantó un dedo en el aire indicando que necesitaba un minuto. A continuación se reunió con Dash en la barra del bar.

—Hola —saludó él en cuanto estuvo a su alcance, y la atrajo hacia sí para besarla.

Logan tosió.

—Buscaos una habitación —murmuró Reese.

Margo se limitó a acurrucarse contra Dash y suspirar antes de dedicarles una mirada a sus detectives.

Ambos se rieron y ella puso los ojos en blanco.

—Hoy —les anunció—, vuelvo a ser oficialmente una teniente, nada más.

—¿Nada más? —Logan casi se atragantó.

—Aquí no hay «nada más» que valga —añadió Reese.

Dash la sentó sobre su regazo, acunándola.

—¿Y eso te hace feliz?

Durante la investigación, Margo había trabajado hasta la extenuación. Pero cada noche regresaba a casa con él, y eso era lo único que importaba.

—Mucho —cómodamente sentada sobre los muslos de Dash, se acercó a él—. Preferiría dedicar mi tiempo libre a estar con mi marido —susurró.

Logan se acercó para escuchar descaradamente.

—Pues yo me alegro de que hayas vuelto a tu antiguo puesto, porque te necesitamos.

—¿Por qué? —preguntó Dash mientras se volvía lentamente hacia su hermano.

—La semana pasada se produjeron tres robos a mano armada —de nuevo Reese se inclinó sobre Logan—, y creemos que han sido realizados por el mismo grupo.

—¿Ha habido heridos? —Margo se bajó del regazo de Dash.

—Esa es la parte más extraña. Los robos son de lo más educados.

—¿Y cómo es eso?

Los tres policías comenzaron a hablar del caso y Dash sonrió, volviéndose hacia Rowdy para protestar. Pero, maldito fuera, pues incluso mientras les servía las bebidas estaba escuchando.

A Dash podría haberle preocupado más el hecho de que Margo se llevara el trabajo a casa tan a menudo, que se pusiera en peligro. Sabía que era muy capaz de cuidar de sí misma, y con la ayuda de Logan, Reese y Rowdy, estaba en buenas manos.

Le besó la sien y se excusó para que Margo pudiera sentarse en la banqueta. Cuando la charla policial terminara se la llevaría a casa.

La amaba. Amaba todo en ella, todos los aspectos de su personalidad.

Pero cuando más la amaba era cuando la contemplaba como suya.

Sonriente, contento, Dash se dirigió a la mesa de las mujeres para reunirse con ellas.

www.ingramcontent.com/pod-product-compliance
Lightning Source LLC
LaVergne TN
LVHW091612070526
838199LV00044B/773